危令敦　主編

香港文學大系

一九五〇——一九六九

散文卷二

商務印書館

香港文學大系一九五〇—一九六九・散文卷二

主　　編：危令敦
特約編輯：陳　芳
責任編輯：張宇程
封面設計：涂　慧
出　　版：商務印書館（香港）有限公司
香港筲箕灣耀興道三號東滙廣場八樓
http://www.commercialpress.com.hk
發　　行：香港聯合書刊物流有限公司
香港新界荃灣德士古道二二〇至二四八號荃灣工業中心十六樓
印　　刷：美雅印刷製本有限公司
九龍觀塘榮業街六號海濱工業大廈四樓A室
版　　次：二〇二一年十一月第一版第一次印刷

ISBN 978 962 07 4613 0
Printed in Hong Kong

《香港文學大系一九五〇—一九六九》人員名單

編輯委員會

總　主　編　陳國球
副總主編　陳智德
編輯委員　危令敦　陳國球　陳智德　黃子平
　　　　　黃仲鳴　黃淑嫻　樊善標（按姓氏筆畫序）

顧　問

王德威　李歐梵　周　蕾　許子東　陳平原
陳萬雄（按姓氏筆畫序）

各卷主編

一　新詩卷一　陳智德
二　新詩卷二　葉　輝　鄭政恆
三　散文卷一　樊善標
四　散文卷二　危令敦
五　小說卷一　馮偉才
六　小說卷二　黃淑嫻
七　話劇卷　盧偉力
八　粵劇卷　梁寶華
九　歌詞卷　黃志華　朱耀偉
　　　　　吳月華　盧惠嫻
十　舊體文學卷　程中山
十一　通俗文學卷一　黃仲鳴
十二　通俗文學卷二　陳惠英
十三　兒童文學卷　黃慶雲　周蜜蜜
十四　評論卷一　陳國球
十五　評論卷二　羅貴祥
十六　文學史料卷　馬輝洪

目錄

總序

陳國球

《香港文學大系》之編制體式，源自一九三五年到一九三六年出版的十冊《中國新文學大系》。兩者的關連，實在依違之間；前者第一輯的〈總序〉已有交代。[1] 其中最要重要的一個相同立意，是向歷史負責、為文學的歷史作證。《中國新文學大系》由趙家璧（一九〇八—一九九七）主編，目的是為由一九一七年開始的「新文學運動」作歷史定位，因為他發現「新文學」到了三十年代中期，面對的社會環境已經不同，他深恐「新文學運動」光輝不再；[2] 因此他設計的《新文學大系》由整體結構到每一冊的體式，綜之就是一種歷史書寫；這也是《香港文學大系》以之為模範的主

1 陳國球〈香港？香港文學？——《香港文學大系一九一九—一九四九》總序〉，載陳國球、陳智德等著《香港文學大系一九一九—一九四九．導言集》（香港：商務印書館（香港）有限公司，二〇一六），頁一—三九。

2 趙家璧後來在回憶文章指出當時幾個環境因素：一、一九三四年國民黨軍隊作第五次「圍剿」，又查禁書刊，成立「圖書雜誌審查會」；二、同年有推行舊傳統道德的「新生活運動」；三、湖南廣東等省實行尊孔讀經；三、「大眾語運動」批判五四以後的白話文為變「之乎者也」為「的那呢嗎」的「變相八股」；四、林語堂的《人間世》半月刊，「惡白話文而喜文言之白，故提倡語錄體」；五、上海圖書出版界大量翻印古書，社會上瀰漫復古之風。見趙家璧〈話說《中國新文學大系》〉，《新文學史料》一九八四年第一期（一月），頁一六三—一六四。

因。正如我們以「大系」的形體去抗拒香港文學之被遺棄，《中國新文學大系》的目標也明顯是對「遺忘」的戒懼，盼求「記憶」的保存。[3] 這意向的實踐又有多方向的指涉：保存「記憶」意味着對「過去」發生的情事之意義作出估量，而估量過程中也必然與「當下」的意識作協商，其作用就是開發「未來」的各種可能；這就是傳統智慧所講的「鑑往知來」。因此，以「大系」的體式向「歷史」負責，同時也是向「當下」、向「未來」負責。

3 趙家璧在《中國新文學大系》初編時說：「這十年間寶貴的材料，現在已散失得和百年前的古籍一樣；假如不趁早替它整理選輯，後世研究初期新文學運動史的人，也許會無從捉摸的。」見趙家璧〈編輯《中國新文學大系》緣起〉，原刊《中國新文學大系》宣傳用樣本（上海：良友圖書公司，一九三五），收入趙家璧《書比人長壽：編輯憶舊集外集》（北京：中華書局，二〇〇八），頁一〇六。他後來追憶《大系》的出版時，曾舉出兩個事例，一是劉半農編集《初期白話詩稿》時，女詩人陳衡哲的感慨：「那已是三代以上的事（了），我們都是三代以上的人了」；另一是阿英編《中國新文學運動史資料》時不過離「新文學運動」只短短二十年，但回想起來已有「渺茫」、「寥遠」之感，而且要搜集當時的文獻「真是大非易事」。見劉半農編《初期白話詩稿》（北平：星雲堂書店，一九三三；新北市：花木蘭文化出版社，二〇一六年影印），頁七－八；張若英（阿英）編《中國新文學運動史資料》（上海：光明書局，一九三四），頁一－二；趙家璧〈話説《中國新文學大系》〉，頁一六六－一六七。

一、《大系》的傳承與香港

從製作層面看，《中國新文學大系》可說成功達標，不少研究者都認同它在文學史建構的功績。[4] 然而，當我們換一個角度去審視這一抵抗「遺忘」的製作之「生命史」，卻也見到其間別有一番掙扎浮沉。[5] 於此我們不作詳細論述，只依據趙家璧的不同時期記憶，配合相關資料，以簡述《中國新文學大系》的「記憶」與「遺忘」的歷史，當中香港的影子也夾纏其中，頗堪玩味：

一、一九五七年三月，趙家璧在《人民日報》發表〈編輯憶舊〉連載文章，提到當年《新文學大系》「先後經過兩年時間（案：即一九三五年到一九三六年），衝破了國民黨審查會的鬼門關才算全部出版。」[6]

4 參考溫儒敏〈論《中國新文學大系》的學科史價值〉，《文學評論》，二〇〇一年第三期（五月），頁五四—六一；羅崗〈解釋歷史的力量：現代文學的確立與《中國新文學大系一九一七—一九二七》的出版〉，《開放月刊》，二〇〇一年第五期（五月），頁六六—七六；黃子平〈「新文學大系」與文學史〉，《上海文化》，二〇一〇年第二期（三月），頁四—一二。

5 這是捷克結構主義者伏迪契卡（Felix Vodička）的文學史觀念之借用。伏迪契卡認為文學的過程並非終結於文學作品創製完工的時候；文學的「生命史」在於以後不同世代的閱讀；參考陳國球《文學史書寫形態與文化政治》（北京：北京大學出版社，二〇〇四），頁三三六—三四六。

6 趙家璧〈編輯憶舊．關於中國新文學大系〉，原刊《人民日報》，一九五七年三月十九日；重刊於《新文學史料》，一九七八年第三期（三月），頁一七三。

二、趙家璧在後來追記，《大系》出版後，原出版公司「良友」的編輯部，因應蔡元培和茅盾的鼓勵，曾考慮續編「新文學」的第二個、第三個十年。[7] 不久抗戰爆發，此議遂停。

三、一九四五年春日本戰敗的跡象已明顯，他再想起續編的計劃，和全國文協負責人討論先編第三輯「抗戰八年文學大系」，因為抗戰時的材料，「都是土紙印的，很難長久保存；而兵荒馬亂，散失更多」，要先啟動。可惜戰後良友公司停業，計劃流產。[8]

四、趙家璧在一九五七年的連載文章說：「解放後，很多人建議把《中國新文學大系》重印。我認為原版重印，似無必要。」文中的解說是可以另行編輯他早年的構想——《五四以來文學名著百種》。[9] 然而，他後來的文章說這是「違心之論」。[10]

---

7 蔡元培在《中國新文學大系．總序》結尾時說：「對於第一個十年先作一總審查，使吾人有以鑑既往而策將來，希望第二個十年與第三個十年時，有中國的拉飛爾與中國的莎士比亞等應運而生呵！」載胡適編《中國新文學大系：建設理論集》（上海：良友圖書公司，一九三五），頁九。茅盾為《中國新文學大系》的宣傳樣本寫〈編選感想〉也說：「現在良友公司印行《中國新文學大系》第一輯」；趙家璧認為他意指以後應有「第二輯」、「第三輯」。見趙家璧〈話說《中國新文學大系》〉，頁一七一。

8 參考趙家璧〈編輯憶舊．關於中國新文學大系〉，原刊《人民日報》，一九五七年三月廿一日，重刊於《新文學史料》，一九七八年第一期（一月），頁六一；趙家璧〈話說《中國新文學大系》〉，頁一八六—一八八。

9 趙家璧〈編輯憶舊．關於中國新文學大系〉，頁六一。

10 趙家璧〈話說《中國新文學大系》〉，頁一六二—一六三。

五、趙家璧在八十年代的追記文章又說：「一九六二年，香港一家出版社已擅自翻印過一版。」[11] 這家出版社是「香港文學研究社」，出版時有李輝英撰寫的〈重印緣起〉，文中引用了蔡元培〈總序〉「十年總審查」以後，還有接着的「第二個十年第三個十年」；李輝英又說：「第一個十年總結過了，留下來豐富的十集《大系》」，然而，「這豐碑式的《大系》，現在海外竟然變成了孤本和古董」，於是出版社「決定本諸傳播文化的宗旨，……重印《大系》，……使豐碑免於湮滅」。[12] 這裏有幾個關鍵詞：「擅自」、「海外」、「湮滅」。

六、趙家璧同時又指出「翻印《大系》的那家香港出版社，於一九六八年又搞了一套《中國新文學大系·續編一九二八—一九三八》」，其〈總序〉「居然把上述蔡元培為一九三五年良友版《大系·總序》裏所表示的重要期望，接了過去，自稱為是蔡序《大系》的繼承者，在海外漢學界造成了混亂。……國內學者更不會輕易承認這種自命的繼承。」[13] 事實上，香港文學研究社出版《大系·續編》的計劃，早在翻印十集《大系》不久就開始，到一九六八年全套出版；其卷前的〈出版前言〉提到《續編》（一九二八—一九三八）和《三編》（一九三八—一九四八）的構想；完成的話，「中國『新文學運動』的歷史大致完整了」。這個出版計劃不無商業的考慮，〈出版前言〉謂各集編

11 趙家璧〈話説《中國新文學大系》〉，頁一六三。

12 〈重印緣起〉，載胡適編《中國新文學大系：建設理論集》（香港：香港文學研究社，一九六二），卷前，頁一—二。

13 趙家璧〈話説《中國新文學大系》〉，頁一八一—一八二。

者「都是國內外知名人物」，分處東京、新加坡、香港三地，編成後在香港排印。[14]然而，由後來的相關追述可知，其實編輯工作主要由北京的常君實承擔，再由香港的譚秀牧補漏；二人並無直接溝通協調，加上兩地各有不同的客觀限制，製作過程困難重重。[15]無論如何，在所謂「正」與「續」之間，不難見到「斷裂」與「繼承」的複雜性。

七、與香港文學研究社編纂《中國新文學大系．續編一九二八—一九三八》差不多同時，李棪與李輝英也在構思一個「一九二七—一九三七年」的續編，並已列為「香港中文大學研究計劃」之一；其中小說、散文、戲劇部分已有四冊接近編成。主編者認為「新文學第二個十年」的編選，「實為必要的也是刻不容緩的工作」。值得注意的是，他們「搜求資料的主要對象」是英國、日本、美國各大圖書館，而不是中國內地。他們也知悉香港文學研究社的出版計劃，視之為「同道者」的「姊妹編」。[16]可惜，這個計劃所留下的只是一份編選計劃書。

---

14 〈出版前言〉載《中國新文學大系．續編》（香港：香港文學研究社，一九六八），卷前，無頁碼。

15 參考譚秀牧：〈我與《中國新文學大系．續編》〉，《譚秀牧散文小說選集》（香港：天地圖書公司，一九九〇），頁二六二—二七五。譚秀牧在二〇一一年十二月到二〇一二年五月的個人網誌中，再交代《續編》的出版過程，以及回應常君實對《續編》編務的責難。見 http://tamsaumokgblog.blogspot.hk/2012/02/blog-post.html（檢索日期：二〇一九年六月二十一日）。

16 參考李棪、李輝英〈《中國新文學大系．續編》的編選計劃〉，《純文學》（香港），第十三期（一九六八年四月），頁一〇四—一一六；徐復觀〈略評《中國新文學大系續編》編選計劃〉，《華僑日報》，一九六八年三月三十一日。

八、一九七八年，《新文學史料》創刊，編輯約請趙家璧撰稿；趙家璧婉拒不成，只好提交一九五七年刊發於《人民日報》的文章，文章開首就宣明沒有必要重印《中國新文學大系》。[17]同年末，他知悉上海文藝出版社打算重印《大系》，卻表示「完全擁護」，並撰寫〈重印《中國新文學大系》有感〉。[18]至一九八二年《大系》十卷影印本出齊。

九、一九八三年十月，他寫成長篇追憶文章〈話說《中國新文學大系》〉，次年刊載於《新文學史料》一九八四年第一期。這是後來大部分《中國新文學大系》的研究論述之依據。

十、一九八四至一九八九年，上海文藝出版社由社長兼總編輯丁景唐主編，趙家璧作顧問，陸續出版《中國新文學大系一九二七—一九三七》共二十冊；一九九〇年再有孫顒、江曾培等主編《中國新文學大系一九三七—一九四九》二十冊；一九九七年馮牧、王蒙等主編《中國新文學大系一九四九—一九七六》二十冊；二〇〇九年王蒙、王元化總主編《中國新文學大系一九七六—二〇〇〇》三十冊。

17 趙家璧在《人民日報》發表的連載文章，原題作〈編輯憶舊〉，其中有關《中國新文學大系》的部分，刊於《人民日報》，一九五七年三月十九日及廿一日；後來重刊於《新文學史料》，一九七八年第一期（一月），頁六一—六二；及第三期（三月），頁一七二—一七三。

18 文章正式發表有所延後，見趙家璧〈重印《中國新文學大系》有感〉，《文匯報》，一九八一年三月廿三日。參考趙家璧〈話說《中國新文學大系》〉，頁一六三；趙修慧編〈趙家璧著譯年表〉，載趙家璧《書比人長壽：編輯憶舊集外集》，頁二六五。

以上的簡單撮述，目的不在於表現巧黠的「後見之明」，以月旦是非；而是借檢視「歷史承載體」的歷史，重新思考「歷史」的所謂傳承，以至「歷史」的存在與否，大抵是「記憶」與「反記憶」、「遺忘」與「反遺忘」的心與力的爭持。我們都明白，一九四九年之後，無論中國內地還是港英統治下的香港，政治與社會都有一個非常大規模的變易與轉移。以趙家璧的一人之身，歷經世變卻又似斷難斷，在大斷裂之後試圖由「記憶」出發以作歷史（文學史）連接，並且非常着意連接的合法性，而疏略其形神之異。他的舉措很能揭示「記憶」的黏合能力，同時也見到其偏狹的一面。[19]如果論者想把這五輯《中國新文學大系》看成一個連續體，必須面對其間存在一個極大裂縫的問題：第一輯完成於一九三六年，第二輯開始出版於半個世紀之後的一九八四年；更不要說中間經歷天翻地覆的戰爭與政治社會的大變異，第一輯與後來四輯的編輯思想、製作方式與實際環境的千差萬別。考慮到種種因素，香港在上述過程中的參與角色，又透露了哪種意義？《香港文學大系》要作「續編」，又會遇上甚麼問題？都有待我們省思。

19 有關《中國新文學大系》第一輯與後來各輯的差異與區隔，可參考陳國球〈香港？香港文學？——《香港文學大系一九一九—一九四九》總序〉，頁十—十三。

二、「記憶之連續體」在香港

一九四九年以後，香港與中國之間有各種迴斡，其中文學與文化是兩邊關係的深層次展現。在五、六十年代期間，有一些文學現象可供思考。五十年代初從內地南下的馬朗（一九三三？—），在香港創辦《文藝新潮》，推動現代主義創作，引進西方文藝思潮，影響了香港一個世代的文學發展。《文藝新潮》的馬朗，在大崩裂的時刻意識到「遺忘」帶來歷史的流失。他在雜誌創刊不久的第二期就預告要編一個〈三十年來中國最佳短篇小說選〉的特輯。他的想法是：

> 中國新文學運動至今已卅餘年，其間不少演變，然而不論是貧乏還是豐饒，出版不下數萬種的小說倒底〔案：原文如此〕給三十年來的讀者群廣汎的影響，然而這些作品今日都在歷史的洪流裏湮沒了。目前海外人仕〔士〕即使想找一篇值得回味的小說，亦無可能。……〔我們〕借這個特輯來作一次回顧，讓大家看看中國有過甚麼出色的短篇小說，在文化淪亡無書可讀的今日，對於華僑青年，其意義又豈只是保存國粹而已。[20]

一九五六年五月《文藝新潮》第三期特輯正式刊出，收入沈從文〈蕭蕭〉、端木蕻良〈遙遠的風

20 《文藝新潮》，第一卷第二期（一九五六年四月），封底〈預告〉。

砂〉、師陀〈期待〉、鄭定文〈大姊〉、張天翼〈二十一個〉五篇。馬朗在〈選輯的話〉交代編選過程中遇到的困難：

> 中國新文學書籍湮沒的程度實在超乎意料，令人吃驚。譬如，曾經哄動一時的新感覺派奇才穆時英的〈Craven A〉、〈一個本埠新聞欄廢稿的故事〉、〈白金的女體塑像〉、〈公墓〉等等之中，似乎可以選擇一篇的，因為他首先迎接了時代尖端的潮流；還有直追梅里美擅寫心理的施蟄存，他的《將軍的頭》和《梅雨之夕》兩本書；以致〔至〕偽滿時代的「中國紀德」爵青，他的《歐陽家的人們》；再有蕭紅的〈手〉和〈牛車上〉，羅烽描寫瀋陽事變的〈第七個坑〉、萬迪鶴的〈劈刺〉、荒煤的《長江上》、戰後的路翎和豐村……。前者已永遠在中國書肆中消失了，後者卻在香港找不到。[21]

四十年代在上海主編《文潮》的馬朗，來到香港以後對現代小說的記憶，自然與他昔日的閱讀經驗有關。馬朗在《文潮》有個〈每月小說評介〉的欄目，當中就曾評論《文藝新潮》特輯的〈期待〉

21 〈選輯的話〉，《文藝新潮》，第三期（一九五六年五月），頁六九。

及〈大姊〉兩篇；也旁及荒煤的《長江上》和爵青《歐陽家的人們》。[22]由此可見「香港」連結「中國」的軌跡之一，是「文學記憶」在空間（中國內地—香港），以及時間（四十年代—五十年代）上的傳承接駁。這個具體的例子說明，我們看到的不是「中華文化廣被四夷」；[23]而是一種「記憶」的遷徙、搬動。因為這些文學風潮與作品，在原生地已經難得流通了。[24]

此外，六十年代又有一次更大型的「文學記憶」的連結工程。一九六四年七月廿四日《中國學生周報》創刊十二周年紀念，推出《五四．抗戰中國文藝新檢閱》專輯，前有編者的〈寫在專輯前面〉，羅列了一批當時香港讀者會感陌生的作家名字，如卞之琳、端木蕻良、駱賓基、穆時英、施蟄存、錢鍾書、無名氏、王辛笛、馮乃超、孫毓棠、艾青、馮至、王獨清等，指出「他們的聲名給『正統作家』們蓋過了，他們的作品被戰亂的烽火燒燬了。但是，他們對當代中國文藝的影響是永遠潛在的，他們的功績是不可磨滅的」；這個專輯的目標是：

---

22 蘆焚（師陀）〈期待〉的評論見馬博良（馬朗）〈每月小說評介〉，《文潮》，創刊號（一九四四年一月），頁七五。鄭定文〈大姊〉的評論見馬博良〈每月小說評介〉，《文潮》，第一卷第五期（一九四四年八月），頁九八—九九；當中提到爵青《歐陽家的人們》。再者，評論曉芒〈荒原〉時，曾以荒煤《長江上》作比較，見馬博良〈每月小說評介〉，《文潮》，第一卷第六期（一九四四年十月），頁九七—九八。

23 我們也留意到馬朗提到香港的年輕世代時，稱他們做「華僑青年」。

24 例如三十年代的「新感覺派」，在大斷裂之後，要到八十年代北京大學嚴家炎重新提出，並編成《新感覺派小說選》（北京：人民文學出版社，一九八五），內地的讀者才有機會與之重逢。相對之下，這份「記憶」卻搬移到香港，由五十年代開始一直在文藝界傳承。

分別從小說、散文、詩歌、戲劇、翻譯、批評方面，介紹文壇前衛作家們的成就。……希望能夠提醒今日的讀者們：不要忘記從五四到抗戰到現在這一份血緣！[25]

這個專輯與「現代文學美術協會」的幾位骨幹人物如崑南（一九三五—）、李英豪（一九四一—）、盧因（一九三五—）等關涉最多。例如盧因就以「陳寧實」和「朱喜樓」的筆名，分別討論端木蕻良的小說，和周作人以來的雜文和散文；崑南則談無名氏，同時翻譯辛笛的詩作為英文。至於詩論大將李英豪則以「余橫山」的筆名討論劉西渭和五四以來的文藝批評，更重要的一篇論述是以本名發表的〈從五四到現在〉：

時至今日，一些真有才華和創建性的作者，反而湮沒無聞；作品隨着戰火而被埋葬；……我們只以為，「五四」及抗戰時，中國只有寫實小說，或自然主義品，卻漠視了如以新感覺手法表現的穆時英，捕捉內在朦朧感覺的穆木天，打破沿襲語言辭格的駱賓基，追尋純美的何其芳，寫〈水仙辭〉的梁宗岱，和運用小說「對位法」與「同時性」的爵青。茅盾、巴金、丁玲等都受政治宣傳利用，論才華和穩實，都比不上駱賓基、端木

---

25 編者〈寫在專輯前面〉，《中國學生周報》，第六二七期（一九六四年七月廿四日）。文中所列舉作家（除了穆木天、艾青、馮至）大部分是當時內地的現代文學史罕有論及的。

蕻良和李劼人；論狂放，更望塵不及無名氏。[26]

如果馬朗是搬動內陸的「文學記憶」到這個島與半島的文化人，李英豪卻是土生土長的本地「番書仔」，他的文化觸覺明顯與馬朗所傳遞的訊息有密切的關聯。但這並不表示李英豪一輩只是被動地接收單向的訊息。從文中可知他一樣看到由郭沫若到王瑤等傳揚的另一種文學史記述。換言之，李英豪等一輩人接收到內容有差異的訊息。顯然他們選擇相信文學的「過去」原本很豐富，但經歷滄桑歲月，「記憶」斷裂；精彩的作家和作品被「遺忘」。

由於對「遺忘」的戒懼，馬朗試圖將被隱蔽的「記憶」恢復。當他的私有「記憶」在易地以後成為一種論述，他高呼「人類靈魂的工程師，到我們的旗下來！」[27]當然是為了招集同道，發揮傳播的力量。至於論述的承受方，如崑南、盧因、李英豪一輩在本地成長的年輕人，緣此擴充了香港教育體制以外視野；[28]另一方面，在地的位置——作為面向世界的殖民地城市——也促使他們以更多元、多層次的思考，面對這些非他們固有的「文學記憶」；他們採取主動積極的態度，試

26 李英豪〈從五四到現在〉，《中國學生周報》，一九六四年七月廿四日。

27 新潮社〈發刊詞：人類靈魂的工程師，到我們的旗下來！〉，《文藝新潮》，第一卷第一期（一九五六年二月），頁二。

28 香港的文學教育並沒有提供這部分的知識，參考陳國球〈文學教育與經典的傳遞：中國現代文學在香港初中課程的承納初析〉，《現代中文文學學報》，第四期（二〇〇五年六月），頁九五——一一七。

圖建構可以上下連貫的文學史意識時，也在衡量當下自身的位置。所以文中說：

我們並不願意墨守他們的世界，亦不願盲從他們的步伐。中國現代文學應落眼於開創的一面——不斷的開創。我們不一定要有隻手闢天的本領，但我們必得肩負數千年來沈重的中國文化，高瞻遠矚的看看世界，默默的在個人追尋中求建立，自覺覺他。

文章的結尾，李英豪又說：

「現代」是「現代」，是不容逃避與否認的，而那必得是個人的、中國的「現代」。[29]

他們心中的「我們」，顯然是由當下的年輕一代的眾多「個人」組成；這一群「我們」為甚麼要「肩負」一個沉重的責任？如果用趙家璧的話來對照，他們「居然」、「擅自」、「自稱」是此一文學與文化記憶的「繼承者」，可謂不自量力地「情迷中國」（Obsession with China）。由馬朗到李英豪，「情迷中國」的基礎並不相同，但在五、六十年代香港共同構建了奇異卻璀爛的華語文化論述。

29 李英豪〈從五四到現在〉，《中國學生周報》，一九六四年七月廿四日。

正如香港出版的《民主評論》，在一九五八年元旦刊載了牟宗三、徐復觀、張君勱、唐君毅等四位流離於中國之外的儒學中人合撰的〈中國文化與世界——我們對中國學術研究及中國文化與世界文化前途之共同認識〉；[31]這些「新儒家們」的「文化記憶」在中國大地養成，他們的親身體驗，是支撐他們信念的依據。然而香港一個年輕人聚合的文藝團體，也在翌年（一九五九年）元旦發表他們的「文化宣言」。這個團體的主要成員是崑南（二十四歲）、王無邪（一九三六——，二十三歲）和葉維廉（一九三七——，二十二歲），組織名稱是「現代文學美術協會」；他們高呼：[30]

> 為了我們處於一個多難的時代，為了我們中華民族目前整體的流離，更為了我國半世紀以來文化思想的肢解，於是，在這決定的時刻中，我們都面臨着一個重大的問題；這個重大而不可抗拒的問題，迫使我們需要聯結每一個可能的力量，從面裏〔裏面〕發揮每一個人的勇敢，每一個人的信念，每一個人的抱負，共同堅忍地正視這個時代，共同表現中華民族應有的磅礡氣魄，共同創造我國文化思想的新生。……讓所有人，有共

30 參考陳國球〈情迷中國：香港五、六十年代現代主義文學的運動面向〉，《香港的抒情史》（香港：香港中文大學出版社，二〇一六），頁二六一——三一〇。

31 牟宗三、徐復觀、張君勱、唐君毅〈中國文化與世界——我們對中國學術研究及中國文化與世界文化前途之共同認識〉，《民主評論》，第九卷第一期（一九五八年一月），頁十二——二〇。

同善良的願望的年青人緊密地站在一起，站在一起肩負一個偉大而莊嚴的使命。[32]

由語言措辭以至思想方向看來，他們的想像其實源於南來知識分子的「文化記憶」，是這種「記憶」的承納與發揮。他們建構（虛擬）了一個超過本土的文化連續體，由是他們既能立意開新，又有歷史（上一輩的記憶）的厚重。千斤重擔兩肩挑。香港文學史的這一段，可說是最能大開大闔，最有歷史承擔的一段。[33]更重要的是：他們的確開拓了華語文學的新路，展示了內地環境所未及容納的文學之可能。當然，他們大概不能逆料其勇於承擔有可能遭逢「合法性」的質疑，而這正正是「歷史」之弔詭，與悲涼。

32 〈現代文學美術協會宣言〉，載崑南《打開文論的視窗》（香港：文星圖書公司，二〇〇三），頁一六三—一六四。

33 這是評斷香港文學文化為「淺薄」的外來學者所未及注意的一面。例如陳麗芬曾引用呂大樂指「香港意識」為「淺薄」的說法，普遍化為香港人就是「淺薄」；見陳麗芬〈普及文化與歷史記憶——李碧華的聯想〉，載陳國球編《文學香港與李碧華》（台北：麥田出版，二〇〇〇），頁一二三—一三〇。其實呂大樂之說是專指香港戰後嬰兒組成的「第二代人」自我發明的「香港意識」，是七十年期間快速發展起來的（自欺欺人的）神話，是無力的、排他的、淺薄的；其指涉有具體的範圍，與陳麗芬的想像有根本的差異。參考呂大樂《唔該埋單！——一個社會學家的香港筆記》（香港：閒人行有限公司，一九九七），頁一—三；二〇—三一。

三、歷史的崩裂與文學主體的更替

《香港文學大系》第一輯以一九四九年為編選內容的時期下限，現在第二輯在時間線上作承接，以一九五〇年到一九六九年為選輯範圍。然而，時間上雖然相互啣接，其間的「歷史」進程卻很難說是無縫的連續體。從現存資料看到，一九四五年二戰結束，港英政府從戰敗的日本收回香港，當時的人口約六十餘萬；一九四六年增至一百六十餘萬人；一九四九年一百八十六萬，一九五一年二百三十萬。[34] 由一九四九年到一九五一年兩三年間的人口增長約四十四萬，再計算雙向移動替代的實際情況和趨勢，這個歷史轉折時期香港人口變化極大，政治社會、經濟民生等面貌大有不同；尤其在文化理念或文學風尚，更是裂痕處處，前後不相連屬。

按照最通行的解說，自抗日戰爭結束，國共內戰展開，香港成為左翼文人的避風港，不少人更在此地主理重要報刊的編務，由是這個文化空間也轉變成左翼文化的宣傳基地。到一九四九年國民黨敗退台灣，大批內戰時期留港的文化人北上迎接新中國；而對社會主義政權心存抗拒的各式人等，又紛紛移居香港，或以之為中轉站，再謀定居之地。其中不少文化人在居停期間，書寫

34 參考湯建勛《一九五〇年香港指南》（香港：民華出版社，一九五〇；香港：心一堂，二〇一八年重印），頁八—九；華僑日報編《香港年鑑‧第四回》（香港：華僑日報公司，一九五一），頁二；華僑日報編《香港年鑑‧第五回》（香港：華僑日報公司，一九五二），頁二一。

去國的鄉愁。一九五〇年韓戰爆發，緊接全球冷戰，美國大量資金流入香港，支持反共的宣傳；文藝界受益於「美援」，在應命的文字以外，也謀得一定的文學發揮空間。[35]若暫且依從極度簡約化的「左右對壘」觀念，我們可以說：在一九四九年以前，香港文學由左派思潮主導；一九五〇年以後，右派的影響大增。[36]準此而言，以連續發展為觀察對象的「文學史」，根本無從談起。

再細意的考察，可以《香港文學大系一九一九—一九四九》所載，時代較能相接的重要作家

35 相關論述最有代表性的是鄭樹森幾篇「港事港情」文章：〈遺忘的歷史·歷史的遺忘——五、六〇年代的香港文學〉（一九九六）、〈一九九七前香港在海峽兩岸間的文化中介〉（一九九七）、〈五、六〇年代的香港新詩〉（一九九八）、〈談四十年來香港文學的生存狀況——殖民主義、冷戰年代與邊緣空間〉（一九九四），均收入《縱目傳聲：鄭樹森自選集》（香港：天地圖書公司，二〇〇四），頁二一六—二二六；頁二二七—二五四；頁二五五—二六八；頁二六九—二七八。下文再會論及其中最重要的〈遺忘的歷史·歷史的遺忘〉一文。又參考王梅香《隱蔽權力：美援文藝體制下台港文學（一九五〇—一九六二）》（新竹：清華大學博士論文，二〇一五）；Chi-Kwan Mark, *Hong Kong and the Cold War: Anglo-American Relations, 1949-1957* (Oxford: Oxford UP, 2004); Priscilla Roberts and John M. Carroll, ed., *Hong Kong in the Cold War* (Hong Kong: Hong Kong University Press, 2016)。

36 部分親歷這個轉折期的文化人例如慕容羽軍、羅琅等，也各自有其憶述，他們的說法又與此宏觀圖像並不能完全吻合；大概當中添加了許多更複雜的人事轇轕的追憶，以及個別的遭際感懷。但究竟這些微觀經驗，是否比遠距離的觀察更可信？實在不易判定。參考慕容羽軍《為文學作證：親歷的香港文學史》（香港：普文社，二〇〇五）；羅琅《香港文化記憶》（香港：天地圖書公司，二〇一七）。

為論。《香港文學大系》第一輯所見表現精彩的詩人易椿年（一九一五—一九三七）、編輯兼作者梁之盤（一九一五—一九四一）、文藝理論家李南桌（一九一三—一九三八），均英年早逝；而曾在此地推動「詩與木刻」的戴隱郎又回到馬來亞參加戰鬥，無法在文藝活動上延續影響。至於在文壇非常活躍的「香港文藝協會」成員如李育中、劉火子、杜格靈，又如寫過「香港照像冊」系列的前衛詩人鷗外鷗，《中國詩壇》骨幹陳殘雲、黃寧嬰、黃雨，小說和散文作家黃谷柳、吳華胥、杜埃等，都相繼在一九五〇年後北上，在香港再沒有蕩漾餘波；更不要說奉命來港「工作」的文化人如茅盾、郭沫若、聶紺弩、樓適夷、邵荃麟、楊剛等，他們返國以後，再也不回頭。這些三、四十年代在香港有頻繁文學活動的作家選擇離開，各有其原因，不應究責；後來不少人更身陷困厄。值得注意的是：他們的作品從此幾乎在香港絕跡，不再流傳；換句話說，當初備受讚譽的作品，其「生命」卻未能在此地延續。

回到《大系》續編的問題。《香港文學大系一九一九—一九四九》及《香港文學大系一九五〇—一九六九》兩輯，年代相接；選入的作家理應有所重疊。但比對之下，結果令人驚訝。例如第一輯《新詩卷》收錄詩人五十六家，第二輯共兩卷收詩人七十一家。第一輯詩人在第二輯再次出現的僅有柳木下、何達、侶倫三人。侶倫擅寫的文類還有小說和散文，何達的詩歌創作生涯比較長；至於柳木下，到六十年代詩思開始枯竭。三人以外當然還有一些留港作家，如舒巷城、葉靈鳳、陳君葆等，仍然有在報刊撰文，以不同的文體見載《香港文學大系》第二輯；但相對於五十年代新近南移到香港的文人，以及在本土成長的新一代來說，這些香港前代作家的整體創作量和影響力遠遠不及。再者，新一代冒起的年輕文人如崑南、王無邪、西西、李英豪等，與三、四十年代香港作家的關係也不密切。[37]

這種前後不相連屬的崩裂情況，提醒文學史研究者重新審視歷史的「延續」問題；這又關乎「歷史」與「記憶」主體誰屬的問題。

四、「記憶」與「遺忘」的韻律

《香港文學大系一九五〇—一九六九》的選錄範圍是五、六十年代，正進行中的編纂過程有許多不容易解決的問題；不過，在這個時間範圍採集資料，我們得助於前人的工作甚多。在上世紀八十年代已見到從文學史眼光整理的五、六十年代資料出版，例如鄭慧明、鄧志成、馮偉才合編的《香港短篇小說選——五十年代至六十年代》。[38] 到九十年代香港另一個歷史轉折期前後，

37 在這個轉折時期，有更強韌力可以跨越時代，持續發展的是香港的通俗文學寫作人，如傑克、望雲、周白蘋、我是山人、高雄（三蘇）等；然而他們要應對的環境和寫作策略與前述者不同；在此暫不細論。

38 鄭慧明、鄧志成、馮偉才合編《香港短篇小說選——五十年代至六十年代》（香港：集力出版社，一九八五）。書中〈前言〉特別提到當時搜集資料工作之艱巨繁複。

也有劉以鬯和也斯的五、六十年代短篇小說選；[39]以及黃繼持、盧瑋鑾、鄭樹森三人更大規模的合作計劃。黃、盧、鄭三位從一九九四年開始合力整理香港文學的資料，最先面世的成果如《香港文學大事年表》、《香港小說選》、《香港散文選》、《香港新詩選》等，其年限都設定在一九四八年到一九六九年。[40]三位學者還有其他時段的資料陸續整理出版，決定先推出五、六十年代的部分，應該有深義在其中。[41]鄭樹森在一九九六年發表〈遺忘的歷史．歷史的遺忘——五、六十年

39 劉以鬯《香港短篇小說選：五十年代》（香港：天地圖書公司，一九九七）；也斯《香港短篇小說選：六十年代》（香港：天地圖書公司，一九九八）。

40 黃繼持、盧瑋鑾、鄭樹森合編《香港文學大事年表：一九四八—一九六九》（香港：香港中文大學人文學科研究所，一九九七）；《香港小說選：一九四八—一九六九》（香港：香港中文大學人文學科研究所，一九九七）；《香港散文選：一九四八—一九六九》（香港：香港中文大學人文學科研究所，一九九七）；《香港新詩選：一九四八—一九六九》（香港：香港中文大學人文學科研究所，一九九八）。

41 三人合編的其他香港文學資料還有：《早期香港新文學作品選：一九二七—一九四一》（香港：天地圖書公司，一九九八），《早期香港新文學資料選：一九二七—一九四一》（香港：天地圖書公司，一九九八），《國共內戰時期香港本地與南來文人作品選：一九四五—一九四九》（香港：天地圖書公司，一九九九），《國共內戰時期香港本地與南來文人資料選：一九四五—一九四九》（香港：天地圖書公司，一九九九），《香港新文學年表（一九五〇—一九六九年）》（香港：天地圖書公司，二〇〇〇）。

代的香港文學〉，可說是為其理念及這個階段的工作，作出綜合說明。[42] 從題目可以見到「遺忘」也是三位前輩非常關心的問題。鄭樹森在文章結尾說：

五、六十年代的香港文學，雖是當時最不受干預的華文文學，但也是物質基礎最薄弱、生存條件最貧困的。而當時政府圖書館的不聞不問，完全可以理解，但對今日的文學研究者，史料的湮沒，不免造成歷史面貌的日益模糊。任何選集、資料冊和文學大事年表的整理工作，都不得不面對歷史被遺忘後的窘厄，但也不得不去努力重構。而在這過程中，過濾篩選，刪芟蕪雜，又在所難免。換言之，重新構築出來的圖表面貌，不論是有意或無意，不免是另一種歷史的遺忘。[43]

42 〈遺忘的歷史．歷史的遺忘——五、六十年代的香港文學〉一文先在《幼獅文藝》及《素葉文學》發表，也收入《香港文學大事年表》作為書〈序〉；後來三人合著的《追跡香港文學》，也以這一篇文章放在卷首，可見這篇文章的重要性。分見《幼獅文藝》，第八十三卷第七期（一九九六年七月），頁五八——六三；《素葉文學》，第六一期（一九九六年九月），頁三〇——三三；《香港文學大事年表：一九四八——一九六九》（香港：香港中文大學人文學科研究所香港文化研究計劃，一九九六），頁一——八；《追跡香港文學》（香港：牛津大學出版社，一九九八），頁一——九。

43 〈遺忘的歷史．歷史的遺忘——五、六十年代的香港文學〉，《素葉文學》，第六一期（一九九六年九月），頁三三。

鄭樹森提到兩種「遺忘」：一是「集體記憶」的遺落，政府無意保存，民間社會也沒有「記憶」的需求；另一是史家技藝的限制，無法呈現「完全」的「記憶」。後者其實是前者的逆反：因為不滿「記憶」的遺失，所以要填補這缺失；卻因為要勉力拯救所失，求全之心生出警覺之心，甚或憂心。我們循此方向再作深思，或者可以從「記憶」的本質出發。「記憶」本是存於私我的內心，私我要尋求「生命歷程」的意義時，「記憶」是重要的憑藉。「記憶」從來不會顯現完整的「過去」，因為「過去」的每一刻都是無限大、無窮盡的；「記憶」本就是零散經驗的提取，如果要將所經驗的「過去」轉化成有意義的記憶（**making sense of the past**），則編碼（**encoding**）過程不可缺少；於是「現在」與「過去」、「私我」和「公眾」就構成對話關係，過程中既內省、再玩味、更參酌比照，當中自然有選擇、有放下；「遺忘」與「記憶」就構成辯證的關係。[44] 鄭樹森念茲在茲，

44 有關「集體記憶」、「歷史」與「遺忘」，可參考 Maurice Halbwachs, *On Collective Memory*, ed. and trans. by Lewis A. Coser (Chicago: The University of Chicago Press, 1992); Peter Burke, "History as Social Memory," in *Memory*, ed. by T. Butler (Oxford: Blackwell, 1989), pp. 97-113; Patrick H. Hutton, *History as an Art of Memory* (Hanover, New Hampshire: University Press of New England, 1993); Jeffrey Andrew Barash, *Collective Memory and the Historical Past* (Chicago and London: University of Chicago Press, 2016); Guy Beiner, *Forgetful Remembrance: Social Forgetting and Vernacular Historiography of a Rebellion in Ulster* (Oxford: Oxford University Press, 2018)。在參閱這些論述時，我們也要注意歷史學的關懷與文學史學不完全相同，因為「文學」的本質就與美感經驗相關。

是「集體記憶」的公共意義，「歷史」不應被（政治力量或經濟力量）刻意「遺忘」；謹之慎之，是為重構「歷史」過程的成敗負上責任。這種態度是值得我們尊敬的。

然而，當我們要整合思考《香港文學大系》第一、二輯的關係時，要面對的「記憶」與「遺忘」卻埋藏在更複雜的歷史斷層之間。尤其「文化記憶」在兩輯之間的失傳，是否宣明「文學」無力抗衡「現實」？只要政治社會有大變動，文學所能承載的「記憶」是否就必然失效，就此湮滅無聞？

可是，當我們還未在「歷史現實」面前屈膝之前，就發現香港的五、六十年代文人，其實在奮力抗拒「遺忘」，正如前面提到馬朗為三十年代的文學亡靈招魂；李英豪等更大規模的重整文學記憶。這樣的超越時空界限的香港文學事件不一而足，例如：曹聚仁寫《文壇五十年》正續編（一九五四、一九五五）；[45] 趙聰寫《大陸文壇風景畫》（一九五八）、《五四文壇點滴》（一九六四）；[46] 李輝英寫《中國新文學二十年》（一九五七）；構思《中國新文學大系．續編》

45 曹聚仁《文壇五十年》（香港：新文化出版社，一九五四）；《文壇五十年續集》（香港：世界出版社，一九五五）。

46 趙聰《大陸文壇風景畫》（香港：友聯出版社，一九五八年）、《五四文壇點滴》（香港：友聯出版社，一九六四）。

（一九六八）；[47] 力匡以新月派風格寫《燕語》的離散心聲（一九五二）；[48] 侶倫調整他的浪漫風格，以《窮巷》繼續「五四」以來的現實主義（一九五二）；[49] 宋淇借梁文星重現四十年代的詩學觀念（一九五五）；[50] 葉維廉用心融會李金髮、戴望舒、卞之琳等的風格（一九五九）；[51] 崑南盡意追慕無名氏的小說（一九六四）。[52] 應該注意的是，他們刻意重尋的「記憶」，其典範並非源自本土；但這也不是簡單的「情迷」心結，而是將更悠長深遠的「記憶」與當下的生活體驗以至生命感懷作出斡旋與協商；其中文字在文化脈搏中生發的美感經驗，或許更是關鍵樞紐，由是生發出在地的、新鮮的「文學記憶」。至於發生在《大系》兩輯時限之間的斷裂，前後輩作家之不相聞問，的確是我們所關懷且惋惜的現象。不過，我們或許要再放寬視野，只要有能力在崎嶇不平、滿佈坑洞的「歷史」長廊走遠，就會發覺已遺落的「文學記憶」，會乘隙流注，在意想不到的時刻直奔眼前。例如八十年代中段，久失踪影的鷗外鷗翩然重臨，向隔代的本地同道傳遞添加了滄桑

47 林莽（李輝英）《中國新文學二十年》（香港：世界出版社，一九五七）；李棪、李輝英《中國新文學大系・續編》的編選計劃》。
48 力匡《燕語》（香港：人人出版社，一九五二）。
49 侶倫《窮巷》（香港：文苑書店，一九五二）。
50 林以亮〈詩的創作與道路〉，《祖國周刊》，第十二卷第五期（一九五五年五月），頁二五—三〇。
51 葉維廉〈論現階段中國現代詩〉，《新思潮》，第二期（一九五九年十二月），頁五—八。
52 崑南〈淺談無名氏初稿三卷〉，《中國學生周報》，第六二七期，《五四・抗戰中國文藝新檢閱》專輯，一九六四年七月二十四日。

苦澀的「記憶」；以舊作新篇為年輕世代的文學冶煉助燃。[53]「歷史（文學史）」不僅形塑「過去」，它還會搖撼「未來」。

風物長宜放眼量。文學「記憶」與「遺忘」的往來遞謝，或者好比一種即興式的「時間韻律」（rhythmic temporality），時而共鳴交感，時而沉靜寂寞。[54]我們未必能按軌跡預計「記憶」何時重訪我們的意識世界，因為現世中有種種有形與無形的屏障或壓抑。然而文學——依仗文字與文化生發的美感經驗——就有種「反遺忘」的力量，在意識的海洋上下浮潛而汩汩不息，或者衣缽相傳，也可能隔世相逢。年來我們努力梳理五、六十年代香港文學的作品和相關資料，每每驚嘆初遇其實就是舊識；因為，彼此都存活在這塊土地上。

五、同構「記憶」的大眾文化

以上的論述主要從「遺忘」戒懼出發，也牽涉到主體的問題，究竟誰在「記憶」？誰要「遺忘」？簡約式的回應是：南下文人滿懷「山河有異」的感覺，以「文學風景」作為寄寓。至於本地

53 參考陳國球〈左翼詩學與感官世界：重讀「失踪詩人」鷗外鷗的三、四十年代詩作〉，《政大中文學報》，第廿六期（二〇一六年十二月），頁一四一—一八一。

54 這是英國學者 Ermarth 討論歷史時間的觀念之借用；見 Elizabeth Deeds Ermarth, *Sequel to History: Postmodernism and the Crisis of Representational Time* (London: Routledge, 2012)。

的年輕「番書仔」，卻以文化源頭的「想像」承接文壇長輩的「記憶」，來抗衡殖民統治下的種種壓抑，以及在「現代性」的苦悶狀態下尋找精神出路。「反遺忘」的對象，就是大環境的政治與社會氣候。這些「抗衡政治」的論述，比較能說明精英文化層面的心靈活動。然而，各種力量的交鋒在更寬廣的民間社會可能有不同的表現，其中顛覆的意義更不能忽略。《香港文學大系》以文字文本的「藝術表現、社會感應，與歷史意義」作為觀察對象，但編輯範圍並不會囿限在新詩、小説、散文、戲劇、文學評論等自「新文學運動」以來的「正統」文學類型。第一輯十二卷在上述文體以外，還包括通俗文學、舊體文學、兒童文學等；編輯團隊認為在香港的文化環境中，這些文學類型能夠提供「額外的」審視角度。相關的編輯理念已在《香港文學大系一九一九—一九四九》的〈總序〉作出解説。在這個基礎上，《香港文學大系一九五〇—一九六九》保持第一輯的各種文體類型，再添加粵語、國語歌詞，以及粵劇兩個部分。歌詞和粵劇的相關藝術形式是音樂和舞台的表演，但其中的文字文本仍然佔了一個相當重要的位置。當然更全面以文字表達的大眾文化體類可以舉出盛極一時的武俠小説與愛情流行小説，以及別具形態的「三毫子小説」。本輯《香港文學大系》兩卷《通俗文學》會適切地反映這個現象。在《香港文學大系一九五〇—一九六九》的架構中，新增的《粵劇卷》和《歌詞卷》有助我們從更全面了解不同類型的文字文本如何融會成大家認識的香港文化。

粵劇本是廣東珠江三角洲一帶開展出來的地方戲曲，其原始功能是作為民間酬神的一種儀式，娛神的作用不少於娛人。隨着二、三十年代省（省城，即廣州）港（香港）澳（澳門）的城市化發展，粵劇演出的空間與時間也相與呼應，重心漸漸從臨時戲棚轉到戲院舞台，並由季候性的農閒祭祀活動變成市民日常生活的文娛康樂；演出所本也由固定劇目、排場之程式化與即興混合，進展到文人參與編訂提綱以至劇本。由是，文字的作用愈加重要，文學性質經歷一個由隱至顯的歷程。於今回顧，可知粵劇的文學階段之成熟期正正發生在大崩裂時代的香港；而粵劇的整體藝術表現，也在五、六十年代進入最輝煌的時期。是時，粵劇是這個城市的重要文娛活動，與社會大眾同一呼吸；相對同時其他嶺南地區，香港更有可以迴轉的精神空間，在市廛喧鬧間讓文字的感應和創發力量得以發揮。市民社會本來就複雜多元，在現實困厄中謀存活，難免有保守功利的一面；然而大眾意識中也不乏向上提升、或者挑戰威權的想望。這時期香港粵劇界出現最有駕馭能力的編劇家，在娛樂消閒與藝術錘煉之間游走；部分更蘊藏種種越界之思，乘間衝擊諸如生死、倫常、國族、階級等界限，暗中顛覆舊有的價值體系。[55] 當中文字與現實的博弈，透過不同媒介如電台廣播、唱片，或電影改編等廣泛傳播，植入不同階層的民眾意識之中，成為香港的重要「文化記憶」，在往後世代滋潤了許多文學以至藝術創作。[56]

55 例如《牡丹亭驚夢》（唐滌生，一九五六）及《再世紅梅記》（唐滌生，一九五九）的跨越道德與生死界、《碧海狂僧》（陳冠卿，一九五二）以「老妻少夫」的情節質詢愛情之「常態」、《鳳閣恩仇未了情》（徐子郎，一九六二）以「胡漢戀」撼動國族的界限、《紫釵記》（唐滌生，一九五七）中郡主與歌妓的階級身份置換等等。

56 參考陳國球〈粵劇《帝女花》與香港文化政治想像〉，未刊稿。

由粵劇的劇曲衍生出「粵語小曲」，再而出現受「國語時代曲」感染的「粵語時代曲」，發展到更「現代化」的「粵語流行曲」（Cantopop），是香港文化的其中一條重要發展脈絡。五、六十年代流行文化中的粵語歌未算鼎盛；要到七十年代開始，「粵語流行曲」才成為香港最重要的「軟實力」之一，影響不止遍及華語世界，在整個東亞地區都有其耀眼的位置。《香港文學大系》第二輯開闢「歌詞」一體，其中一個考慮點是為以後各輯的《歌詞卷》先作鋪墊。此外，作為這個時期的文字力量之一，粵語歌詞還有不少可以細味的地方；尤其與當時的「國語時代曲」對照並觀，更能見出在地的語言風俗與各方交涉周旋的意義。「國語時代曲」的原生地應該在上海。一九四九年以後，「樂人南奔」，一大批上海歌手、作曲家、填詞人移居香港；重要的唱片製作人、大型唱片公司也由上海南下，帶來上海先進的歌曲製作技術，資金又充裕，一時間「滬上餘音」瀰漫香江。[57]

香港的語言環境原本以粵語為主，書面語基本上與其他華語地區相通；但歌曲唱詞發聲，以聽覺主導，「國語時代曲」（與「國語電影」）在五、六十年代香港居然可以引領風騷，比粵語歌曲（及「粵語電影」）有更高的社會位置；這是值得玩味的現象。在一定程度上，可以見到香港文化

57 參考黃奇智《時代曲的流光歲月：一九三〇—一九七〇》（香港：三聯書店（香港）有限公司，二〇〇〇）；沈冬〈《好地方》的滬上餘音——姚敏與戰後香港歌舞片音樂〉上、下，《音樂藝術（上海音樂學院學報）》，二〇一八年第一期（三月），頁一二七—一四二；二〇一八年第三期（九月），頁七八—九一。

有一種在殖民統治影響下的寬鬆彈性：有時是逆來順受，有時是兼容並包。若有所抗衡，會選擇比較迂迴或含蓄的方式。粵語歌曲同時經歷「國語時代曲」與「歐西流行曲」的衝擊，再由在地意識浸潤洗練，七十年代以後就能奮起搶佔鰲頭。另一方面，國語歌曲在當時香港的寬廣空間也得以茁壯成長，進入這一種歌唱體裁的黃金時期；這時「國語時代曲」的創作人不止於追詠〈南屏晚鐘〉（陳蝶衣，一九五八），也會欣賞地道的〈叉燒包〉（李雋青，一九五七），漸漸體會身處的〈好地方〉（易文，一九六二）。可見「國語時代曲」也能接地氣，成為五、六十年代本地文化的一環。

粵語、國語的歌詞合觀，可見其中還是以情歌最為大宗。談情說愛在現代社會幾乎是人生的必經歷程，普羅大眾最容易感應；這方面的書寫，在語言鍛煉（或者堆疊）上，可以上承《香奩》、《花間》，往返於風雲月露、鴛鴦蝴蝶，不難造就一種「文雅」的面相。反而其他內容的創作表達與市民接收，更值得注意。流行文化本質上要隨波逐流，寫大眾喜見樂聞，或者憂戚同感的情事。這時期的國粵語歌展示了社會的眾多面相，例如：對富貴或者美好生活的嚮往；[58] 又有為低下階層的勞動生活打氣；[59] 反映大眾的社會觀感、居住環境的差劣；[60] 以至世代轉變帶來的家

58 如〈月下定情〉（張金，一九五一）；〈馬票夢〉（韓棟，一九五五）；〈我要飛上青天〉（易文，一九五九）；〈財神到〉（梅天柱，一九六七）。

59 如〈擦鞋歌〉（司徒明，一九五六）；〈工廠妹萬歲〉（羅寶生，一九六九）。

60 如〈飛哥跌落坑渠〉（胡文森，一九五八）；〈扮靚仔〉，（胡文森，一九六一）；〈一家八口一張牀〉（陳蝶衣，一九五六）；〈蜜蜂箱〉（李雋青，一九五七）。

庭代溝、青春之鼓舞與躁動；[61]甚至女性主體意識的釋放。[62]《香港文學大系》這一輯統合香港國粵語歌曲的歌詞為一卷，更有助我們對照兩個語言表述傳統的異同，觀察二者在同一文化場域中如何周旋與互動，如何同構這個時段的「文化記憶」。再者，從整個《香港文學大系一九五〇——一九六九》的體系來看，我們也可以留心新增的《粵劇卷》和《歌詞卷》如何補足我們對香港文學文化的理解。

六、有關《香港文學大系一九五〇——一九六九》

《香港文學大系一九五〇——一九六九》共計有十六卷；《新詩》兩卷，卷一由陳智德主編，卷二葉輝、鄭政恆合編；《散文》兩卷，卷一樊善標主編，卷二危令敦主編；《小說》兩卷，卷一馮偉才主編，卷二黃淑嫻主編；《話劇卷》盧偉力主編；《粵劇卷》梁寶華主編；《歌詞卷》分兩部分，粵語歌詞黃志華、朱耀偉合編，國語歌詞吳月華、盧惠嫻合編；《舊體文學卷》程中山主編；《通俗文學》兩卷，卷一黃仲鳴主編，卷二陳惠英主編；《兒童文學卷》黃慶雲、周蜜蜜

61 如〈老古董〉（易文，一九五七）；〈青春樂〉（吳一嘯，一九五九）；〈莫負青春〉（蘇翁／羅寶生，一九六六）；〈我是個爵士鼓手〉（簫篁，一九六七）。

62 如〈哥仔靚〉（梁漁舫，一九五九），〈卡門〉（李雋青，一九六〇）。

合編；《評論》兩卷，卷一陳國球主編，卷二羅貴祥主編；《文學史料卷》馬輝洪主編。

編輯委員會成員有：黃子平、黃仲鳴、黃淑嫻、樊善標、危令敦、陳智德、陳國球。我們還邀請了李歐梵、王德威、陳平原、陳萬雄、許子東、周蕾擔任本輯《香港文學大系》的顧問。

《香港文學大系一九五〇——一九六九》編纂計劃很榮幸得到公私各方的襄助。其中李律仁先生再度捐贈啟動資金，香港藝術發展局先後撥出款項作為計劃的主要運作經費。在計劃醞釀期間，也得到香港藝術發展局文學藝術組全力支持，並提供寶貴的意見。出版方面，續得香港商務印書館高水平的專業支援，解決了不少編輯過程中的難題。中研院王汎森院士盛情鼓勵，為《大系》題籤。香港教育大學中國文學文化研究中心作為《大系》編輯的基地，各位同事和研究生們以最高熱忱協同編務。至於境內外文化界同道的熱心關懷，督促提點，在此不及一一。以上種種，我們都銘記在心，並以之為更大的推動力，盡所能以完成《大系》的工作。

在此還應該記下我對《大系》編輯團隊的無限感激。眾所周知，當下的學術環境並不鼓勵《香港文學大系》一類的工作，團隊同仁犧牲大量時間與精神參與編務，只說明我們認識的這個城市、這個地方，值得大家交付心與力。至於其中的意義，就看往後世間怎麼記載。

凡例

一、《香港文學大系一九五〇—一九六九》共十六卷，收錄一九五〇年（一月一日起）至一九六九年（十二月三十一日止）之香港文學作品，編纂方式沿用《中國新文學大系》的體裁分類，同時考慮香港文學不同類型文學之特色，定為新詩卷一、新詩卷二、散文卷一、散文卷二、小說卷一、小說卷二、話劇卷、粵劇卷、歌詞卷、舊體文學卷、通俗文學卷一、通俗文學卷二、兒童文學卷、評論卷一、評論卷二和文學史料卷。

二、作品排列是以作者或主題為單位，以作者為單位者，以入選作品發表日期先後為序，同一作者入選多於一篇者，以發表日期最早者為據。

三、入選作者均附作者簡介，每篇作品於篇末註明出處。如作品發表時所署筆名與作者通用之名不同，亦於篇末註出。

四、本書所收作品根據原始文獻資料，保留原文用字，避免不必要改動，如果原始文獻中有×或□，亦予保留。

五、個別明顯誤校、字粒倒錯，或因書寫習慣而出現之簡體字，均由編者逕改；個別異體字如無法顯示則以通用字替代，不另作註。

六、原件字跡模糊，須由編者推測者，在文字或標點外加上方括號作表示，如「不以為〔然〕」；

原件字跡太模糊，實無法辨認者，以圓括號代之，如「前赴（　）國」，每一組圓括號代表一個字。

七、本書經反覆校對，力求準確，部分文句用字異於今時者，是當時習慣寫法，或原件如此。

八、因篇幅所限或避免各卷內容重複，個別篇章以「存目」方式處理，只列題目而不收內文，各存目篇章之出處將清楚列明。

九、《香港文學大系一九五〇——一九六九》之編選原則詳見〈總序〉，各卷之編訂均經由編輯委員會審議，唯各卷主編對文獻之取捨仍具一定自主，詳見各卷〈導言〉。

十、本〈凡例〉通用於各卷，唯個別編者因應個別文體特定用字或格式所需，在〈導言〉內另作補充說明，或在〈導言〉後另以〈本卷編例〉加以補充說明。

導言

危令敦

這是一個十分美麗的城，你說。是的，是的，我愛港島，讓我好在明天把你一點一點地忘記。

——西西：〈港島．我愛〉

一

戰後的香港，自燼餘中奮起，在移民、難民與本地居民的刻苦經營下，經過兩代人的不懈努力，終在二十世紀完結前，將此地建成舉世知名的港城，令人嚮往的國際大都會。總體而言，在五〇與六〇年代，資金、人才與勞力陸續流入，促進城市建設，工商發展，加上港府在六〇年代後期調整施政策略，民生乃得以逐步改善，使香港在進入七〇年代以後，穩步邁入史家所說的「黃金時代」。[1]

與香港當時較為「匱乏」的經濟相比，處於「轉型或過渡期」的五、六〇年代香港文壇卻顯得相當「強旺」。[2] 從文學生產的角度來看，六〇年代迎來了一股文學期刊的出版熱潮，當時創刊或

---

1 以下經濟數據可作參考：從一九四八年到一九六六年，香港的人均本地生產總值從一百一十港元提高至三千九百港元。在六〇年代，即一九六一到一九七〇年間，香港的本地生產總值從七十四億港元躍升至二百三十億港元。一九七五年，達四百九十三億港元；一九八〇年，為一千四百一十八億港元。從一九六一到一九八〇年的二十年間，香港的人均本地生產總值，已從二千三百港元提高至二萬八千港元。一九九五年，香港的人均本地生產總值為十七萬九千五百港元，香港的本地生產總值已超過一萬億港元。Gary McDonogh and Cindy Wong, *Global Hong Kong* (New York & London: Routledge, 2005), pp. 61-88, 61, 82, 92。法蘭克・韋爾許（Frank Welsh）將香港第二十五任總督麥理浩爵士（Sir Murray MacLehose, 1917-2000）治理下的七〇年代（一九七一—一九八二年）稱為香港的「黃金時代」。法蘭克・韋爾許著，王皖強、黃亞紅譯：《香港史：從鴉片戰爭到殖民終結》（香港：商務印書館（香港）有限公司，二〇一五年），頁四三二—四五五。

2 「匱乏」與「強旺」為鄭樹森語，「轉型或過渡期」則是黃繼持的觀點。黃氏認為，「五六十年代之交至一九六七年左右，香港自我意識萌芽，社會民生有所轉變，文學與藝術文化的本地色彩逐漸形成，本地成長的一代文藝青年開始興起，創作呈現多元化，『現代主義』勃興。」〈香港新文學年表（一九五〇至一九六九年）三人談〉，鄭樹森、黃繼持、盧瑋鑾編：《香港新文學年表（一九五〇—一九六九年）》（香港：天地圖書有限公司，二〇〇〇年），頁八，一五，二一。

正在流通的文學期刊，以及與文學有關的綜合雜誌有：《文壇》、《文學世界》、《文藝世紀》、《中國學生周報》、《新思潮》、《大學生活》、《青年樂園》、《鄉土》、《南洋文藝》、《文藝季》、《文藝線》、《文藝沙龍》、《華僑文藝》（後易名為《文藝》）、《青年文叢》、《好望角》、《黃河文藝》、《水星》、《藍馬季》、《現代雜誌》、《伴侶》、《文藝伴侶》、《小說文藝》、《當代文藝》、《海光文藝》、《明報月刊》、《大華》、《環球文藝》、《純文學》、《盤古》、《筆端》，可謂陣容堅強。[3] 其中《中國學生周報》與《當代文藝》的銷量尤佳，前者對香港文壇影響深遠，後者則發展成為香港與東南亞華文文學的重要交流平台。部分報紙副刊，如《新生晚報》的「新趣」、《香港時報》的「淺水灣」、《星島晚報》的「星晚」等，亦對這個階段的雅俗文學發展貢獻良多。[4] 除此之外，《香港時報》、《星島日報》、《星島晚報》、《華僑日報》、《工商日報》、《天天日報》、《新民報》等報章還

3 秦賢次：〈香港文學期刊滄桑錄〉，《文訊》第二十期（一九八五年十月）：頁五三—七六；黃康顯：《香港文學的發展與評價》（香港：秋海棠文化企業，一九九六年），頁一二—一三，八〇—八三；許定銘：〈幾種青年文藝刊物〉，《城市文藝》第四卷第五期（二〇〇九年六月十六日）：頁二八—三一。

4 黃康顯：《香港文學的發展與評價》，頁八二；沈海燕：《社會．作家．文本：南來文人的香港書寫》（香港：中華書局（香港）有限公司，二〇二〇年），頁三二—三九。

為青年人提供筆耕園地，培養寫作人才。[5]

在文學活動方面，最引人注目的是始於五〇年代，盛於六〇年代中期的「文社潮」。[6] 根據有心人搜集與統計的資料顯示，於六〇年代的高峰期，由青年人自發組織的文社總數多達二百個。不少當年參與文社的青年，後來都成了作家或學者，香港文學的本土面貌也自此逐漸浮現。例如崑南（岑崑南，一九三五—，文生文學研究社）和唐文標（一九三六—一九八五；文生文學研究社），他們兩人都曾參加五〇年代的文社。出身於六〇年代文社的寫作人更多，包括黃俊東

5 也斯：〈一九六〇年代的香港文化與香港小說〉，黃淑嫻等編：《也斯的五〇年代——香港文學與文化論集》（香港：中華書局（香港）有限公司，二〇一三年），頁二二四；吳萱人：〈文社的出版浪潮及公開活動〉，《香港六七十年代文社運動整理及研究》（香港：臨時市政局公共圖書館，一九九九年），頁八七—九一；吳萱人：〈報章雜誌向文社公開園地全況〉，《香港六七十年代文社運動整理及研究》，頁一七六—一八一。

6 「文社潮」為黃繼持語，〈香港小說的蹤跡——五、六十年代〉，黃繼持、盧瑋鑾、鄭樹森：《追跡香港文學》（香港：牛津大學出版社，一九九八年），頁二四。盧瑋鑾對於「文社潮」有如下描述：「六十年代中葉，本土成長的文藝青年，組織文社，顯露對文學、社會的關懷。他們以熱誠嚮往之心力，追尋文學路向，討論文學批評與文運關係、文化定位、注視社會變革。」盧瑋鑾：〈五、六十年代的香港散文身影〉，黃繼持、盧瑋鑾、鄭樹森：《追跡香港文學》，頁三二。

（一九三四—，微望社）、西西（張彥，一九三七—，異教徒詩社、阡陌文社）[7]、余玉書（余祥麟，一九三七—，海棠文社、海洋詩社〔臺北〕）、李英豪（一九四一—，海瀾社）、藍海文（藍田，一九四二—，文藝沙龍社）、馬覺（曹明明，一九四三—二〇一八，阡陌文社）、柯振中（一九四五—二〇一八，風雨文社）、古蒼梧（古兆申，一九四五—，芷蘭文藝社、蒲公英文社等）、羈魂（胡國賢，一九四六—，文秀文社）、陳炳藻（一九四六—，芷蘭文藝社）、許定銘（一九四七—，藍馬現代文學社）、蔣英豪（一九四七—，風雨文社）、黃維樑（一九四七—，芷蘭文藝社）、彥火（潘耀明，一九四七—，豪志文社）、吳敬子（黃仲鳴，一九四七—，晨風文社）、也斯（一九四九—二〇一三，文秀文社）、吳煦斌（吳玉英，一九四九—，文秀文社）、洪清田（一九四九—，春蕊文社）等人。[8]

---

7 根據過去的資料，西西的出生年為一九三八年，而近年發現的新證據顯示西西出生於一九三七年。詳參：〈西西傳略〉，王家琪等編：《西西研究資料》第一冊（香港：中華書局（香港）有限公司，二〇一八年），頁vi-viii；何福仁：〈西西：其人其事〉，《虛詞》二〇二〇年十二月二十八日，http://p-articles.com/works/1888.html。

8 吳萱人：〈六十年代中期的文社運動盛況〉，《香港六七十年代文社運動整理及研究》，頁三〇—四八；吳萱人：〈代變中看六、七十年代文社運動承傳（講文提要）〉，關永圻、黃子程編：《我們走過的路——「戰後香港的政治運動」講座系列》（香港：天地圖書有限公司，二〇一五年），頁一〇〇—一二〇。關於六、七〇年代文社運動的歷史文獻，見吳萱人編：《香港文社史集初編（一九六一—一九八〇）》（香港：採集組合，二〇〇一年）。

六〇年代文社林立，各種以手抄、油印或鉛印刊行的社刊亦競相出版，數量在八十種以上，可見當年結社與練筆風氣之盛。[9] 五、六〇年代之交，不少年輕作者將作品合集付梓，或交由資深作家編輯出版，亦可視為本地作家崛起的訊號。這些作品包括《五月花號》（臺北，一九五九）、《靜靜的流水》（一九五九）、《棠棣》（一九六〇）、《市聲．淚影．微笑》（一九六一）、《海歌．夜語．情思》（一九六二）等。[10] 除了出版刊物與合集外，文社活動還有一個重要的面向，即主辦各種公開或半公開的文藝講座，廣邀資深作家來分享創作經驗，講解文史知識，或分析社會與文化現象。當年擔任主講嘉賓的作家和學者有：左舜生（左學訓，一八九三—一九六九）、任畢明（任亮，一九〇四—一九八一）、趙聰（崔樂生，一九〇七—一九八三）、徐訏（徐傳琮，一九〇八—一九八〇）、李輝英（李連萃，一九一一—一九九一）、林仁超（一九一四—一九九三）、馮明之（一九一九—一九八二）、黃思騁（一九一九—一九八四）、司馬長風（胡若谷，一九二〇—一九八〇）、岳騫（何家驊，一九二三—）、徐速（徐斌，一九二四—一九八一）、燕歸

---

9 吳萱人：〈文社的出版浪潮及公開活動〉，頁六二—一一五；另參胡國賢：〈從「文社」到「詩社」——香港詩社及詩刊發展初探〉，《詩雙月刊》第四卷第二期（一九九二年十月十日）：頁四二—五七。鄭樹森曾指出，由於這些刊物散佚嚴重，已難作全面評估。〈香港新文學年表（一九五〇至一九六九年）三人談〉，頁二八。

10 吳萱人：〈文社的出版浪潮及公開活動〉，頁六二。

來（邱然，一九二八—二〇一八）等，皆一時之選。[11] 從這個名單來看，老、中、青三代寫作人之間，有一定程度的交流與互動，於文化知識與寫作技藝的傳承與反思均大有裨益。

二

收錄在本卷的作者共六十一名，含括八十一篇作品。總體而言，除了可確定在香港出生的十位本地居民外，其餘絕大多數都是在二十世紀四、五〇年代之交，因各種原因，陸續遷居或隨父母移居香港的各省居民，在三〇、四〇及六〇年代分別進入香港的人數不多，二十世紀初就已南下者更僅有一位。這批人口的流動大都與當年影響時局的三大歷史事件有關：三〇年代中期，第二次中日戰爭爆發；四〇年代中期，日本投降，國共內戰再起；一九四九年，內戰結束，中國國民黨政權退守臺灣，中國共產黨建立中華人民共和國。從四〇到六〇年代，遷居香港的作者還有來自澳門、越南與毛里求斯的華人各一。這六十一名作者，不論是本地居民或外來人口，其居港時間都相當長久，他們的香港作家身分殆無疑問。根據目前的資料，這六十一人之中，日後再移居他鄉者凡十五人。[12]

11 參吴萱人：〈文社的出版浪潮及公開活動〉，頁九三—九七。

12 關於作者的生平資料，請參閱附錄之作者簡介。

從省籍角度來審視，南方各省人才無疑是這個作者群最重要的來源：祖籍或原籍廣東的作者人多勢眾，共三十一人；江浙其次，分別為九、八人；湘桂又次之，各有三人；山東、遼寧、吉林、安徽、福建最少，山東兩人，其餘各省僅一人。另有一人因生平資料不詳，不在計算之列。就入選篇數而言，廣東作者凡三十九篇，接近總數的一半；江浙作者合二十四篇，約佔三成；其餘作者共十八篇，約為兩成。至於生於香港的作者，他們貢獻了十篇作品。綜合而言，本卷作家群體的成員與香港現代社會的人口構成大致相符，其中絕大部分為來自華中、華南沿海省份的華人以及海外歸僑。這個群體正是王賡武稱為「跟得上時代變化，對事務反應敏銳，充滿活力和朝氣」的「沿海華人」。[13]

在教育程度方面，這群作者之中有四位擁有博士學位，六人為碩士，曾接受現代大專教育與專科或職業教育的人數分別為二十四人及五人。[14]為他們提供大專課程的是大陸、香港、臺灣三地的高等教育機構，碩士課程主要得益於亞美兩洲的大學（早稻田大學、燕京大學、中文大學、愛荷華大學），頒授博士學位的學術機構則來自歐美兩地（巴黎大學、劍橋大學、印第安納大學、加州大學）。換句話說，受過現代高等與專科教育的作者佔總人數百分之六十四，可謂專業人才鼎

13 王賡武：〈結論篇：香港現代社會〉，王賡武主編：《香港史新編》下冊（香港：三聯書店（香港）有限公司，一九九七年），頁八五九—八六七。

14 有些作者獲得高等學位的時間較晚，例如金庸；不過，為免行文過於瑣碎，不予細表。

盛。本卷女性作者雖佔比例不高，僅有十人，但其中九人受過正式大專及以上的教育，當中兩人更擁有碩士學位，確是菁英雲集。[15]

從出生年代來考慮，這群作者以生於晚清與民國的兩個世代為主力，前後跨越七十六個年頭。晚清世代始於包天笑，終於李輝英，共十六人；民國世代由夏果、何達、阿甲三人領頭，也斯殿後，合計四十四人。民國世代的作者，以第二次中日戰爭前誕生的人數較多，達三十一人之眾；中日戰爭與內戰期間出世者較少，僅十三人。五〇年代出世者唯淮遠一人，他在香港出生、成長並接受教育，是本卷年紀最輕的作者。若以一九六〇年為界，本卷各年齡層的作者與入選篇數的分布情況如下：青年作者（三十歲以下）二十二人，作品二十三篇；壯年作者（三十一至五十九歲之間）三十四人，作品五十三篇；元老作者（六十歲以上）五人，作品五篇。壯年作者以葉靈鳳、任畢明、吳其敏、李輝英、黃蒙田、思果、司馬長風七人的入選篇章最多，阿甲、司

15 關於十三妹的學歷，目前有兩個不同說法：一說十三妹畢業於雲南大學，陳香梅：〈祭方丹——一位傑出的作家〉，《傳記文學》第十七卷第六期（一九七〇年十二月），頁三〇；另一說法是她沒上過大學，樊善標：〈火辣辣的人與文：十三妹和她的專欄〉，《香港文學》總第三百一十二期（二〇二〇年十二月號）：頁七三；樊善標：〈案例與例外——十三妹作為香港專欄作家〉，《諦聽雜音：報紙副刊與香港文學生產（一九三〇—一九六〇年代）》（北京：中華書局，二〇一九年），頁二九五。由於第二種說法主要依據十三妹在專欄裏的自述，資料來源較為可信，故本文據此將十三妹排除在曾受大專教育的作者名單之外。據悉林琵琶曾到外國修讀美術史碩士課程，不過由於資料不詳，只能將她暫列為受過大專教育者。

明、十三妹、項莊、蕭銅次之，他們代表了六〇年代散文寫作的中堅力量。[16] 青年作者入選篇章雖少，已足以展現未來創作的多種可能與方向，像王敬羲、胡菊人、劉紹銘、黃俊東、呂達、戴天、西西、小思、古蒼梧、杜杜、也斯、淮遠等人日後的散文寫作都推陳出新，大放異彩。元老作者多近古稀之年，其中以包天笑的精神與熱忱最令人欽佩。他為《大華》雜誌撰寫《釧影樓回憶錄》的時候，已是九十高壽的老人了。

三

根據散文思路的特點，本卷的散文大體可以歸類為分析、記述、描繪與抒懷四種。分析文章側重客觀事實與理性思辨，抒懷作品依賴主觀想像與感情激盪；記述與描繪則在主客觀之間保持平衡，但亦會隨着作者的性情或因應事務的性質而擺向任何一端。本卷將分析性的散文稱為「說理」文，舉凡學術文章體例之外的說理、議論文章，不管所載是正道或「歪理」，均歸此類。抒懷散文則分為「抒情」與「表意」兩項：前者以情感抒發為主，後者要表現的是妙趣、品味或哲思。

16 有香港作家認為，五〇及六〇年代是香港散文的奠基期，而「真正能夠代表」這個時期的創作成就的作家有葉靈鳳、曹聚仁、徐訏、吳其敏、黃蒙田、李輝英等人。陶然：〈多元化的香港散文——《香港當代作家作品合集選・散文卷》上冊（香港：明報月刊出版社，二〇一一年），頁 vii。

記述文章則按「敘事」與「記人」分工；「事」指經歷或見聞，「人」指具體的個人、群體或抽象的類型。描繪性質的文章則按狀摹對象分為「寫景」與「狀物」兩種：所謂「景」，不僅是狹義的風景、傳統的山水，而且是廣義的景觀、現代都會的繽紛面貌；所謂「物」，即指生物，譬如傳統的花鳥蟲魚，亦指死物，例如現代的飛機或電話。誠然，思路不會畫地自限，文章越界自是常態，只不過重點有別而已。敘事之際抒情，或寓議論於表意之中，不應以爲怪。[17]

本卷所收文章以記述為大宗，記人與敘事平分秋色，各十七篇。記人文章以描述個人為主，也有幾篇涉及籠統的類型。前者可再細分為文人學者、家庭成員、自我寫照、其他人物四類。文人學者包括與香港關係密切的呂碧城（一八八三—一九四三）、民國知名學者劉文典（一八八九—一九五八）和宋春舫（一八九二—一九三八）、外國現代作家毛姆（William Somerset Maugham，一八七四—一九六五）和小泉八雲（Patrick Lafcadio Hearn，一八五〇—一九〇四）。掌故大家高

17 本卷對散文的分類與命名源自余光中（一九二八—二〇一七）的理論。余氏曾根據廣義散文的功能，將之分為抒情、説理、表意、敘事、寫景、狀物六類。余光中：〈不老的繆思——《提燈者序》〉，盧瑋鑾編：《不老的繆思——中國現當代散文理論》（香港：天地圖書公司，一九九三年），頁四二—四八。此段文字出自編者為《香港文學大系一九一九—一九四九．散文卷二》（香港：商務印書館（香港）有限公司，二〇一四年）所撰的〈導言〉，頁四九。

伯雨記呂碧城的行誼，屬於珍貴的史料鈎沉；[18] 今聖歎感舊憶往，其筆下劉文典的異稟奇行，既親切又陌生，相當引人入勝。宋淇咀嚼父親與毛姆會晤的往事，旨在為文化交流史上的一個小插曲作出必要的澄清；畢竟當年毛姆月旦人物，不無傲慢與偏見。[19] 黃俊東以風格平實的書評，將小泉八雲充滿傳奇色彩的生平與創作娓娓道來，展示了當年香港讀書人相當寬闊的文化視野與胸襟。更令讀者嘖嘖稱奇的「學者」，莫若起先自稱是日本人，後來改稱臺灣人的十八世紀歐洲騙子喬治·薩耳曼拉查爾（**George Psalmanazar**）。葉靈鳳一本正經，撰文細表他杜撰臺灣風土文物

18 「掌故家」語出許禮平：〈楔子〉，《掌故家高貞白》（香港：牛津大學出版社，二〇一六年），頁一一九。關於現代掌故學，參袁一丹：〈歷史的風土——瞿兌之與一九四〇年代掌故學的勃興〉，《中國文學學報》第四期（二〇一三年十二月）：頁一三五—一六〇。呂碧城居港時期的事蹟與思想研究，參黃小蓉：〈文學與佛學的融合：呂碧城晚年思想考論——以香港時期為中心〉，《中國文學學報》第六期（二〇一五年十二月）：頁三四五—三六九。

19 毛姆對於與宋春舫（隱去姓名，僅以「戲劇學者」稱之）會面的印象，見 W. Somerset Maugham, *On a Chinese Screen* (London: William Heinemann, 1922; Oxford: Oxford University Press, 1985), pp. 188-192。

誌，四處招搖撞騙的事蹟，隱然有揶揄東方主義的意味。[20]

薩耳曼拉查爾據説是法國人，本卷另一位身世同樣坎坷的法國人，是十三妹筆下充滿藝術氣質的鋼琴教師阿爾拔．西蒙。他為何浪跡越南，又如何在二戰期間輾轉回國捐軀，已無從稽考，為作者與讀者留下了難以釋然的遺憾。十三妹在感情上與法國人較為親近，亦見於她記敘大嫂為人處事的文章；與聘自北京、充滿舊時代氣息的「乳娘」相比，這位來自里昂、受過良好現代教育的法國嫂子顯然通情達理得多了。在寫家人與親情方面，司馬長風的〈憶亡妹學經、維經〉絕無虛矯，充分流露出作者「唯情」的人生態度，感人至深。[21]年輕的綠騎士為文紀念從晚清一路走來的婆婆，其筆觸雖然青澀，隔代親人之間的溫情與青少年對於死亡的惶惑躍然紙上，自有動人之處。

---

20 這本偽書的漢譯本已出版，見撒瑪納札著，薛絢譯：《福爾摩沙變形記》（臺北：大塊文化出版股份有限公司，一九九六年）。研究這個騙案的專著有：Michael Keevak, *The Pretended Asian: George Psalmanazar's Eighteen-Century Formosan Hoax* (Detroit: Wayne State University Press, 2004); Chi-ming Yang, "Chapter 2: Sincerity and Authenticity–George Psalmanazar's Experiments in Conversion," *Performing China: Virtue, Commerce, and Orientalism in Eighteen-Century England, 1600-1760* (Baltimore: Johns Hopkins University Press, 2011), pp. 75-113。

21 司馬長風：〈唯情論者的獨語〉，《唯情論者的獨語》（香港：小草出版社，一九七二年），頁一—一八。

至於作家的自我寫照，李素的〈啞鈴〉與羅孚的〈「醉名甚大」〉堪稱代表。這兩篇散文同具自嘲的傾向，不過態度各異，前者的侷促不安與後者的怡然自得正好相映成趣。文人自我貶抑之極致，非司明筆下之「爬格子動物」莫屬。[22] 然而，在香港賣文為活顯然還有格調高下之分——一般「寫稿佬」[23] 會到平民餐室裏蹲點，而具「海派」風範的寫作人則前往半島酒店「暢所欲爬」。〈在茶室裏爬〉的標題固然令人哭笑不得，其內容卻極生動的勾勒了當年文人為稻粱謀的兩種工作形態。從餐室轉向饒富廣東風情的茶樓，便是另一番民生景致。萬人傑所寫的〈搭枱大觀〉，細數茶樓裏的香港庶民，為了吃飯，或騙飯吃，而拼桌的各種光怪陸離現象，筆調既辛辣，又滑稽，讀來令人忍俊不禁。至於香港的摩登女性——尤其是具東洋風的電影明星，就要到當年的雪糕店裏尋去。西西以粉絲的視角，輕鬆的語調，來為電影觀眾近距離寫真大家心目中的女神；不管刻畫的是秦萍（陳小平，一九四九—二〇一七），還是淩波（黃裕君，一九三九—），讀者都可以從活潑自然的文字裏，看到作者的盈盈笑意，以及香港女星的華潤風儀。在嚴肅認真的鑽研電影藝

22 「爬格子動物」一詞為司明所創，熊志琴：〈前言〉，《異鄉猛步——司明專欄選》（香港：天地圖書有限公司，二〇一一年），頁二七。另見該書第四輯「作家與爬格子動物」所收文章。

23 俗語，三蘇以此自稱。劉紹銘：〈高雄訪問記〉，林以亮等：《五個訪問》（香港：文藝書屋，一九七二年），頁二六。

術之餘，西西原來還是個毫無機心的記者。[24]

司明與萬人傑摹寫餐廳與茶樓裏的港人，不論文人或市井小民，均以通俗語調取勝。而熟諳大和民族意氣與精神的司馬長風，在〈日本人的生活藝術——清酒．美人．民歌．舞蹈〉裏則以其溫雅妙筆，敍說流連夜飲於東京酒肆，與友人，同美女，對酒高歌而不及亂的一段美好時光。他筆下的東洋浮世繪是如此的流麗婀娜，令人心動神馳。[25]司明在端午佳節回憶戰前上海，念念不忘的竟是一位亦瘋亦俠的叫化子。在那個既不太平，亦非盛世的年代裏，這位高人總會在端午時節，將別人布施的粽子掛滿身上，然後招搖過市，一一轉贈其他乞丐。這種肝膽意氣，在丐幫成員眼中，大概不無秦時月、嶺上雲的意味吧？對於無產者，過節不易，年關更難闖。蕭銅在〈過年〉裏，憶述兒時度歲，父親的萬種悽惶，母親的忐忑不安，字字扣人心弦，叫人不忍卒讀。想不到，作者日後竟也步上其父後塵；來港之後，生活更為艱苦，每逢農曆除夕，只好將自

24 關於西西六〇年代的文學創作與現代電影的關係，參趙曉彤：〈翻湧「新潮」：論西西一九六〇年代文學創作對「現代」電影的認識和轉化〉，王家琪等編：《西西研究資料》第一冊，頁三五一—四〇一。〈印象．凌波〉刊於《香港影畫》創刊號（一九六六年一月一日）。

25 左舜生在六〇年代也寫了幾篇遊日雜記，記下他對戰後日本的觀察，例如：〈日本各方面在美化中——最近東遊雜記〉、〈東遊閒話（上）——以紀錄日本各方面好好壞壞的一般情況為主〉、〈東遊閒話（下）——以記明治百年及東洋美術展覽會為主〉，收錄在《遊記六篇》（臺北：三民書局有限公司，一九六九年），頁六四—八二，八三—一〇二，一〇三—一一七。

己關在屋裏獨酌，於無聲處聽《白毛女》的唱片。北風那個吹，蕭銅申訴京港兩地編輯與文人的窮愁潦倒，端的是觸目驚心。他少年時代蒙受的屈辱，料想只有同代作家劉紹銘筆下所記，於兒時目睹父親被人追債至家裏而不得不下跪求饒的一幕，可相比擬。[26]對於六〇年代的讀者來說，貧窮，還有貧窮帶來的恥辱，確比似夢的繁華真確可感得多了。

四

本卷敘事文章分為四類：故鄉舊事、本地生活、異鄉見聞、後設敘述。六〇年代的報刊載有不少懷舊文章，講述大江南北的各種故事；不過，本卷側重的是具舊時代特徵的故鄉經歷，尤其是作者親身面對怪力亂神諸事的獨特體驗。包天笑在〈釧影樓回憶錄：扶乩之術〉裏憶述參與開乩錄諭的少年往事，那種氣定神閒的風度，已足以令讀者稱奇道妙。[27]馬五的〈怪事憶語〉追記年輕時在家鄉邂逅一位江湖道士的奇事，據說這位師父神通廣大，不僅導人趨吉避凶，為人治病

---

26 劉紹銘：〈童年雜憶〉，《吃馬鈴薯的日子》（香港：三聯書店（香港）有限公司，一九九九年），頁七。

27 根據許地山的研究，「乩」是「箕」之俗寫，「箕占」或「篩占」（coscinomancy）屬於占卜十一法中的「術數」類，占卜者依靠畚箕之類的器具，視察其移動以得到所問事情的答案。文人扶箕大概起於宋，盛行於明清兩代，當時幾乎所有城鎮都設有箕壇，尤其在文風鼎盛的江浙地區。參許地山：《扶箕迷信的研究》（一九四〇年）（臺北：臺灣商務印書館股份有限公司，一九九四年），第二版。

消災，還自知陽壽幾何。作者以人證的身分道來，言之鑿鑿，讀者只好半信半疑，暗自膽顫。馬五説鬼，李輝英談狐，各具神采。李氏寫〈大榆樹下胡仙堂〉，本來旨在緬懷兒時偷闖家中「胡仙」堂盜吃供果之樂，然而狐仙的傳説是如此的活靈活現，其魅力又是如此的難以抗拒，竟成文章最引人矚目的部分。[28]就敍事效果而言，在家偷食顯然沒有外出歷險來得精彩刺激；故此，李輝英以小説家筆法，將自己在十二歲那一年，與家裏車夫同闖「胡匪」橫行的老爺嶺的一段真實經歷，渲染成一篇高潮迭起、讓人屏息以讀的精彩文章——〈過老爺嶺〉。其實，老爺嶺上並無老爺，只有一群在此聚義的綁匪，以及一個因為冒過險而驚喜交集的少年。

在家鄉冒險，大概沒有在異鄉遭遇變故來得令人焦慮與害怕。何達的〈地址〉為當年的讀者講述了兩個不諳粵語的外省小孩迷失香江的故事。詩人筆下的人間何其溫馨美好：一個獨經香港、錢包被盜的大男孩，憑着記憶中的地址去尋人相助，終在茫茫人海中聽到了鄉音，並且循此找到了同學的親人，解決了燃眉之急；另一個是迷途的女童，她遇上了當年錢包被盜的大男孩的兩個女兒，後者以普通話與她交談，並決定翹課，輪流背起她，沿着大街小巷一路找過去，最後把她送回家。何達以簡潔明快的語言來敍寫這兩則外省人相濡以沫的故事，香港的世情頓時變得非常單純，人性也顯得無比的美好。相較之下，三蘇的〈街坊節敍餐欣逢鄰居記〉就鄙俚非常，

28 民間的狐仙信仰由來已久，尤盛於華北地區的河北、山東以及東三省，參康笑菲著，姚政志譯：《狐仙》（臺北：博雅書屋有限公司，二〇〇九年）。

充滿了玩世不恭的犬儒意味。這篇文章以古靈精怪的「三及第」文體寫成，揶揄香港中、老年人所謂「親睦鄰里，守望相助」的日常生活，箇中「貼地」與「抵死」之處，恐怕就不是尚未歸化為「魯佳芳」的初來甫到者所能意會的了。[29]

六〇年代末，居港逾二十載的徐速，顯然已融入本地生活，成為貨真價實的老街坊了。他不僅大大方方的穿着汗衫短褲招搖而過大埔舊墟的鬧市，還臉不紅心不跳的自嘲為「目光狹小的香港人」。[30]徐速人到中年，其筆下的生活瑣事，以記敘病中苦難的篇章最為突出。他的健康欠佳，實乃嗜煙導致。〈漫談戒煙〉披露，他日抽百根，氣勢有如「長鯨吸百川」，那光景頗為駭人。不過，只要了解了這種毫不「體面」嗜好的成因，讀者大概就會轉而體諒，甚至同情，這位親歷第二次中日戰爭的作者了：「人畢竟是感情的動物，就是吸煙，吸久了也不免產生感情。在戰亂中，衣物書籍，隨時丟失，只有香煙永遠相伴，有時，它真會像故人似的，給人莫大的溫暖。」「所以，一提到戒煙，我便會嗒然若有所失，內心便感到一陣陣悲哀，連這麼一個老朋友都不能保全，人生究竟還有甚麼樂趣。」

徐速談戒煙或聊病情，語氣都比較誇張，甚至還有點滑稽；六十五歲的曹聚仁的思路則與之

29 關於「三及第」文體的研究，參黃仲鳴：《香港三及第文體流變史》（香港：香港作家協會，二〇〇二年）。

30 徐速：〈墟居記趣（一）〉，《當代文藝》第五十五期（一九七〇年六月）：頁一五四—一五八；徐速：〈墟居記趣（二）〉，《當代文藝》第五十八期（一九七〇年九月）：頁一五九—一六四。

相反，他在〈廣華小住散記〉裏充分發揮了專業記者探求真相的精神，將其因肝膽疾病而住院求醫問藥的經歷，鋪敍成一篇説明香港醫院現代化狀況的報導文學，可謂別出心裁。[31] 在醫院裏，作者舉目所見都是「求生的意志」；而「神」一般的醫生，則本着「好生之德」不斷與死神拔河，爭取為病人創造新生。故此他嘆曰：生命確實無所不在，其意義並不是凡夫俗子所能測度與理解的。

如果徐速與曹聚仁關心的是個人或大家的性命，向來留心香江舊事與方物的葉靈鳳在〈香港的神話和傳説〉中所欲探討——或解魅——的則是香港這座城市的命運。假如根據此地口耳相傳多年的「謠言」，那隻潛藏於港島海底的石龜，或伏在太平山山腰上的石蟾蜍，「因吸日月之精華，受天地之靈氣，年深日久，已經通靈」，能以緩慢的步速繞島一圈，或攀上山頂；那麼，這塊神奇的石頭，究竟何時會完成其命中注定的行程呢？據説，此地居民對於這個「無中生有」、「穿鑿附會」的傳説格外關心，是因為風水先生與愚夫愚婦都相信，一旦這塊奇石繞島一圈，或成功登頂，港島便要陸沉了。葉氏指出，從地質學的角度來看，港島向來只升不降，每百年的升幅

31　廣華醫院倡建於一九〇七年，落成於辛亥革命成功前一天，是九龍和新界的第一間慈善醫院。戰後香港人口逐年增加，醫療需求極為殷切，廣華醫院取得港府財政支持後，在一九五八至一九六五年間擴建，成為當時亞洲規模最大，設備最現代化的醫院。根據一九四六至二〇一〇年間的政府出生註冊紀錄，香港平均每八人就有一人在廣華醫院出生，這間醫院對香港民生的重要性不言而喻。《廣華醫院小品集》（香港：東華三院檔案及歷史文化辦公室，二〇一四年）。

約為五寸；他認為，這個科學數據足以反駁陸沉傳說的謬誤。不過，有趣的是，他後來還是忍不住，把話說了回來：「但是，它究竟會下沉還是會上升呢，站在神話與科學之間，我相信一定有很多人很難於決定。好在這都不是眼前的事，我們惟有『拭目以俟』罷。」[32]

五

細心閱讀六〇年代的遊記，不難發現香港的寫作人——包括老、中、青三代——不但沒有「目光狹小」的毛病，反具胸懷灑落的優點；他們極目四望，耳聽八方，一心一意將東西人文與美景盡收筆下。陳君葆遊三峽，寫學者文章，其密集的互文比附，儼然有「略無闕處，重巖疊嶂」的巍峨格局。易君左夢西湖，以詩文顯示其文才與襟懷，充分表達了任真的旨趣，可見這位「中

32 根據香港史地愛好者、專欄作家、雄風社（一九三二年創立的遠足隊）創辦者黃佩佳在一九三〇年五月十五日《華僑日報》「本地風光」專欄所記，長洲數罟灣亦有蠔蜍石的傳說：「蠔蜍石約在山頂石橋之下，形類蠔蜍。相傳有神仙將它由山頂踢下來的，因為它一走到維多利之巔，香島就要化潭了。神仙以它走得太快，遂踢它下來，現在每年僅行一粒米位云。哈哈，這未免太過荒謬，惟港人多能道之，姑傳其說，以實本地風光。」黃佩佳著、沈思編校：《香港本地風光：附新界百詠》（香港：商務印書館（香港）有限公司，二〇一七年），頁一一一。

國現代遊記寫作第一名家」絕非浪得虛名。[33]金庸記敘土耳其之行，既述說異域風情，亦抒發思古之幽情。在橫跨歐亞兩洲的伊斯坦堡，各種有關東西文史的聯想自然閃現，有如博斯普魯斯海峽上的粼粼波光。金庸還特別留意到伊斯坦堡與香港的異同之處：「伊斯坦堡有兩點地方像香港，第一，它是個山城，許多房屋都建在山上；第二，它分為兩部分，中間夾一條博斯普魯斯海峽，不斷有渡海小輪來來去去。但除此之外，什麼也不像了。香港極新，而伊斯坦堡極舊。」尤為有趣的是，他認為此處的海峽「不怎麼寬」，故此詢問導遊，當地有無舉辦渡海泳之類的比賽，把導遊嚇了一跳。在金庸眼中，渡海泳顯然稀鬆平常得很，根本毋需大驚小怪，故此在文中發表了以下妙論：「看來土耳其人是來自大漠的陸地民族，對海水有天生的懼怕心理。香港人游得過這海峽的，我想至少有好幾千人，而且不必對岸有一位美麗的姑娘在等待。」[34]

渡過海峽，便是歐洲大陸。一九六二年，胡菊人應邀訪美，回程時取道歐洲，順便壯遊英國、法國、德國、奧地利、南斯拉夫、意大利等地。〈羅馬剪夢錄〉是他返港後發表的其中一篇遊記，以洋洋灑灑的一萬五千多字回顧歷史、追慕前賢、鑑賞藝術，向巍峨壯麗的古羅馬致

33 王兵：〈民國文人易君左著作述要〉，《中國文哲研究通訊》第二十四卷第三期（二〇一四年九月一日）：頁二二八。王兵所引為易氏仰慕者梁石的意見，原文是：「易先生的散文、尤其是遊記，擁有千千萬萬的讀者，在現代自由作家中可說是絕無僅有的第一人。」見〈梁序〉，《易君左遊記精選》（香港：頌文出版社，一九六一年），頁一。

34 香港於一九〇六年起舉辦橫渡維多利亞港的公開游泳比賽，至今已有超過百年的歷史。

敬。[35]古羅馬的文化與歷史對於讀書人饒富吸引力，金庸在漫遊「極舊」的新羅馬時，心裏不也帶着吉朋（Edward Gibbon，一七三七—一七九四）的《羅馬帝國衰亡史》上路麼？另一個同樣叫遊人魂牽夢縈的千年古都，則是日本的京都。林琵琶以清麗的〈京都隨筆〉，記下了生命中具體可感的觸動，亦見證了日本文化精雅、閒適的一面。然而，在細賞蒼松明月與楓葉修竹的同時，作者彷彿聽見了日人對酒當歌的悲壯與蒼涼，隱約與嘔啞絕望的鴉聲遙相呼應。作者的心境顯然無

35 胡菊人雖然沒有明言，其文所揭示的正是「壯遊」的情懷與風格。所謂「壯遊」（grand tour），是十八、十九世紀英國貴族青年的成年儀式（rite of passage），表達了精英階層對歐洲古典文化的敬意與懷舊之情（classics nostalgia）。這些青年人會在成年時遠遊歐洲大陸，考察各地歷史文化古城，進修文史知識，學習社交禮儀，以提高文化品味與古典修養。「壯遊」的時間從半年到數載不等，而羅馬是此行必到的聖地。Rosemary Sweet, *Cities and the Grand Tour: The British in Italy, c. 1690-1820* (Cambridge: Cambridge University Press, 2012)。對於當年的非英籍香港華人而言，壯遊大不易，僅簽證之難就足以令人卻步，甚至有悲壯感。胡菊人：〈中國人行路難——序二〉，《旅遊閒筆》（香港：友聯出版社，一九六七年〔？〕），無頁碼。另參余英時：〈第五章：美國哈佛大學〉，《余英時回憶錄》（臺北：允晨文化實業股份有限公司，二〇一八年），頁一五二—一五七。胡文這類「宏篇巨構」與陳德錦所論的長篇散文頗為類似，參陳德錦：〈香港當代「大散文」淺論——以二十世紀六十年代前後的散文為例〉，楊玉峰編：《騰飛歲月——一九四九年以來的香港文學》（香港：香港大學中文學院「騰飛歲月」編輯委員會、香港大學中文學院，二〇〇八年），頁一〇一—一一八。

比憂鬱——司馬長風在東京聞歌而憶西鄉隆盛（一八二八—一八七七）的壯烈[36]，林琵琶（原名龐志英）在京都則想起了龐統的落鳳坡；琵琶湖水何其清瑩皎潔，林琵琶究竟能否抗拒以身投湖的誘惑呢？[37] 胡菊人因情傷而遠遊，林琵琶又為何「強為行樂」、「求一息的解脫」呢？[38] 讀者無從知曉，幸而文末還有沉穩莊嚴的鐘聲傳來，在古剎與山野間迴盪不息，為作者，亦為眾生，洗

36 西鄉隆盛，薩摩藩出身武士、軍人、政治家，與大久保利通（一八三〇—一八七八）、木戶孝允（一八三三—一八七七）並稱為明治「維新三傑」，是日本國民心中的英雄人物，也是日本現代化進程中被各種論述收編的象徵符號。他於一八七七年一月發起明治初年最大的士（武士）族叛亂，九月兵敗戰亡。田原坂一役固然慘烈，最後在城山的背水一戰才是讓他神格化的關鍵。關於西鄉之死的討論，參 Mark J. Ravina, *The Last Samurai: The Life and Battles of Saigō Takamori* (Hoboken, New Jersey: John Wiley & Sons, Inc., 2004), pp. 1-12, 206-214; Mark J. Ravina, "The Apocryphal Suicide of Saigō Takamori: Samurai, *Seppuku*, and the Politics of Legend," *The Journal of Asian Studies*, vol. 69, no. 3 (August 2010): 691-721。

37 一九五八年，日本的自殺率為全球之冠。關於日本是否「自殺之國」的討論，參 Francesca di Marco, "Introduction," *Suicide in Twentieth-Century Japan*, 1st ed. (London: Routledge, 2016), pp. 1-16。

38 胡菊人在兩次專訪裏都提及是次情傷，熊志琴：〈胡菊人〉（二〇〇二年十一月三日訪談），盧瑋鑾、熊志琴編著：《香港文化眾聲道——第一冊》（香港：三聯書店（香港）有限公司，二〇一四年），頁二一六—二一八；熊志琴：〈六十年代的報刊經驗——胡菊人先生談《新生晚報》〉（二〇〇六年七月一日訪談），《香港文學》總第二百八十五期（二〇〇八年九月號）：頁五二。

滌人世間各種難以言喻的煩憂。

一九五六至一九六二年間，何葆蘭隨同出任中華中學校長的夫婿丁嘉樹（一九〇七—一九九〇）南下馬來西亞霹靂州，除了在該校教書外，還兼任華聯中學教員，暫時擺脫了香港熙攘的生活。[39] 一九六九年，何葆蘭在香港發表了一系列南遊文章，抒發其對馬來西亞的觀感，〈寧靜的太平湖〉是其中第三篇。在作者眼中，太平湖秀麗脫俗，有如「雛形的西湖」，容易引起故國之思，但南國風物亦有其獨特之處，例如湖畔蒼勁雄偉的熱帶樹木所營造的「翠臂擒波」奇景，就是太平湖八景中令人印象最為深刻的一景。從文中所見，曾到此地旅遊或工作的文人與藝術家還有張大千（一八九九—一九八三）、謝冰瑩（一九〇六—二〇〇〇）、許建吾（一九〇三—一九八八）等人，為這個清靜之地平添不少熱鬧。[40] 於離散華人而言，太平湖之所以「有足歌詠者」，原因在於

---

39 李立明：〈女作家何葆蘭〉，〈中共文藝史家丁嘉樹〉，《香港作家懷舊（第一集）》（香港：科華圖書出版公司，二〇〇〇年），頁六三—六七，六九—七四。

40 謝冰瑩到太平華聯中學任教的時間，一說為一九五七年八月至一九六〇年八月間，另一說為一九五八年一月至一九六一年二月間。前說見王鈺婷：〈冷戰時期臺港文化生態下臺灣女作家的論述位置——以《大學生活》中蘇雪林與謝冰瑩為探討對象〉，《臺灣文學學報》第三十五期（二〇一九年十二月）：頁一一六；另一說見許文榮：〈當正統中文遇到異言中文：謝冰瑩與鍾梅音的個案〉，《興大中文學報》第三十八期（二〇一五年十二月）：頁四。關於謝冰瑩與東南亞僑社的關係，見羅秀美：〈自我與南洋的互相定義——蘇雪林、凌叔華、謝冰瑩、孟瑤與鍾梅音的南洋行旅〉，《臺灣文學研究學報》第三十期（二〇二〇年）：頁二三七—二九八。謝冰瑩曾為太平湖寫過兩篇散文，〈太平湖四景〉和〈太平湖的晚霞〉，收錄在《馬來亞遊記》（臺北：海潮音月刊社，一九六一年），頁一九—二二，二三—二五。

華人濃郁的人情味，以及地方紛爭平息後難得的安詳。「寧靜是人類諧和的極致」——這何嘗不是飽經戰亂、離鄉別井的華人的心聲？

六〇年代飄洋過海的香港人，還有被人退婚後，鋌而走險，遠適美國留學的劉紹銘。[41] 他學成返港時，曾應林悅恒（一九三五—）總編輯之約，為《大學生活》雜誌撰寫西遊之甘苦，此為〈吃馬鈴薯的日子〉連載文章的由來。劉氏少年坎坷，其赤手空拳闖天下，以「勤工儉學」的方式放洋取經，最終考獲比較文學博士學位的經歷，可說是頗為另類的、「勵志」的留學故事。這個系列文章自一九七〇年結集出版以來，經過多次再版，廣受讀者歡迎。入選本卷的是其中第三篇，交代作者「轉讀」比較文學學系的緣由，並描述修讀韋斯坦因（Ulrich Weisstein，一九二五—二〇一四）的「比較文學導論」課的忐忑心情。[42] 若將此文與王敬羲的〈愛奧華的冬天〉作一比

---

41 劉紹銘：〈吃馬鈴薯的日子〉，《吃馬鈴薯的日子》（香港：三聯書店（香港）有限公司，一九九九年），頁三五—三七。

42 一九五九至一九九〇年間，韋斯坦因任教於印第安納大學比較文學學系。他為研究生開設的「比較文學導論」課，為日後撰寫《比較文學與文學理論》（*Comparative Literature and Literary Theory: A Survey and Introduction*, 1973）奠下了基礎。法國比較文學學界將韋氏視為境外九位殿堂級學者之一，Pierre Brunel, "Avant-propos," *Revue de littérature comparée* 346 (avril - juin 2013), pp. 131-133。

較，兩者雖然同為「留學生文學」，但在情懷和筆調兩方面簡直有霄壤之別。劉氏啟蒙老師夏濟安（一九一六——一九六五）在文中僅曇花一現，但兩人深厚的師徒情誼盡在不言中。[43]

杜杜的〈駝背魚〉是遊戲文章，也是實驗性的敍事文，文體介乎小說與散文之間；文章一方面頻繁轉換敍事視角，另一方面，又在最後一次改變裏突然拔高視點，引出一段後設的評述。綜合而言，這是一篇兼具現代主義與後現代主義特色的後設散文。文章的形式傲然凌駕於內容之上，並藉此力拓新境，堪稱六〇年代散文寫作的先鋒。

六

入選本卷的寫景或狀物文章一共十五篇。寫景文章聚焦於香港，狀物文章則不在此限。黃蒙田鍾情位於新界的青山，因為該地古蹟「杯渡禪蹤」不但適合文人「懷古」，而且由於此一名勝是

43 夏濟安去世後，劉紹銘在一九六五、一九六六兩年寫了兩篇文章紀念老師。劉紹銘：〈懷濟安先生〉、〈夏濟安先生逸事〉，《與良心的對白》（香港：文藝書屋，一九六九年），頁一〇七——一二二；一二三——一四五。關於夏濟安生平，參秦賢次：〈一位大器晚成的學人——夏濟安的一生及其對文學的貢獻〉，《國文天地》第七卷第五期（一九九一年十月）：頁一〇四——一〇八。

《新安縣志》所記八景之一，更可藉此抒發鄉土幽情。然而，此文最堪玩味處是作者登高遠眺屯門時，心中幻象卻是唐宋年間此地作為中外通商港口的盛況。所謂「青山」，原來竟是當年阿拉伯人商船東來所停泊的港口。香港之為港，與海洋的歷史淵源可謂久遠。如果在地景描寫方面，黃蒙田會從青山聯想到新安，再沿着水路寫到泛舟前往潮州的韓愈，在談到香港的茶樓與「飲茶」文化時，其思緒自然也會從中環的陸羽茶室，飛向五羊城的陶陶居了。時代不同了，如今勞動人民可以大大方方的幫襯陶陶居，讓古老的茶樓充滿了新時代的正能量。黃蒙田在〈茶樓〉裏總結道：這「是值得大書特書的好事情」，其肯定態度與萬人傑冷嘲熱諷香港茶樓怪現狀的口吻真是大異其趣。

有人喜歡上廣東茶樓消磨時光，也有人偏愛潮州酒家的精緻美食。可惜酒家取價非廉，老饕只好改道前往上環的「潮州巷」，光顧裏頭熱火朝天的小店。吳其敏是識途老馬，將〈桂馨里與潮州食〉一文寫得細緻而深入，生活與食物的質感彷彿觸手可及。夏果的感性豐沛，觀察細膩，他在〈爐峯小品〉一文裏描述夜食雲吞麵的幽冥氣氛，或敍寫令人目迷的民間紙紮藝術，或哀嘆流動戲班的窮途末路，無不絲絲入扣，為讀者記下了舊時香港的動人風味。相較之下，李輝英〈港居三題〉裏的香港就摩登多了，從電車、渡輪到信箱，作家所關心的是這個城市的交通與通訊，以及在此生活的喜樂與煩惱，文筆樸實無華。李文輕描淡寫的囂塵市聲卻造成了謝康居港期間最大的困擾，他在〈收音機和「麻將」〉一文裏直辭抗議的，正是「港九澳門及至南洋有華僑地方」

的「小市民所慣聽的」「高聲浪」。對於這兩種喧鬧的「城市娛樂」，謝康實在不敢恭維。[44]戰後香港人口驟增，居住環境頗為惡劣；蓬草在〈死谷〉裏，對政府興建的「徙置區」的粗陋與齷齪，作了相當嚴厲的批判，語氣悲憤。[45]陸上居不易，水上又如何？當年遊客作興「遊船河」，然而蕭銅卻避之唯恐不及。在他筆下，槳聲燈影裏的避風塘不僅「垃圾漂浮，臭氣熏人」，而且「鬼氣森森，有些可怕」；若聽到歌女幽怨的歌聲，更「給人以悽愴可憐的感覺」。每次夜經碼頭，我們的作家一聽到船家女子「坐艇呀！」「那柔弱近乎哀求的呼聲」，就會感到不安，連忙「加快腳步，把她們的身影與呼聲，拋在後面。」〈夜過避風塘〉的確切意思原來是過而不入。讀書人能夠消受的水上風情，大概只有離島漁村的淳樸民風。黃蒙田除了上青山懷古，還會下漁鄉體驗生活。他

44 由此可見，廢名在三〇年代抱怨的「下等的無線電」，到了六〇年代不僅依然故我，而且有變本加厲之勢，繼續對着廣大聽眾「吐沫」。廢名：〈理髮店〉，陳建軍、馮思純編訂：《廢名詩集》（臺北：新視野圖書出版公司，二〇〇七年），頁一二二。至於「麻將」的文化史就更有趣，參陳熙遠：〈從馬吊到馬將——小玩意與大傳統交織的一段歷史因緣〉，《中央研究院歷史語言研究所集刊》第八十本第一分（二〇〇九年三月）：頁一三七—一九四。

45 一九五三年，香港總人口的八分之一，即二十五萬人，住在臨時搭建的木屋區裏。那一年的一場石硤尾木屋區大火，導致五萬八千人無家可歸，港府為了安置這批難民，於是實行徙置計劃，並逐漸將之發展成世界上規模最大的公共房屋計劃。早期的徙置區和廉租屋因設施簡陋而飽受批評，不過也有學者認為，這個計劃不但有雪中送炭的意義，還讓流落此地的華人安家落戶，從而對香港產生歸宿感。冼玉儀：〈第五章：社會組織與社會轉變〉，王賡武主編：《香港史新編》上冊，頁二〇二。

以〈黃花汛〉一文為香港漁村素描，順便記錄周邊海域裏黃花魚的生態變化，是一篇別具一格的寫景散文。

精於食魚者不見得只有南方的水上人，趙聰在〈家鄉憶吃〉裏提起山東匯泉樓烹魚的各種花樣，不無得意之情。然而，食貴精，不貴多；故此，他表示在眾多做法之中，「只愛清蒸和南燒」兩味，因為前者「鮮美而不膩」，後者「淡雅而香甜」，令人吃得舒服。至於其他作法，他覺得「有點俗氣」，「且嫌把活魚的鮮嫩特點抹煞了」，寧可不吃。趙聰這篇文章，雖然以閒聊私家名廚開篇，其主要目的還是為了揄揚家鄉食物，同時也與同鄉讀者一起精神會餐。趙聰憶桑梓，呂達則胸懷祖國，深為鮮甜可口的天津雪梨和萊陽梨而感到驕傲：「價錢也便宜，用不着花買一個外國水果那樣的錢，就能買一個比拳頭還大的上好梨子，而其味道卻是外國水果遠比不上的。」〈秋梨的故事〉記載了各種關於梨子的故事，看來這種果子不但可以治病，還可以激勵人心，甚至培養民族氣節。呂達寫和平年代的果子，高旅則寫離亂中的蘭花。亂世蘭花的意象，既紀念母親，也寄託時窮節見之意。「國香」如此珍貴，不僅需要母親悉心照料，還出動了隨軍渡江的山東好漢來共同呵護，文章的寓意幾乎不言自明。同樣以植物為題，羅漫的〈花菓草木〉就顯得低調多了。作者從生活經驗出發，漫話四種嶺南常見的植物：楊梅、楊桃、夾竹桃、益母草，如話家常，親切近人。

描寫動物的文章並不多見，本卷收錄的兩篇俱為佳作。顧名思義，黃思騁〈祖母與老公鷄〉的重點是人禽之情，但文中老祖母樸素的生命觀，以及尊重與愛惜其他生物的態度，才是真正發人深省之處。〈我們的牛〉的文思更妙，陸離從徜徉田野間的水牛身上，窺見獨與天地精神往來的境界，進而點出東西文化的差異，思考民族文化的價值所在。文章雖短，但由實入虛，將郊遊聞見撰化為對生命的感悟，餘韻無窮。

七

本卷的抒懷散文一共十五篇，其中抒情文章佔八篇，表意文章七篇。按筆意來分，抒情文章有傳統與現代兩種風格。夏易的〈雪．花．風．月〉、王敬羲的〈愛奧華的冬天〉、徐柏雄的〈明日苔痕欲上襟〉、戴天的〈十七歲的那一年〉屬於前者，李英豪的〈伊之變奏〉、西西的〈港島．我愛〉、司馬長風的〈蒼白的手〉、溫健騮的〈星焚夜半〉則是後者。〈雪．花．風．月〉所詠者為北國風光，也是快樂無憂的青春歲月；〈愛奧華的冬天〉抒發的則是留學生離鄉背井，獨在異鄉為異客的惆悵心情。夏易的母校是四〇年代的清華大學，而王敬羲前往的則是美國的愛荷華大學——那可是六〇年代及其後，港臺文壇雋楚的朝聖之地。換個角度來考慮，在王文背後，愛荷華已悄然羽化成二十世紀下半葉的巴黎，歐美現代主義美學的學院碉堡，香港作家與全球各地寫作人才的交集與互動亦隨之於此展開。[46]

46 一九六五年，畢業於臺灣師範大學英語系的王敬義獲富布賴特基金資助，負笈愛荷華大學攻讀英語文學創作文學碩士學位，〈愛奧華的冬天〉寫於留學期間。王嘉倫：〈文壇鬥士——二哥〉，《曾為梅花醉如泥——我這大半生》（香港：中華書局（香港）有限公司，二〇一五年），頁三三—三五。王敬義在愛荷華時，曾與到該校升學的臺灣詩人楊牧（王靖獻，一九四〇—二〇二〇）合賃古屋而居。張慧菁：《楊牧》（臺北：聯合文學，二〇〇二年），頁一〇六。五〇及六〇年代，因參與愛荷華作家創作坊（Iowa Writers' Workshop）而前往該校留學的其他臺港作家包括余光中、白先勇（一九三七—）、歐陽子（洪智惠，一九三九—）、王文興（一九三九—）、葉維廉（一九三七—）、溫健騮（一九四四—一九七六）等人。一九六七年，安格爾（Paul Engle，一九〇八—一九九一）與聶華苓（一九二五—；一九六六年赴美）在愛荷華大學創辦國際寫作計劃（International Writing Program），此後香港作家陸續獲邀赴美，與世界各地文人廣結筆緣，交流心得。繼戴天（一九六七）之後，入選本卷之作家如古蒼梧（一九七〇）、何達（一九七六）、舒巷城（一九七七）、夏易（一九七八）亦接踵西行，向異域探求新聲。戴天曾為文記敘其愛荷華體驗，例如：〈愛荷華之會——記約翰·巴里曼〉，（香港）《純文學》第四第五期（一九六九年五月）：頁七六—七九。七〇及八〇年代參與愛荷華大學國際寫作計劃的其他香港作家還包括張錯（張振翱，一九四三—；一九七三）、袁則難（一九四九—；一九七四）、陳韻文（一九七九）、李怡（李秉堯，一九三六—；一九八〇）、潘耀明（一九四七—；一九八三）、鍾曉陽（一九六二—；一九八七）。九〇年代沒有香港作家參與。關於臺灣作家與愛荷華藝術碩士（MFA）課程的關係，參 Richard Jean So, "The Invention of the Global MFA: Taiwanese Writers at Iowa, 1964-1980," *American Literary History*, Vol. 29, No. 3, pp. 499-520。至於香港作家與愛荷華作家工作坊的文學因緣，參鍾夢婷博士論文第三及第四章：Mung Ting Chung, "Writing Beyond Borders: Hong Kong Literary Production in the Early Cold War Era," PhD dissertation (University of Texas at Austin, 2019), pp. 107-159。

徐柏雄與戴天寫青年情事，風格含蓄內斂，然而兩人藉以抒情的文化系統迥異，一中一西，文章意境因此判然不合。若就西方文化影響而言，則以李英豪〈伊之變奏〉和西西〈港島・我愛〉的兩篇散文最為顯著。前者以理性思辨方式，思索情感與存在的意義，儘管行文信馬游韁，充滿文體實驗的色彩與強烈的個人風格，歐洲存在主義的哲思卻是其文化底蘊；後者從感性的角度喃喃自語喪親之痛，並將親情轉化為對香港金石不渝的愛，箇中記憶與創傷的爭持角力，文辭與思緒的迴旋複沓，在在令人想起法國新浪潮電影的經典之作——由莒哈絲（Marguerite Duras，一九一四—一九九六）撰寫劇本、雷奈（Alain Resnais，一九二二—二〇一四）執導的《廣島吾愛》（*Hiroshima mon amour*）。[47]擁抱傷痛，拒絕悼亡，那本是電影中那個法國女子確保其愛慾對象永存心中的手段；[48]然而在西西「不哭」的筆下，情感卻可以透過轉喻而覓得新生——「我們總有地方可去」——而這個「可去」之地正是至親心中的香港，他們兩代人的桃花源。故此，作者在文末將情感的全部能量挹注於未來的「我城」，藉以超越喪親之痛：「是的，是的，我愛港島，讓我好在明天把你一點一點地忘記。」[49]

47 關於〈港島・我愛〉與《廣島吾愛》的文本互涉研究，見趙曉彤：〈作為意向的他方——論西西〈港島・我愛〉對《廣島之戀》記憶策略的改寫〉，王家琪等編：《西西研究資料》第二冊，頁一四—三七。

48 關鍵一幕為劇本第五部分，Marguerite Duras, *Hiroshima mon amour* (Paris: Gallimard, 1960), pp. 109-124。

49 西西的父親張勇於一九六七年去世，見何福仁：〈西西：其人其事〉。

毛姆善於觀形察色，他在《中國屏風》裏描寫二〇年代的讀書人，無論是大權在握的「內閣部長」、隱居山城的「哲學家」（辜鴻銘），還是自稱「比較近代文學教授」的「戲劇學者」（宋春舫），都一一提到他們的「精巧小手」（tiny elegant hands）。[50] 然而，在司馬長風的眼裏，不僅這雙「精巧小手」變成了「一隻蒼白的手」，而且連知識分子的主體也黯然消失在夜店的五色迷霧裏：「看不見身體，看不見頭，只看見一隻蒼白的手。」在六〇年代的香港，百無一用是書生，弄丟了腦袋與軀體之後的單手空拳，唯一可做的事大概只剩下爬格子了。溫健騮筆下的謫仙則面向大海與星空，感受時光的催逼與影響的焦慮，不斷的自我激辯應否與永恆——或虛無——拔河的問題。紅塵萬丈，時代齷齪，而我竟來此。一首詩的內燃，將如何引領如石如草的詩人，渡越生命底黑暗，回歸無窮盡處？〈蒼白的手〉與〈星焚夜半〉充滿了激情與幽憤，應為本卷抒情作品之中的最強音。

綜合來看，七篇表意文章有兩種不同的取向：一類重意境或情趣，另一類以表達哲思或個人價值觀為目的。阿甲的〈露珠〉、吳其敏的〈山村居小品〉和舒巷城的〈船及其他〉屬於前者，葉靈鳳的〈都市的憂鬱〉、淮遠的〈雪〉、古蒼梧的〈信〉，以及也斯的〈秋與牙痛〉可歸類為後者。〈露

50 毛姆如此描述三人的手：「纖纖巧手」、「修長的貴族之手」（thin, elegant hands; thin, aristocratic hands；「內閣部長」）、「精緻細小、乾癟如爪的雙手」（his hands, fine and small, were withered and claw-like；「哲學家」）、「精巧小手」（「戲劇學者」）。W. Somerset Maugham, *On a Chinese Screen*, pp. 23-24, 150, 188。

珠〉與〈山村居小品〉浸淫於傳統鄉土文化，訴說四季風物與樂趣，例如浴乎沂，風乎舞雩，或鄉居夜讀，可堪細細品味。〈船及其他〉則在港城的各種意象裏寄寓生命的希望，例如可以遠望的窗口、可以縮短黑夜的燈火，以及可以乘風破浪、航向未來的輪船。詩有組詩，散文自然也可以發展出組文的寫作方式。阿甲、吳其敏、舒巷城三篇文章的閒適情韻，均得益於這種「及其他」的靈活組合。

〈都市的憂鬱〉、〈雪〉、〈信〉和〈秋與牙痛〉的焦點集中，思考嚴肅，與前述三篇文章大不相同。〈都市的憂鬱〉是一則六〇年代的寓言，述說一座建立在天堂與地獄之間的城市，在失去了監護神、先知與詩人之後的悲傷結局。〈雪〉面對着狂燃的都市與自焚的枯手，忍不住要向蒼天祈禱：讓雪暴來臨，讓每個人在希望之中行走，讓大家建設屬於自己的城市。烈火叫人迷失，冰雪卻能使人冷靜，從而在疲憊之中活下來，蛻變，成長。文中引用美國詩人傑瑞爾（Randall Jarrell，一九一四—一九六五）的反戰詩，是為了對顛倒是非的言行作出控訴。[51]〈信〉和〈秋與牙痛〉則超越當下現實，從抽象角度思考存在的意義。〈信〉與法語文學的互涉與聯想關係

51 Marie Louise Knott, "Forgiveness: The Desperate Search for a Concept of Reality," *Unlearning with Hannah Arendt*, trans. David Dollenmayer (New York: Other Press, 2011), pp. 70-73.

頗為複雜。就人物處境而言，〈信〉的設置令讀者想起貝克特（Samuel Beckett，一九〇六—一九八九）的荒謬等待與薩侯（Nathalie Sarraute，一九〇〇—一九九九）的生物向性，文中人物彷彿置身於兩者之間；從主題來看，作者有意探討超越憂鬱與死亡（自殺）的意義，由十九世紀法國詩人奈瓦爾（Gérard de Nerval，一八〇八—一八五五）的詩句來輕輕點題。[52]〈秋與牙痛〉是本卷最堪玩味的文章，也斯藉着尤內斯庫（Eugène Ionesco，一九〇九—一九九四）的《椅子》（*Les Chaises*）一劇所孕育的豐富聯想，於有意與無意之間，進一步探討存在、言

52 關於貝克特的《等待果陀》（*En attendant Godot*）和薩洛特的《向性》（*Tropisme*），可參閱以下漢譯本與英譯本：廖玉如譯：《等待果陀．終局》（臺北：聯經出版事業股份有限公司，二〇一〇年），頁三—一二五；Natalie Sarraute, *Tropisms; and, The Age of Suspicion*, trans. Maria Jolas (London: Calder, 1963)。薩洛特在該書序言裏對於「向性」有簡明扼要的解釋，見頁七—一一。古蒼梧所引奈瓦爾詩句，出自〈被剝奪繼承權的人〉（El Desdichado）之英譯本，法文原詩見 Gérard de Nerval, *Selected Writing*, trans. and with an introduction and notes by Richard Sieburth (London: Penguin Books, 1999), p. 303。奈瓦爾備受法國作家波德萊爾（Charles Baudelaire，一八四四—一八六六）、普魯斯特（Marcel Proust，一八七一—一九二二）和美國評論家布隆姆（Harold Bloom, 一九三〇—二〇一九）的推崇，此詩第二行更被英國詩人艾略特（T. S. Eliot，一八八八—一九六五）在《荒原》（*The Waste Land*）的最後一節（第四百三十行）裏引用。對這首商籟的詮釋，參 Allyson Booth, *Reading* The Waste Land *from the Bottom Up* (New York: Palgrave Macmillan, 2015), pp. 243-245。

辭、再現與代言的多種關係，並重新肯定想像與文字——包括異國語言——的奇異力量，為散文的實驗性寫作拓出新境界。[53]

從上述溫健騮、西西、古蒼梧和也斯的明顯例子可見，年輕一代作家經過西潮的洗禮之後，他們的散文寫作已經突破了單一文化的限制，能在多種思考方法與表述模式之間，摸索自己的發聲位置與表達技巧。香港散文的國際視野，已呼之欲出。[54]

八

本卷的議論文章合共十七篇，有莊有諧，精彩紛陳。姚克在〈籍貫與故鄉〉裏以自家三代人的經驗為例，議論傳統鄉土觀念與近代社會人口流動現象之間的戲劇張力，不無洞見；然而，四下瀰

---

53 《椅子》亦有英譯本：*The Chairs*, trans. Martin Crimp (London: Faber and Faber, 1997)。也斯喜歡荒謬劇，也曾於六、七〇年代為文評介，參王家琪：〈第二章：邁向香港現代主義文學譜系〉，《也斯的香港故事：文學史論述研究》（香港：中華書局（香港）有限公司，二〇二一年），頁一三六—一四一，一五〇—一五三。

54 鄭樹森曾指出，港府推行開放、自由、不干預、或「無政策」的文化政策是促成香港視野國際化的重要原因。〈香港新文學年表（一九五〇至一九六九年）三人談〉，頁三三—三四。

漫的鄉愁與念舊之情，又使這篇理性文章充滿了抒情的色彩。[55] 阿甲足不出戶，只作紙上「言遊」，反將旅遊的策略與方法闡述得頭頭是道，令讀者——尤其是正當壯年的讀者——頓生釋卷上路，「壯」遊一番的衝動。他在〈遊山玩水之事〉指出，「遊山玩水必須半虛半實，才可以對景生情」，所言甚是。阿甲的理論，崑南在〈夏天的構成〉裏，讓年輕一代將之付諸實踐，而且完全本地化。他一方面將「浴乎沂，風乎舞雩」的美好意境南遷至「**refreshingest**」的香港海灘，另一方面投身於中西文學的海洋裏，在虛實之間盡興言遊，既論述滔滔，又抒發胸臆，情文並茂，不亦樂乎。在崑南的熱情鼓吹下，陽光與海灘、凍品與假期，儼然已成港城不可或缺的夏日消閒活動。[56]

---

55 順帶一提，姚克離鄉別井，初到香港時，曾在港島都爹利街（Duddell Street）寄寓的一所舊樓裏遇鬼，「而且是一個漂亮的女鬼。」姚氏的自述，易君左都記錄在〈我與張大千〉一文裏，見《從流亡到歸國》（臺北：仙人掌出版社，一九六八年），頁一一八—一一九。據説黃天石（黃鍾傑，一八九八—一九八三）和鄭水心（鄭天健，一九〇〇—一九七五）兩位文人也「親眼看見過鬼」，頁一一八。關於鄭水心生平，參李立明撰：〈民國人物小傳（一一三）：鄭水心〉，《傳記文學》第四十四卷第六期（一九八四年六月）：頁一三五—一三六。

56 陽光與海灘成為消費對象，始於十九世紀，盛行於二十世紀中期。John Urry, "Chapter 2: Mass Tourism and the Rise and Fall of the Seaside Resort," *The Tourist Gaze* (London: Sage Publications Ltd., 1996), pp. 16-39。一九六七年之後，香港政府積極資助及鼓勵青少年參加課外活動，游泳、遠足、野餐、宿營成了新的消閒方式。冼玉儀：〈第五章：社會組織與社會轉變〉，頁二〇六。崑南的文章寫於一九六五年，可謂得風氣之先。

崑南以雅馭俗，長篇大論，文氣磅礴。項莊則反其道而行，僅寥寥數筆，便從當鋪與賭場的凡胎俗骨裏，為讀者迅速指認幾個胸懷坦蕩、氣勢恢宏的高人名士。由於項莊「不想吃孔廟冷豬肉」，故此能心無罣礙，在〈論雅俗〉與〈賭國眾生相〉二文裏就事論事，暢所欲言。同樣無頭巾氣，但文筆詼諧，對嶺南乃至香港土俗民情有透徹認識的作者，則非任畢明莫屬。〈敲與摸〉、〈阿福〉、〈嘴硬骨頭酥〉三文妙趣橫生，可說是此類文章的代表。[57]同樣讓人愛不釋手的幽默文章，還有思果的〈狗〉、〈理髮〉、〈豫讓的太太〉三篇。余光中曾將思果的風雅之談戲稱為「迷人的嘮叨」，若以此語形容思果的議論散文，其實也頗為貼切。根據余氏的觀察，思果雖會調侃別人，對於「供人諧謔」也毫不介意，這種寬容的態度正是其「可愛之處」。當然，作者在文中也會「為幽默而犧牲」自己，那便是咳唾成珠的時刻了。[58]

前述議論文章的筆調輕鬆，個人風格顯著。梁羽生的〈中國武俠小說畧談〉、徐訏的〈Hippies的陶醉藥與魏晉的五石散〉與吳其敏的〈遺囑詩與羸葬論〉較為嚴肅，立場也相對客觀，體例則介乎掌故與論文之間。思果顯然是個非常體貼女性的現代作家，對於豫讓這位極不稱職的老公很不以為然，忍不住在〈豫讓的太太〉裏「嘮叨」起來，為其妻打抱不平，並將這位名垂千古的刺客

57 根據盧瑋鑾的意見，要研究五、六〇年代香港庶民風貌和社會動態，進而思考本土文化特色，三蘇、十三妹以及任畢明的「雜文怪論」「不宜錯失」。盧瑋鑾：〈五、六十年代的香港散文身影〉，頁三三。

58 余光中：〈沙田七友記〉，《記憶像鐵軌一樣長》（臺北：洪範書店有限公司，一九九八年），頁二四五—二七八。

奚落一番。思果看不慣刺客的迂行，梁羽生卻為女俠的英氣所迷，尤其是「豪爽脫俗」、「不拘小節」、「慧眼識英雄」的紅拂。〈中國武俠小説畧談〉裏篇幅最長，也最顯眼的一段引文，竟是風塵三俠相識於客棧的一幕，而且焦點完全落在女俠身上。説起紅拂的知己，又怎能少得了金庸？且看他在〈憂鬱的突厥武士們〉裏如何展開想像力，將「長頭髮的紅拂女」寫進土耳其演義裏：「其實土耳其和中國關係很密切，甚至可以説沒有中國就沒有土耳其。此話怎麼説？原來土耳其人就是中國歷史上的突厥人。Turk 的聲音不就是『突厥』嗎？在隋朝和唐初，突厥人厲害之極，唐高祖初起事時還向突厥人表示臣服。直到唐太宗命李靖爲大將，才將突厥人殺得一敗塗地。突厥人在東方不能立足，逃到西伯利亞和中亞細亞一帶，逐步西侵，因而在小亞細亞建立土耳其。」「假定紅拂女眞有其人，確如『虬髯客傳』中所說生有一頭極漂亮的委地長髮，如果不是她看中了李靖，半夜裏私奔相就，説不定李靖以後打起仗來精神沒這麼振作。突厥人如果不是被李靖趕向西方，也沒有今日的土耳其了。」

徐訏論六〇年代的嬉皮文化與「陶醉藥」現象，可説是魯迅（周樹人，一八八一——一九三六）名篇〈魏晉風度及文章與藥及酒之關係〉的後續之作，[59] 但新添了二十世紀下半葉的國際視野，為個人、文藝、藥物與社會之間的互動展開了科學化的論述，文體亦偏離了魯迅那種清峻的演説

59 魯迅：〈魏晉風度及文章與藥及酒之關係〉，《魯迅全集》第三卷（北京：人民文學出版社，二〇〇五年），頁五二三——五五三。

風格而趨近繁複的學術論文，成為本卷最具「知性」特色的一篇散文。[60] 魯迅的影響，在吳其敏的〈遺囑詩與贏葬論〉裏也有跡可循。這篇短小精悍的掌故，雖然談的是兩位通脫不拘的古人，靈感卻來自魯迅本人預想的「遺囑」。眾所周知，魯迅曾明言，對於「怨敵」，他死前可是「一個都不寬恕」的；這種堅執態度，哪裏像個「隨便黨」？然而，吳文為了表揚魯迅的灑脫，在他所牽掛的臨終七件「瑣事」裏，僅突顯了文字最為精簡的一項：「趕快收斂、埋掉、拉倒。」[61] 魯迅長話短說，其語氣之急促，就像在趕時間。

吳其敏從喪葬思考繁文縟節之弊，黃炤桃則以清明節為例，從祭奠的角度觀察人間的情義；儘管如此，〈從掃墓看人生〉對於生死議題還是意態從容的，作者嚮往的是閒雲野鶴般無拘無束的超越境界。然而，在六〇年代的香港，生活已然現代化與城市化，個體生命亦已被編織到機械時間的網絡以內，在這個遵守公共時間與講求工作效率的時代，作家只能在具體、精確、嚴格的時間刻度裏，重新理解、協商與表述存在意義與人際關係。碼頭上的巨鐘，精算的何止白領階級

---

60 參閱向陽關於「知性散文」的討論：〈被忽視者的重返——小論知性散文的時代意義〉，《國文天地》第十三卷第二期（一九九七年）：頁七七—八九。

61 魯迅：〈死〉，《魯迅全集》第六卷（北京：人民文學出版社，二〇〇五年），頁六三一—六三六。

的生命呢？[62]從〈一秒．一年．一生〉和〈浪費別人的生命〉兩文可見，吳羊璧和小思兩位作者對生命的態度是分秒必爭，絕不苟且虛度。前者以秒，後者以分，為起跳單位，計算生命的旅程，或痛訴身邊的時間竊犯對自己所造成的傷害。如果在五〇年代，懷舊的老作家猶在詩裏「痴問時間的去處」，進入六〇年代以後，敏鋭的中、青年作者早已驚覺時不我待，因而抓牢時間，切實穩健的活在此地與當下。要不然，到了「由統計數字所築成的七十年代」，在更年輕的作者的小説裏，與時代脱節者的形象，大概就會老化成李大嬸的袋錶，不僅殘舊，還壞掉了。[63]

九

六〇年代的散文作品連山排海，編輯選集確是一份力微任重的工作，掛一漏萬在所難免，編

62 關於時鐘在近代中國物質文明史上的意義，參葉文心著，王琴、劉潤堂譯：《上海繁華：都會經濟倫理與近代中國》（臺北：時報文化出版企業股份有限公司，二〇一〇年），頁一一一—一一七，一一五—一四八。「碼頭上巨鐘正精算着白領階級的生命」出自崑南：〈上午〉（一九六〇年），葉輝、鄭政恆編：《香港文學大系一九五〇—一九六九．新詩卷二》（香港：商務印書館（香港）有限公司，二〇二〇年），頁八七。下文所引「由統計數字所築成的七十年代」亦出自此詩。

63 徐訏：〈時間的去處〉（一九五三年），陳智德編：《香港文學大系一九五〇—一九六九．新詩卷一》（香港：商務印書館（香港）有限公司，二〇二〇年），頁一一二。也斯：〈李大嬸的袋錶〉（一九七六年），《島和大陸》（香港：華漢文化事業公司，一九八七年），頁三—一四。

者只能在有限的時間裏，盡心盡力而為。由於選集篇幅有一定的限制，部分入選篇章僅能以存目形式與讀者見面，不能不說是一件憾事。故此，在脱稿之際，心中仍有工作尚未完成之感，亦隨即想起魯迅在暢談文章與藥及酒之關係後，所說的一段話：「據我所知的大概是這樣，但我學識太少，沒有詳細的研究，在這樣的熱天和雨天費去了諸位這許多時光，是很抱歉的。」[64]博雅如魯迅尚且要向聽眾和讀者致歉，何況區區？編者的愧歉心情不難想見，尤其在這個苦熱非常，時有狂風暴雨，令人無法靜心讀書的炎夏裏。

64　魯迅：〈魏晉風度及文章與藥及酒之關係〉，頁五三九。

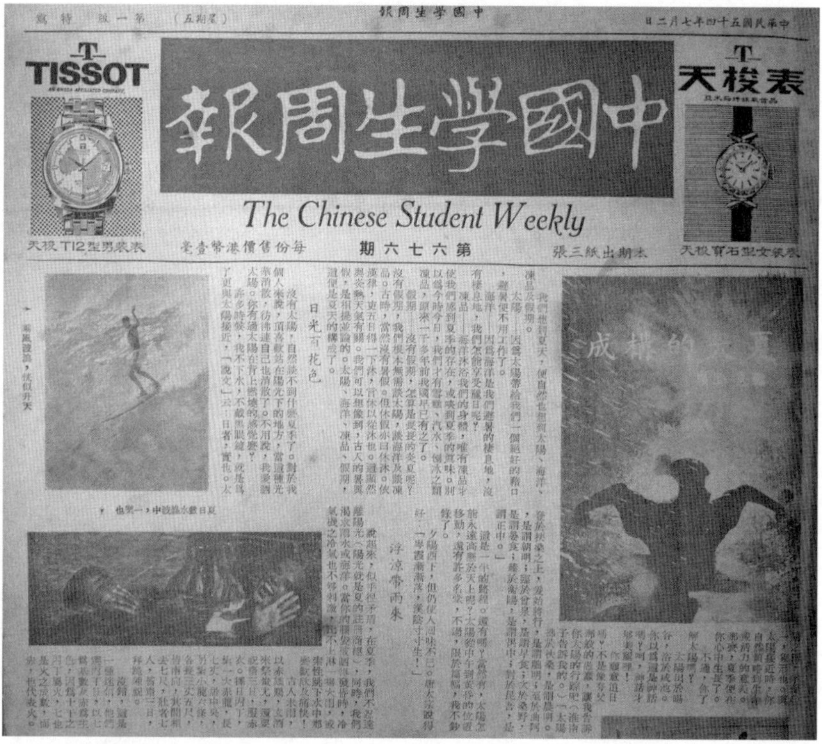

中華民國五十四年七月二日　中國學生周報　（星期五）　第一版　特寫

中國學生周報

The Chinese Student Weekly

本期出紙三張　第六七六期　每份售價港幣壹毫

夏天的構成

日光有花色

浮涼帶雨來

•《中國學生周報》第六七六期，一九六五年七月二日

作者羣像
李輝英
中國公學國文系，東北名作家，著有「人間」、「苦果」等數十部，現執教港大。
易君左 名詩人香港浸信會大學，中文系主任。
黃崖
厦門大學國文系，著有「紫藤花」、「烈火」等十數部。
愚露
青年作家，香港聖士提反女校畢業，著有「終與始」。
吳麗婉 復旦大學，著有「七月山城」等書。

•《當代文藝》創刊號（一九六五年十二月）之作者群像

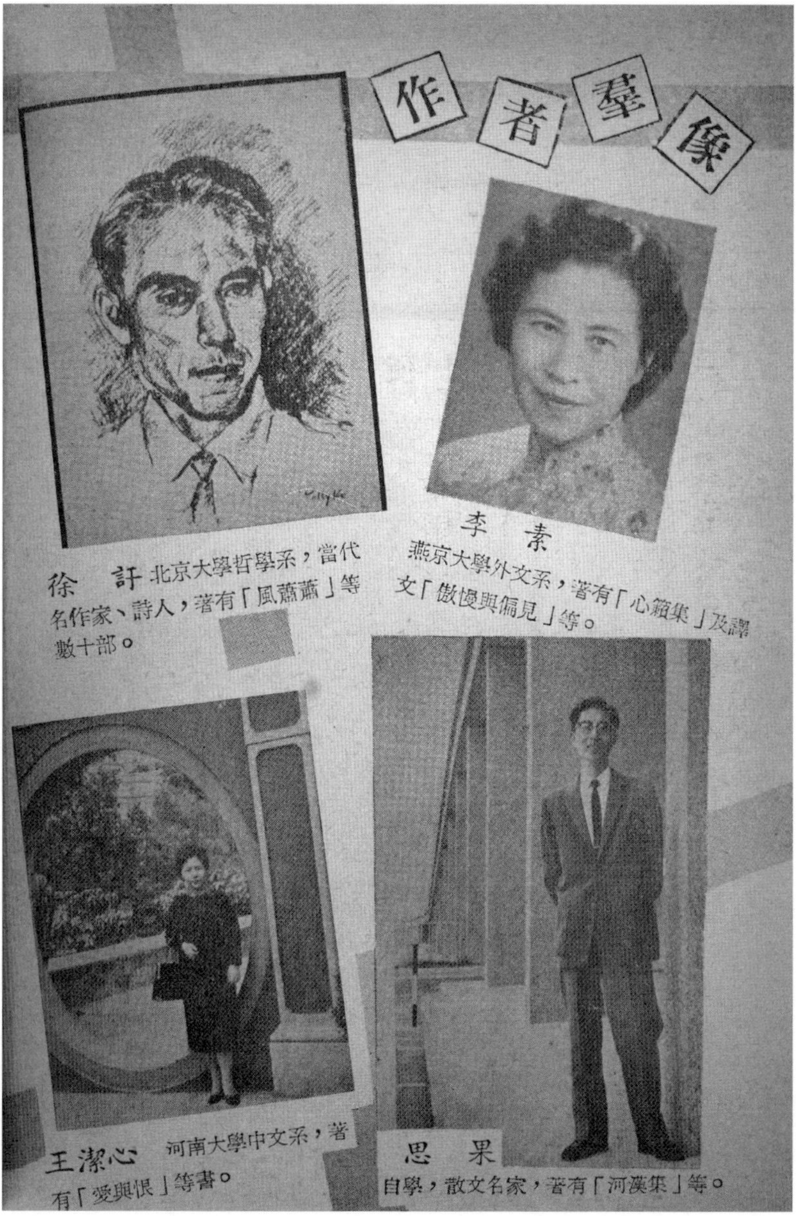

作者羣像

徐　訏　北京大學哲學系，當代名作家、詩人，著有「風蕭蕭」等數十部。

李　素　燕京大學外文系，著有「心籟集」及譯文「傲慢與偏見」等。

王潔心　河南大學中文系，著有「愛與恨」等書。

思　果　自學，散文名家，著有「河漢集」等。

當代文藝社主辦

文藝函授部

宗　　旨：提高現代語文水平，研究寫作技巧，培養青年作家。

修業期限：初高級班均以一年爲一學程，每半年測驗一次，成績及格者由本部發給證書。

教　　材：

小　說：中國小說史、小說作法研究，中國古典長篇小說欣賞、中國短篇名著介紹。西洋短篇名著選讀。小說題材講話，小說研究。名家小說研究等。

散　文：散文作法研究，中國散文佳作研究，西洋散文選讀，中國古代散文選讀。

詩　歌：中國詩歌發展史、古詩欣賞。古詩作法講話。新詩作法研究，新詩選讀及欣賞。

授課辦法：每星期郵寄教材一至二次。每月限題習作一次，每三月測驗一次。習作精改寄還，香港區定期舉行座談，並對個人作品提貢意見。

特別指導：由本部敦請當代名作家專題指導。

作品發表：優秀之習作，由本部推薦當代文藝及其他報章雜誌發表。

報名日期：自本（一九六七）年八月一日起。

開課日期：定於九月一日。

招收名額：初級班八十名，高級班四十名，逾額不收。

學　　費：高級班每月港幣十二元，叻幣八元，美金五元。初級班每月港幣十元，叻幣七元，美金四元。
（亞洲其他地區以叻幣折算）

主　任徐　速
副主任黃思騁

●當代文藝社文藝函授部招生啟事

創建實驗學院

宗　旨：推廣一般和專業教育，使失學、就業或在學青年和成年都有機會追求實用智識技能，發展個人人格心智。

科　別：建築科：基本透視學、現代建築設計、建築科學

藝術科：素描、油畫、陶瓷美術、工商美術設計、木刻板畫、初級雕塑。

文學科：中國文學概論、現代西洋文學欣賞與批評、詩作坊、日本現代文學。

實驗教育：香港及中國文化發展趨勢的關係、現代思想、語意學、邏輯與集論、思想方法訓練、存在主義與人生、文化理論。各課程三月一期，每期十二講，各課程每期費用五十元，術科加十元每班九人一組，着重師生討論。晚上授課。

設　備：本校特設視聽器材，黑房、陶瓷燒窰、版畫機繪圖桌等專門設備以便學生用以致學。

學校環境：竹疏草淺，樹蔭疊翠，蕊香撲鼻，鳥語怡人。內設文化茶座，小飲隨意，高朋共對，互相砌磋。

開課日期：十月廿一日。詳細章程，函索即寄。即日開始報名。

校　址：九龍塘多實街十四號　電話：822291

（中國學生周報通訊部新址內）

新趣

尖沙咀之戀

司明

舊日住在尖沙咀時，附近是[illegible]酒店，我于香港任[illegible]酒店都無好印象，但對該酒店門口那[illegible]菊花頗爲欣賞，只[illegible]欣賞而已！在上海，菊花是[illegible]的，菊花展覽會中，眞是一片錦繡！

遇末，[illegible]日尖沙咀的[illegible]入在一[illegible]，[illegible]酒店門口的菊花了。那住那邊，有如見故人[illegible]，所[illegible]的菊花仍爲香港的第一流！

[illegible]北角後，常念尖沙咀，[illegible]，我們仍想[illegible]回尖沙咀，即使今日旅遊區的色[illegible]，也仍能找到不見「[illegible]牛」與「[illegible]女郎」之處。

在香港，除了半山，我最喜歡[illegible]地區，過了[illegible]年，[illegible]那邊[illegible]，有[illegible]合適的房子租？我不[illegible]城之類，而有些新樓也太[illegible]不[illegible]。此刻我住的大廈房是十一呎多高，在我算是最低高度了，但目前新蓋的大廈超過十呎的已少。

在尖沙咀，還有些舊樓，例如[illegible]道那邊的，一時亦不會拆，非常高敞。我每[illegible]會對太太如此說：「中了頭獎，不[illegible]格子了，我們搬回尖沙咀去！」

我太太也喜歡尖沙咀，我們所以如此偏愛，也可能與我們結婚的新房在尖沙咀有關，我們共同的生活是始于尖沙咀的。我們夫婦感情頗好，我們有點一[illegible]，大家都會懷念尖沙咀的吧？

以往住在尖沙咀時，每週至少有四夜，我們在附近一帶漫步，事實上亦有可[illegible]之處，其[illegible]情調方面，則[illegible]日上海[illegible]路[illegible]不[illegible]。搬到北角來已有年多，我從未爲了漫散步而在夜間出現于英皇道上過。

數月前有一夜，我們夫婦在尖沙咀一個朋友家裏吃了飯出來，朋友[illegible]我們僱車，我們[illegible]步當車，一直走[illegible]，一方面，由于途中有可看之處，另一方面對尖沙咀也太有感情了。

那[illegible]，尖沙咀是我有[illegible]的地區，在這[illegible]夜[illegible]頭，更是一種享受，北角與它比是相[illegible]南北極了。

小塊文章

- （上）創建實驗學院招生啟事（《中國學生周報》第八四三期，一九六八年九月十三日）
- （下）《新生晚報・新趣》司明「小塊文章」專欄，一九六四年十二月十四日

●（右上）《盤古》第二十七期，一九六九年十月十日

●（右下）《鄉土》第九十號，一九六〇年九月十六日

●（左上）《文藝世紀》一九六二年四月號

●（左下）《文學世界》第四十一期，一九六四年三月

•（右上）《文壇》第一七八期，一九六〇年一月一日

•（左上）《明報月刊》創刊號，一九六六年一月

•（右下）《南洋文藝》創刊號，一九六一年一月一日

黃蒙田

茶樓

「上茶樓去，我請你飲茶。」

在日常生活中，別人可能這樣對你說，自然你也可能這樣對別人說。不知道從什麼時候開始，飲茶成了廣東人生活的一部份。人們喜歡上茶樓去小坐一會，聊聊天，看看報。有句老話叫「三茶兩飯」，那是說，廣東人除了兩頓飯，還要飲早午晚三餐茶。雖然說每天飲三次茶未免多了一點，但每天上一次茶樓卻是很平常的，人們幾乎是成了習慣似的在一定的時候到茶樓去，雖風雨而不改。

飲茶，廣東以外的人不一定了解這兩個字的全部意義。不錯，它是品茗，飲一盅好茶，但這只是它的一部份；茶樓是館子，它以賣花樣繁多的點心爲主，我們不是有一句話形容茶客上茶樓叫做「一盅兩件」麼，這「兩件」就是點心。這是它的另一部份。然而上茶樓也還有第三部份的東西，那就是茶客們在那裏會見他的朋友，談一些重要的或不重要的問題，還有就是：當茶客經過一度緊張的生活以後，到這裏來休息一會，或者靜靜地思索一下自己遭遇到的問題。

自然，天天上茶樓的可能是有閒者，也可能不是有閒者，問題是看你怎樣了解茶客的生活，怎樣對待茶樓這種生活方式。在這裏，如果你每天兩飯三茶，那是很難逃避有閒者的指摘，然而據作爲一個茶客的我所了解：每天依時上一次茶樓的人却不一定是有閒者，而很可能是異常忙碌的人。表面看來有些茶客是挺優閒的，頂着一籠畫眉來到，沏一盅龍井，打開當天的早報，茶客們叫這做「嘆茶」。然而看事情應該全面些，當他們吃了一盅兩件把那籠心愛鳥兒帶回家去，便馬上到廠房、店家和寫字間，開始一天的工作了。這一點能聽到畫眉歌唱、品到好茶和吃到點心的時間就是他們享受到的生活情趣。晚上，茶樓是照例賣夜市的，茶客當中不會沒有游手好閒的人，然而更多的是在做完了一天的工作到這裏來小坐一會，讓一天消耗的體力恢復過來。在別的城市，我看到茶客們在看書、讀報，在討論以至爭辯一個問題，可以了解，他們不是爲了飲茶而飲茶，而是要使得這一餐茶的內容更其豐富。在這裏，人們居住的條件太差，一家幾口一張床的人實在無法接待兩三個朋友聊聊天，於是只好上茶樓去了，至於他們談的是有益的事情還是言不及義，那就要看各人的情況了。

如同許多人一樣，長久以來我就養成了飲茶這種生活方式。飲茶的意義對於我是因了年齡和生活環境而不同的，譬如現在，我是把上茶樓作爲一種生活情趣來看待的。我每天黎明卽起，散一回步之後，便踏上一家常到的茶樓的頂樓去。我在擺滿了建蘭、石梅一類盆花的欄杆前坐下來，堂倌照例給我沏了一盅龍井上來；有些茶客雖然彼此並不知道姓什麼但因爲朝朝相見便親切地打個招呼；不遠的橫竿上掛着的幾籠畫眉、雙思和豬屎渣在歌唱得起勁。我在這個鳥語花香的環境裏打開當天的早報。一盅茶之外的兩件點心，便算是這天的早點了。看完了報，可能還要聽一回畫眉歌唱，或者欣賞一下密茂的石梅花，可是我却在同時思索着卽將開始的當天的工作。之後，我便離開茶樓，回到寫字間立刻投進工作裏去了。儘管「三茶兩飯」的人在茶樓裏浪費了許多時間，可是許多人坐這麼三刻鐘對於他的身心和工作來説却有一定的意義。

從少年時代開始，我的生活就和茶樓分不開了。起先是跟着大人們去的，後來就單人匹馬上茶樓了，雖然那時不是爲了享受生活的情趣而是爲了吃點什麼，甚至還拿了功課到茶樓去讀。如所知道，羊城的茶樓是出名多的，在舊時代如此，今天也還是如此——雖然茶客對待茶樓的態度是根本不同了，在那裏，有些已經開設了好幾百年的茶樓一直保留到今天。我想起大觀橋畔那家據説是乾隆年間就開業的富隆茶樓。我在那些古舊的紅木雲石枱面上一次又一次地吃過它的「蛋散」——一種最普及的甜點心，一九三七年秋天，戰爭降臨羊城，那一夜我愴惶出走，渡船到了白鵝潭上回首東望，羊城正在火海中，後來才知道，富隆就在那次大火中毀滅了。有一個時期，由於就讀的方便，我時常上同一地區的兩家茶樓：雲來閣和福來居。巍峨壯觀的雲來閣今天還在惠愛東路，在那些西向的藍色鏤花玻璃窗底下，在那些石山盆栽旁邊，我曾經度過多少個午晝茶市，然而就是那時候吧，雲來閣已經是上了一個世紀的老茶樓了。以後雖然離開學校了，可是雲來閣依然成了我歇脚的地方。戰爭期間有一段悠長的時間讓我想起那個城市的一切，包括了雲來閣等茶樓在內。一直到今天我對雲來閣還是那麼有感情，只要我回到那個城市去旅行，不管怎樣忙，都得抽空到那兒去「懷舊」一番。雲來閣依然是古色古香的，可是茶客的性質却已然改變了，他們不會有一個是閒人，而是在工作的間歇間到這裏來調劑一下緊張的生活。有一回，從雲來閣「懷舊」下來，順道到城隍廟裏去，我本意想看的福來居現在改名做福來食堂，自然作風也隨之改變了；三十年前，當我要吃「晏晝」時，如果不到雲來閣，就常到福來居去。福來居在城隍廟貼隣一條叫城隍里的窄巷裏，它可能是羊城最古老的茶樓，每一個老廣州都知道福來居不創業於明末也是清初，也許這很難證實，但人們都相信它有幾個世紀的歷史。那時城隍廟已經被拆了，廟裏空空洞洞的，荒涼得很，前面却擠滿了看相、解簽的江湖術士。在我懂得上福來居時它已經有點破落了，看來曾經是極講究的酸枝枱椅已顯得支離破碎，彫樑畫棟也褪色了，院子裏一個曾經養過幾百隻雀鳥的大鐵鳥籠裏長滿了青草。可以了解，福來居經過了一段悠長的日子，已經到了極其艱苦的階段了，那一副破落相就似乎是在呻吟一樣。我記得福來居的乾蒸燒賣是遠近馳名的，連大東門以至西門一帶也有人一早來品茗嚐一碟燒賣。我那時是飲茶當吃飯，通常是吃一碟三分六的炒粉，但也有時吃鹹煎餅和蘿蔔糕，每次「開嚟」是不會超過四分八銀的。

不過，最令我懷念的茶樓，還是陶陶居。有兩次我回到羊城去旅行，總得找一天起個絕早，到陶陶居去嘆一回早茶。我坐在那紅木彫花鑲了藍色和綠色玻璃屏風間成的房座裏，撫摩着那些經歷了半個世紀以上的酸枝椅和雲石枱，面前是一籠熱騰騰的陶陶居早就有名的「薄皮鮮蝦餃」，呷一口壽眉，我不禁要想起這家大茶樓的滄桑。不錯，這裏有我在幾十年前就熟悉的東西，然而也有對於我是非常新鮮的東西，那就是這個時代使一家茶樓的作風完全改變了。

一提起陶陶居，我便想起羊城茶樓門面裝飾的獨特風格，這種門面裝飾，別的地方是沒有的。目前羊城保留了這種門面裝飾的茶樓還有幾家，除了陶陶居，還有占元閣、涎香、南如、惠如等等，香港的慶雲茶樓也屬於這一類，不過規模小得多。這些茶樓的門面裝飾從外表看來很像一個富麗堂皇的牌樓，房子一般是三層或四層高的，爲了顯出舖面格外的壯觀和高大，門口的騎樓通常是由地面昇高至三樓，也就是說，臨街的窗戶已經是三樓了，而二樓却是從鋪面裏面上樓的——這些樓梯在門外就可以看到它包了厚厚的銅皮和擦得亮亮的銅扶手，天花板上是五彩繽紛的圖案，下面吊着輝煌的民族形式燈飾。騎樓底下是漆了朱紅色的圓柱和拱門，上面全是着了色的浮彫，這些浮彫不是藝術家用石膏翻刻的，而是民間藝人用紙筋灰塑成的，上面還塗了佛青、粉綠朱標和金色。在圓柱的空位上，有些用紙筋灰浮彫了對聯或和業務有關的句子，如「名茶美點」和「地方通爽」之類。門面的頂上也就是天台的中央照例是一塊紅地金字的浮彫字招牌，這個招牌的字是很講究的，除了寫字的人要有名氣，還要要求字體具有潤氣、生氣。陶陶居那三個字是康有爲寫的，雖然這三個字在幾十尺高以上，却往往吸引了初來的茶客在門口對面的路邊慢慢欣賞一番。總而言之，整個茶樓的門面給予人們的第一印象是金碧輝煌。茶樓的門面裝飾是廣東民間藝人和「泥水佬」的創造，這種設計在廣東民間建築藝術中是較晚出現的——卽比祠堂的建築裝飾要晚，然而它却是突出的，是別具風格的。

到陶陶居去，在品茶、吃點心之前你得先欣賞它藝術的門面。

陶陶居在半個世紀以前或者更早些就有了。那時候沒有散座，二、三樓全是房間，樓下佈置了花木、盆栽、假山和金魚，使人覺得那個環境多麼的幽雅、清涼。這是一個充滿了詩意的所在，然而它是價錢最貴的茶樓，也正因了這個原故，不久它就歇業了。我成了陶陶居的茶客還是在它改建復業以後，現在算起來也已經是三十年前的事情了。我總覺得，不論是在房座和散座，總是有一種無限寬敞也無限舒適的感受，特別是在炎熱的夏天，坐在冰涼的酸枝椅上，景德鎮出品的茶盅放在雲石枱面上，牆壁上是字畫，而不遠的天井和樓梯却綠樹扶疏有緻，你從心裏感覺到：這個境界多麼陰涼呀。

陶陶居的「原煲子鷄飯」是有名的。爲了方便顧客，在枱子旁邊特別設計了一個放瓦煲的架子；我不知道茶樓賣原煲飯是誰創始的，不過却可以肯定是由陶陶居推廣的。我沒有足够的材料證明廣東茶樓、餐室的卡位——即所謂「火車座」是誰創造的，不過我敢肯定在羊城第一家設卡位的茶樓便是陶陶居。還有，陶陶居的茶客先前是現點點心的，即點即做，因爲客人吃到的都是新鮮點心，自然味道就鮮美得多了——香港的陸羽茶樓下午茶市的點心也是即點即做的。

如果你二三十年前已經是陶陶居的老主顧，那麼就一定知道，這家茶樓曾經是那些不幸的女性的陷阱，是被侮辱的女性的「市塲」。當年的三樓卡座，二樓那些「霜華小院」和「濂溪精舍」的房間裏，「大葵扇」帶着一些「阿瓊」、「阿英」一類不幸的女人在穿插，在那些惡棍和二流子面前低下頭來弄着衣角可是却要公開的被戲弄、侮辱，這就是罪惡的「睇妾侍」，然而那是一種殘酷的青春的買賣，多少女性一生的幸福就在這家茶樓裏葬送了。

如果你是陶陶居的老茶客，大抵還記得，當年的二樓卡座賣藝的伶人雲集，那時有些刻薄的人並不把他們當作正常的人，而是名之曰「戲子」。原來戲班的開戲師爺是每天到這兒來享受的，那些「戲子」們便到這裏求得一兩天上台的機會，那情形也眞叫人心酸，能够吃上一碗叉燒飯的已經是萬幸了，很多只能吃一件「馬仔」或揩油「淨飲」。當年這些落魄藝人包括白駒榮、伊秋水等人在內，那時候的白駒榮甚至已經淪落爲賣唱人了。

時至今日，陶陶居依然是金碧輝煌的門面，每天依然是高朋滿座，然而它的實質變了，根本上清除了那些污濁的氣氛。「睇妾侍」永遠成了這家茶樓可恥的歷史，而「霜華小院」一類的房間陳設回復了它的詩意而又風雅的氣派。當然，白駒榮和別的粵劇藝人還是照常去品茗的，地方還是一樣，然而遭遇和心境却是那樣的不同，每一個卡座和房間他們都很熟悉，當他們撫摩着那些歷盡滄桑的枱櫈，捧着那個「焗盅」時，想起了這是舊時被奚落的地方就不免有太多的感慨，因爲這個時代對他們的愛護是歷史上任何時代都不曾有過的。

如果你和陶陶居闊別了十多年又回到那裏去品茗，可能你會驚異，有些茶客從前是看不到的，用舊時的話去形容，他們就是「滿脚牛屎」的人。這就對了，而且這也是值得大書特書的好事情。當然，當年滿脚牛屎的人不可能到陶陶居來吃它有名的蝦餃和子鷄飯，在那時來説，這是不可想像的，因爲他們連褲子也穿不上；然而現在他們都有條件來了，他們不止細細的品茶、吃點心，還要點菜，還要開懷暢飲呢。這樣看來，陶陶居的生意之所以好是很自然的了。你説，這難道不是一件好事情麽。

寫到這裏，天已經亮了。我又習慣了似的想起飲早茶，於是匆匆出門去，不久之後，我便坐在陸羽三樓靠鐵欄杆的那個座位上，手裏摸着一盅壽眉在看早報了。

一九六〇年、三月、二日。

選自一九六〇年四月一日香港《鄉土》第七十九期

青山懷古

我每年遊一次青山。我很喜歡這個地方，雖然青山山麓因爲多了一些廠房和民家，使那一帶的面貌逐年在改變着，但越過了半山那一座涼亭以上的景物，依然保持了它古樸的風格。遍山的松樹遮蓋着；寺裏的建築物雖然很舊，却比粉刷得花花綠綠的那種庸俗的色彩要好得多，既然名之曰禪寺，使人真正感受到有禪寺應有的味道。這是我喜歡它的原因之一。

根據「新安縣志」所記，從前這裏是新安八景之一「杯渡禪蹤」，照它的木刻插畫所描寫的杯渡禪蹤看來，青山的自然景色實在是非常的清秀可愛。帶了這一點印象來到青山山麓，我停下來，企圖在今天的青山找尋昔日杯渡禪蹤的痕迹；然而那是不可能的，甚至連想像那就是今天的青山也不大可能。風雨的侵蝕會改變自然的面貌，但更重要的是經過多少年來人爲的改造，使這座山有別於昔日的境界。不過如果以一個畫家的要求來説，舊時的杯渡禪蹤似乎更富於畫意詩情呢。不過當我站在山上遠眺青山灣下的屯門時，却不禁要想起很多事情，而很自然地想到的是：遠在唐、宋時代，香港還是一座荒涼的島嶼時，青山已經是一處熱鬧的港口了，這裏曾經是對外通常必經的要道，海外來的貨船也必須在這裏停下來，辦理好手續然後開入虎門、羊城。不過，望着那靜靜的屯門灣，漁船三兩，風景自是不錯的，可是我無論如何也不能想像這個碼頭當年的盛況。據説當日阿拉伯人的商船載滿了貨物，就從這裏入口的。登青山而想起了這些，倒是一件很有趣的事情呢。

青山古稱屯門山或杯渡山，又叫聖山。杯渡是六朝時候的高僧，曾經駐錫山上，今天的青山還可看到部份古蹟和他有關，後兩個山名，是爲了紀念他而起的。青山舊時屬新安縣，新安也就是今天的寶安。「新安縣志」的八景之一「杯渡禪蹤」一條上說：「杯渡山，海上勝景也。昔劉宋杯渡禪師駐錫於此，因名。山巖石柱二，相距四十步，高五十丈，今半折，府志謂昔鯨入海觸折。山腰爲杯渡寺，前有虎跑泉，其左則爲鹿湖、桃花澗、滴水巖、瑞龍巖、鷥哥諸勝；後有石佛巖、杯渡石像在焉……；山之巔鐫有高山第一四字，舊傳爲韓愈所題。前俯大洋，海水泗沒，杳溟無際，而山中林家之勝，又覺別有天地矣。」青山毫無疑問是此間最古的寺，可是志書上所說的古蹟並不全都保存到現在，石佛巖是有的，現在的寺不是杯渡寺而是青山禪院了。「高山第一」據說依然保留下來，由禪院往上攀，過了韓陵片石，便是青山之巔，那裏怪石嶙峋，其中一塊較大的便刻着「高山第一」四字，下款刻的是「退之」，不過已經很模糊了。站在這裏瞭望，山下景色盡收眼底，此時你也許能想像，多少年前詩人韓愈乘船赴潮州，路過此地，忽然遇到了颶風，他只好登上青山灣暫避，既然上了山，少不免要上杯渡寺逛逛，於是題了這四個字。後來他寫的詩不是有這樣的兩句麼：「屯門雖云高，亦映波浪沒」，這就是他在青山上遠望伶仃洋的波濤而寫下來的了。從此以後，青山和杯渡、韓愈便分不開了。每個遊青山的人在知道了一些他們的掌故以後，便覺得這次青山之行更有趣，內容更豐富了。

青山是一個值得去玩的地方，不只是因爲它有的歷史很古和風景不錯，更因了那裏有樸素可喜的風格而不曾染有都市的庸俗氣氛，除了某些青年遊客帶了手提收音機在佛堂裏開放以外。

選自黃蒙田《晨曲》，香港：上海書局，一九六二

黃花汛

〔存目〕

選自一九六七年一月號香港《文藝世紀》第一一六期

十三妹

我的乳娘和嫂子

在我們的生活周圍，不論家庭，不論社會，人與人之間，幾乎常可碰到冷戰場面的。於是勾心鬥角，花在處理人事上的精力，往往有多過於花在工作上的。

除了彼此之間有十分尖銳的矛盾，勢不兩立者外，假若在我的識者中遇到類似情況時，我總是勸他們不如拉明的談一次，把問題解決。因爲據我的經驗是，若二者之間，不論朋友也好，同事也好，若滋生了誤會不解，則那誤會每如雪球，愈滾愈大，這時更不免唯恐天下不亂之輩，在中間製造事件以穫便宜的。

不過我的經驗是，染有中國舊習氣太深的人，習慣於中國家庭或社會搞風搞雨者，每不易接納這種誠懇的談話的。而在海外生長的，以及受過一點西方宗教情操之陶冶與培養的，就比較容易接受。

即以我交朋友的經驗而論，不論男性女性，生長於內陸者，以及出身於家庭狀況複雜者，或者從小就到社會上來滾，滾得一身不良習氣與世故者，這種人特別費勁。因爲這種人對別人，往往戒備甚深的。而這種人對於別人，也動輒就嫉妒。

在上海時，我的兩個女朋友之間發生誤會了。其一是而今在仰光的海侖，一個非常甜蜜而又虔誠的基督教徒，她生長在仰光，也是在仰光讀書的，戰時才回到中國來。另外一個，則是一位湖北小姐。

她們兩人本來很好，但是湖北小姐忽然不再睬海侖。海侖莫名其妙，一再問她何事？但她始終不肯明說。後來兩人無意中在我家里碰頭，我曾眼看海侖哭着向她解釋她所誤會她的，但她始終不肯相信，掉頭不顧而去。

原來她誤會海侖曾經跟她的男朋友看過電影，據說她的一個親戚在影院中看見，而這親戚又只見過海侖一面，於是便誤她爲另一個女子去了。後來她弄清了沒有我不知道，但我對她從此也不太感興趣而疏遠了。因我以爲她心太深，結交起來費時費勁。

我是個在襁褓中就受了洗的天主教徒，雖然年來幾乎成爲攻擊宗教的叛徒（因爲我覺得天主教最勢利也最重儀式），但在二十歲之前，却甚虔誠。不但常上教堂做彌撒，而且做錯了事，有負於人時，必往神父那兒去「告解」而後心安。

我十四歲就死了母親。母親逝世之前三日，我的大哥才從歐洲帶着他的新婚妻子趕回河內，另外一個哥哥則仍留在歐洲。於是母親一死，毫無疑問，而母親遺囑上也註明，我的監護人自然是他們倆了。

我們在河內的那所房子很像樣。過去是母親住東翼，乳娘帶着我住西翼。於是這時除了將母親那一套暫時空着外，兄嫂住了另一套，我則原封不動。

這位新嫂又是法國里昂人，也出身里昂大學。她大我八歲，我的哥哥則大我十二歲。兩個哥哥從小十分愛我，自不用說，因爲我們之間的年齡懸殊的原故。但這位素昧生平的嫂子，對我也十分過得去。這時自然是她主持家務，但她什麼都徵求我的同意，對我的一切十分關心，她只添聘了一個新的女管家，而且對於家庭秩序之更動也甚少。而在過去，是我的乳娘襄助母親管家的。

我的乳娘是道地的北京人。說她是乳娘，其實這只是中國習慣，事實上並不貼切，我已經兩歲了她才受我母親之聘南來，襄助她照料我的。所以她在職份上該說是褓姆。她好像是由於丈夫討了姨太太，她生的孩子又死了，於是該算是上一代的知識女性的她，便換換環境來作排遣。

她比我的母親要大幾歲。而我的母親在失去丈夫時，才三十二歲。她也比我的母親威嚴有決斷。她自然也愛我，像她自己的女兒一般，而她自從受聘到我家來後，一直到死就未離開過我們了。

素來我聽她的話，有過於我的母親。我甚至有點怕她。而當我的兄嫂猶未歸來，母親睡在醫院里時，她就在背後開始爲我發愁了。「洋婆子嫂子怎担待得了我們」？因我母親的病已無希望了。

十四歲這種年齡，說大不大，說小不小，更由於家庭環境簡單，所以我那時該說是全不懂事者流。而在天性上，又是很容易對別人的好意感應的人，所以，母親死後乳娘雖然加緊警告：「我們的日子不長了」！可是由於嫂子對我非常好，全無可挑剔之處，生活幾乎隨時把我帶在身邊。而嫂子性格不但極其溫婉，又很眞摯，於是我對她不但逐漸解除了戒備，而且還非常喜歡她了。

這時我仍然在家里上課。就像母親在時一樣，在下面一上完課，便上樓直奔東翼，雖屢經乳娘警告而不聽。也許也由於另外還有乳娘之故吧，所以，一個女孩子失去母親的話，在記憶中我彷彿感覺得並不深切。而且，由於他們兩人都年青之故，生活比以前更熱鬧却是眞的。

於是我開始駁斥乳娘的警告，說的預料全不可靠。這位嫂子實在喜歡我呢！

但這時候乳娘又有了新的見解，叫做什麼欲擒先縱。「咱們走着瞧吧」！每當我興高彩烈的來告訴她嫂子給我買了什麼，或者帶我到什麼地方去了來之際，她總是冷冷的潑我一頭冷水。

有時則乾脆帶點兒輕蔑：「你的苦有得吃呢！忙什麼？洋婆子利害着呢」！

總之，凡是嫂子對我的友誼與好意，她一律解之爲是一種手段。說是等在死心塌地對之俯首貼耳之時，便會開始收拾我了。

聽了這些警告後我自然要爲之不安與煩惱。而這時候自然我已讀過狄更司筆下的大衛考伯非樂，連母親也失去了之後，將是怎回事兒，我早已印象深刻。

可是當我疑慮不定之時，她却又給我吃定心丸。她說她早已爲我打好退路，她身邊已積下了些錢。即使兄嫂一個錢不給，她也可負担我的學費，把我送到西貢或是香港去讀寄宿學校算了。因爲這是珍珠港事變之前，這時不但她的老家北京早已完蛋，而且彷彿大半個中國都沒有了。所以最理想的北京已去不成。

我素來最怕密雲不雨的場面，甚至到了今天仍是若此。勾心鬥角與冷戰，永遠對我陌生。因爲這是一種極沉重的精神負担呢！

所以，我好多次在聽了她的警告後要直接去跟兄嫂弄個明白，若他們實在待不了我，不如早日離開這個家算了。但也一再被乳娘阻住。她嚴重警告我不能輕舉妄動，且等嫂子先下手不遲。「反正我已預備好退路了」。

但是一想到有一天我將被趕出這個家時，儘管天坍下來有乳娘，但仍不免十分不情願和悲哀。於是我把這樁心事告訴了馬利安。

馬利安是我最要好的女朋友，跟我同在一個先生處習琴。她雖比我小一歲，但比我懂事。她的父親是海關一高級職員。她跟我得個相反，從小失去的是母親。而且父親已娶了後母，而且中外一例，她的後母對她也不好。

她常告訴我她的繼母每逢給她吃東西時，總是在父親跟前，而責罵她的時候，也總是在背着父親的時候。因爲父親很愛她。她對繼母有着很深的怨恨，大概就由於這個繼母之故，我記得她好像對年青漂亮的法國女子，都有一種莫名其妙的憎恨似的。

我的母親在時，她常到我家來，有時乾脆在我家里住幾天。她的父母也都認識我的母親的。但而今她不大喜歡來了，儘管嫂子也表示很歡迎她來，但她却固執地不喜歡她。

於是我們常約着在教堂里見面。一見面她自然要照例對我談她的後母，我則對她談我的嫂子。而且，這當中我也曾聽過她的試驗方法，去注意我的嫂子對我是否在我哥哥跟前更好些，可是我始終沒感到這假定的差別。

這一天經我把乳娘一再囑告的不許對任何人提及的撤退計劃告訴馬利安後，馬利安大加贊成。而且她還希望她的父親也能允許她跟我一道到別的地方讀書去。她比我肯定的是，她的父親一定會給她錢的。

後來不知怎麼商量，我們倆又會決定了先去跟神父談談這樁計劃。在以前我是心中目中不忘天主的，而對於神父之類，自然也敬奉與信賴。當時神父怎麼對我們指示不記得了，可是我敢肯定的是，神父後來必然把我的不安與憂慮對我的家里人提及。

因爲不久後有一天，我的哥哥忽然把乳娘請到書房中談話，而這一談後便使得我的乳娘對我大加輕蔑。「毛丫頭成事不足，敗事有餘」。我的乳娘國學修養很好，常常出口成章的。

我知道東窗事發，於是在嫂子前只覺不安與愧恧。但她不但仍如常對我，而且有一天單我跟她在一道時，她十分婉轉地問到我，有什麼心事何不跟她談談？

於是我大哭起來，慚愧，疑慮，惶惑等等交迸之下，全盤道出了這些時來的心事與不安。這一哭有如烏雲密佈之後的大雨，把以前的陰霾一掃而光。因爲嫂子也哭了！她極誠懇的告訴我她是眞正愛我的，乳娘的一切揣測太無根據了！

我常覺得眼淚能洗盡許多人與人之間的隔閡，眼淚有如幾條透明的絲綫，會把兩顆心拉得更接近起來。而經這一哭，我跟我的嫂子也更進一步互助理解了。

後來我拚着捱罵，建議乳娘向嫂子道歉，然後彼此談談。但她却認爲荒唐。

「我什麼事對不起她了？」這是她的理由。雖然在事實上，經過我這麼一鬧，她似乎應該比我更不安與慚愧的，可是她決不肯輕易承認自己有什麼過錯。

我常感到這是我們中國女子傳統的對人態度，而這種態度，只會增加人與人之間的誤解的。

選自一九六〇年六月九至十一日香港《香港時報・淺水灣》

我的鋼琴教師

〔存目〕

選自一九六〇年七月四、五及七日香港《香港時報·淺水灣》

今聖歎

劉文典語妙千秋

北伐成功後，安徽大學因鬧風潮，蔣總司令爲查問該校情況，使人招其校長劉文典見面，劉一見蔣即指而問之曰：「你眞是蔣介石麼？」蔣大以爲奇，乃責其主持不當，致風潮愈鬧愈大。劉當面大發雷霆，指指點點，數而罵之，使左右皆揑一把汗，終以「暫予羈押」結束焉。

當劉文典之入獄也，章太炎吳稚暉等皆力爲關說，而太炎尤大賣其力，親去見蔣保之，乃撤職獲釋了事。劉既穫釋，去上海向太炎道謝，太炎笑問之曰：「聽説你當面罵了他一頓，可是當真？」劉氣猶憤憤不平，站起身來，旋説旋摹倣當時衝突之情形，然後自認曰：「我完全用的是擊鼓罵曹的步法！」太炎大笑，且激賞之至，遂即書一聯爲贈，惜余已忘之，惟憶其下聯爲「擊鼓堪稱禰正平」。劉爲早歲留東學生，以受業於儀徵劉師培，得劉之正傳，故於吾國古文學稱獨步，與太炎之關係，介乎長輩與平輩之間。太炎不輕許人以學問，而於劉文典則惜之重之，蓋劉於吾國漢魏晉南北朝文學，與晚唐詩並莊子之學，在劉師培以後，稱海內一人也。

其於莊子之學也功甚大，陳寅恪先生嘗爲之序，此書十年前余在商務書舘猶見之，以價過昂未能重置，至今憾憾。莊子之學，歷代注而箋之者，大有人在，然皆不能守「知之爲知之，不知爲不知」之訓，寅恪大師之贊劉文典莊子，獨揭出此點，蓋深服之也。劉既卸安徽大學校長任，適清華改大學，即北上任教，清華之中文系得以挺然不墜者，賴劉與陳寅老之力甚大。劉主講之課，係輪年開班，有「中國古代大文豪之研究」中之莊子、曹植，及晚唐「溫飛卿與李義山」，「昭明文選」。

其講李義山「錦瑟無端五十弦」一詩，發揮考據與欣賞至每週二時，講四週始畢其事。其講文選也，一年之中，不過二三篇文章耳，而必講陸機之「文賦」，且至少亦須兩個月講畢。嘗於某句某字譬之曰：「文賦有許多種講法，講一年亦可，講一月亦可。例如此句此字，真乃一字千金，古人與我非親非故，我何必如此捧之？」其講溫李之詩，各佔半年，而必向學生大罵新詩人乃至新文學作家，對諸生曰：「他們不似你們幸運，你們今天在這裏讀書，政府請了我來教你們。他們可憐，他們幼年失學，世界上只有幼年失學的人最可憐。」語未畢，而學生已哄堂大笑矣，彼因自通英法意三種西文，故早歲譯著亦多，又嘗對諸生罵近代翻譯家曰：「彼等將原書置於右，將稿紙置於前，將吋半小本字典置於左，翻一個字，譯一個字，請問如此譯筆，尚成何話說？其中國文佳者，則湊而成文，但求圓而成之，與洋人之原意，相去不啻十萬八千里也」。

此公爲吾國頭號招牌教授中之嗜鴉片煙者，當戰時遷雲南，雲南以「雲土」著名，公嗜之尤甚。故午後方起床，四時以後夕陽西下始上課，而在課堂上則攜香煙一罐，且吸且講。長衫拖地，相貌清瘦，御老花鏡，十指皆煙漬，筆者嘗呼之爲劉孔夫子。雖如是，課堂中每次必擠到水洩不通。當日寇之狂炸也，彼嘗告學生曰：「警報來了，一定要跑。我窮甚，亦必借錢坐車逃出城外。你們知道，我還沒有盡傳所學給你們，如果我被炸了，中國文化就被炸光了。沒了中國文化，日本人更會猖狂了。所以一定要跑警報！」其文章宗魏晉，頗與清之陽湖派有淵源，詩則宗晚唐，艷而富，麗而則者也。待人之情最厚，途中相遇，必先學生停步，鞠躬之度數甚深。講一口安徽江北話，音甚細微，坐第五排以後之人已難聽到，故雖擠滿一二百人，亦必肅靜能聞墜針之聲，然太愛説詼諧話，冷雋幽默，時引人作大笑，故在一靜一喧之間，如聽楊小樓之戲，至足欣賞受用，而猶嫌不足也。光復時，不欲離滇，嘗云：「天下尚未定，何必逃兩次難」。不幸而言中，悲夫。

余雖乘危遠邁，偷生籬下，然於吾之授業恩師未嘗一日或忘，劉叔雅大師（諱文典）爲首五位之一也。既話先生之「語妙千秋」矣，今請一述先生之古典文學以外之造詣，余不知先生是否尚在人間，蓋先生因病，早歲「奉旨」吸煙，解放後馮友蘭、賀麟諸氏皆「下放」農村土改，或學習用小風爐煉鋼，則叔雅先生自亦不免，如此則或已福壽全歸也歟？

先生於漢魏兩晉文章，與劉師培系出一脈，以清末民初論，則爲湘綺以後第一人，所不同者，湘綺不論詩文，皆能動手創作，成一家言，而二劉則創作詩畧少，研究心得特多耳。叔雅先生嘗居四季如春之昆明文林街陋巷一花園中，煙榻橫陳，藉煙燈閱書不輟，余嘗於某夜陪侍「過燈癮」。此爲吸鴉片者之術語，蓋指床中置煙具燃燈，兩側睡人，就此德國晶體玻璃罩之燈光，或聊天或論學，別饒奇趣，而不燒煙也。余嘗戲改古詩曰：「雲土無情摧白髮，滿城風雨度重陽。」蓋師兩鬢蕭蕭，猶誨人不倦也。憶是日午後爲某學會請先生公開講演紅樓夢，先生之於「紅學」也，固別有所見，以爲「水流花謝兩無情」，花指花襲人，薛謝諧音，指八十回後佚稿確曾爲寶玉元配之薛寶釵也。余少年無知，甚不以薛謝諧音為然，師大量不以爲忤，即引紅樓夢書中林黛玉教香菱作詩之言曰：「正要講究討論，方能長進，你且說來我聽。」余笑曰：「竊以爲紅樓一書，實吾國千古第一部三角戀愛小說，以木石姻緣前生，以金玉因緣今世。故寶玉之「寶」冠釵之名首，以寶玉之「玉」，奠黛玉名字之基，竟在寶玉有一半屬釵，一半屬黛也。從另一方面看，寶玉之取名，實集釵黛二人而成，作者於主角兩女一男之名字，甚不苟且，故知薛非無情者，寶玉之於薛，書中屢言其情動，師亦以爲然否？」先生聆畢頗獎勉，笑曰：「今天下午你在聽講後大家討論之時，何以不將此意公諸同好？」余赧然曰：「不敢多嘴，亦沒胆量說話也。」先生於莊子既是專家，故論紅樓，特提出寶玉引莊子續南華之言，以爲是用道家之說證明人生短暫，月不常圓，與佛家色即是空，有相需相成印證之妙。又以吾國到陸機作「文賦」，始有極其邏輯的論文章方法，故「文賦」一篇，直與一部「文心雕龍」並美，只須精研此一文一書，便於吾國之文章學，思過半矣。

好古爲吾國士大夫之通尚，師嘗搜購明末清初秦淮八美之書，既集其七矣，而獨少一顧橫波之手跡。偶於天津遇一山西商賈，居然藏有橫波之工筆美人，幾經介紹，始獲一賞，欲購之，此老西兒（京語稱山西商人之謂，含有猶太之意）最多金，出重價至三百現銀亦不能動其心，欲以他寶易之，而彼又無所欲，萬般無奈，乃怏怏放棄此一機會。嘗塡一詞，備道相思之苦，用詞奇艷，惜所錄已佚。先生笑語予曰：「知之者，知我爲顧橫波一畫，不知者，以爲予有美人之思，狎邪之念。可見古今詩人，有幾多蒙寃不白者，蓋後世人之附會也。」

先生性好罵人，北語稱爲「罵街」，實則師心地最醇厚，待人接物，極其可親，特被罵者非人也。某次清華開教授會，朱自清提出某某應晉級教授，先生聞之覺天下無如此荒唐之事，乃離席指朱問之曰：「如果某人當教授，你請我去那裏，置陳寅老於何地？必先請當局給我兩個設法謀一條出路，然後可以語此。」朱與某皆大窘，經馮友蘭調解，先生始息怒。嘗笑對人曰：「他校吾不敢知，吾清華文科實只兩個半教授。」人或問之曰：「請示所知，那兩個半？」先生笑曰：「陳寅恪一個，馮友蘭一個，我半個也。」後有笑先生亦甚世故者，蓋馮原爲清華之文學院長，故特列之也。爲習第二外國語，有叩先生意見者，先生嘆曰：「方余之留東也，習法意文係極簡陋之和法字典，其時尚無和意字典出版。吾國至宣統二年，始有鄺富灼之英華大辭典較完備，以今日所出視之，亦嫌簡明，然早期吾華學生之讀寫能力皆較爾等爲佳，可見工具愈方便人愈懶惰，一如今之有汽車然，人之兩腿反退化矣。」斯言也，余未嘗一日或忘，惜於前輩治學之毅力，深以爲愧耳。

前輩師表與今之師表，有一判然不同之處，即師生之間毫無功利可言，尤以專做學問者爲尤不計功利。

選自一九六〇年八月十三及十四日香港《新生晚報・新趣》。署名「丁世五」

葉靈鳳

香港的神話和傳說

一、從水中的石龜説起

流傳在香港當地人口中的神話和傳説，其來源大都不可究詰，問起來總説是「故老相傳」。這類神話和傳説，發生在九龍半島和新界部份的，都比發生在香港島本身的歷史年代較久。因爲這座小島成爲外國殖民地，不過一百多年的歷史，島上那些「故老」的見聞，也有一個限制了。

不用説，這些流傳在當地人口中的神話和傳説，內容大都是很幼稚，不外是一些毫無根據的「謠言」和迷信所附會而成的東西。輾轉相傳，有人筆之於書，增加一點情節，有人據以口述，又加添一點情節，於是就無中生有，儼然成爲眞有其事了。但是這些故事的地方性很强。由於香港島的地方不大，有些古怪的傳説是發生在什麼地方的，幾乎可以指點得出，因此「姑妄言之，姑妄聽之」，有時也很有趣味。還有，有些香港的神話和傳説，還有外國人的成份攙雜在內，這也是這個作爲外國殖民地的香港神話的一種特色。

這類流傳在本港「故老」口中的神話和傳説，從沒有專書加以記載。就是有人偶爾寫文章談到這些事的，有些不免故神其説，有些又不免穿鑿附會，沒有人曾經很認眞的將這些東西當作民俗資料來處理的。我在這裏想做的乃是初步的搜集和整理工作，將這類資料彙集在一起，以便將來有人要作進一步的研究時，可以方便一點而已。這些材料的根據和來源不一，爲了記載和讀閱的方便起見，我將有些顯然屬於後人附會或故神其說的枝節描寫都省略了，這樣我們就可以更容易明白這些神話和傳說的由來，有時也可以看出它們發生的眞相了。

我在這裏先從香港島的本身說起。關於這座小島，有一個石龜的傳說，這是同這座小島的存亡有關的。本來，認爲一切島嶼或是近水的地方都有陸沉的可能，正是在世界各地都流行的一種古老迷信，廣東沿海一帶自然也不能例外。香港島可能有一天會忽然陸沉的神話，是同石龜有關的。這種石龜共有兩隻，一隻在香港水底，一隻在香港山上。不過，山上的一隻，有些人說成是石蟾蜍而不是石龜。這留待以後再說，這裏先說關係香港島本身存亡的海中這隻石龜。

有一本清朝人寫的筆記記載，我國的揚子江在鎮江瓜州一帶的江流未改道以前，鎮江有名的金山是在江中心的，當時曾有善於泅水的人潛到江底去看金山的山腳，發現金山的山腳愈下愈小，如一柱擎天，矗立在江中。這個人一時好奇起來，抱住柱似的山腳一陣搖撼，金山都震動起來，嚇得金山寺的老和尚以爲鰲魚翻身，或是海龍王發怒，連忙撞鐘召集僧衆，上殿焚香誦經。這個傳說當時許多人都信以爲眞。後來鎮江的江邊沙洲日漲，揚子江的水道漸向北移，金山成了陸地，這個傳說也就不攻自破了。

香港島海底有一隻石龜的神話，也與上述的金山傳說極爲相似。這就是說，不知何年何月，有人曾經潛水下至香港島的海底，發現香港島竟在海中沒有生根，乃是浮在海上的一座大山；又有人說它雖然有根，不過僅由一根很細的石柱連在海底，形狀像是一枚傘形的大菌一樣。這個人自然大駭，這時就有仙人出現，向他指點，叫他還要注意香港島山脚下水中的一隻小石龜，牠正在水中沿了山脚爬行。當然爬行得很慢。但是，仙人告訴這個人，當這隻小石龜在水中環繞香港島爬行一圈之後，香港島那時便要嘓嘟一聲陸沉下去了。

這個神話在香港蛋家人士的口中流傳最廣。照常識説，水上人家對於香港島水中的情況應該知道得最清楚，他們最有資格來肯定或是否定這個故事。可是如果有人向他們請教，香港海底的這隻石龜，既然終年不停的在爬着，牠即使爬得很慢，早遲也會有一天爬滿一圈的，到那時，香港島豈不是要發生危險嗎？他們會很嚴肅的囘答你説，當然如此。可是接着又補充道，不過，你們有所不知，石龜在水底爬行，香港的海底全是砂石，石龜一面爬着，牠的脚跡一面就給海水沖去，因此牠永遠無法知道自己是否已經環島爬滿了一圈——你看，這解釋多麼妙，所以他們毫不用着急。這也許正是香港人對於它的前途很樂觀的原因。

這是神話。我們再來看看它的「科學」。據前香港大學教授戴衞斯在他所著的「香港地理」一書裏説，香港島的地質是火成岩，它正像南中國沿海的其他島嶼一樣，原本是與大陸銜接，經過地殼變化才成爲海島的。有種種迹象表示這座小島仍在繼續向上昇，不過上昇的速度緩慢，每一百年約增高五寸。因此將神話與科學聯在一起來看，往往很有趣，一個説它下沉，一個却説它會上昇。但是，它究竟會下沉還是會上昇呢，站在神話與科學之間，我相信一定有很多人很難於決定。好在這都不是眼前的事，我們惟有「拭目以俟」罷。

二、太平山上的蟾蜍石

另一個與香港島存亡傳說有關的石龜，則在太平山上。這隻石龜，有時又被稱爲石蟾蜍或蟾蜍石。好在這個傳說的中心是在這隻小動物的「爬行」問題，所以究竟是石龜還是蟾蜍，問題倒不大。一般都喜歡說是蟾蜍石，既然傳說是大衆的產物，我在這裏就「吾從衆」了。

蟾蜍石的所在地，據說就在太平山上。太平山就是俗說的扯旗山，外人稱爲維多利亞峯。在稍近西邊的側面，離山頂約三四百尺的斜坡上，有亂石一堆，其中有一塊大石，站在中環歌賦街荷理活道一帶向上遠望，這塊大石形如蹲伏的蝦蟆，這就是本地人口中所傳說的蟾蜍石。

正如一般舊小說中所描寫的頑石成精的經過一樣，據說這塊蟾蜍石因吸日月之精華，受天地之靈氣，年深日久，已經通靈，能够向山頂爬行。不過爬行的速度很慢，一年的時間僅能移動一粒米的距離。可是，這個傳說指出，當它一旦爬到山頂之後，香港島便要陸沉了。

這傳說可說與海底的那個石龜傳說如出一轍。

許多「老香港」還說，從前香港市民對於這塊蟾蜍石的位置是否眞有變動，經常予以注意。每逢發生戰爭或鉅大的天災人禍時，大家就要爭着去看這隻石蟾蜍是否已經爬近了山頂。當然，實地去調查蟾蜍石近況的人自然不會很多，可是耳食訛傳的人却不少，於是關於蟾蜍石便時時有駭人聽聞的謠言發生。大約因爲這種謠言流傳得太甚了，據說有一年，香港當局竟派人用鐵鍊將這隻石蟾蜍鎖住，使它無法再往上爬，以便香港市民可以安心生活，不必担心有陸沉之虞。

當然，香港當局是否眞的曾經用鐵鍊鎖住石蟾蜍，以及是何年何月去鎖的，自然沒有人能說得出。就是我也不曾去實地調查過，因爲可以想像得到一定不會有什麼結果。但是，太平山上有蟾蜍石的傳説，以及當局曾經用鐵鍊鎖住它不許往上爬的傳説，却流傳在許多老香港的口中，成爲津津樂道的故事之一。

太平山上的蟾蜍石，還另有一個小故事，這個故事是與重九登高有關的。不過，這一次却說是石龜而不是蟾蜍石了。重九登高，本是中國各地都有的風俗，但是香港市民對於此舉似乎特別有興趣。重九在香港島上登高，自然惟有上太平山頂去，於是這個石龜的故事便應運而生了。對於這個故事，我在這裏且轉錄我所剪存的一點資料，這是從本港多年前的舊報紙上剪存下來的。這位先生顯然對這個傳説比我更有信心，因此敘述得也更精彩了。他說：

「某年重九，山巔來一怪道士，仙風道骨，遠眺近觀，尋且長嘆短嗟。或問之，答曰，港與各島相聯而成一脈，其於九龍本屬一支，而本港則爲龍首。惟龍首時隱時現，今觀其脈，為龍身現之時，故有香港及各島。及後至龍身隱時，則此龍深潛水底，其時，香港及各島將盡陸沉。今觀乎其氣脈有甦動之態，則距末日當不遠矣。問以香港陸沉時〔趨〕避之法，道人曰，吾當本救生之旨，爲各人點視。隨以手一指山腰曰，北爲一靈通之龜，將來陸沉之後，僅許此物獨留世上。此龜自山下蠕蠕登山，每年行一粒米之距離，當其登達山巔之時，即爲陸沉之日，各好自爲計也。時山巔本有怪石嶙峋，星羅棋布，道人指之曰，此爲龍鱗，試推其一，如批鱗狀。詎正推之際，突然地震，立者皆仆，而道士亦不知所踪。衆人急循所指望去，果見一巨龜，蠕蠕半山中。奔下視之，實乃一巨石。石甚似龜形，重不可移，其狀似登山焉。」

這一段文字雖不甚高明，但可以看出從前本港報紙上對於這類傳說最典型的記載方法。其中提到了龍脈一類的話，這個傳說的產生可能與風水先生有關的。

不過，無論是石蟾蜍或是石龜，牠們雖然向山頂爬得很慢，可是當牠們一旦爬到山頂之後，香港島便要陸沉了，這是這類有關香港島存亡的傳說的共同特點。唯一不同的記載，則出自已去世的許地山先生的筆下。他在那篇「香港與九龍租借地史地探畧」中，也提到了太平山上的這隻石蟾蜍，可是他的說法却有點不同。他說：

「太平山上有石蟾蜍，土人相傳那石向着山頂進行，如蟾蜍上到山頂，香港便要歸還中國了。」

這說法雖與歷來所說上到山頂便要陸沉之說不同，但與一般所傳當局曾用鐵鍊鎖住這隻石蟾蜍之說並不衝突。也許正因爲如此，要用鐵鍊鎖住這隻石蟾蜍，不使它再往上爬，更爲必要之舉了。

選自一九六〇年九月一日及十六日香港《鄉土》第八十九期及第九十期。署名「葉林豐」

歐洲十八世紀「台灣志書」的大騙局

〔存目〕

選自餘翁等著《五十又集》，香港：三育圖書文具公司，一九六二。署名「葉林豐」

都市的憂鬱

這是一個有四百萬人口，可是有時一家八口，僅能睡在一張床上的這麼一個古怪的都市。它的一些十五層高，十八層高，二十四層高的摩天建築物，用深入地底下幾丈深的水泥鋼筋柱來構成基礎，完全符合神所說的：我的城市乃是建築在磐石之上的。因此許多人都說，這裏就是天堂。

直到有一天：在這都市的熱鬧中心，在光滑平坦的柏油大路上，有一輛載滿乘客的公共街車從這裏經過，忽然像一個人一樣的向後一仰，車身就不見了半截。原來好好的路面忽然崩裂，地上出現了一個大洞，街車的後半截陷了下去。這麼漂亮光滑的路面，底下竟是空洞的，並沒有神所說的磐石。

這一來，鱗片從許多人的眼睛上掉下來了。他們這才明白：這座都市不是建築在磐石上的天堂，而是搭蓋在地獄上的。它的底下可能是一個無底洞，可能是一個火山口。

但是，即使在地獄的邊緣上，即使在火山口上，也有人在沉醉，也有人在歡舞。因爲他們看不見明天，因爲他們已經沒有明天。他們已經失去了希望。

祇有一個人，他站在鬧市的中心，高高的站在石座上，俯視着他的子孫，知道他們已經快翻到賬簿的最後一頁了，不禁凄然下淚，認爲好日子已經無多了。可是沒有一個人注意到他，他們說他眼中亮晶晶的是露珠。因爲他是矗立在露天的一座銅像。

祇有一個人，他手裏拿着一本小書，站在這都市中心的廣場上，用每一個角落都可以聽到的聲音說：這座城市的前途，你們每一個居民的前途，都已經寫在這一本書上。無論你們走那一條路，無論你們向那裏走，未來的發展都一定會按着這本書裏所說的去進行。

他們說他是異端，說他是不受歡迎的預言家，在一個黎明悄悄的將他送到河的對岸去了。

祇有一個人，他是一個詩人，用他的慧眼看出了這都市的憂鬱，爲它嘆息，爲它終夜在街頭徬徨，爲它喚醒沉醉和沉睡中的人，可是他們却說他是個瘋人，用囚車將他載了，送他到神經病院去。

於是這個都市就不再有它的監護神，不再有它的先知，不再有它的詩人，剩下來的祇是憂鬱了。

一九六七年一月

選自一九六七年二月香港《文藝世紀》第一一七期。署名「林豐」

吳其敏

桂馨里與潮州食

談潮州食品，我先不給你介紹港九一些所謂「潮州酒家」，這一類的酒家，老實說，除了極少的菜式，是恰如其份保持着潮州色彩，按照潮州傳統做法烹調，或甚至有部分材料、配料、眞個採選自潮州本土的出產之外，有更多的菜式，烹調之法，以及材料配料的來源與性能味道，多多少少已經受了本地做法的影響、同化，基本變了質，成爲潮菜與外方菜本地菜的混合食譜，是「折衷派」的烹調方法了，吃了嘗不出眞正的潮州味道。況且，在「酒家」，吃的都是中上的菜式，取價非廉，也不是人人都能夠挺身而試。比方說：潮州魚翅吧，從南到北，不論何方人氏，凡是吃過的，莫不翹起大拇指，盛稱爲海內第一。這味菜，在潮州菜館，起碼就要三數十元，近年來，他們雖然也賣「碗仔翅」，味道當然跟住材料的不同而有差別，而且也非三元起碼不辦。

佈滿港九各區的大牌檔，特別是九龍城、灣仔、上環、三角碼頭等處的大牌檔，有不少是由潮州人所經營的，他們主要的食品是「魚蛋粉」。這「魚蛋」（潮州叫「魚丸」），粗粗看來，是有點形似的，吃起來，就有天淵之別。潮州的魚丸，既爽脆，而又滑嫩，鮮甜無腥味，成分上，魚肉所佔比重較多，如果你到過汕頭，又在潮安街著名魚丸店嘗試過來，那末，再吃此地的「魚蛋」，你便覺得離題萬里了。「魚蛋粉」即「魚丸粿條」，烹製法最大的差別是湯水，潮州法是用豬骨、鮮蝦殼治湯，這裏則用牛骨，甚至什麼都來，混雜一煲，質既濃濁，便吃不出清鮮之味了。

現在我該把你們帶到桂馨里來。

桂馨里又叫「潮州巷」，是一條曲尺形的「陋巷」，它的一頭通向上環南北行街（即文咸西街），一頭通向大道西近高陞戲院處。這裏小店小肆十餘家，另外就是一些大小檔口。小店小肆都是賣的食物，平時是雜鹹、京菓、醬料的供應地。當然，這類東西有大半數是很饒潮州的正宗味道的，比如烏欖、蝦瓜、腐乳、貢菜、橄欖𠹌（這個字讀音近似「郭」，是半截之意）、油橄欖菜，與及魚露、豉油、豆醬等，不是常年都有，却每每能夠按時依序上市，遇有特別節日，如中秋的月餅朥糕、端陽的糉球，也是頗能符合潮州做法的。重陽以後，有「鮮薄殼」，一種貝殼類的食品，冬節以後，有「蚶」。這些東西，來到桂馨里，就使你饞涎欲滴了。

小店小肆也有兩家是作爲小型菜館而存在的，潮州人把它稱做「菜𠹌」。「菜𠹌」是有別於「酒家」而言，除了形式上規模較小，其實倒是眞材實料，能做出中等菜式。在這些小型菜館吃潮州家常飯菜，有時往往倒眞正可以吃出一點潮州滋味來。目前，可以吃冬瓜盅，蟹肉、鮮蝦、草菇、雞粒、肉粒，或者是田雞塊，最難忘懷的是配料中的番夜來香。味甘而嫩，是外處同類菜式所無。紅燒海參，清燉雞翼，清蒸膏蟹，烏白油鰻，炸蝦棗肝花……取價都並不十分昂貴。此外，比較普遍爲人所知的，有「魚頭爐」、「魚腹爐」、「雜匯爐」。魚頭魚腹爐即以鯇魚爲主的火鍋，或純取魚頭，或純取魚腹，用以煮湯，雜匯爐則是兼取豬雜，間以大蠔，鮮蝦之屬。前者較多以芋作底，後者較多以白菜作底。都是寒夜送酒最理想的食物。潮州人吃魚爐雜匯爐之前，恆喜先吃「魚生」，那是把活生生的鯇魚（也有用潮州烏魚或薄扁魚的）脫骨取肉，切成薄片，用以配合魚皮，調點醬料生食的。醬料有鹹甜二種，鹹的稱爲豆醬油，以豆醬、馨油、南薑等物拌成；甜的以糖、醋、梅醬、花生仁、芝蔴等物拌成。另有一種「甜醬」，是專供調點魚皮魚勝的。——此項地方色彩最爲濃厚的特種食物，每到冬節前後，便最當時，一直可以吃到元宵過後，才漸漸爲別種食物所替代。

除了小店小肆之外，桂馨里有十餘個大小檔口，匯成了一條小小的「爲食街」，他們售賣魚粥，魚丸、蝦丸、牛肉丸湯，也有炒粿、炒蠔烙，糯米豬腸。炒粿有二種炒法，一種是以豬肉或牛肉配同芥蘭菜以豆豉沙茶醬鹹炒的；一種則純以勝蔥，配合雞蛋以「烏豉油」（潮州一種特有風味的醬料）甜炒的，不配雞蛋，則配韭菜。炒蠔烙也是地方色彩很濃的特種食品之一，用生蠔（以小而多膏者勝）配同雞蛋調和生葱、薯粉，在煎盤上猛火煎炒，有人也喜附以豬牛肉，調配沙茶辣椒醬的，吃起來就更加熱辣辣地，香膩無比。至於糯米豬腸，是用豬大腸洗滌乾淨，貫塞以糯米、栗子、豬肉、冬菇等料，煲熟後置釜中，吃時橫斷切成圓片，點烏豉油、調胡椒粉，也別有一番滋味。

說到沙茶（廣府人稱爲「沙爹」），就又想起又一種潮州食物：沙茶牛肉（或豬肉）。我們在馬來亞式餐室裏，也有「沙茶」可吃，那裏的「沙茶」包括有牛、豬、雞、蝦等等，是鑊師先在廚裏給你燒好，用小篾插成一串串，送到你面前，另給你一碟沙茶醬，讓你自蘸自吃的，潮州沙茶就不如此。你要豬、要牛，他給你一碟碟生切的肉片，又另具一座熱火熊熊的小爐，爐上小鑊子裏，正翻滾着香氣四溢的沙茶醬湯，你把生肉片夾起來，向鑊裏一放，馬上就熟。這樣送到口裏，就脆爽香滑，不是冷吃可比了。這種沙茶火鍋，在潮州巷裏是挺著名的。

甜品在這小巷裏也高居一席，尋常所見是芋泥，「膏燒」白菓，綠豆粿，紅豆湯，芝蔴糰，膏燒芋頭甘薯，薏米清湯，等等。芋泥以香滑芋頭磨粉，調用白糖、豬油拌製，旣滑膩，又香甜。膏燒白菓用銀杏菓仁，浸濃糖厚油中，調水煮鍊，要有相當火候，使水分逐漸涸去，祇剩少許糖油攪拌着一片片幾乎透明了的白菓，吃起來甜美中畧帶一種菓肉的韌性，異常爽口。

你對上面所述的各種鹹甜小點，也有一嘗滋味之意嗎？如果是二三人，攜帶十元八元，包管你可以飽啖一頓而歸。但，如果想吃各種菜式，那末，不計酒錢，你就多帶十元八元吧。假若祇不過想選取點心一味，小嘗輒止，那末一元一人，已經綽有餘裕了。

選自吳其敏《懷思集》，香港：宏業書局，一九六一

山村居小品

〔存目〕

選自張千帆等著《五十人集》，香港：三育圖書文具公司，一九六一

遺囑詩與贏葬論

明人郎瑛的「七修類稿」卷三十一載：

「吳東昇，杭百夫長也，頗善辭翰。年八十，臨終作詩曰：囑咐兒孫送我終，衣衾棺槨莫豐隆。停喪祇可經旬外，出殯須行徑路中。念我行藏無大過，請僧超度有何功？掘坑埋了平生願，休信山家吉與凶。武弁有此，可謂難得矣。乃杭前衞人。」

「人之將死，其言也善。」這大抵是指不善之人而言。凡屬純善之人，則平日之言，無所不善，不待將死之時，始作善聲。但，一個人在臨死之時，能夠清楚地想到對自己死後的一切安排，而發爲諄諄之勸，凜凜之戒，以啓迪其家小後人，這就不能不叫人爲之欽佩折服。筆記中所述的這位吳東昇，不但幽默、曠達，對死後安排作出嚴正的指示，而且從容悠暇，以韻語告達心聲。八句五十六字中，我們看見他提倡節約、提倡衞生、反對鋪張揚厲的習俗、反對僧道堪輿的諸般迷信，眞是能人所難，值得稱許。

可能有人以爲這首詩，如果出自富家豪門或名公巨卿之口、之手，那末，意義就會更高。百夫之長，不過是小卒們的頭目，他是武職中之卑微者。雖然詩人楊炯曾謂「寧爲百夫長，勝作一書生。」(「從軍行」)這祇恐說的是牢騷語，有憤激之意在內。(所謂「一介書生，無路請纓。」)實際上，一個百夫之長，死了，恐怕也做不出太大的鋪張。但無論如何，他的志願是高潔的，他所持的態度，也是值得支持表彰，郎瑛所謂「武弁有此，可謂難得」，大抵就是兼涉修辭、立言雙方面而論。

吳東昇對身後事的處理有如此見地，是值得肯定的了，可是這還不算十分徹底，要算十分徹底，應聽聽楊王孫的「羸葬」之論。

「羸葬」，是不用衣衾棺槨而葬的意思。

「漢書．楊王孫傳」：「楊黃，字王孫，京兆人。學黃老之術，家業千金，厚自奉，養生無所不致。及病且終，先令其子曰：吾欲羸葬，以返吾眞，必亡易吾意。死則爲布囊盛屍，入地七尺；既下，從足脫其囊，以身親土。」

這是二千餘年前的驚人新論。提倡羸葬，包含的意義是頗爲廣闊的，第一，他爲了「矯世」：認爲「厚葬誠無益於死者，而俗人競以相尚，靡財殫幣，腐之地下。」其次，是爲了「歸眞」：認爲「夫飾好以華衆，厚葬以隔眞，使歸者不得至，化者不得變，是使物各失其所也。」

楊王孫之主張「入土七尺」，和吳東昇之主張「停喪祇可經旬外」，都是爲了公共衛生。入土七尺，可使「下不亂泉，上不洩殠」，停喪祇可經旬外，廢除了百日或七七四十九日的停棺陋俗，也免至腐屍洩殠，穢氣薰人。想的都十分周到。這和魯迅在「遺囑」中所提「趕快收斂、埋掉、拉倒」精神是完全一致的，不過魯迅想的更多、更積極，對於家小後人説來，他的教育意義就更高更大，不是楊王孫、吳東昇等之論所可同日而語的了。

選自吳其敏《文史小札》，香港：上海書局，一九六四

阿甲

露珠

戶外

南方天氣，冷的時候短，熱的時候長，所以游泳的季節也特別長。不像北方，一年裏，能讓你浸在水裏的季節，普通只得三兩個月。

一想到游泳，我往往想起孔夫子與幾個弟子的一般談話。當時他們正在「各言其志」。孔夫子問到曾點的時候，他說：「莫（暮）春者，春服幾成。冠者五六人，童子六七人，浴乎沂，風乎舞雩，詠而歸。」孔夫子聽了，也不得不喟然嘆曰：「吾與點也！」

試想想，當天朗氣清的日子，約好十個八個年紀差不多的朋友，大家穿着輕便的衣服，帶着輕快的心情，一同到海邊去。游罷了水，又在海濱樹下，一邊享受着涼風，一邊自在地談笑。到了遊罷歸來，大家又一邊走一邊唱歌。這樣的一天，不是過得很愉快的嗎？雖然我們游水的地方並不是「沂」，乘涼的地方也並不是「舞雩」，但我們的環境並不比曾點的環境減美。

在都市裏，多數人只能侷促於斗室之內，天地太窄了，心胸往往也因之而窄。大家都渴望着海濶天空——實際環境的海濶天空，精神領域的海濶天空！如果你有這種渴望，那麼請到海邊去，請到海裏去。看着海，可以使你想到遠，想到大；浮身於海中，可以使你減除煩慮，心底清涼。

古人說：仁者樂山，智者樂水。在南方，我想說：冬春樂山，夏秋樂水，這不因仁智而分。但現在是十月，是一個水也宜山也宜的時際，到戶外去吧，到戶外去！

明月簫聲

朋友拿了一張照片來，叫我在上面題幾個字，我寫了「明月簫聲」。

他說：「連人也沒有一個，那來的簫聲？」

我說：「自從有了我這幾個字之後就有了。」

他沒有說話，但凝視着那張照片，微笑。

我再對他說，我有我的理由，作文章有所謂意在言外，題照片當然也可以有意在畫外。我說，如果我的着眼點只在照片上那幾株樹，和那無人的小舟，那麼，畫面自己已經說得明明白白了，又何須我題？又何待我說？

我又對他說，照我想，你所着眼的地方是十里平湖的一角。你看，岸樹清疏，不正是三秋時節嗎？舟影玲瓏，不是因爲秋月波澄嗎？春多荇藻，夏多芰荷，不是秋天，湖面能一淨如洗嗎？

他說，畫面上沒有月亮，怎能就說是月下？

我說，若問月在何處？我可以告訴你，月在中天。請你看看湖面上，不是晶亮的嗎？如果是初月遠照，只能樹梢有光，不會湖面有光，舟影上下。可見月光在你頭上，而不是在你眼前。

他說，這都算你有理由，但簫聲又在何處呢？

我說，何處有簫聲，波影溶溶處。請你看到遠處去，那水不是在動嗎？一葉輕舟，剛走出了你的鏡頭去了。輕舟上就有人吹簫，簫聲清婉，愈遠愈微，遠到幾乎聽不到了。吹簫的人說不定還在笑你呢！

笑我甚麼？他問。

我說，笑你在如此良夜，不去遊湖，而却在拍照。

拍照不好嗎？他說。

我說，好。但拍了幾株樹和一隻小舟便以爲湖上只有這樹和這小舟，那便太辜負了這個湖，太小看了這個湖了。

他說，幸而世間還有題字的人，他們對於美好的東西，特別有想像力。

我們相對而笑。

朝陽

每天早上，當我睡醒的時候，還不待睜開眼睛，我感到朝陽已朗照大地了。因爲我的窗是東北向的，所以朝陽一越過了海畔的高山，就立刻把光明送到我之所居。

往時有過一首詩，末尾兩句是這樣的：

「與太陽同起同睡的人有福了，
可是我讚美人間第一盞燈！」

生活，最好是單純而又有規律，白天早起，晚上早睡，日出而作，日入而息，自自然然，健康愉快。在生活正常的地方，所謂「夜生活」，本來是很少的。

但是我還是要歌頌燈，歌頌發明第一盞燈的人。因爲火的發現是人類文明的重要的第一步；燈呢，有了它，便使人脱離了自然的黑暗的統制。有了它的照明，使人類在黑夜中仍然能有辦法工作，在黑暗中仍然能見到自己的路途。

我們在黑暗中希望見到明燈，正如在黑夜中希望見到朝陽一樣。因之，古往今來有許多譬喻，把救苦救難的人，把至善至良的言語，比作太陽，比作明燈。

在白天，願每一家都被太陽照到！

在夜裏，願每一家都能得到光明！

睡蓮

小時候在鄉下，常愛在河裏嬉水，划船。

河裏常生水藻，其中有一種，葉形像荷葉，橢圓，但比荷葉小得多，直徑只有五六寸。與荷葉不同的地方是：它是軟的，它的莖也是軟的，生在水底，葉則平浮在水面。這種水生植物有時開花，有點像荷花，不過荷花要比它大一倍。未開的時候，外面是紫色的，開的時候，花純白，花蕊則金黃。小舟過處，常常送來一陣幽香。反正那時候我是鄉下孩子，也不大在意，偶然隨手摘幾朵，聞一聞，也就丟囘水面，讓它隨水漂去了。

這種植物，我們鄉下叫做「水鵝花」，惟一的用處是用來餵豬。我們到河上去採集，完全是出於實用的目的。等到我長大了，走入城市，也翻讀了一些書，觀念中才知道有一種美好的花朵叫做「睡蓮」。蓮花是大家熟知的，出污泥而不染，已經不俗。但更使我發生美好的想像的是「蓮」字上頭那一個「睡」字，想像是在擎擎綠蓋之下，有如睡的白蓮花就像在古木蒼蒼的樹林中，在密茸茸的綠茵上躺着白衣的仙子。一直到去年，看了一張照片，拍的就是小時候所見的「水鵝花」，但人家說這叫做「睡蓮」，方知道書本裏所描寫的，原來自己早就見過。

因此，我又想，我鄉下叫它做「水鵝」，恐怕應該是「水荷」的音變吧。但也有可能因爲它開起花來，浮在水面，像白鵝浮在水面一樣，所以鄉下人就有了「水鵝」這個聯想，這也是說不定的。其實這個聯想也很好。

在河上划船，往往有風掠水而來，先吹動了河面上的水草，再吹起河上的漣漪，由靜而動，由遠而近，有如洛神涉水。鄉下人叫這種風做「水鵝風」，這種「水鵝風」如果是從浮滿了「水鵝花」的河面吹來，那就是帶着一股幽香，由淡而濃，又由濃到淡到散盡。老實說，當時是不大會得欣賞的。現在，倒很想回到鄉下去，在月光明淨之夜，划一隻小船到開滿「水鵝花」的河面去，飽賞一次月色花光呢。

選自張千帆等著《五十人集》，香港：三育圖書文具公司，一九六一

遊山玩水之事

〔存目〕

選自徐克弱《燈邊雜筆》，香港：大光出版社，一九六九。署名「徐克弱」

高伯雨

女詞人呂碧城

今人龍榆生所編選的「近三百年名家詞選」(一九五六年出版),從明末的陳臥子起,到民國三十八年(公元一九四九年)陳曾壽死爲止,而以民國三十二年(一九四三年)死於香港的女詞人呂碧城殿後。此書一共收詞家六十七人,女子的作品只收順治年間的徐燦(字湘蘋,陳之遴妻,即蘇州拙政園的主婦,著有「拙政園詩餘」)四首,民國年間的呂碧城五首,選擇不可謂不嚴了。(我覺得很奇怪,道光年間的女詞人顧太清也是一作家,何以落選。)龍榆生以呂碧城爲殿,未必是以此人來結那一個時代的詞局,但他偏偏擡出一位六十年間罕見的才女來殿後,倒也是很有趣的。這位女詞人與以往的謹守深閨的女詞人大不相同,她不僅懂得外國文字,而且久居歐洲,晚年客死香港的,所以值得介紹一下。她中年時候嘗游鄧尉,很喜歡香雪海的風景,大有死後埋骨於此之意,因作詩爲券,有:「青山埋骨他年願,好共楊花萬禩馨」之句(見「翠棉吟」詞自注)。可惜她不能如願,第二次世界大戰發生,她從瑞士取道美洲到了香港,初時住在山光道,後來移居東蓮覺苑,日寇侵畧香港後,她閉門念佛,爲世界人類祈禱和平,到一九四三年一月廿四日,以疾逝世,年六十歲。臨死時,神志清明,口占七絕一首,與世告別。詩云:「護首探花亦可哀,平生功績忍重埋。悤悤說法談經後,我到人間只此回。」她遺命將屍體火化,骨灰和麪搓成丸子,投入海中與水族結緣，她大概也憤恨當時的國民黨政府無能力驅逐倭寇，不作鄧尉之想了。

呂碧城是生於清光緒九年（一八八三年）的，字遁天，號聖因，晚年因學佛之故，法號寶蓮，安徽旌德人，父親呂鳳岐（字瑞田）是光緒三年丁丑科庶吉士，散館授編修，曾放過山西省學政（下一科他們呂家又出多一個翰林呂佩芬，不知是呂碧城的什麼人），所以她就是翰苑之家的一位小姐。她的文學天才極高，從小就精詩詞書畫，有「淮南三呂，天下知名」之稱。那是指她的長姊惠如，次姊美蓀和她而言（她還有一妹名坤秀，雖工詩文，然不如諸姊。時賢多言碧城爲呂提學季女，誤。）林庚白自視甚高，輕易不許人的，但他的「孑樓隨筆」有一則曰：「余欲刊近三月以來所作詩詞及語體詩都爲一集，而苦無以名之，偶見旌德呂碧城女士詩，有『早知弱水爲天塹』之句，幾失此佳名。乃思以弱水名吾集。碧城故士紳階級中閨秀也，驚才絕艷，工詩詞，擅書翰。歲己酉（案：宣統元年，公元一九零九年），余年甫十三，讀書天津之客籍學堂，嘗私往窺伺，時碧城裁二十許，主女子公立學校，爲時流所重，其詩頗有神似玉谿處。余尤喜天風及崇效寺看牡丹兩律……皆置諸義山集中，幾亂楮葉，而天風一首，竟似爲余三年來寫照，讀之使人迴腸盪氣，有不能自已者。……」從這段記事，可見她的詩才一斑。（庚白於一九四一年十二月一日到香港，日寇占九龍後，庚白一日出門，爲寇鎗擊斃命，他到香港只有八天就遇到戰爭，似乎沒有和呂碧城相見。他作隨筆時，乃一九三三年也。）

呂鳳岐逝世是光緒二十年甲午，那一年呂碧城才十二歲，她在天津依娘舅讀書，十五六歲時，她的詩詞文字就爲老輩所推重，樊樊山是呂鳳岐的同年進士，呂碧城叫他做年伯的，樊山入北京時，拜讀她的作品，讚不絕口。過了幾年，傅增湘創設北洋女子公學，聘她做總教習，未幾升任監督（即校長）。光緒三十四年，嚴復應直隸總督楊士驤之聘到天津，是年七月呂碧城請他教授名學，據王蘧常「嚴幾道年譜」是年條下注云：「有女學生旌德呂氏（案名碧城），諄求授以名學，因取英人耶芳斯名學淺說排日譯示講解，經兩月成書。」這個時候，呂碧城的英文粗有根柢了，經嚴復的指導，譯成「名學淺識」，這是她譯書的第一部。她先後所著的書有「呂碧城集」，「信芳集」，「鴻雪因緣」，「曉珠詞」，「歐美之光」，「文史綱要」，「香光小錄」，「雪繪詞」，「觀經釋論」等。

辛亥以後，呂碧城主持的那家女校停辦了，她奉母親住在上海，專心研究英文，在一九一三年到一九二零年這一段時期，她眞是閉門下苦功，因此中西文都有極大進步。一九二零年七月，她自費往美國入哥侖比亞大學爲旁聽生，研究文學，兼任上海「時報」特約記者。後來又轉去歐洲，漫游英、法、意、瑞等國，寫有游記，名「鴻雪因緣」，首先刋於周瘦鵑主編的「半月」雜誌。自一九二六年，她就卜居瑞士，致力於戒殺護生運動，曾以英金二十鎊資助英人福華德出版其所著護生之書。碧城早年才華艷發，二十以後迭經家難，兩個哥哥，一姊一妹先後死去，又和二姊美蓀因家產涉訟，種種不如意事，使她精神上大受打擊。有一年她寓居倫敦，偶然讀到印光和尚嘉言錄，她得到啓示，自此即潛心佛典，用英文來闡釋佛經精義，宣揚佛教，這時候她家散人亡，孑然一身了（她自視極高，一向未易求偶，以獨身終），她的浣溪紗詞云：「莪蓼終天痛不勝，秋風其豆死荒塍，孤零身世淨於僧。 老去蘭成非落寞，重來蘇季被趨承，不聞嬃詈更相凌。（余孑然一身，親屬皆亡，僅存一『情死義絕』不通音訊已將卅載者，其人一切行爲，余概不預聞，余之諸事，亦永不許彼干涉。詞集附以此語，似屬不倫，然讀者安知余不得已之苦衷乎。）」所指「情死義絕」之人，似係呂美蓀，姊妹之間，因何事而致此不共戴天，眞不可解，若說因家產之事，恐不如此簡單也。鄭逸梅先生所作的「味鐙漫筆」（此書刊於一九四九年六月，只印二百本分貽親友，非賣品也），有「呂碧城剛愎性成」一則云：「……其姊美蓀，亦有詩才，惟不多見，或謂工力在碧城上。姊妹以細故失和，碧城倦游歸來，諸戚友勸之毋乖骨肉。碧城不加可否，固勸之，則曰：『不到黃泉毋相見也。』時碧城已耽禪悅，空中懸觀音大士像，即反身向觀音禮拜，誦佛號南無觀世音菩薩。戚友知無效，遂罷。其執性剛愎有如此。」上面所引兩段文字，一是她的自記，一是別人所記，可見姊妹交惡之深，且有「不及黃泉」之誓，則其失和非因細故矣。

關於呂碧城的詞，我也要詳說一下的。她的詞集「信芳集」出版於一九二九年，到一九三七年，她又將近作與「信芳集」釐定爲四卷，名「曉珠詞」，卷末附「惠如長短句」（惠如遺稿散失，只得廿五首，所以不能印專集，附印於後）。題「信芳集」者共三人，計：陳飛公（完），徐姜盦（沅），樊雲門（增祥）。陳完沁園春前小序云：「昨與寒雲公子夜話，泛及當代詞流，公子甚贊旌德呂碧城女士……因以女士自刊信芳集見示。不慧尋覽一過，奇情窈思，俊語騷音，不意水脂花氣間及吾世而見此蒼雄冷慧之才，北宋南唐，未容傲胝，今代詞家，斯當第一矣。……」樊樊山除題金縷曲一首外，幾於每首皆有評語。浪淘沙一首，評以：「漱玉猶當避席，斷腸集勿論矣。」原詞云：「寒意透雲幬，寶篆煙浮，夜深聽雨小紅樓，姹紫嫣紅零落否，人替花愁。　臨遠怕凝眸，草膩波柔，隔簾咫尺是西洲，來日送春兼送別，花替人愁。」又前調一首，樊山評以「此詞居然北宋。」

詞云：「百二莽秦關，麗堞迴旋，夕陽紅處儘堪憐，素手先鞭何處著，如此山川。 花月自娟娟，簾底燈邊，春痕如夢夢如煙，往返人天何處住，如此華年。」評清平樂一首云：「南唐二主之遺。」齊天樂一首云：「此等起句，非絕頂聰明人不能道。仙心禪理。」念奴嬌一首云：「鬆於梅溪，細於龍洲。」祝英臺近一首評云：「稼軒寶釵分，桃葉渡一闋，不得專美於前。」其他好評不勝枚舉，呂碧城可當之無愧的。我們從這些評語來看，可知她詞學造詣之深與天分之高了。

一九六零年五月一日

選自高伯雨《聽雨樓隨筆》，香港：上海書局，一九六一

羅漫

花菓草木

〔存目〕

選自張千帆等著《五十人集》，香港：三育圖書文具公司，一九六一

司明

在茶室裏爬

寫此稿時在灣仔的一家茶室裏。其地幾年前常去，與一位供職於他報館的朋友相對而爬格子，舊地重遊，感到它的顯著變化是：上午也有夜總會式的燈光：其他部份很暗，座上用盞十五枝燭光的燈泡照明，情調上宜於談情，却也對寫稿合適。那位老朋友沒來，我也懶得向侍者問，趕貨色應市要緊。

附近僅有兩桌上有人，使我不担憂自己會妨礙舘方的營業。我要在這裏躭兩小時，先叫一壺檸檬茶；爬完一千五百格，再擬叫一客洋葱牛扒。連小賬所花大概將是三元多，即使在他們較忙的時間，我這樣的客人也不大使店方吃虧，做人當然最應爲自己着想，却也該替別人打算。

南來後我續在茶室裏爬格子的經驗有七年之多。此刻尖沙咀的文遜大廈，以前是「牛奶公司」餐室，我常與一個同住的單身漢在那邊爬格子。無人討厭我們，因爲我們吃得還多，小賬也不吝嗇。那邊坐賬台的是一位葡萄牙小姐，賬台上的一隻電話機常被藏在櫃下，普通中國人不容易借打，但對我們例外。我初次看到電影明星林翠是在那邊，當時她還不曾拍戲，剛進一家電影公司在受訓，那天是被公司裏中人帶來介紹認識一位「攝記」，當時她是一個百分之百的女學生。

「牛奶公司」舊址翻造時期我與同住的朋友又到半島酒店的茶座上爬格子。一位廣東行家認爲我們這樣做很特別，由於他們也常在茶室裏爬格子，但從來不到洋人經營的茶室裏去爬。直到現在，我的那個朋友還是單身，仍屬「半島」飲早茶的常客，一邊飲茶一邊爬格子，稿子却是發表在左報報紙上的。在「半島」他早已成爲一位名人了，任何侍者都知這個上海報紙佬，在「半島」的歷史上，也無人經常在那邊爬格子的，有的祇是旅客們坐在桌上寫信。

在洋式茶座上爬格子，僅宜於上午，午後唐人男女紛至沓來，十手所指地把我們當作「珍獸」看待，此點也不好受。

最適宜的塲合確是廣東味道重的茶室，誰都不對你表示驚異，精神上不受威脅，可以暢所欲爬。你如多吃東西，塲方對你亦另眼相看。我在報館裏爬時對「麗的呼聲」中的大戲或話劇的哭聲已有忍受的經驗，可以置若罔聞，更無論茶室中四座的高談闊論了，對煙士批利純絕無影響。

我也看到有人在茶座上編稿子的。有位先生是編完副刊稿，就差茶座上的侍者送往印刷所，坐「的士」打來回，又另貼出差費一元，當然不問可知，他是上海佬，此固標準的海派作風，他一些都不斤斤於「皮費」之重呢！

選自一九六一年四月二十八日香港《新生晚報・新趣》

滿身掛粽的乞丐

〔存目〕

選自一九六四年六月十七日香港《新生晚報·新趣》

李素

啞鈴

人眞是十分奇妙的動物，而我便是其中之一。

我所說的奇妙，並非眞奇眞妙，而是指人性之難於瞭解；不但人與人之間不易互相瞭解，連自己對自己有時都有膈膜。

在表面上看來，我每天依時上班下班，照例工作、吃飯、休息和睡覺；遇到熟人便打打招呼，跟同事和家裏人說說笑笑；舉動雖不敢說中規中矩，卻也並沒有怪模怪樣。我自問沒有患神經病，更不會當着人哭笑無端。所以我往往心安理得地自以爲是正常的人。我豈不是個很正常的人麼？

然而就不！

只要我略一反省，我就發覺自己是多麼的不正常！低能的方面太多了，簡直使我驚駭。

西方人管木訥寡言，不善應對和不懂交際的人叫做 dumb-bell（啞鈴）。而我，恰是這樣一個既笨且拙的啞鈴。

除了和相熟的師友親朋往還，參加三幾個人，或十個八個相識的人的隨意小酌，是我喜歡的以外，就無論是請人或被請，我都不免有大難臨頭之感。人越多和越正式的集會，或盛大的宴會，我就越怕去參加。

我爲甚麼怕呢？好好的住在大都市裏，並非身入深山峻嶺，我明知不會遇到老虎。然而我就是不由自主地會怯場。

原來我不是怕人，而是怕自己無法克服自卑感。我太清楚自己的缺點。我生來就拙嘴笨舌，不善辭令，對陌生人更覺有口難言，確是把腦袋翻轉都找不出談話的資料，不知該談甚麼好。我深知自己學識太淺陋，頭腦又特別胡塗，思緒紊亂而且斷續無常，東一跳，西一蹦，有時甚而魂遊天外；一不留神就會語無倫次，答非所問，或竟然會茫然無措，瞠目結舌，像個白痴，給人笑話。

對先生們我不敢談學問，因我對甚麼都沒有研究，怕貽笑大方，自己暴露了淺薄與愚獃。對太太小姐們呢，我又不會談麻將經，不知道甚麼是當今最流行的新裝，也不熟悉電影明星的姓名，不會批評影片的優劣。至於某一個館子有甚麼拿手好菜，我更說不上來。儘管大家談得興高采烈，議論紛紛，我卻覺得無從插嘴。人家問我兩句，我只能勉強答出半句，這就已經很本事的了。

總之，我在賓客如雲的盛會裏，感到特別侷促，多半是無言地轉動着眼睛，傾聽人家談話；其實呢，全身發窘，滿臉表露了尷尬相。

我實在奇怪自己如此低能。當我諦聽別人發表意見時，我腦海裏也洶湧着許多意念，或贊成或反對，或另有我自己的見解，但若要說出口來，我就覺得找不出相當的話語，及相當的時機來表達。既然說不清，就不如不說吧。不說還可以少出點兒醜呀！自卑心一經觸動，我腦中的許多意念也就煙消雲散了。

更糟的是：近年來記憶力壞透了，眼睛一向患近視又不愛戴眼鏡。朋友給我介紹朋友，我既看不清楚，又不敢湊近去老盯着人家瞧。姓名已不容易記，糢糊的面目更教我如何記得牢？尤其是在大集會裏，一時更難分陳李張王。所以下次或又下次再見面時，人家認得我，我卻依然把他們當作陌生人，望望然，不敢瞎招呼，因此常常給人誤會，甚而暗罵我傲慢。這眞是天大的冤枉！

有時候，人家並不介意，倒先來招呼我。他或她都能對我稱名道姓，有說有笑，而我卻始終沒法表示禮貌，回敬一下，尊稱一聲。心裏雖很想問他尊姓大名，無奈總不好意思開口；一則怕使人難堪，二則也想掩飾自己的善忘。心中惴惴然，神不守舍，則在應對之間自更容易出毛病，膽一怯就更加想不出話來說了。總之，窘到極點，千萬分尷尬！赴宴或赴會，眞是如赴虎穴。你能怪我常常逃避麼？

眞不幸，我竟然是這麼一個木訥無言的啞鈴！

婦人自古稱長舌，爲甚麼我卻是個例外？在口才這方面，我實在有愧女人之稱了。有了這難以彌補的缺陷，所以我生平就最歡迎，也最佩服，最羨慕口若懸河的女友們。無論我去訪她，或她來訪我，幾句寒暄以後，我便問起她的丈夫或孩子或其他家人，逗她開動話匣子，於是我只須睜大了眼睛，作全神貫注狀，一路安心地傾聽就行了。

最好是遇到有好幾個孩子的太太，她一定會述說孩子們的許多有趣的言行事蹟，證明小的如何聰明伶俐，大的怎麼賢孝和能幹。她的話的確是滔滔不絕，半天也說不完。還沒有孩子的呢？那就多半是從丈夫說起，以至翁姑妯娌，遠親近戚，東鄰西舍，朋友的朋友，親戚的親戚，甚而工人的飯量大小，做事的巧拙快慢，都在她敍述的範圍裏。假如我故意打岔，稱讚她的衣服漂亮，那她就會轉而介紹一些價廉物美的衣料及百貨；或是她認爲好看的電影明星的服裝等等，等等……，總之，眞像剝繭抽絲，層出不窮。凡是有口才的女人都能那麼自然地說得頭頭是道，話題之多，就像春雨後的山泉，源遠流長，永無休止。

而我，卻只有健羨的分兒。

檢點平生，自覺我這張嘴巴實在太不稱職。只在課室的講台上我是個有聲的鈴，對同學們我能不停嘴地說到忘了下課，此外，在其他任何場合，我這個鈴卻是啞定了的。有些朋友看見我偶然寫一兩篇無病呻吟的小文，便誤以爲我也會演說，好意地要拉我去演講一番；爲使我覺得輕鬆些，就說只是對一些青年人隨便談談，並非甚麼正式的學術演講。

天曉得！我這空空的腦袋和笨笨的嘴巴，能拿甚麼去對人演而又講呢？心裏一怯，就無論座談或立談，我都感到無法應付。尤其是我想起曾有一次因職責所在，在大禮堂對畢業生致短短的所謂「訓詞」，竟也把腹稿忘了一半，自覺說得不大連貫，當場窘態畢露時，我就只有婉轉而實際是斬截地拒絕一切邀請了。所以我生平從未當衆演講過。僅有一次在捷京普拉格的甚麼亞洲學會，被邀用英文講述「中國婦女生活」。我用本國話尚且講不連貫，何況用英語！所以那當然是預先寫好了講稿然後當衆照讀，只是朗誦文章，算不了眞正的演講。

百聞不如一見。若能親見親聞一個人的講述與談吐，所得的印象要比看他的文章或相片深刻千百倍，甚而會產生「聽君一席話，勝讀十年書」的感覺。因爲言詞與聲調能使人直接感受，最具有煽動與感動的力量，所以口才是成功成名的雄厚資本，而演講也就是成功成名的捷徑。不單牧師宣道要憑口才，政治家競選要憑口才，以博取人民的信仰與支持，教師要靠口才來傳道、授業、解惑，就是詩人文人也常靠演講來傳揚及提高聲譽。

所以難怪有許多人都巴不得有人請去演講，或去參加各種集會，即使所要講的並非自己所長，或所赴的會完全違反自己的興趣，也是逢請必到。原因是既可在人羣中多露臉，讓人家認識也多認識人，又可在報章上被列於名流之間，顯姓揚名，對人情與禮節也都够周到，好處太多，又何樂而不爲？社會上有一部份名流之所以名，也是這樣成名的呀！

青年時代，誰都難免虛榮心重。我就曾羨慕別人的口才：莊諧雜出，句句中聽，能使滿座動容，在各種場合都顯得鋒頭十足，搶盡鏡頭，對全場人物的感情還可隨意控制。這樣的人是多麼優越啊！我也曾因此埋怨自己的環境，寂寞的童年培養出如此孤僻的劣性；笨拙的口舌又害我變成被人輕蔑和討厭的啞鈴。我只覺得自己日趨平凡庸碌，在同輩中漸漸成爲暗淡的影子，幾乎等於不存在了。這情形是可悲的。

幸而我頗受了阿Q的影響，在事實的失敗中，總能找到精神上的勝利，亦即遇萬事都看它的光明面，硬把自己從苦感中超拔出來，更進而自慶和自慰。

瞧哪！我找到一位哲學大師給我撐腰呢。蘇格拉底說：「我們天生兩個耳朵，兩個眼睛，但僅只一根舌頭，因此應該多聽多看，少說些話。」最低限度，他的魂魄是會欣賞我這個啞鈴的。我常常這樣安慰自己。

瞧哪！我馬上又想起了張雲莊的山坡羊洛陽懷古：

天津橋上，凭闌遙望，春陵王氣都凋喪。樹蒼蒼，水茫茫，雲臺不見中興將，千古轉頭歸滅亡。功、也不久長。名、也不久長。

假如我生來就舌粲蓮花，談笑風生，那麼，懷才自必求用求顯，也自然就愛說話和交際，好繁華與熱鬧，又自然會想利用天賦的機敏辯才去獵取名利；這一來，也許早已名利雙收，進入名流了。然而，功名何價？多少名人成爲「名」的奴隸，給投機者利用，給慕名者牽着鼻子團團轉？

你是名人了。今天張三請你演講，明天李四請你證婚，後天麥七請你剪彩，大後天王八請你觀禮，大大後天朱九請你揭幕……因爲一般慕名者的心理是：洗厠所也要請名人來參加才覺得香些，而且他本人和厠所也就因名人之參與而陡增千百倍的聲價，於是也成名人，名厠了！

而你，因爲已經是名人，就得保持你的令譽，你得有求必應，來者不拒；你必須面面俱圓，處處周到。你生怕怠慢或開罪了任何一方面，招致人們惡意的非笑與怒罵，有損聲望，於是你只好天天疲於奔命，一個晚上連跑幾家酒樓去赴喜筵和喝壽酒。像這樣以身心爲名役，所得是否能償所失呢？更何況「功、也不久長。名、也不久長」！當然，有許多「名流」恰恰樂於如此，可是在我這旁觀的啞鈴看來，卻認爲像他們這樣「騎虎難下」，實在是莫大的苦事。

因此我慶幸自己是個啞鈴，不單不再以短舌爲缺陷，反而覺得是造物主特賜的祝福。我自知低能，因而自卑，而逃避，而絕念於各種虛幻的追求。

我欣幸自己的凡庸與渺小。對啦，一介小卒原是粗鄙笨拙的，我的一切失儀失態，不情悖理之處，又何足深怪？既不值得別人介意，自己也就更不必在乎了。我不必像名流那樣一輩子戰戰兢兢，時刻要費全力去作衞冕戰，這就够多麼寫意！

一經掙脫了世俗觀念的束縛，我便優哉悠哉地高興躲得多久就多久，藏得多深就多深，自樂其啞趣。假如有人會罵我孤僻、傲慢、無禮，那是他的自由，我卻「不知其非笑之爲非笑也」。我要保持我之所以爲我，我要主宰自己，享有我做人應享的精神自由。

儘管我不以一輩子捨己從人爲然，但我依舊欽羡、尊敬和佩服許多名流的爲人羣服務的忘我精神。「君子和而不同」，我並無意於强人同己。我只是說各人的天稟不同，性格亦各異，誰都有權利、有機會、有理由各本所能，各適其適，以求「止於至善」。就因人們的才智有大小，愛好有殊異，更宜於相輔相助，正如百川之匯海，殊途而同歸。

我這個啞鈴既無法鏗然長鳴，聲震遐邇，那就讓我安心地順本性之自然，深藏於寂靜的角落裏，悄然自適，同時也請恕我未能矯揉做作，强己同人吧。啞鈴之啞，正同鬧鐘之不能不響一樣。那裏值得大驚小怪！

婦人自古稱長舌。我卻竟然瘖啞低能，所以自甘深深的躲藏起來，安愚守拙。何況庸人自有厚福，拙又何妨！莊子不是說過麼：

「山木自寇也，膏火自煎也。桂可食，故伐之；漆可用，故割之。人皆知有用之用，而莫知無用之用也。」

選自李素《心籟集》，香港：高原出版社，一九六二

思果

理髮

〔存目〕

選自思果《河漢集》，香港：高原出版社，一九六二。署名「方紀谷」

狗

一個預備結婚的人有許多事要考慮，你會對妻子忠貞嗎？你有謀生的技能嗎？你不怕孩子吵嗎？你懂得教育子女嗎？你能放棄許多嗜好，把空閒的時間勻出來陪太太，陪孩子嗎？許多過慣獨身生活的人——讓我警告過了四十歲，有許多女朋友，沒有一個完全中意的那樣的單身漢——雖然羨慕別人有室家之樂，兒女成羣，但一想到要和另外一個並不完全志同道合的異性共同用一間房屋，不能每星期六到鄉下釣魚或打高爾夫球，卻不得不按時按節去看她的姑母、姨母、舅父，請她的弟弟妹妹看電影，甚至等她在朋友家打完了牌囘來吃晚飯……他情願形影單隻。至於生活中難耐的一部分，他可以做一個修道的聖者，或者不惜自己的靈魂和肉身，去做一個惡魔。

不過，有沒有要做新郎的人想到狗？他也沒有問過自己，「你喜不喜歡狗？」

我在結婚的時候，年紀很輕，沒有問過自己任何問題，我是那種頭腦單純的人，心裏想的是結婚的快樂，結婚後的麻煩也不在乎。後來子女雖然累我不淺，倒也不以爲苦。有一個朋友說，看了我這樣勞苦，他再也不結婚了，可是我卻覺得，看他那樣孤寂，我幸虧老早就有了妻子。我知道，結婚要帶一些莽撞，墜入情網，不能自拔，刀鋸斧鉞在前，他也不顧。如果蹉跎下去，又吹毛求疵，拿不定主意，人情世故漸深，問題愈來愈多，愈來愈不能解決，結婚就難了。

出乎我意外的是狗的問題。我沒有想到狗。英國的藍姆做了一輩子獨身男子，似乎是憎惡狗的人。「你如果愛我，就要愛我的狗。」他就認爲辦不到。我得提一句，中國人說愛屋及烏，是比喻的說法，並不逼着人家愛我們家裏屋上的烏鴉。英國人這句話，雖然別有所指，但也可能字字是實，眞要人家愛他們的狗。下面是藍姆的一番道理：（在和朋友表示親熱的當兒——嗚喔喔！嗚喔喔！朋友的狗叫了，）

「『這是一隻什麼討厭的野狗？牠並不算鈍的牙齒正咬着我的大腿上肉多的地方呢。』

「『這是我的一隻狗，老兄。爲了我你一定要愛牠。嗨，試金石——試金石——試金石！』

「『不過狗咬了我了。』

「『唉，狗總是咬人的，等你跟牠弄熟了就不咬了。我養了牠三年了。牠從來不咬我。』

「嗚喔喔，嗚喔喔，嗚喔喔！——『牠又咬我了。』

「『哎呀，老兄，你別踢牠呀。狗不喜歡人踢牠呢。我要人家尊重我的狗，像尊重我一樣。』

「『你出去也帶狗在身邊嗎，你出外找朋友的時候？』

「『我總帶的。這一條狗是最溫柔、最漂亮、身體最好的。我稱牠爲試金石！試驗我的朋友的工具。不喜歡我的狗的人，絕不能算是喜歡我的。』……」

上面這段話當然是藍姆想像出來的，但也並沒有太過分的地方。我知道有一位太太，養了一條混血狼狗，至少已經傷了她三四個好朋友了，她的丈夫要殺掉牠，她死也不肯。我是個不喜歡狗的人，我記得有些人家養了獰惡的狗，即使白天從他們的門口走過，我也給牠吠得寒毛直豎，狼狽而逃。狗有一種抖，能把身上的水和污穢振落，下雨天牠從外面回來，在屋內一抖，四周圍全是水，我有一次在朋友家就被牠淋了一身。而我的朋友並不向我道歉，好像這是應該似的。狗還有一種剔蝨子法：牠用一隻後爪在頸間、在背上、急遽地搔剔，使你覺得那蝨子正由牠身上彈到你褲腳管裏，爬到你腿間、咬你、吸你的血。即使在牠對你友善的時候，用牠最擅長於辨味的鼻子、聞你的手，聞你的腳，聞你的膝蓋，有時伸着舌頭，幾乎要舐到你臉上來，眞要把你嚇得魂飛魄散。你雖然哀求你的主人，請他把牠牽走，他卻毫不動情。「不要怕，牠不會傷害你的。」

在我簡單的腦子裏，我不懂狗主家裏有什麼寶貴的東西，要畜養這樣兇猛的動物，使朋友也不敢上門。我不知道，一個畜生能給他多少快樂。至於我，怎麼樣也不會養這些寶貝！誰送我我也不要，貼錢給我我也不養。

幸而我的妻子不像大衞高柏菲爾德的幼稚的妻子道拉，把她大部分的精神花在愛犬吉卜身上，還要丈夫吻牠。我雖遭小偷拿走了院子裏晒的絨繩衣和一些不值錢的東西，始終沒有想到要養狗。我過的是一種不愁有人來打刼的日子。明知狗不咬主人——除非牠反了常，發了神經病——我總覺得那一嘴鋼刀般的牙齒，鐵鈎般的四爪，疾如旋風的步伐，敏捷得和電機一般的動作，不是好玩的——就和我從來不想有一把自衞手槍一樣。我結婚二十多年來，家裏沒有吉卜那樣的畜生——兒女卻有了一羣。

狗之成爲問題是在兒女長大了之後。兒女到了六七歲，要求漸漸多了起來。他們要買小汽車（後來是大汽車），要買小電話（後來是裝眞的電話），要買呼拉圈，要買收音機、唱機、時代曲唱片，要冰箱、鋼琴……總之，凡是同學家裏見過的全要買。你說許多刻苦立志、澹泊堅忍的話，他們不能了解。但只要不做流氓，不做阿飛，不墮落，一切都好商量。不過有了沒有生命的東西，他們還不够，他們要養狗！當然，小鳥、小兔，甚至獅子、老虎、熊貓、蒼鷹都好，家裏最好有一座大規模的動物園。但孩子們是有頭腦的人，他們從不過分要求，他們從不叫爸爸做超人。他們只要有一隻狗就滿意了。「爸爸，您看，王媽媽家有狗，李伯伯家也有狗，連洗衣服的阿英也有狗。——我們養一隻好嗎？」

請求是可以拒絕的，最初我毫不猶豫，一聽這話馬上回絕。老實說，我的理由很多，又冠冕堂皇，很容易擊退他們。我說：爸爸供給你們讀書，維持你們的營養已經不容易，那裏還能養狗。我說，媽媽已經爲你們忙得覺也不够睡，那裏能再照應狗？我又說，養狗要有院子，我們住在樓上，有種種的不方便。我說……

總之，我自問我是立於不敗之地的。

誰知孩子打定主意要實現一件事，那種毅力、恆心和才智是螞蟻見了也要吃驚的。不多久我就明白，我的陣線開始動搖了。一再地請求，請求就成了命令。他們說，他們寧願不吃糖果、不看戲，省下錢來養狗，他們說，他們幫媽媽做事，媽媽不會太累；他們說，我們住二樓，三樓四樓的人家全有狗……

「買一隻狗起碼也要上百，這筆錢那裏來？」我很容易地想起了這個難題。

「是不是不花錢買狗，您就准我們養狗？」第二個孩子就立刻反問我一句。他們那種機警大有控方律師盤問被告的神情。

我遲疑了一下，然後說，「你們知道養狗要養好種的狗。外國狗都有家譜的，種越純價錢越貴。」

「當然要養就養好狗，」仍然是老二發言。

「爸爸回答我們剛才那個問題，」老大逼住我，我好像已經中了埋伏。

「不用錢買也要考慮一下，」我說。「弄得一家都是狗蝨，這個責任誰負？」

「我負，」老大說。「狗蝨是一種離開狗身上就要凍死的蟲，只能在狗身上寄生，在狗身上的毛裏才夠溫暖。」大孩子原來是念科學的，關於這些事情，只有他說的。我沉默了。

「爸爸沒有聲出！」最小的一個拍手大嚷，他那種凱旋的神氣，真好像亞力山大打倒了印度一樣。

在我鎩羽後不多久，我家就有一條小狼狗。這是大孩子的同學送他的。條件是要好好照顧他。我一肚子不高興，總算忍耐了一下。我屈服了。

這條小狼狗非常機警，只要家裏有一些響動，牠立刻就豎起耳朵，注意到了。看牠的眼睛，確是英物，我也有些喜歡牠。但事情沒有這樣簡單：最初幾天，到處撒尿，而且有一天竟咬破我踝骨一旁的皮了。我的忍耐已到了極點，不顧一切，大罵了孩子一頓。我提起狂犬病的可怕，連「科學家」也啞口無言了。晚上回家，小狗不見了。據媽媽說，送還給人家了。「爸爸不喜歡狗，你們偏要養！」他們一商量，覺得事態嚴重，今後恐怕還有別的麻煩。會議結果，決定忍痛割愛。

那一天的晚飯吃得極不快樂。孩子們滿臉是淒慘的神情，爸爸有些慚愧不安。我似乎從來沒有這樣剝奪過他們心愛的東西。我雖然性情急躁，有時不免要向他們發脾氣，但罵了以後，總要轉個彎安慰他們一番。這一次太傷他們的心了——這不是一個孩子的恩物，是他們全體的心肝。

不久我看了一場電影，裏面的爸爸不准養狗，他對狗有過敏的毛病，一看見這一種畜生渾身就癢了起來。那個大孩子不久變了狗，小的一個兒子非常高興，甚至不希望哥哥再還原變人。我看了格外不安。我的二兒子說，一等他滿二十一歲，他就搬出去住，養一條狗。我不能了解何以他這樣愛狗。我這時才悟到大人不知道孩子的要求，我雖然深愛他們，可能是家中的暴君，使他們不幸。我決心——這一次是我決心——要讓他們養狗。

有許多兒童想自殺，想蹓，並不是因爲父母不愛他們。

這世界上眞有許多慷慨的人，我在表示了要讓孩子們養以後，很快老二的朋友就送了他一隻矮腳身長的狗，俗稱臘腸狗，是獵狗的一種。我因爲狼狗容易傷人，所以和他們約定，要養狗只能養一隻好玩，長不大、不獰猛的狗，雖然老四嘰咕，一定要狼狗才「過癮」，我也不理。

有了狗，就有給牠起個名字的必要。我當然可以稱牠爲「小黃」或「阿三」，不過第一，孩子們在英文學校裏念書，自己領洗，都有個聖人的名字，一定要給狗起個洋名。第二，這隻狗本是洋狗，即使起個洋名，也不爲過。第三，隔壁的大黃狗叫麥克司，樓上的哈巴狗叫江膩，樓下的一隻鬪犬叫賈克，我家的狗當然也要有個古怪的名字。名義上這隻狗是老二的，他經過三天考慮，給牠起名叫瑞蓋，照他考據，這是查理的小名，但我卻想起英國的獅心皇帝來了，毛骨爲之悚然。

我知道我會有發脾氣的時候，所以預先説好，無論狗有多討厭，爸爸多麼生氣，這一次決不把狗送給人家。這就像古代皇帝把金書鐵券頒給功臣一樣，那功臣本人或後裔如果犯罪，可以憑鐵券作證，予以赦減。我下了多大的決心和忍耐，由此可見。

這種讓步實在不很容易做到。瑞蓋雖然小，卻有一股腥味，和動物園的差不多，牠隨地便溺，幾個月也教不好。孩子上學不管牠，給母親平添了許多工作。我總是到處見到牠身上落下來的毛，牠最喜歡睡在孩子的床上、椅墊上。有一晚我上床睡覺，昏暗中拿到了橄欖形的硬而帶黏的東西——狗屎！我們家中多了一份子了。「硬叫爸爸跟畜生一塊過日子！」我有時氣極了就要嚷這句話。

不錯，瑞蓋是家庭裏的一份子。牠要人愛撫，牠甚至會嫉妒。我每次和最小的老五在一起玩，牠就走過來了，用兩隻前爪踏在我膝上，眼巴巴地望着我。我如果抱起了老五，牠就咬他（當然不傷害他）。牠又最空，什麼事都要過問。任何人一舉一動，牠都注意，因此牠也很忙。我始終不承認牠是「老六」，恐怕是牠不滿意的。

不過，漸漸地我發見牠確實是一個了不起的傢伙。無論我怎樣不喜歡牠，不理牠，牠對我總是忠實、熱情，甚至打了牠，牠也是如此。每次我回家，牠總熱烈歡迎，那種搖頭擺尾，興奮得不能自已的神情，眞也感動了我憎恨他的心。而且牠做了老五的伴——這是老二提出的强而有力的應該養狗的理之一——在媽媽上街，老五一個人在家的時候，牠就是他的保姆。吾鄉有一句土話，「七歲八歲狗都嫌」，一些不錯，除了瑞蓋，誰也受不了老五的糾纏。牠雖不咬人，夜間也很警醒，充分表現出一個有用、負責的動物。牠一開始就用一種富有熱情的、極有分寸的咬法，咬我的手，咬我的腳。人類見了面摟起來是表現親熱的方法，據説狗類是輕輕地咬。牠也像小孩一樣，喜歡犯法，愈是不許做的事，愈喜歡偷偷地做：給人發覺，也會嚇得躲起來。

前些日子，英國一個空軍英雄因爲愛犬病死了，他受不了那沒有伴侶的痛苦，結果竟飲彈自戕。我當然不贊成他的行爲，但我懂得這是可以想像得到的事，倘不是孩子要養，我永遠不會知道。

像我這樣有潔癖的人永遠不會愛狗的，如果誰怕兒女的累重不敢結婚的，我倒要勸他先考慮養狗的問題。就怕太喜歡狗的人，連結婚也看做浮雲一樣了吧。我們在這個世界上永遠不會孤獨的。

選自思果《河漢集》，香港：高原出版社，一九六二。署名「方紀谷」

豫讓的太太

我讀中國的書，總覺得女子的命運很悲慘，有時讀不下去。在我寫的「關於聊齋」一文裏，我已經說了很多有關中國士人對男女關係的心理背景，但這一方面的話恐怕說不完。曾子的後母對曾子並不慈愛，他還是很孝順她，這倒挺好，但他的妻子爲「藜蒸不熟」，就給他休了，不知道這位賢人怎麼忍心的。七出之條本來已經荒謬，何況這不在七出之內。陸放翁休了妻子唐氏，就只爲了母親不喜歡她，本來是沒有人注意的，但他後來在禹跡寺南的沈氏園遇到她，唐氏叫她再嫁的丈夫招待放翁，他感觸很深，題了一首釵頭鳳的詞，才引起別人的同情。

史記「刺客列傳」記豫讓要替東家智伯復仇，說他「又漆身爲厲，吞炭爲啞，使形狀不可知。行乞於市，其妻不識也。」這一段和戰國策上記的略有些出入。但豫讓一定要在他的太太面前試一試，看她認不認得出他是她的丈夫，這一點大約是無疑的。太史公的筆墨比較好些，我們就看他的算了。不過我們讀歷史的人，輕輕看過，從此再不聽到關於這個可憐的婦人的話了。這也不能怪，實在說，豫讓的故事太動人，下面兩次刺襄子不成，到了給襄子的衞兵團團圍住，逃脫不了的時候，還一定要拿襄子的衣服用劍來斫擊三下，才肯去自殺。只有這種故事，才配史家用筆去寫，至於豫讓的太太的遭遇，那就只有從略了。讀了豫讓那段悲壯的故事，我們還會想到別的人，別的事上去麼？若不是爲了襯托豫讓的報仇心切，聲音容貌可怖，連那「其妻不識也」一句都會沒有的。

我眞想讀一本歷史，或者歷史小說，把我們的女性的祖先的命運和心情，詳細地寫出來。這一定是一部非常動人的書。其實中國的才女並不少，爲什麼她們不寫一部自己的歷史呢？往日纏足的苦楚，丈夫移愛的悲酸，都是難以忍受的，爲什麼沒有一部長書來敍述呢？在禮教統治下，沒有人敢批評曾子，當然沒有人認爲陸游是錯的。中國人這樣虐待妻子，眞應該自己覺得慚愧；聖人以孝治天下，就沒有把妻子當人。

話說到豫讓的太太，她到底是個什麼樣的人，她過的什麼日子，有什麼樣的結局，是我急切想知道的。現在事隔兩千四百多年，我們又有什麼辦法知道？她如果有一本厚厚的日記就好了，或者是一大捆信件也行。不過這種希望太奢侈了，如果她能留下一二首詩來就算後世的幸運了。

我想豫讓雖然被太史公當作刺客，他倒是個知識分子，和曹沫、專諸、聶政那些人不同。因此他的妻子一定是個大家閨秀，當她嫁給豫讓的時候，她一定有非常美麗的遠景的。我想像豫讓在老一輩的眼睛裏是一個好學、有爲、誠懇的青年。他如果向誰家提出婚議，也許女方很難拒絕。但是結了婚以後，他們的生活可不一定幸福——豫讓很快會給他的妻子發現：他並不是一個理想的丈夫。首先她發現他這人非常迂腐，又非常熱心自己的前途。他的生涯近乎謀士、政客之流。我想起豫讓的太太，就會聯想到張儀的太太來，不免同情她們的遭遇。這種人在外面的生涯，多半是性命交關。那天張儀挨了毒打回來，他的樣子一定是够怕人的，好在她的太太是個詼諧成性的女人，張儀問她舌頭在不在，她居然還有心腸笑得出來，回答說「舌頭還在呢。」若是別人早就軟了手腳。豫讓雖然沒有挨打，可是從他的列傳看來，他的運氣不大好，做范氏和中行氏的家臣，並沒有受到東家的重視。范氏和中行氏爲什麼不喜歡豫讓，我們不大清楚，但他這人的個性極强，做起事來太積極，或者太方正，甚至剛强，這兩個東家容不了他。也許他們都誤會他的忠藎，故意冷落他，使他傷心地自動辭職，然後去投奔智伯。這一段日子裏，豫讓的太太總是看到她丈夫一天到晚愁眉苦臉、長吁短嘆地，這是無疑的了。

他和智伯這樣的人，實在不該去共患難。一個人把他的命運和智伯連結在一起，本來就犯了基本的錯誤。豫讓是個過分老實的傢伙，野心家智伯爲了擴充地盤的計劃，正用得着像他那樣的人；他尊寵豫讓，是爲了自己，豫讓就非常感動，以爲他「國士遇我」了。這種君臣關係，照豫讓的妻子看來，早就認爲凶多吉少，不過她的勸告不會生效的，也許她不敢勸告。自從做了智伯的家臣以後，我想豫讓一定忙得不可開交，對於家庭，早已置諸腦後了。也許他的婚姻不很滿意，不過像他那樣的人，任何溫柔賢淑的妻子也不會得到他許多眷顧的，何況智伯待他很好。從前中國的女子：丈夫到外面做官、做生意，一去許多年，她要在家侍奉父母，過貞節的生活；而丈夫呢，納妾、納婢，或者到妓院裏去尋快樂都可以。若是爲了事務忙碌而不理會妻子，還有誰能說不是？

我想起英國大文豪兼歷史家加萊爾來了。他娶了閨秀簡．威爾希，兩口子並沒有不要好，但加萊爾專心著述，他的尋思凝想的習慣，乖僻、執拗的生性，卻使他的妻子不快樂。又因爲他不喜歡大城市，把像他的太太那樣本來應該使所有上流婦女的集會生色的人物，住到當非利斯郡的荒野，克萊根樸托克的一所農莊裏，過了六年又窮，又孤寂的日子，這件事史家頗有微詞。到她死後加萊爾悲傷萬分，自己不斷譴責自己。我不免覺得人家待妻子要好得多。

我們可以想像，豫讓投奔智伯以後，他的舊有的憤懣和抑鬱一定一掃而光了，但他的家庭的生活，恐怕只有越過越不像樣。他可能有很多錢和產業給他的太太，不過錢和產業有什麼用？家裏的人這時未必見得到他，也不知道他忙些什麼。到了軍事時期，他可能要在宮裏辦公，晚上即使不回來也未必會差一個人帶封信回家。豫讓的太太即令急得要死，日夜目不交睫，爲他的健康和安全擔心，也不敢叫男聽差的去打聽他的情形。也許他和智伯一塊出去視察，寫一張便條回家的時間都騰不出。如果下次回家他的太太埋怨他不拿她當人，「人家爲你急死了，你倒自在！信也不給一個。」他就說上一大套什麼夏禹治水，在外面十三年，經過自己家門口，都不敢進去張望一下的話，把他的太太氣得半天說不出一句話來。

而且像他那樣爲智伯奔走，吃盡辛苦的人，回到家裏怕就只有睡覺的份兒。他也絕對不會好好和孩子們玩玩，說說笑笑，因爲他實在太倦了。他那個家眞不會因爲他回來熱鬧多少。可憐他的太太也不知道多寂寞，私底下淌多少眼淚。他恐怕根本不知道，就是知道了也顧不了多少。我說這話並不冤枉他。因爲看他後來所作所爲，他對太太就是這樣不顧她的死活的。

智伯曾經連結了韓、魏、趙，吞滅了范氏、中行氏，而瓜分了他們的土地；這件事不會是豫讓要發洩他被冷落了的怨氣，出的主意。憑良心講一句，豫讓是個方正的人，不會幹這樣卑劣的事的。他那時既然做了智伯的家臣，也就身不由己，無從阻止這一連串的事件發生。可是後來智伯向韓、魏求地，得了手之後又聯合他們去圍趙，這件事一定有他積極參加的。結果韓、魏反和趙聯合起來把智伯滅了——這是豫讓的太太很焦灼的一段時光，前線的消息突然變成壞到不可收捨的地步，豫讓直急得失了常態——這次總崩潰豫讓怕要負些責任。他是不是良心有疚愧呢？他會不會覺得沒有臉面活在世上？是不是只有替智伯報仇，拿性命來拚，才能心安？這都是我要問的。

在軍事失利的前夕，豫讓的太太過的是什麼樣的日子，我們很容易想像得出。她看到她相依爲命的丈夫的心情一天比一天嚴重，平時不看見他回家，回到家裏一言不發，或者長吁短嘆。他的鬚髮一定長得亂蓬蓬地——像豫讓的太太那種身份的人就喜歡整潔——眼珠像血染了的，聲音嘶啞，白頭髮越來越多。這時家裏即使有幾個孩子發高熱不退，或者染了急症，也全是他太太一個人的事。他太太要是埋怨，「我連一個商量的人都沒有」，他就說什麼「廉吏安可爲也！」的話。至於他太太的胃病——啊，她的病多了：她患了嚴重的、神經性的胃病，是爲豫讓急出來的，沒有藥能夠醫好，她有心臟病、高血壓，當然使她經常患着失眠，一交睫就做噩夢。這些豫讓壓根兒不知道。這位賢德的婦人看見她丈夫在外面已經夠煩的了，再也不願意把任何煩惱加在他身上，而他也實在太忙。

在我的想像中，我決定不了豫讓的太太是不是問過她丈夫：「你這樣忙法，萬一有個意外，把我丟給誰？」這也是豫讓從來沒有想到的事。他是一個有情有義的人，我得說句公平話，他想到他的成仁，或者別的悲慘的下場，一定會傷心得要哭起來。他在太太面前只有忍住眼淚，他也顧不了她。他會望着遠處，輕輕嘆口氣，自言自語道：「孤臣孽子，其操心也危，其慮患也深，故達。」豫讓的太太問了這話，等於沒有問。

我不忍設想智伯總崩潰那天的情景，我只有閉上眼睛。豫讓出走前，也許還回家去了一趟的。回到家裏「我們完了！」就只有這一句，他的行動之速，使那可憐的、百病纏身的中年婦人來不及跟着他的動作轉睛。他換了衣服，順手拿起了一些東西，跨上了一匹馬就想走。他的太太嘴唇都白了，手腳冰冷，渾身打抖，心裏慌張得話都說不出來。他在馬上俯下身來，想對他太太說兩句話，但悲哀塞住他的咽喉，使他費了好大力氣，才迸出了：「你保重吧……我走了……眞想不到……」底下他再也說不出話來了。他拿含淚的眼睛看了看兒女或者他太太貼身的女侍，指指他的太太，就走了。

我想豫讓的太太一急就會昏厥過去的，這次再也不會醒過來了。不過奇怪的是歷史並沒有說她就死。她醒來的時候豫讓已經走了多時，大約出城已經很遠了。她要跟他死在一起。但是那怎麼成？第一、她是女流，而且是上流人，不能隨便拋頭露面。第二、她跟了去只有連累了亡命的丈夫，因爲她的行動不便，她只有忍耐。

中國人的忍耐是娘胎裏帶來的。我們的祖先誰沒有忍受過極度痛苦的母親？在豫讓逃亡的期間，她是什麼消息也收不到的。豫讓在山裏，不能露出身份，後來化裝混到襄子的宮裏，想去行刺，更不敢輕易露出馬腳。豫讓的太太就一直給弔着，他的行踪要等到他行刺失手，被釋回家，她才能知道。

關於他行刺的事，歷史上說得神乎其神，什麼「襄子如厠，心動，執問塗厠之刑人，則豫讓，內持刀兵。」其實據我想，像豫讓這樣的知識分子，恐怕刀沒有拿出來，手就抖了，露出行刺的形跡，襄子才疑心的。豫讓如果有自知之明，早就該放棄，找個像聶政那樣的人去下手。這種地方，他的弱點是致命的，而連帶受累的卻是他的太太。

他被釋放回家，這一次重逢並沒有多少好處給他的太太。想想他那天回來的樣子，比張儀挨打以後的還要可怖，因爲張儀還是個張儀。那天豫家忽然來了一個囚犯模樣的人，渾身臊臭，叫人掩鼻都來不及，嘴裏嚷着要太太出來。天啊，他就是「老爺」呢！我眞怕豫讓的太太看到了他又要昏厥過去。我此刻想起，這位多病的婦人一定是個心智堅强的人，任何打擊都能忍受，她又受了一次可怕的震動。

也許她已經明白，豫讓復仇的心決不會淡下去，至少她可以在豫讓的談吐中探聽出來。她料不到襄子不殺他，這樣大的恩，他會淡然置之。對豫讓這樣一個驕傲的人說來，襄子的寬恕，可能反增加他的羞愧，使他要報復。但是他因爲智伯一死，自己沒有了投奔，早就想死了。他不會爲了太太的懇求、苟全他自己的性命。在太太的終身幸福和智伯施給他的恩惠之間，他只看重智伯的恩惠，儘管智伯的所作所爲並不值得有頭腦的人去支持。

不久豫讓又失踪了，這次他在事前一些消息也沒有給他的太太。他更陷於絕境。豫讓的太太雖然差人四處打聽丈夫的下落，總是毫無下文。那時一個人失踪，沒有警局可以報案，也沒有報紙好登「尋人」的廣告，也沒有私家偵探可以委託，她只有在家等着。一直等到過了兩天，門口來了一個乞丐，聲音還沒有化裝好，啓了她的疑心（照戰國策的說法），倉皇中又溜掉了，她當然越想越覺得蹺蹊，她斷定那個討飯的化子就是她的良人。她越想越寒心，這個世界太可怕了。司馬還說是豫讓吞炭以後，她認不出，那倒叫讀者舒服些。不過我不相信。女子有一種特別敏銳的感覺，誰也騙不了她們。不過她的懸慮不會太久，因爲再過幾天，消息來了，豫讓再度行刺不成，自殺了，而且死得那麼悲壯激烈！

豫讓的太太當然傷心極了，也許她最後把那個可疑的乞丐的屍體領了回來安葬，這是襄子樂得做的人情，但她的心倒反而定了。豫讓只能有一個死。與其看着他在世界上活着不斷地受磨折，倒不如把他送到土裏長眠還好些，何況敵國的志士都爲他感動得落淚呢。

豫讓的太太是不是活到很大的年紀，晚年的景況如何，我無從猜測。她大約不會再嫁，即使她年青貌美也不會，因爲婚姻在她看來是一場噩夢，她的罪也受够了。在她垂老的時候，回想起豫讓來，一定仍然覺得他是一個好丈夫，至於他對家庭的忽略，大家都認爲是算不了一回事的。有一點我很清楚，這就是，如果豫讓的太太竟然活下去，沒有被悲哀淹沒的話，她的胃病慢慢會好，雖然她也不免偶而失眠或者難得有一次噩夢（這是永遠治不好的），多數的夜晚，她是睡着了的。她的心臟病和高血壓也會好了很多，因爲她心上的許多提心弔膽的事，全一掃而光了，她可能還發了胖。

附記：這一篇文字不是小說，不是歷史，不過是一個不明白古代史的人無稽的幻想而已。平心而論，豫讓這個人是了不起的——如果我們能忘記他的太太。

選自思果《河漢集》，香港：高原出版社，一九六二。署名「方紀谷」

夏果

爐峯小品

雲吞麵的情調

雲吞麵之在香港，不算小吃，也不算大吃，我們可以名之曰「中吃」；一碗「細蓉」吃來自不够癮，多吃一碗，就不能稱之爲「小吃」了。這無非說明雲吞麵比之「點心」更高一籌。比之吃揚州炒飯或五元和菜，則又可以說是等而下之了。因此雲吞麵就有它的「中庸」之道，合乎大部份人的要求，成爲大衆所嗜好的一種食譜。

雲吞麵早三十年還沒有登食店專賣之前，多是用擔子挑着賣的，或則在街頭巷尾，開一張撐脚木枱，比之流動的挑擔沿街喚賣，可以說是固定開檔了，不過仍然擺着雲吞麵擔，只少了一枝擔桿而已。說到雲吞麵擔，也有它的傳統特色，是用兩個木製的高與腹齊的櫃子，一邊放着一碟鮮蝦豬肉餡，雲吞皮和銀絲細麵是放在兩個抽斗裏的，一邊是放炭爐，火色盛旺的爐子架着一個高身鐵鍋，鐵鍋是夾層的，一邊燒上湯，一邊燒開水。擺肉餡的櫃子，講究的在上面還圍以四吋來長的彫花小欄杆，兩邊還放上兩盞「局紗燈」，當開水蒸汽上升，陣陣白霧籠繞燈光，這種景象都頗饒風味。無論挑擔流動的或則固定開檔的，大都是夜市交易的。固定的攤檔，照例用一幅白布橫掛牆頭，用紅漆寫上某記之外，還寫上斗大的雲吞麵三個字。無論流動的或則固定的，都用小厮上街敲着「食得食得」的竹板，這種夜後市聲，令人一聽就知是「雲吞麵」來了。

從前的流動雲吞麵擔，還有過一種副作用，那就是爲一些膽小的夜歸人壯行色；曾有一個住在掘頭巷裏的朋友，碰巧隔壁喪家「回殃」，大紅燭光搖晃不定，他看到了雲吞麵擔便計上心頭，只有叫挑擔的跟着回到家門「到會」細蓉一碗，這才解決了他的狼狽。但敲「食得食得」的送貨小厮，也相傳過收碗時食客付了銀紙，回到「局紗燈」一照，却是一些「冥幣」，或則等待天明到顧客家裏收碗時，原來是一家空無人住的鬼屋，這種傳説，當然是捏造的，是由於夜市雲吞麵的「夜」字聯想使然，對雲吞麵本身沒有損害，還適足以增加它的情調，以助吃雲吞麵宵夜的食家談資，亦無傷大雅也。

戰後挑擔賣雲吞麵的已不多見，可是在横街窄巷的固定檔口仍爲街坊大衆所樂於光顧，但有些「麵食專家」却「升堂入室」的作爲「堂吃」營業了，光管招牌之外還配以沙發卡座，雲吞麵到了這個境地，可以説是「脱胎換骨」，它沒有「局紗燈」籠罩着水蒸汽的情調了。有一家老牌西餐室，也曾以巧手雲吞麵應市，不過，顧客是看不到明爐煮雲吞麵了，這對一些年輕人來説，可沒有什麼懷緬，可是對老一輩的食家，仍然懷緬着那鍋沸騰的開水和盛旺的明爐呢。

中秋燈飾

在紙紮店或樓梯口，有人開始紮作中秋紙燈應市，以備孩子們八月十五豎中秋燈飾之用。到了中秋前夕，家家戶戶在天台早把紙燈一串串豎了起來，沒有天台的，也在露台或則窗口豎出紙燈應節，挨着山腰密密麻麻的木屋，也豎將起來，點點燈光堪與爐峯燈色媲美，雖然有些人家在佳節當前依然有「無米之炊」之嘆，可是從中秋燈飾看來，都給它粉飾得有點節日的氣氛了。

紙紮店或則在梯口業餘紮作的，對於中秋紙燈都有它的傳統形式，主要的是那種像個削了皮的橙子的，也像一顆大水鑽，每一面都繪上花鳥蟲魚，或則在菱形面上題字吟詩，下貼以七色剪紙，當風吹盪，使人看來就有秋意之感了。有些是紮成楊桃型的，在近蒂處還綴上兩片葉子。講究的則加以大紅花朵，楊桃燈是純淺綠色的，透明紙上照例不繪字畫，讓它點燃起來跟大紅花相映成趣。

中秋賞節就有各地不同的風俗，我們不妨看看古代北京欣賞中秋的記載。明陸啓浤「北京歲華記」云：「中秋夜，人家各置月宮符像，符上兔如人立，陳瓜果於庭，餅面繪月中蟾兔，男女肅拜燒香，旦而焚之。」此外藝蘭生的「側帽餘譚」有云：「都下例於中秋，家家祀月中之兔，尊之爲『兔爺兒』。逐利者肖其像如人狀，有泥塑者，布紮者，紙繪者，堆積市上，幾於小山，家人携小兒女購歸，陳瓜果拜之，」這種所謂「兔爺兒」的拜祭風俗，由來已久，這都是出於西漢、魏晉期間流傳的「玉兔擣藥」的故事。

香港也有一種中秋燈飾紮成玉兔型的，不過，這種兔燈有掛起來欣賞的，也有拉着來玩的；拉着來玩的在兔座中配以四個小木輪，讓孩子們點燃着蠟燭拉着上街玩兒的。在兔燈全身糊以剪成一根根條狀的白紙，以示玉兔的白毛；這種兔燈比之削皮橙子型、楊桃型那些透明燈飾，就有點「牛皮燈籠」之感了。但話得說回來，兔型秋燈，都是脫胎於「玉兔擣藥」這個傳說的。

在火箭時代，中秋燈飾的造型，也可以另創新格，如宇宙火箭型、人造衛星型，不妨讓小孩子寓節令玩意於科學的。中秋節是一個有濃厚詩意的神話的佳節，前人已把它神話化而臻於美化之境，今人何常不可以把它科學化而臻於美化之境呢。何況我們這一代的人，不久便可以遠航月宮，在中秋燈飾上，讓孩子多得一點科學知識，這也是好的。香港有不少紮作好手，中秋節是一個給他們顯本領的節令，他們會運用簡單的竹枝、紗紙，紮成各種動、植物的形態，這種民間藝術家也可以成爲民間科學家的。願香港人在每家樓頭，中秋節夜都升起宇宙火箭和人造衛星燈飾，因爲月裏嫦娥和吳剛都切盼宇宙飛船去以慰寂寥。

流動戲班

街頭人聲喧鬧，大家都跑出去看個究竟，俯首下瞰，孩子們早蹲在地下圍成一個大圓圈，其間站着三個穿的極其簡陋的漢子，一個開始在吹着「喉管」，呼呼的吹起一些悲凄的調子，別的兩個開始在一個象徵性的後台化裝了，落魄的藝人雖則還未登場，孩子們早樂開了。當然，一個扮男的，一個扮女的，男的紮上一條公子巾，手執摺扇，身穿一襲小生袍。女的呢，戴上一個蓬鬆的假髮，也許用的太久了。這一對老搭擋，打扮起來男的像個老生，女的却像個老旦。從前，島上許多戲迷都爲他們顛倒過的，今天他們也穿着昔日在紅氍上飲譽過的戲裝，那個時候，觀衆們曾爲他們的金碧輝煌的服裝而報以掌聲。老搭擋今天的「戲碼」也是往昔街知巷聞的「夜吊白芙蓉」呢，那個時候，人們以他們的唱腔作爲唱曲的「範本」，可是他們今天却吊起破啞的聲帶，唱着往昔飲譽的曲本。在紅氈上曾爲人們帶來無限歡愉的名角，但負義的觀衆却忘記了他們了。他們可沒計較這些，因爲他們曉得，何常不可以這樣的「聲」「色」去娛鄰里和孩子們。褪了色的殘破不整的戲裝，喑啞的聲帶，對他們今天的觀衆來說，這倒無所謂，因爲他們仍能帶着這兩件殘存的「法寶」苟延殘喘去跑跑江湖呢。

喉管吹奏起來，人聚攏得也越多了，每家露台也攢出不少人頭，孩子蹲着把圈子越縮越小，他們生怕跟老倌距離的太遠了，跟一個化過裝的不同時代的人站在一起，多好玩呵。在他們的小心靈裏就像跑到別一個世界去了。可是，善良的老伶人一邊唱一邊却勸他們蹲開，好讓圈子擴大一些，因爲扮小生的要做大動作了，他開始對他的花旦用情了，而那個老旦呢，他以佳人身份去會才子了。假髮在他的頭上搖搖欲墜，孩子看着喝起倒彩來。老旦也故意把頭搖着，讓大人跟孩子一樣去笑個痛快。可是，孩子們蹲在地上看的最清楚，花旦上身打扮是個女的，可是下身，因爲殘破的戲裝掩蓋不來的緣故，露出兩條脫青的綢褲管，脚踏薄底男裝布履，孩子尖聲叫起來了。

「你們瞧，怎麼女的却穿起男人鞋子來呀！」

而小生，斯斯文文搖着摺扇，他穿的却是一條油污的「西褲」，足登破革履，孩子們沒曉得什麼朝代該穿什麼樣式的服裝，所以這個老生只管在唱，在做大動作，却沒有受到孩子們像對老旦的揶揄，但他却一本以往的習慣，沒有對小觀衆們「欺台」，他口沫橫飛的跟着單調的「喉管」唱着，在他心裏，往昔的榮譽，在孩子們的歡笑中再現了。老旦呢，你對她越揶揄，她越要叫你發笑，這使得孩子們都笑的前仰後合起來。

在我們這個城市所有的拉丁區，這個「流動戲班」都到過了。人們都希望看到他們的演出。常與「文化」無緣的拉丁區居民，深盼「流動戲班」的再來。當他們調弄着簡單的樂器的時候，人們就曉得戲班來了，這種聲調，就預告戲快上演了，如同在舞台上敲擊着由稀而密的花鼓聲，這就告訴觀衆，老倌不久登台了。但當「流動戲班」調弄着喉管或大笛的時候，孩子們就算是大人們，他們對看戲的這種興緻比之經常上戲園的紳士淑女們的興緻更濃，因爲在他們枯燥的生活中，「流動戲班」會帶給他們以歡笑。

今天在我的居處，「流動戲班」來了，我的孩子歡喜的不得了，他攀出露台去了，這個「包廂」對於他也實在太遠了。我們的對樓，密密麻麻的觀衆早已在自己的「包廂」中佔着最好的位置。每一家露台飄飄蕩蕩的衣裳，正好代表老伶人們往昔掛滿戲園的彩旗。在這個街頭大戲園中，對老伶人來說，其熱鬧氣氛是不減當年的，但事實却已注定，他們是潦倒了。

當戲快要結束的時候，演小生和花旦的多加了一幕「插曲」，這就是他們向觀衆收門票了。「各位善心的觀衆，給我們一個角子吧……對不住，騷擾了……」花旦拿着砵子用男人的聲調向包廂求討了。角子紛紛向流動戲班擲下來，每一枚角子代表一朵花，但花，看來是往昔的事，在舞台上堆滿了花籃的日子在他們的腦子裏已不復憶了，因爲他們今天已是「梨園子弟白髮新，椒房阿監青娥老」了！

選自霜崖等著《紅豆集》，香港：香港新綠出版社，一九六二

高旅

蘭花

立秋之前，盆裏的建蘭又開了花。

今年有兩枝，一枝五朵花，一枝四朵花。傳統的説法，花該是單數，可見這説法不很可靠。眼看它從茁芽、抽枝到發蕾。在長長的花枝上，當第一個花蕾，長到像橄欖那麼大，所謂含苞待放時，香氣早吐出來了，等到舒展出碧玉一般的花瓣，香氣更加馥郁，但還是那樣雅淡。從發蕾到開第一朵花，歷時約有一個月。

從開第一朵花起，直到全部開出、萎落，差不多也要這麼多時間。

初茁的芽，剛從泥中鑽出，往往不辨是葉是花，但幾天之後，就會有端倪，可以判斷明白。這時就在心裏埋下了期待。每天打窗前的花架上捧上捧下，防烈日和風雨，而晚上又需承露，小心呵護，直到開了花，期待着的日子到來了，就把它供在屋子中央的飯桌上，晚上，仍照例又捧它到露天的花架上去。

往年總在春天茁芽，到秋天發花。今年似乎特別，是初伏前見的芽。所以，捧上捧下的日子就短些。否則要從春天一直捧到秋天，簡直要侍候它半年功夫。

如果不見茁出花芽來，那就大意了，讓它一直擱在窗外的花架上，最多是灌灌水，烈日風雨也懶得一管。這種辦法，可算功利到極點，原不是種蘭之道。

正因爲這樣，花開得並不旺盛。一分耕耘，一分收穫，逃不了這種因果規律。也許，種蘭要有一份閒情逸致吧？但以我的經驗來看，並不盡然。

我對於種花根本不懂，可說一竅不通，又何況是頗難服侍的蘭？只從書本上知道，它是「王者之香」，又稱「國香」，屈原也曾「滋蘭之九畹，又樹蕙之百畝」，可是後來知道，屈原種的蘭，並不是現在的蘭，那麼又是什麼呢？也不清楚，總是頗爲美妙的香草吧？據說蘭有一萬五千餘種之多，這不能不說是一個很大的數目。那麼，屈原種的蘭，大約也是其中的一種。而所謂「如入芝蘭之室」的芝蘭，也可能是其中一種名目了。此外，也看見過墨畫的蘭花，墨汁淋漓，花葉紛披；也看到若干種眞的蘭，欣賞過它的「國香」。至於種蘭，却從未動過手。

抗戰勝利後的初冬，我回到一別十幾年的家鄉，發現家裏有幾盆蘭，不過是一叢一叢的綠葉罷了，也沒有留心。一九四七年春天再回去，剛到街口，就聞到了蘭花的香氣，走進屋子，只見它們一字兒排開在屋檐下，巍然四大盆，花枝有鋼筆桿那麼粗，一尺七八寸長，每枝有十幾朵花，抖抖顫顫，彷彿在怒髮衝冠的髮叢中，插着十幾枝掛滿瓔珞玲瓏的碧玉長針。花朵間還在冒出一滴滴蜜汁，映着陽光，光彩閃爍，大羣的蜜蜂在上面盤旋，鑽進鑽出，忙個不了。

我從來沒有見過這樣偉大壯麗的蘭花。如果曾以爲蘭花是一種纖巧的、柔弱的花，在這裏就錯了。它強壯、粗野、豪放，簡直充滿着千軍辟易的氣勢，它的香氣，不但充滿整座屋子，還飄出街去，過河，過橋，過樹林，奮勇直前，當仁不讓，直到幾百尺以外，引來了許許多多的蜜蜂，所有附近的鄰居，都知道我家的蘭花盛開了。

大家叫它做蕙蘭。是不是眞叫蕙蘭呢？蘭的種類那麼多，我當然不清楚。但無論如何，它是中國常見的尖瓣蘭花，淡黃的花瓣，帶着綠暈，從花枝上渲染到花瓣上，花唇上有朱紅的點子。一張花瓣有一寸多長，厚厚實實的。

母親説，這幾盆蘭越開越壯，越開越多，越開越大，往年都沒有這樣多的花。

我記得在戰前的舊居中，花壇角上有一小叢蘭，從來不開花。這印象已有許多年了。那花壇滿生着月季和玫瑰，枝條縱橫，密得裝不下，好像瀑布一樣傾瀉到外面，流到地上。那一小叢蘭就臣伏在它脚下，一任風吹日晒雨打雪壓，一點生氣也沒有，從沒有人去理它，有幾回好像死了。也許就是那一小叢吧？一問，果然是的。原來它已經歷了一番歷史。

在抗戰前一年，母親把它掘了起來，裝在盆裏，放在屋檐下，才稍稍得了照顧。葉子漸漸長好了，一片濃綠，烏油滴水，沒有焦尖，沒有銹斑，到了冬天，又收進屋子裏，第二年春天，就開了花，從此就另眼相看。

然而這一年就抗戰。到了冬天，故鄉淪陷，當時闔家五個人，外祖母、父親、母親、兩個妹妹，躲在船上，逃到了湖裏去，父親正病着。除隨身的衣服和一點首飾外，什麼也沒有帶，母親只帶了兩本「海上述林」，我向上海訂購之後，寄到家裏，還沒有看。母親一看是裝璜精美的書，內容却不懂，只記得我要回去拿，於是帶在身邊。戰事過去，就住在離城五里鄉下的親戚家裏，誰也不敢上城去看。外祖母已七十多歲，但極健朗，仗着年老，一定要上城，怎麼也勸不住。可是日軍還在刼掠，她進門一看，一塌胡塗，箱籠無不一空，正想抽身，三個日本兵已經進來，用刺刀指着，逼她要錢，言語雖然不通，却熟練地用手比劃着。外祖母立刻明白了，就搖搖頭，於是挨打，她跌倒在牆角裏，起不得身。眼看一個日本兵鑽到床底下，拉出一隻箱子來，那就是父親放着畫軸的，打開之後，一幅一幅扯開來看，大家笑逐顏開，把軸頭一個一個扯掉，摺將起來，興高采烈地呼嘯而去。中間很有一些明、清的名畫家作品，就這樣被刼掠了。臨走的時候，踢碎了那隻蘭花盆，泥和蘭一齊倒翻在屋檐下。這幾個日本兵，可信是知識分子。

外祖母什麼也沒有拿，也沒有什麼拿，只拿了那棵蘭花，回到鄉下。找個瓦缽種了，她躺了十多天。經過了這場驚恐，雙目漸漸失明。但第二年春天開了花，她還能看到。

這舊居本是租的，住了十來年，這時給僞警局佔了，於是只好另外租屋住，但租來的屋子經過兵燹，十分破爛，粗粗的修理了一下，勉强可以存身。父親病着，不久就去世了，離逃難大約一年多。這時外祖母只感到視覺模糊，以後就漸漸看不清楚。兩個妹妹還小，抗戰那年，大的不過十零歲，小的只六七歲。

在這黑暗的年頭，母親一個人支持這個家，兩個妹妹又要上學，也不知道怎麼打發的，不久，外祖母也去世了。我遠在幾千里外，沒法想像她們的生活，漢奸們知道我是「抗戰分子」，用種種方法去敲詐母親，但是「石子裏打不出油」，沒有錢，而房東偏偏也是漢奸，却把幾百塊銀洋的租屋押金吞沒了，説已折成了「儲備票」。母親給人縫衣服，紡紗，一點兒首飾已變賣精光，艱難地生活下去，直到大妹妹在中學畢了業，到鄉村裏去做教員，才可以有些幫補。在這種情況之下，母親細心地種着蘭花。

這蘭花年年開。父親在下午去世，上午還起身到院子裏走，說：「蘭花倒又要開了。」蘭花從一盆分爲兩盆，又從兩盆分爲四盆。我看到它盛開的時候，就是四盆。它是在最最慘淡、悲苦、黑暗的日子裏給養起來的。

可惜我就只見了這一次。一九四九年四月，大軍渡江，有十幾個士兵在我家住了一晚，這時蘭花已經開過了，放在客廳的地板上，須把它們搬開，好讓出地方來打鋪。其中一個是山東人，對大家說，這是一種名貴的花，得仔細了。（大家就輕手輕腳地把它們搬到牆角裏。）回頭又對母親說：

「這蘭花養得太好了，可惜我們來遲了一個月，否則就可以看到花了。我家裏也種的，不過已經多年沒見到，我老是惦記着哩。」

母親把開花的情形描繪給他聽。又說我也只見過一次。

「啊啊！有這樣的蘭花嗎？」他驚奇地說，「希望明年春天，能夠來看到它開花。得分盆了呢，再不分，根要把盆脹破了。」

接着就和大家談起蘭花來，直談到睡着，第二天，他們就出發到前線去了。

小妹妹出去工作之後，家裏只留母親一個人，附近的中學校學生增多，宿舍不够容納，幾個外地來的女學生來租屋子，母親就租給了她們，但有一個條件，不收租錢，歡迎她們來伴個熱鬧。到了暑假寒假，她們走了，但大妹妹却放假回去了。那蘭花還是按年開，越開越多，越開越旺。

可是我還是沒有機會看到，只聽得說，開旺的日子裏，天天擠滿了學生，熱鬧極了。

我曾經想過，如果母親來香港住，恐怕她會捨不得那幾盆蘭。所以，我先到一個花王那裏商量，買了兩盆蘭。花王說，這是素心蘭，比較名貴，所以特別要賣多幾塊錢。反正我也不懂，買了回來，放在露台上，怎麼種呢？無非是澆澆水，拔拔草，我想，過了一年，大約會開花的吧？但是它不開花。看來葉子也逐漸不大神氣了。

母親終於來了，我說這裏也有蘭花，她一看就知道蛀了根，立刻要換泥，重新種過，打開一看，果然，沒有根了，根只剩了空殼，好像一串放過了的小爆仗，她說：「眞險極了。」於是用浸爛的黃豆拌了新泥和沙，重新種了。母親說：「現在要伏一年。」果然，過了一年之後，才開了花。抽出花枝，一枝上有幾朵花，那格局也像蕙蘭，瓣唇上也有紅點子，可是瘦小。母親說：「這是建蘭，哪裏是素心蘭？建蘭有好多變種，不過這也不錯。」我不知道她怎樣得到這些知識的。

其實我原不一定要買素心蘭，只要是蘭就成。

我想，她既然滿意了，也就好。可是過了幾天，又說：「還是家裏的蘭花好。我眞想念它們。」

今年蘭花又開了，母親又勾起了這件心事。

一九六〇．八．一三

選自餘翁等著《五十又集》，香港：三育圖書文具公司，一九六二

陳君葆

下三峽瑣記

十月二十日

到重慶來不覺住了已五天，昨天訂好了船票，今天就要坐下江的船到武漢去了。本來說是船上午十點鐘開，因此大家就忙着準備於晨早七點半上船。可是其後因為霧大，船改在下午兩點開，搭客於上午飯後一點才上船，所以我們就利用了上午這空出來的時間去看看鵝嶺公園，還眺望了一回嘉陵江。

不能說在重慶住了五天已經住膩了，雖然重慶的霧也委實有些討人嫌。事實上渝州的好去處還多着呢，北碚和南溫泉已用不着說了，便是再住上一個或半個月，大概也不能夠游歷得周偏。不過這時候，我心裏正惦記着急於要看到長江三峽，因此眼前的風光便也不覺退居其次的一種地位了。

長江三峽，自束髮受書以後，它便是對自己一個耳熟習聞的名字。祖父是在過湖北經商的，父親曾幾次要到四川天府之國去看看，這些事實在自己的腦海裏，大概不能不發生一些波動。多少年來，希望有一天能踰五嶺，過洞庭，溯江而上，以一究猇亭之往跡，懷想巫山十二峯，高唐神女的軼事，這樣的一種願望，幾乎可以說是縈諸夢寐。我想凡是讀過「水經注」的，當他讀着「自三峽七百里中，兩岸連山，略無闕處，重巖疊嶂，隱天蔽日，自非停午夜分，不見曦月」這一段十分優美的文字時，是一定不會不爲之悠然神往，因而飛動探奇攬勝的游興的。同時，說不定自己有時還會起一種疑問，懷疑那所說的什麼「夏水襄陵，沿泝阻絕；或王命急宣，有時朝發白帝，暮到江陵，其間千二百里，雖乘奔御風，不以疾也」幾句話，是否有些言過其實呢！說老實話，我就曾經這樣懷疑過書上所說的，懷疑過「朝辭白帝彩雲間，千里江陵一日還」是不是與事實相符合。我不敢說「古人下語鹵莽」，但總想能够自己親身經歷，庶幾不至厚誣前人。三峽就在眼前，焉有不急急以赴，唯恐不及呢！

我們坐的船是「民众」號，它是長江航輪能駛達重慶碼頭的噸數最大的一艘。船準時下午兩點開行。船開行後不久，我和一位朋友到船頂去看那重慶山城漸已消失的影子，以及那「江流曲似九迴腸」的景緻。這時天氣晴朗，陽光還十分猛烈，雖然在强勁的江風中倒也不覺得怎樣；不過在上層甲板左顧右盼，無遮無礙地看沿江兩岸的風景，這機會實在不易得了，所以只得忍受烈日勁風看一個飽。

不知名的大小峽灘一個一個地過去了。約莫三點五十分的時候，經過一個峽灘，那灘石就像一列鱷魚羣，張嘴露齒也似地呈現着猙獰的面目，可是問舟中人，也沒有一個知道地名。四點五十分經過長壽縣，桃花溪水像是涸了也似的，大概今年雨下得太不够的原故。五點十五分船經過黃草峽，回望剛才還玲瓏在目的廟宇和塔，則已遠遠地沉沒於殘靄中了。黃草峽江面很狹窄，如果我們坐的這條船橫着，便會把它全堵塞住了。這地方也的確相當峻險，薄暮時經過，霧鎖烟低，一灘過了又一灘，如果沒有人告訴你，可能還以爲這也就是三峽的門口了。黃草峽也就是黃葛峽，「水經注」所稱爲「山高險，全無人居」的地方，可是如今倒不這樣了。

晚飯既過，六點三十五分舟過涪陵，黔江在這裏注入大江。我發覺到黔江的水比在重慶所看到的嘉陵江水要清，而且清得多了。這原因何在，有待於說明。

這時候，漸已暝色四合，兩岸的景物很快就在朦朦朧朧中消失了。在舟中，談天倦了，唯一消遣就是把帶來的幾種書和在成都買的一部「湘綺樓說詩」，略爲翻看，主要目的仍在催自己入睡，但又總像是睡不着。十點，月亮出來了，但是不一下子就也不見了，它不是爲雲氣所隱蔽，就是爲嶺樹所遮斷。這樣，倚着船邊凝望了一回，想着，不禁自己問道：今夜不知道什麼時候才入峽，如果在夢中就經過了，那豈不太辜負了「薄雲巖際宿，孤月浪中翻」那一種境界！

人們覺得最難過的，是眼看着差不多要得到的東西而可能就在這個時間走了樣。

就枕，把床頭燈關上了，糊亂地髣髴曾睡了一覺。突然在睡夢中被汽笛聲驚醒，急忙起來，聽說船已到達萬縣，看手錶已經一點多了。等到船靠穩了碼頭，已是兩點，可見江流之急。船在萬縣停泊了一個鐘頭，到三點才解纜復下江東行。

十月廿一日

一覺醒來，已六點三十分了。立刻起來到船邊探頭一望，原來在曉色迷濛中，「夔府孤城」已隱約可見了。這也就是「水經注」上所寫着「其間平地可二十許里，江山迴闊，入峽所無」的所在，而杜甫移居時所爲詠「禹功饒斷石，且就土微平」的詩句了。一位同舟的旅客從我身邊經過，他對我說：「入峽風大，你老要多穿些衣服才好。」經他一說，我才發覺自己竟在晨早的寒風中顫抖着，因此急往披起大衣。開始感到「巫山巫峽氣蕭森」的況味了。

七點稍過，船經過白帝城。這時曉月尚高，快要進峽口了，耐着冷風，望一望沉西的月亮，頓感覺到昔人「瞿塘峽口冷烟低，白帝城頭月向西」的句子，倒像簡直爲此時此際而寫的，心裏有着一種不可名狀的愉悅。因此忽然想起，如果昨天不是因爲霧大，船依照原定時間於十點從重慶開行，那麼此時我們應該已在中間巫峽一段走動，而瞿塘峽一段就已在睡夢中錯過了。機會有時候是不可以强求的，於是乎對於昨天的霧就有些不同的看法了。

七點半了。船上的講解員開始爲我們介紹三峽的情況。我們邊聽邊看，左顧右盼，遙望赤岬山的險峻，想像當年公孫述拒守的設置，回看這一邊的灩澦堆的危灘咽石，髣髴「灩澦大如象，瞿塘不可上，灩澦大如馬，瞿塘不可下」的可怕形象，也早已不在眼內了。

瞿塘峽也稱作廣溪峽。酈注說：「江水又東逕廣溪峽，斯乃三峽之首也。其間三十里，頹岩倚木，厥勢殆變。峽中急水迴復，沿泝所忌。」兩岸壁立，山重水複，像是無路可通的，這情勢自非親歷其境，是很難想像得出的。瞿塘峽並不很長，我們經過時大約不到三十分鐘就過完了，可是上水船便不這樣容易了。昨讀「湘綺樓說詩」，有一節寫道：「瞿塘峽自黛溪至淫豫，一望之地，上水或一日乃至。」那首詩就是這樣說：「淫豫東迴望黛溪，灘頭白勃引蝯啼；行人不覺牽船緩，但怪夔城日易西。」王壬秋這詩，我想是由「朝發黃牛，暮宿黃牛，三朝三暮，黃牛如故」一意得來的，其實從黛溪到灩澦灘，縱使是五月上瞿塘，照我看也用不着一天的。然其詩自佳。

我說瞿塘峽不很長，這是只就一節而言，如果把在西的風箱峽和在東的鎖門峽等部分也算在內，那便也不怎樣短了。瞿塘峽就像是個總名那樣。過了瞿塘峽不久便是巫峽。三峽這一段最長，計約七十五公里，連緜不斷，所謂「巴東三峽巫峽長」者是。這一段路有所謂「巫山十二峯」的奇景，可是數十二峯，從來沒有人數得清的，何況我們又僅是過客，坐船中望山，眞是自下視上，亦若是而已矣，不知何者是！姑亦妄言之，而妄聽之，也就算了罷。

從來經過巫峽的，大概除了無可避免地要聯想到巫山神女「旦爲行雲，暮爲行雨」的一個故事以外，總不會不想起屈原宋玉的。屈原據說生於秭歸，那裏從前不但有屈原的舊田宅還有女嬃廟和她的擣衣石存在。這也暫且不去說它了。可是前人又說過：秭歸這個地方，「山秀水清，故出儁異，地險流疾，故其性亦隘」。這一看法也可以說是持之有故，而言之成理。但是昨夜讀「湘綺樓說詩」，有一段話却寫得很有趣，他說：

「重讀九章，頗怪少見放閒處，不言山水之樂，視沅湘五溪巴蜀諸勝地爲不可久居，託言遠遊，猶未忘情於侍從之盛，豈國亡喪禮，不敢言樂耶？方其九年放流，亦何妨暫適，此古人未有遊覽之事，負此江山。余既非宗臣，又蒙寵妬，往來湘蜀，備覩靈奇，欲作廣遠遊以慰之，但未暇耳。既恨屈原不見我，又恨我不見屈原，長吟舟中，心飛岩壑矣。」

古人未有遊覽之事，這在以前也有人指出過了。不過我終以爲王壬秋非眞知屈原者，並且他又爲什麼不說九歌呢！

經巫峽，從九點以前起，一直到十點半左右才過盡。這是三峽中最長的一段水程。在我看，這也是三峽中水流較迂緩的一段，大抵地勢使然。從十一點二十分起，船開始進入西陵峽的一段路，於是乎什麼兵書寶劍峽，馬肺牛肝峽都指點着過去了。我們只覺得兩山壁立，其上重巒疊嶂，指點峯巓，何慮以萬計，其下則齕石危灘，更僕難數。只是從清早入峽以來到現在中午了，始終沒有聽到兩岸的「空谷傳響」的猿聲。我對朋友吳先生說：「這倒怪了，是不是沿江的林木，經過歷代的砍伐，逐漸稀疎，因而猿猴也只得避居他處呢？抑或現在還沒有到深秋的季節，因此『晴初霜旦，林寒澗肅』的景象仍屬有待呢？」吳老先生只笑而不言。

午餐已畢，而西陵峽也過完了。看時計已是一點了。總計歷三峽，從清晨七點三十分起，至午後一點多止，前後凡六個小時，計程途則爲二百零四公里，這樣船的航行速率大約爲每小時三十五公里。這裏到沙市還有一段水程，因此說「千里江陵一日還」也差不多了。

既出峽，回望峽口諸山，兩岸壁立千仭，蜿蜒緜亘，在旋渦巨浸，波濤淘湧中望去，簡直像個大鵬鳥張開兩翼欲飛騰的情狀；而那向西南伸展開去的一支，羣峯插天，波光蕩漾，還會使人聯想到海上的神山，因而起一種縹緲之思。這光景縈迴於腦際，久久不滅。

是日，下午兩點船抵宜昌，停泊半小時；四點過宜都；入夜八點十分抵沙市，沙市以下則非「江陵」境了。

選自餘翁等著《五十又集》，香港：三育圖書文具公司，一九六二

舒巷城

船及其他

窗

多年前隻身遠行，曾經在海上生活過。身在船艙裏，眼睛却常常向小圓窗外望。當時想，今天仍在想：假如沒有那面小圓窗，旅途上會更加寂寞吧？

眼前不盡是白茫茫的大海。美麗的朝陽，明艷的晚霞，都會在那小圓窗前出現。

有了窗，人類生活在任何形式的房間裏，也沒有被困的感覺，或說那被困的感覺會減到最小的程度吧。有了窗，生活裏增加了許多詩情畫意。不是嗎？雖在牆內，你仍可以看到天上的雲彩，地上的綠樹紅花。假如這世界沒有窗，何來「窗外日遲遲」，何來滿窗明月；不要說許多詩作根本就不會在室內產生，就連「眼睛是靈魂的窗子」這樣的妙喻也不可能有了。

窗是人類創造的。然而可惜的是，像別的許許多多人類的創造物一樣，窗子有時竟也成爲待價而沽的東西。付不起要付的錢，你就無法住進一個有窗的房間裏，縱然有那樣的一個空着的房間。

在這個城市裏，白鴿籠式的房子觸目皆是。樓梯口牆上貼着的招租紅紙，往往看到這四個字：「光猛頭房」。

正因爲不是每個人的住處都有一面窗，此時此地「光猛頭房」的確是値得大書特書的。它使人想起窗，想起陽光。

許許多多人生活在四壁間，晴天暗沉沉，陰天伸手不見五指，以燈代日。誰叫你住在「白鴿籠」中不見天日的一個「中間房」裏？

設想一個身體癱瘓或不良於行的人住在這樣的一個房間裏。每天看到的是牆，是板壁，別人眼中的白晝，正是他眼中的黃昏甚或薄暮甚或黑夜；眞正的白天永遠不會闖進他的小天地裏；悠悠歲月，對於牆外的春夏秋冬，他簡直是個盲人。給他一面窗吧。那將是一件最好的禮物了。

燈

晚上回到家中，坐在燈下，攤開稿紙，電燈忽滅，整條街鬧着停電。一時又買不到蠟燭，便索性坐在黑暗中沉思默想了。我想，再沒有比這時候更需要光的了。沒有光，你就簡直無法進行工作。

而燈給我們帶來了光，把黑暗衝破。我想，再沒有比這時候更覺燈之可貴的了。

倘然沒有燈，人間的黑夜會顯得怎樣荒涼！

戰時，「燈火管制」期間，倍覺長夜漫漫；那時候，但望和平早日來臨，好讓明燈長照，抹去心頭上的陰影。「燈火管制」中，誰敢保證自己或自己的親人下一分鐘裏不會在敵機的夜襲下犧牲。

薄暮時份，單身一人，身負行囊，在荒野上，或萬山叢中趕路；錯過宿頭，四下裏沒有村莊，亂走一程，心裏發慌之際，忽見遠處有一燈如豆，向前面走去碰碰運氣吧，看看是否有人家可以投宿？——這樣的情景，不僅兒時讀舊小説時常常碰到，抗戰期間，個人就曾經不止一次親身碰上。黑暗中，那微燈一點，會給你帶來多少希望，溫暖！

人類有了燈，在某一意義上説，是把黑夜縮短，把白晝延長了；有了燈，許多本來白天才能完成的工作，在晚上也能完成。

燈和人的關係密切，從孩提時起，我們就對燈感到親切的了。中秋節前後，在那些月色很好的晚上，作爲孩子，誰沒有提過魚燈、兔燈四處走動呢？

在停電的十五分鐘裏，我想起白居易的「孤燈挑盡未成眠」，辛棄疾的「醉裏挑燈看劍」，納蘭容若的「夜深千帳燈」……使這些詩句變得更美麗的，是燈！

孩子時在鄉間，把螢火蟲放進玻璃瓶中，再把那玻璃瓶擱在黑暗裏，我們把這個閃着光的玻璃瓶叫做「玻璃燈」。人們的確對燈發生好感。因爲連夜空上的星星，在富於幻想的孩子們眼中，有時也變成一盞盞掛着的燈啊。

晴天

雨在下着。我被雨困在一家咖啡店中。

人聲和香烟的霧造成雨天中咖啡店裏特有的氣氛。我感到有點窒息。外邊，騎樓下有人在避雨。新近漆上了「×× 航空公司」，「×× 藥片」之類字樣（廣告畫）的電車在鐵軌上駛過，濺起陣陣水花。雖是夏季，但街上一下子變得凄清起來。偶爾有人持傘而過。比起我來，他們倒幸運呢；因爲我出門時沒帶雨傘。是驟然間下的大雨啊。

我想起晴天。

日高煙斂，萬里無雲，是人們在煙霧瀰漫或陰雨連綿的日子中往往憧憬着的一種美麗的境界。晴天之出現於中外古今的詩人之作品中，常常是事物的美好、幸福的期望……等等的同義語。陰天沉悶，晴天愉快，這是人類在長期的勞動生活中積累下來的經驗之一吧？

人喜歡晴天不喜歡陰天。這是正常的。

但有時在某一情形下，人們却喜歡陰天，雨天。譬如，水塘裏沒有水。譬如，在戰爭中敵機常常在上空出現。

一九四二年我在國內桂林生活過一時期，住的是離有名的七星岩不遠的福隆園。每次鬼子的飛機來，警報響，七星岩上掛燈籠，人們扶老携幼，疲於奔命，自己隨大夥兒往七星岩下的防空洞避空襲去；那天一定是晴天。在空襲頻繁的那段日子中，特別關心天氣的好壞。「但願明天下雨！」那時和朋友們談起天氣，往往這樣說。——在第二次世界大戰中生活過的朋友們，大多數和我有過類似的經驗吧？

雨停了。在騎樓下避雨的人們散了。我離開咖啡店回家去。

「但願明天出太陽。」我心裏說。

船

詩人泰戈爾在他的「新月集」裏說：

「他們把落葉編成了船，笑嘻嘻的把牠們放到大海上。」

是的，海邊的孩子們對於船是一點也不陌生的，往往在遊戲的時候也想起了船。

童年時我曾經在海邊放下過我那第一隻紙船。我的紙船，世界上最細小的船隻之一，只能在風平浪靜中浮一會；牠經不起顛簸：只要海上吹起一陣輕風微浪，那遠行的夢就一下子沉到水裏去的了。

然而，天眞和快樂往往是我們童年的忠實而可靠的伴侶。像別的孩子一樣，我那時是「笑嘻嘻」的再接再厲，摺第二隻船，編第二個夢。

我的紙船只能在夢中航行。而眞正的船是經得起風浪的。爲了對付海上的顛簸，人類遂創造了船。

任波濤洶湧吧，人類的船還是向前行。

前面有霧。啊，當心暗礁！

夜來了，黑暗中，你看見那座燈塔嗎？

霧散了。是風和日麗的一天。湛藍的海像一面亮閃閃的平鏡讓船身滑過。快看到岸了，有成羣的海鷗迎着你歸來的船翩躚起舞。……

你遠方歸來的旅人，你也是坐着船回來的麽？你可否告訴我那邊海港的人和事？

靜靜的坐在海濱，我沉思。船在我的眼前走過。

船從別的海岸帶了消息來，又從這個海岸帶了消息去。船同時載着別者的淚影、親人的慰問和友情的溫暖航行。

我們在生活着的這個島城，缺少了一道橫架南北兩岸的大橋。每天，渡海船就成爲我們從此岸到彼岸的橋了。

我愛船，因爲我在海濱長大。

我的紙船只能在夢中航行，而眞正的船是能够任重致遠的。

駱駝是沙漠的行舟嗎？——爲人服務，船是海洋的駱駝！

選自餘翁等著《五十又集》，香港：三育圖書文具公司，一九六二。署名「秦西寧」

李輝英

港居三題

一、電車

香港的雙層電車，是市內的主要交通工具，目前只有三條路線行走，那便是（一）筲箕灣、上環街市線；（二）跑馬地、堅尼地城線；（三）北角、屈地街線；說是三線，其實北角、屈地街線只是（一）線的延長，嚴格的說，不過只有兩條路線罷了。

有些人抱怨電車，因爲行車時間聲響太大，尤其午夜清晨時候，簡直可以擾人清夢；還有，一些心急的人寧棄電車趕搭巴士，因爲巴士行車速度高過電車，以北角到中環計，十路巴士常常比電車早到四分鐘，兩路巴士甚而可以早到六分鐘，其中的關鍵，倒不是因爲巴士快過電車，而是因爲巴士一掛紅牌，沿站不停，從北角直放中環，倘若情況許可，那也是大有可能的；因而它快過電車。電車就不同了，一是受了軌道的限制，前面如果已有了一輛電車，你所乘搭的這輛電車便再也無法越得過去；二是遇站必停，搭客上上落落，消耗了許多時間，所以計算起來，便顯得慢過巴士了。趕快路的人，因而爭趨巴士。

但是我終年乘搭電車，除了去九龍、除了去郊區或是半山，須得改搭巴士，不如此便只有步行了，其餘的出街時間，我都是電車的老主顧。坐在電車裏，不像坐在巴士裏面那般的侷促，擠搭電車的時候，也沒有擠搭巴士那樣的緊張，巴士站上候車的人們，一待巴士風馳電掣似的開來，他們蜂擁而上的情況，我常常認為那不是搭車，而是在打衝鋒。如今自己缺少了那股衝的勁兒。所以反倒喜愛電車的從容不迫。

住在像香港這樣繁複的都市，你單單責備電車行車的聲音過於吵鬧，其實是不大公平的，請想想，商店中、住戶中開大了喉嚨的麗的呼聲，或是無從計數的收音機，那些聲浪幾時使得你的聽覺得到過安寧？還有那些用極硬木料做的麻將枱面，加上打麻將人用力摔牌的打法，不是也傳出震耳欲聾的囂聲麼？巴士開行的聲音，私家車撳喇叭的聲音，還有那股永也不息的市聲，一直都像沉雲似的瀰漫於市空，似乎沒有這些巨響，根本就不會構成為現代化都市的全貌，如此這般，你又何苦單單的討厭電車？

對於貪睡的人，電車是很好的鬧鐘。每天早上五點鐘一過，它就把那馳行於鋼軌上清脆的輪轉聲傳入你的屋內，你醒了，一點兒也不悞事，趕你的早班。早上的電車，從來都是乘客稀疏的時候，天色欲明未明，路燈欲收未收，馬路甦醒了，隨着飄來使你精神煥發的新鮮空氣，看看街道兩旁深鎖排門的店舖，看看滿地堆積的廢紙廢物；却因電車的出廠給你帶來每個每個白天，你還能不對它這勤快的工作精神而引發出特別的好感？

夏天一到，天氣總是熱的，亞熱帶的香港又何能例外！加以市內各地樹木稀少，走在路上的時候，你便覺得太陽更是火一般的熱了，若是街樹成林，穿行林下，情形自然大為不同。這裏的市政當局，在舖瀝青用以築路的工作上，態度相當的認眞，在路邊植樹的工作上，興趣似乎很淡薄，十年樹木，本來易於收效，我個人來香港十年多了，仍不能不穿行於無樹遮陰的道路上，確也是無可奈何的事情。夏天上街，爲了避熱，搭搭電車就非常的必要了。坐在雙層電車的樓上，敞開所有的車窗，風，迎面不斷吹來，就算是熱風罷，那也足可祛暑而使你心曠神怡。再加以你若放眼遠望，看看遠山，看看近海，看看重樓，看看公園，那種目不暇給的情致，使你忘去了所有埋藏內心之中的不快，而取得了一時一刻的憩息和享受，這，我個人認爲正是搭電車的好處。

再爲大衆的利益着想，電車的沿路皆停，便於搭客上下，三等電車僅收一角車費，使一般經濟情況不佳的勞苦大衆也能做爲代步的工具，人人稱便，你再想對於電車嘖有煩言，怕也難於開口了。當然，最好的辦法，是把今日的雙層電車變成爲地下電車，或是高架電車，照目前的情形看，十年八年之內，香港恐怕還沒有實現這種改革的可能。

二、信箱

住在二樓以上的人家，都得在樓梯口的牆，釘設信箱，這已是我們這個都市盡人皆知的常識。實在這是爲了郵局的便利。如果一個郵差上樓下樓摸門挨戶送信，不但跑瘦了他的腿，曠時廢事卻也不勝其煩，恐怕由於工作過繁，本該當天交到的信件，勢非遲延一天不可，否則只有增添人員，才可以解決困難。但那都不是好辦法，治本之方，便是住戶普設信箱。

初來香港的時候，見香港樓梯口都是信箱，紅紅綠綠，大大小小，頗不順眼，就像一個好好的人，身上生了一塊一塊的瘡疤，貼了一幅一幅的膏藥；日久天長，見怪不怪，其怪自敗，習以爲常，也就不以爲意了。因爲以前在內地的時候，殊少這般現象，以上海論，就算是三樓四樓的建築，全非獨立樓梯，信送到樓下人家，樓上的住戶只要有人下樓，便可取得信件，並不覺得麻煩，因而也無設置信箱的必要。香港住戶遍設信箱，正是吻合了因地制宜的道理。

我住的是二樓，當然也少不了要在樓梯口釘設信箱的。那是與別家同型的洋鐵信箱，漆了紅色，寫的白字，這類信箱似乎小了一點兒，單單爲了受信，自然沒有困難，但若是收受外地寄來的書報，面積大了，再也無法容納得下，勢非加以改良不可。正好當我籌思改良信箱的時候，那洋鐵信箱竟然和它比鄰而居的三五個同類於同一個夜晚失了踪。些須小事，犯不上請私家偵探，反而將計就計訂做了一個木信箱，比洋鐵信箱大了一倍，投信縫隙以外還另鑿一個圓窟窿，用以投放圓捲的報刊。從此以後，解決了無法投放報刊於信箱的困難。

去年過老年的時候，大約是年初二早晨，下樓上街準備去拜年了，忽見信箱箱門大開，木門破了一半，箱裏一片污黑，且有一些傷痕，不是刀砍，也非斧劈，看了多時恍然大悟，是好事的孩子們把燃着的爆竹由圓窟窿投進箱內，他們心想箱內爆炸一定聲音更大，大約出於一時的好奇，其結果是我的信箱遭了殃，爆破了箱門。肇禍的人從來養成了鼠輩的習慣，缺少認錯的美德的，眞的找上犯錯的孩子，我又能叫他賠償損失不成？

如此這般，我的信箱又換了一個新的，比被爆炸的那個更大了些，已是一羣信箱中箱王了。大約這個信箱太大了，似乎如此反而添了些麻煩。甚麼麻煩呢？簡直想不到，從早到晚，老是有些傳單廣告之類的印件，一張張的、一疊疊的投入箱內，某個幼稚園招生了，某個小學開辦了、某個雜貨店大減價了、某種洗衣粉實惠耐用、某種洗衣機物美價廉、某種發財致富的辦法、某種求生的捷徑……等等，不一而足，一天開兩次信箱，你就拿到兩次這些印件，那樣的多、那樣的源源不絕，投件人有很好的耐性，收件人却不能不大大的搖頭。這裏有阻街、深夜擾人清夢等等的違警條欵，甚而連張貼市街廣告，也值得華民司蓋印通過，我倒不知道硬把一些印件塡塞人家的信箱，是不是可以算是一種不道德的行爲？

這類硬塞硬塡的印件，有一次幾乎悞了我的正事。那是因爲對於這種印件由於厭煩而生的惡感，每當再見到它們的時候，我便揉成了一團，看也不看的擲開算數。那一天，我一打開信箱，又是那麼一大叠，甚而連包醫月事、痔瘡三日斷根一類的傳單都有了。我實在沒有辦法，慢慢的搖搖頭，一骨腦兒的擲在地下，深惡痛絕的最後加上一脚，這一脚是狠狠的踏上去的，似乎這才出盡了胸中的怨氣。接着一想，再仔細檢查一下罷，免得殃及無辜。這一念之差，差得我挽回一件幾乎要發生的錯失。原來在那些印件之中，居然還有一張電費單。天啊，一時的粗心，豈不貽了後患？倘若我因此而悞交了電費，因此而引致電燈公司割了線，到了夜晚無燈可用，這才是秀才遇見兵，有理也說不清了。信箱給了我這麼多的麻煩，但從此對於收取信箱內的信件，我也更其小心，一點兒也不敢馬虎了。

三、渡輪

沒有調查過香港的渡海小輪一共有多少路線，就我所搭過的渡海小輪，不外乎：天星碼頭、尖沙咀線；統一碼頭、佐敦道線；統一碼頭、旺角線；上環、深水埗線；佐敦道、灣仔線；灣仔、九龍城線；北角、紅磡線；北角、牛頭角線，此外再有甚麼線的港內渡海小輪，我可不曾乘搭過。

講到渡海小輪的設備，天星小輪的尖沙咀線最臻上乘，早已有口皆碑。其次要算油麻地小輪公司各線了，即統一碼頭、佐敦道線；統一碼頭、旺角線；上環、深水埗線；佐敦道、灣仔線；灣仔、九龍城線。設備較差、船隻也小，歷史最淺的當是北角、紅磡線；北角、牛頭角線的利安小輪。本來以港、九兩地的實際情況說，最理想的辦法是建設一座跨海大橋，使港、九的巴士、電車可以溝通來往，所有的渡海小輪都可廢除，改航港外路線，人們在過海的時間浪費上，也可以減少好多的寶貴時間，雙方便利。遠的且不說，像天津的海河橋、上海的外白渡橋、廣州的海珠橋，不是都解決了過河的困難嗎？

在跨海大橋未能建成以前，渡海小輪的航行功不在小，否則兩地人士望洋興嘆，又怎能增進都市的繁榮？說到趕搭渡海小輪，眞是各取所需，各取所向。不怕你不信，油漬滿身的船塢工人，住在北角，須得去紅磡的船塢返工，毫無疑問，他一定搭乘北角、紅磡線的小輪，取其捷便省時。但若是一位交際花，住在紅磡，須往北角夜總會，她可能棄便捷省事而不取，情願乘搭天星小輪過海，然後再轉北角。你說她是爲的甚麼原故，我也猜解不出。前者可以說是各取所需式的過渡，後者可以說是各取所向式的過渡。需是需要，常常是刻不容緩的；向有嚮往的意思，常常也是從心所欲的，既然是從心所欲，多走一段路程，多費一點兒時間，坐坐座位舒服的渡輪，自然也就大有必要了。

這其實也還情有可原，最妙的莫過於專有一班有閑的仕女，她們不過海則已，如若過海，非尖沙咀莫屬，這時候的渡海小輪，於過渡之外，實又引起另外一個重要的作用，那便是她們把這華貴的渡輪，變成爲一個時裝展覽的場所：你欣賞我的高跟鞋，我欣賞你的牛屎頭，你欣賞她的旗袍，她欣賞你的外套，她看你如何畫的眉，你看她如何塗寇丹，你看我腰身多麼好，我看你面孔多麼靚。老實說，不是爲了擺給人家看看，又何必上船，上這一門必修的功課？所以，如想參觀時裝展覽，乃可一登天星小輪，下午三四點鐘的時候，不妨上船一試，多多少少可以發現一點跡象的。

以我自己講，去年端午節搭乘灣仔去九龍的渡輪，就不是趕甚麼任務，而是由於孩子要看龍舟。原來紅磡灣內泊有三四隻龍船，不時鼓棹前行，一陣之後又退回灣內，偃旗息鼓。遠處看不清，近處找不到立足之地，以爲搭上渡船，經由紅磡當可看個一清二楚。果然不錯，船近紅磡灣外，三隻龍船競向外划，鼓聲船影，煞是好看。我搭了這條渡輪，可謂不虛此行；但我却不是忙着趕甚麼任務，而只是爲了給孩子找個觀看龍船的機會，孩子滿足了，我也滿足了。所以把話説回來，人們乘搭小輪，無論是從香港到九龍，或是從九龍到香港，各有各的目的打算，却是不盡相同的。有的人在午夜之後，乘搭天星小輪過海，常常和些風塵女子結個虛渺的緣份，即使是一縱即逝，那又何嘗不是在人生旅途上製造一段插曲？

至於我自己，把上列的各線渡輪全部搭過了，但除了必要的趕路之外，差不多是爲了入境問俗、想要看個究竟的原故。

選自一九六二年夏香港《文藝季》創刊號

過老爺嶺

〔存目〕

選自一九六六年十一月香港《當代文藝》第十二期

大榆樹下胡仙堂

我們家中後院的東北牆角，生長一棵五個人不能合抱那麼粗的大榆樹，樹根有的深入土中，有的裸露土外，像一只蹲伏蜘蛛伸出的脚爪。樹幹既粗，樹身相應的高拔，最少也在三丈以上的高度。榆樹的葉子本來很小，不比楊樹、李樹的葉子，但是那棵老榆樹每到夏天的時候，總是顯出了亭亭如蓋的神情，牆裏牆外兩丈見方的地方，全都遮了陰。如果落了一場驟雨，雨過天青，榆樹遮陰的地方，可能還是一片乾土呢。

那棵老榆樹每遇刮風的日子，必定傳出深沉的聲音，就算睡在百步以外的屋子裏，也還可以聽得清清楚楚，特別在夜深人靜的時候，那種低沉的聲音，頗像一曲催眠歌。對於這棵老榆樹，我還說不出喜愛，但也當然並不厭煩。樹下的「胡仙堂」，那才是個使我們小孩子們不能不分些心神的地方呢。

胡仙堂只是一間平房，但房檐與牆齊，也算相當高了。那是一個拜神的地方，所以堂中的陳設相當簡單。堂的正面裝有四扇板門，這板門分成兩個部分：下面是木板，上面是密密麻麻方格的窗子，裏面一層紙。座北向南的牆壁上，供奉一個神龕，不知是什麼人的丹青手筆，畫了一雙老夫老妻像，使我聯想到那和灶王爺灶王奶奶木刻刷印的神像，極爲類似。

這一雙老夫妻，根據我們家庭傳統的說法，他們乃是狐仙爺爺狐仙奶奶的變形。照我看來，我們鄉下當時頗有一些狐仙，常常幻化出一些奇蹟的，或是給人們一些幫助，或是給人們一些麻煩。狐仙淵源於狐狸，圖騰的遺風，那是不在話下了。爲什麼硬把狐仙易名爲胡仙，那據說又是人們發了善心，因爲人既然均各有姓，狐仙也不能免俗，以狐易胡，既賜姓而又寓意於尊敬，所以我家的狐仙堂，便一直在横匾之上寫有「胡仙堂」三個大字。至於另外的一個原因，下面也要說到的。胡仙堂那牌匾儘管斑剝褪色，屯裏的人們却一直都在稱贊寫家手筆的高强。

匾是祖父年幼時候寫的，我們却還不能賞識其中的高强。使我們感到有興趣的倒是供桌上的蠟台，香爐和磬。香爐是上香的地方，不論是什麼人，只要來拜胡仙堂，非上上一炷香或是三枝香不可，香爐裏盛滿了香灰，香插進去，直直的，燃火的一端，飄出裊裊的青烟。上香之外，還得點上一對蠟燭，喜事點的是紅燭，喪事點的是白燭。蠟台是錫製的出品，笨笨重重的，可能外面沾了些蠟燼。錫蠟台有一種好處：你只要用香灰磨擦一下，就可以擦得光艷照人，比古時的銅鏡還要光亮。

磬是最使我們醉心的東西。因爲你只要把磬錘輕輕的一敲，磬便發出半晌不歇繞樑的餘音。別看我們一群孩子年紀只在十歲上下，却都知道如何的飽眼福，如何的賞耳音了，而聽磬聲正是賞耳音最好的享受。

但是磬聲一經悠揚於堂中堂外，家人必定發覺有人進了胡仙堂，如果查出是孩子們的動手動脚，而不是祭拜，那就非弄個水落石出不可。查出來是誰動的手，誰就得受一頓斥責，其實我們當眞願意聽聽那悠揚廻環的磬聲呢。大人的限制，我們的反感極大。

胡仙堂方磚舖地，跪拜的人屈膝之外，從來無人想到墊上個墊子，那樣一來，就未免太不誠心了。遇到大的節日，叩拜胡仙堂的人多，便把前邊四扇板門一齊撤除，因爲堂外的地方寬闊，可以同時跪下兩排三排的男男女女，這是一種大規模的行動。

追溯一下胡仙堂的建立，以及我們李姓家族對於胡仙的崇拜，那又是一段有趣的傳說了，那傳說雖然無人證實，但也從來無人反對過。就是因爲這種原故，胡仙堂和我們的祖宗龕，在我們的家族中佔有同等重要的地位。

根據二伯父的說法，推上去二百多年，我們的祖先是由山東輾轉奔波到了東北的。那時走的旱路，須得經過山海關。我們的祖先帶得有一宗寶物，大約很值一些錢，因爲懼怕過關時候的檢查，爲官兵沒收，所以想了一個辦法，置買了一具棺材，把寶物放入棺中，希望就此混出關去。不料事與願違，把關的檢查人員，就連死人的棺材，也不肯放過，非要開棺不可。我們的祖先一驚非小，暗自叫聲「不好」，只得聽憑開棺了，被殺被砍，犯了法是逃不過的。

哪裏知道，棺材打開之後，看看棺中，居然躺有一位鬚髮斑白的老者，死去不久，屍首尚未腐爛，尤其在棺眉的前面，清清楚楚寫下了「先考胡公之靈位」的字樣。檢查人員放行之後，我們的祖先惶惶恐恐的出了關，巧的是晚上入店開棺一看，哪裏有什麼鬚髮斑白的死者，仍然放的是那件寶物。

顯然這是神靈相佑的佐證。所謂胡公，當然與狐仙有關，因爲狐仙從來都是幻化爲胡姓的。我們的祖先驚服於這一奇蹟之後，後來安了家，立了業，家家供奉胡仙爺爺，胡仙奶奶，建了胡仙堂，逢年過節不必說有它的一頓香火，遇到李家任何的大事小情，只要關係到祭拜的話，也一定有胡仙堂的一份。這又是胡仙堂建立的另一原因。

祭拜胡仙堂最顯著的例子，譬如族中任何男子結婚，必定在拜祖之後，立即轉來這邊叩拜。新夫新婦在喧天的鑼鼓中，三跪九叩，一些兒也不馬虎。遇到女子嫁出去的時候，只要新姑老爺前來迎娶，他也必得徇例叩拜胡仙堂，那時還是燃放長的鞭炮，霹霹拍拍的響個不停。喪事的時候，辭靈以前，人們也得拜胡仙堂一番，不能少了這個過場。其實最熱鬧的場面，是有關買地一件事情。

我們鄉下人的生活美德，祖傳的是勤儉持家，有了餘錢可不能大吃大喝，只能買地（田）。買了地，多了不動產，留給子孫，可保衣食無憂。誰家買地，誰就是好人家，誰家賣地，就是敗家子！買地不但受到重視，更是一種大典。

我們的胡仙堂遇到族中有人買地了，堂前平添了一番熱鬧，除了上供祭拜鼓樂喧天之外，還可能唱一台蹦蹦戲，或演一場驢皮影，用以娛樂胡仙爺爺和胡仙奶奶。但若是賣地的時候，誰也不通知胡仙爺爺和胡仙奶奶了。因爲那是不光彩的事情，誰又願意聲張呢？不聲張也沒有辦法，俗語早就說過：「好事不出門，壞事傳千里」，只要你家裏祖遺的田地變賣了，無論你持有多少理由，人家不但家傳戶曉，尤其認爲你是有愧於祖先的呢。

因爲胡仙堂是這般神奇的地方，幼小的時候總是接長不短的從大人那方面傳來一些警告。大人們絕不允許孩子們到胡仙堂近旁地方去玩耍。尤其是女孩子，一個不小心，說不定就可以尅沖到胡仙爺爺和奶奶，那是一種大逆不道的罪行。像前面所說的想要敲一敲磬，那更是少有又少有的了。

警告雖然不斷，孩子們却並不完全聽話，好奇心的驅使，反而加多了我們接近胡仙堂的次數。胡仙堂的供桌上，經常不斷有些供果，有的是糖饅頭，有的是糟子糕，就算難免落上一些灰塵，對於孩子們說，仍不免大動食指，躍躍欲試。我們的大家庭中，每天除了兩餐飯食之外，孩子們從來沒有人吃零食的，眞有這樣的人，別人也會指着孩子的背脊，責罵大人沒有正經，那是對於孩子的嬌縱。

胡仙堂的供果，大抵我們一群孩子都進去吃過，現在想起來。那是很不衞生的，但也無人因此生病，我們的鄉下當時流行的一句可笑的話是：「不乾不淨，吃了沒有病」，天曉得，這句話多麽落後，其後家人發現胡仙堂的供果常常減少了數目，猜到有景，便來了一個長期的封鎖，在胡仙堂的大門上鎖了兩道鎖，我們這些小孩子，再想跨越一步也不可能了。

下鎖後的供果，據說仍有破碎失蹤的情形，有人說，也許是胡仙爺爺和胡仙奶奶眞的吞落肚內了，也有人說那必是顯了神蹟。說由人們說，我們一些孩子們却看見了大花貓從磚洞中銜出供果，竄上了大榆樹，竄上牆頭，在那裏大嚼特嚼呢。

選自李輝英《鄉土集》，香港：正文出版社，一九六七

項　莊

賭國衆生相

大別言之，賭徒的性格可分三種：其一、完全是爲了博取金錢，與做生意等量齊觀，這些大概都是商人；其二則爲了找刺激消閒，大部份是婦女，小部份是安份守己的薪水階級；第三種的心理最怪，他們以好勝心爲出發點，從籌碼的增加中獲取心理上的滿足，大凡知識程度愈高，懷有此一心理的愈深且多，古今中外，一體皆然。

眞正可以稱爲賭徒的大約只有第一種人，樂趣全無而受害最深，上得塲來，一味患得患失，不論勝負，已折籌算，且多日夜沉溺，廢事失時，律以九品中正之制，當爲下下之品。

第二種人所費的時間精神雖亦不少，如能抱定消閒兩字，無閒不賭，則所損實亦有限。此處又要提出「人生行樂耳」這句老話，若是閒得發慌（自然能在閒中自得其樂者更了不起），則小賭遣興，至少亦是頤養天年之一法。甚至忙裏偸閒，打上八圈或上馬塲碰碰運氣，亦是人生的風華，我輩一不想當總統，二不想吃孔廟冷豬肉，苟於其中有樂趣可尋，犯不着板起面孔守此一戒也。

最上等的賭徒，據我看應屬於第三種。這種人或則名成利就，或則侘傺無聊，都欲在賭博塲中一獻身手以證明本身的智慧和才幹，雖然正反有別，出發點却是一樣。

上述三種類型，自然也並不是涇渭分明，總有或多或少的混雜，份量不同，其一特顯，尤其是二三兩類，有時更難區別。蓋第一類爲賭而賭；二三兩類則別有寄託，金錢的比重所佔頗少也。

在這三大類之外，另有一種「人生的賭徒」。此等人很多與賭無緣，却慣拿生命財產進行事業上的賭博。自古以來的成王敗寇都屬於這一類，即商業社會中亦比比皆是。文化界有一位前輩，生平不親樗蒲，却自承性喜賭博，只是他的博具和方法與一般不同而已！如果眞要「正名」，這纔是名副其實的賭徒，輸贏之大（生或死、富有四海或埋骨無地），氣魄之宏，均非任何一類愛賭的人所能比擬。可見賭博一道，固包括了整個人生也。

選自一九六二年十月十八日香港《新生晚報・新趣》。署名「董千里」

論雅俗

雅與俗看來是南北極，但南極和北極同樣是冰天雪地，所以兩者實在很難明顯地加以區分。口不言錢而稱之爲阿堵物，彷彿甚雅；但心目中仍然有錢，何雅之有？也有人三字經滿口，而胸懷如光風霽月，則粗俗亦只是表面，可以說無損其雅。某些人以雅爲尚，如吟斷鬚根之類，在有些人看來只覺其酸，則雅與酸豈不是五十步與百步之間？

某次敍會，有個朋友大談其上當舖的經驗，說他曾向大減價店舖購入每件三元半的襯衫，至相熟當舖押得五元，一口氣買了當了十餘件，維持了兩天生活。又說他當了一雙舊皮鞋去賭跑馬，買中兩百餘元的冷門，渡過一次經濟上的難關。

座中各人，有過上當舖經驗的人不少（我也在內），却無人有此勇氣向衆描述，自然也因缺乏此種可供描述的「豐功偉績」。間有少數幾位頗不以這個朋友的自我暴露爲然，或因座有新交，或認爲人生得意須盡歡，談這些過去的「苦事」做什麼？他們口雖不言，却可從尷尬的表情中看出其內心的感覺。

一個人若能終身不進當舖，可以説是福氣，但反過來說也就是缺少了某種人生體會，何嘗不是遺憾。尤其我輩注定了終身揸筆桿的人，若無窮困的經歷，即不免「爲賦新詞强說愁」，那愁苦之言便都成了堆砌，要感動人只怕很難。而我也看不出一個人會因進當舖而影響他的品格，因爲我們都知道貧窮不是罪惡。大觀園中的邢岫煙天未暖就把棉衣當了，不想正好當在未過門的夫家的當舖裏，薛寶釵即命人悄悄贖回。這一段文字實在寫得好，而邢岫煙的品格反因此而高了一層，至少在我看來，她比孤僻自高的妙玉可愛得多。

即以現代人的眼光看，進當舖當衣物和進銀行押房契亦無什麼不同，只交易的款項有多少之分而已！俗語有謂：有當有贖，上等之人；有當無贖，中等之人；無當無贖，下等之人。雖屬解嘲，實具至理。這社會仍有不少無物可當之人，他們希望能踏進當舖的心理，大概也和我們希望能向滙豐銀行借一筆本錢的心理差不多吧！

選自一九六三年四月三日香港《新生晚報·新趣》。署名「董千里」

司馬長風

憶亡妹學經、維經

〔存目〕

選自一九六二年十月十九日香港《中國學生周報》第五三五期。署名「秋貞理」

日本人的生活藝術

——清酒・美人・民歌・舞蹈

我想日本人可能是世界上最愛酒的民族了。在東京的大街小巷隨處可以找到酒館。除開一般賣酒的餐廳不算，專供客人飲酒的地方就有三種。一是喝啤酒的酒館，專賣新出廠、未加防腐劑的「生啤酒」。東京銀座東芝大厦天台上的一家最有名，常是座無虛席。盛啤酒的大玻璃杯像茶壺那般大，看在眼裏就覺得過癮。另一種是專賣洋酒的酒吧，每個電車站附近都有十幾間，若是大車站就有幾十間。其次是專賣日本酒的酒家，數量又多過酒吧。每晚從華燈初上起，到深夜打烊止，每間酒館和酒吧幾乎都擠得水洩不通。

當我初到東京的時候，聽到許多飲酒的故事。

一羣好朋友，晚飯時分進入第一家酒館，到東方發白纔盡醉而歸。在這一夜裏，他們輪流作東道，進出幾家酒館，把每人的荷包都喝光，只剩下回家的車錢。常有人睡在山手綫（環城高架電車路）的電車裏，一直轉到天亮；有的蹣跚回家門，不及按門鈴就躺在門口，直等太太清晨起來才發覺，把他拖進屋裏去。

對於這些故事，我只拿當笑話來聽，後來被日本朋友拉去喝過幾次酒，才覺得並不誇張。我還記得，第一次走進酒館時，心中還有點忐忑不安。在我這個中國人看來，流連夜飲，有點不大正派。

那是一間有古風的小酒館，把酒瓶用繩子吊起來在火鉢上燙酒。女侍們照傳統的禮節招呼客人。女侍分兩種，一種是職業女侍，她們受過專門訓練，會彈「三味綫」（日本的三弦琴），會唱民謠，跳土風舞。一部分是業餘女侍，腰間繫一條紅圍裙以作識別。業餘女侍只陪話斟酒，不會歌舞。她們在白天另有工作，也有讀書的學生，多是二十歲左右的少女，帶有清妙的風情，可愛的稚氣。她們穿着花團錦簇的和服，像蝴蝶似的在塌塌米上飛來飛去，頃刻間就擺好了酒具和菜肴，笑盈盈的坐在你身傍，一邊執樽勸酒，一邊說些開心話，逗得你心花怒放。

日本酒清甜溫香，所含酒精比啤酒畧多，小酒盅只能盛半口酒，飲時多是一傾而盡，既可顯出豪氣，又不致很快就醉，所以特別誘人多飲。

酒一盅一盅的流進胃裏，就像一顆一顆的小原子彈，每盅酒烘起一朵蕈狀雲，在腦海中翻騰湧動。思考在雲霧中逃遁，情緒搧起翅膀開始悠悠飛翔。

說着，笑着，不知怎樣就開始唱了起來。

娶妻要娶才女，
　風姿姣嬈有深情，
交友要交赤心漢，
　六分俠腸四分熱。

你真心愛了她，
　就別顧惜聲名。
為了友情和義氣，
　赴湯蹈火不旋踵。

……………

「三味綫」叮𡃁叮𡃁的奏音，凄婉蒼涼有如置身在秋夜的水濱，天空薄雲遮月，草木蕭蕭長吟；嘹亮甜潤的歌聲，從紅唇白齒間唱出來，隨着音節的起伏，歌詞的意蘊，她的眼睛眨動流盼，眉毛在一舒一展。她的歌聲好像在講自己的心事。一個人彈琴，一個人唱，大家微瞇着眼睛，一邊聽一邊擊掌打拍子；每唱完一節，大家就齊唱小過門：「嗨咿！嗨咿！」然後她接着唱第二節。

歌唱本是人的一種特殊語言，情緒來時誰都有唱的衝動。可是文化進步，社會分工，使人們忘棄了許多東西，音樂是其中之一。今天一般人只懂坐在沙發上聽唱片，在劇院中欣賞音樂演奏，自己變成一個不會唱的人了。原始的音樂，每個人都是表演者，本來沒有聽衆。在這裏正是這樣不用別人催請，大家就輪流唱起來了。

三軍前行雨潺潺，
人濕馬又沾。
衝也衝不過呀，
血濺田原坂。

提起田原坂呀，
傷心憶當年。
英雄的志士們，
魂斷夢亦殘。

春天櫻花放呀，
秋天紅葉鮮。
夢裏田原坂。
常伴草枕眠。

日本的民歌特別發達。他們每一縣古時是一國，都有自己的民歌。每一縣的民歌，都可印成幾本書。酒館中多備有民歌的小本子，以供客人和侍女們習唱。只要去飲酒，就自然學會幾首民歌。我是一個民歌迷，那帶有濃厚泥土氣息的韻調，特別叫我心醉。前面那首民歌——「田原坂」，在日本流行最廣，是紀念西鄉隆盛的一首歌。西鄉隆盛對於近代日本民族性的塑造，是影響最大的人物。在日本人的心裏他是一個最有男子氣概的男人。他的一生滿是戲劇化的故事。你向任何一個日本人談起西鄉隆盛，他就會興高彩烈的告訴你，有關西鄉的一些傳說。他在少年的時候，每天從家中到學校的途中，常受到小流氓的騷擾，他因爲瞧不起他們，所以堅持不睬他們的挑釁，有一次幾個小流氓拔出刀來威脅他，他仍是視而不見的向前走，小流氓們就舉刀砍他，把他砍傷了幾處，鮮血迸流，他一聲不哼，仍是不理睬，使那幾個小流氓爲之心折。

西鄉隆盛是明治維新三傑之一，是明治天皇的大功臣，又是最親近的摯友。只爲了外交政策的爭執，辭官回鄉，後來被叛軍擁爲領袖與明治天皇作戰。田原坂一戰敗北，終於被困自殺。當田原坂兵敗之後，引率殘兵退走之際，他的一個舊戀人，知道他將死，特趕來與他訣別。那女子站在橋邊流着眼淚迎他，當着三軍將士之前，他毫不猶豫，用雙手把她抱上馬鞍，好言安慰，拍拍她的肩，又把她輕輕放下，然後就頭也不回的率兵而去。

前面那首民歌，就是描寫田原坂戰役之作。歌詞絕美，曲調雄沉而悲壯，聽這首歌時，有如目睹西鄉隆盛騎在馬上，率領着戰敗的部衆，在濛濛細雨中，走過硝烟瀰沒的原野，他的戀人就在前面橋邊，翹首而泣。

日本人之喜愛西鄉，可以從東京市民遊上野公園時，在西鄉隆盛銅像前的表情看出來。西鄉是東京的征服者，當年他率領勤王軍攻佔東京，結束了德川幕府三百年的統治，曾爲東京人所恨；可是現在他成了東京人仰慕的英雄，他的傳說和軼事家傳戶曉，且歷久不衰；他的氣概和性格，已成爲日本民族靈魂的一部份。

一九六二年我在東京時，曾去參觀一次「大西鄉展」，細看了他的遺照、墨跡、軍刀和血衣。日本人身體多矮小，西鄉隆盛則是六尺高的巨人，濃眉闊目，頭大如斗，確一堂堂大丈夫。我想這也是日本人以西鄉爲榮的原因。

日本人最愛唱「田原坂」，「田原坂」可以說是民歌之王。這不僅因爲西鄉隆盛這個人，那歌詞和曲調，也確有一種魅力，連我這個外國人，聽了第一次就着了迷。到現在當我排遣煩悶而歌唱時，總要唱一次「田原坂」。

歌與舞是孿生的姊妹，尤其是民歌，多與舞蹈分不開。日本人稱跳舞爲「担絲」，採自英語的原音；稱他們傳統的舞爲「歐多利」，漢字是踊。日本的舞踊，不以繁密緊張的動作取勝，不像芭蕾舞那樣的快節拍，多變化，輕靈迅捷，使人眼花繚亂。踊以輕柔而明晰的動作，悠然曼舞，尤善用靜的姿態來傳達情意；寬袖細腰，彩色繁富的和服，特有一種撩人的風格與魅力。關於日本的舞踊，清末詩人黃遵憲，曾有「都踊歌」之作，頗能刻畫其情緻和韻味。

長袖飄飄兮髻峨峨，荷荷；
裙緊束兮帶斜拖，荷荷；
分行逐隊兮舞傞傞，荷荷；
往復還兮如擲梭，荷荷；
回黃轉綠兮如挼莎，荷荷；
中有人兮通微波，荷荷；
貽我釵鸞兮餽我翠螺，荷荷；
呼我娃娃兮我哥哥，荷荷。
柳梢月兮鏡新磨，荷荷；
鷄眠貓睡兮犬不呵，荷荷；
待來不來兮歡奈何，荷荷？
一繩隔兮阻銀河，荷荷；
双燈照兮暈紅渦，荷荷；

千人萬人兮妾心無他，荷荷；
君不知兮棄則那，荷荷！
今日夫婦兮他日公婆，荷荷。
百千萬億化身菩薩兮受此花，荷荷；
三千三百三十二座大神兮聽我歌，荷荷；
天長地久兮無差訛，荷荷！

黃公度所寫的舞踊，恐怕是宮庭的舞踊，至少是高官豪富們才能見的專習歌舞的藝妓、所表演的舞踊，否則不會有「分行逐隊兮舞傞傞」的情景。在平民所樂享的小酒館中，舞踊普通只是一個人，或二三人，至多不過四人。但是「長袖飄飄兮髻峨峨」及「裙緊束兮帶斜拖」的情狀，則大致無殊。詩中的「荷荷」我猜想是指聽歌觀踊的人，擊掌歡合的聲音。

悲涼的「三味綫」，凄婉的歌聲，婆娑的舞姿，使人聯想到常見的一幅「浮世繪」。兩岸是墨藍蘊綠的春山，中間是清流激湍的溪水，溪邊盛放的櫻花，在料峭的清風裏落瓣繽紛；淡素裏帶有鮮艷，蒼涼中含蓄熱情，靜謐中顯出躍動；盛時佳景中隱現凋謝飄零，在剎那無常中哀歡交織；這是一種澈骨縈魂的美。酒、歌、踊、美人，任何一個都足以把人引進一個夢境。現在它們以和諧的旋律簇現出來；使人自忘其間，恍如遨遊蓬萊。歌和踊的衝動，須待酒的催發；而開懷酣飲，則由於美人的殷勤陪伴。從酒到踊的過程，是欣賞表演和參加表演的一種藝術。

日本的高級料亭，我也被請去過好多次，那裏的設備舒適華貴，酒菜講究精緻，女侍都經過嚴格的挑選，個個容貌動人，舉止文雅，歌踊的技藝都出類拔萃，遠非那些小酒館可比，但是却沒有小酒館那種自在的平民風味和自然的同樂氣氛。

從日本小酒館裏那種矇矓的陶醉中，我才了解日本人爲甚麼愛酒，愛到這個程度；由這我也體察了日本的傳統情調和生活方式。

日本人是一種性格嚴肅的民族。在工作上從德國學來：認真、徹底、有規律的精神；在職責上自發的保持勤奮和緊張；另一方面在生活上禮儀繁瑣，卽在家庭之內，也有許多必須遵行的禮節，例如妻子對丈夫，離家時必送，回家時必迎，緊張的工作和繁瑣的禮節，使日本人的面孔缺乏表情，內在的真我受了禁錮，時刻有强烈的衝動，想突破拘謹的外殼，發洩被壓抑的情緒。小酒館的氣氛和情調，最合乎這種需要。在那裏他們換了一個世界，換了一個人。酒給他們以矇矓的醉意，撕破拘謹和嚴肅，歌和踊，使情意的自我，得到徜徉、舒展和奔放。脱除塵網，裸露真我，本是人情共通的一種要求，但是對性格嚴肅的日本人顯得特別强烈。

日本的男人，受武士道傳統薰陶，至今崇尚俠腸義氣；朋友相交，渴望肝胆相照。這與中國之友道有若干相似之處，與西方人之互相尊重、各守內心藩籬則完全異趣。

日本人飲酒的習慣是盡醉方休，與中國人之「唯酒無量，不及亂」的精神有出入。中國人飲酒，雖也稱道「海量」，但着重之點在於「不及亂」。海量而不醉，「不及亂」，才是酒中的豪傑。日本人雖讚美豪飲海量，但真正喜愛的是盡醉，因爲人在醉時才能盡撤城府，流露性情；在他們看來，飲酒不敢醉的人，就不够男子氣，飲酒留量不肯醉的人，是不敢以真我相見，不够朋友。中國人喝酒多喜歡二三知己，喫酒談心，或獨酌自飲，以孕育詩情。日本人則幾乎把酒與美人看成一件東西。舉杯之際如果沒有美人在側，好像酒也淡而無味了。飲酒時唱詩起舞，本是中國古代的遺風，「對酒當歌」也是人的自然之情，但是自清末以來，這種風習已漸消失，在日本則留傳至今，盛而不衰。

在酒後，理智奄奄一息，情意龍騰虎躍；要想消散此風起雲湧的情意，歌與踊實是最佳辦法。一、可以把情意引到藝術的境界，不至橫決下流；二、可以淋漓盡致的宣洩湧起的情意，得到一種高度的快樂；三、歌與踊可使醉中的幻覺更加美麗。假如沒有歌踊的發洩，無路可走的情意則易發爲暴亂，或變爲貪慾。所以日本人在酒後之興歌起踊，頗合乎心理衛生。

人的精神和身體，同樣要洗澡，以清除積垢，煥發活力。一切的娛樂皆多少有給精神洗澡的作用。最好當然是欣賞藝術。但是對純藝術的欣賞，要具相當的知識修養，非對人人都合適。看電影、玩球賽等，當然都是正當娛樂，但是這些娛樂都趕不上日本小酒館，由美酒、佳人、歌唱、舞踊裏所烘發的快樂那般酣暢淋漓，那般親切自在，饒有詩意。不可否認，那些「巧笑倩兮，美目盼兮」、年青而解人、溫婉而殷勤的女侍，是一重要的微妙的誘因；但在美酒和佳人氛圍裏，不發酵色情而蒸餾爲歌唱和舞踊，這種樂而不淫的藝術，不能不使人讚賞。

酒館在日本人的生活中扮演極重要的角色。在那裏不止是消遣取樂、敦睦友誼、交談生意，並且決定國家大計。政府、財團、政黨的重大事件往往在酒館中的幕後談判中獲得解決。一位從事社會運動的日本朋友，以善於組織羣衆馳名，有一次我問他，用甚麼方法吸引羣衆，他笑嘻嘻的答道：「我住的地方你見過，有一間十二疊（日本蓆）大的廳，可坐三十人。每次青年們來聚會，工作談完之後，我就拿出十大瓶清酒來放在桌子上。底下的事，你知道不用我吩咐，他們就興高彩烈的玩起來了。」他所說的「玩」，指的就是喝酒、唱歌、舞蹈。

在東京住了七個月，到小酒館去學民歌，欣賞舞踊，幾乎成了我的嗜好。但是每當我看見那些女侍臉上悅人的笑靨，我心裏就有所懷疑。日本女子好像天生下來就會討男人喜歡似的；其實，真的是這樣嗎？討人喜歡的人，自己未必喜歡。想到這裏，我就有點興味低沉了。

選自一九六七年七月香港《明報月刊》第二卷第七期

蒼白的手

前奏

紅色的霧，綠色的霧，金色的霧，銀色的霧，紫色的霧，桃色的霧，雲蒸霞蔚，像一道被撕亂了的彩虹。

爵士樂像一條銀色的小蛇，閃電似的扭動着它纏綿的妖軀、在聽覺中亂舞。

白衫紅裙的少女，他們那樣年青，那樣年青，年青得使黃夜如清晨，使寒冬像陽春。他們彷若仙女，無聲的飄來飄來。送來一杯咖啡，一杯茶，一個微笑，一個淺淺的夢。

一排卡位，又一排卡位，幾串神秘的小窩。

一

那隻手，那隻手，那隻蒼白的手！憂鬱得像一片沒有歸宿的落葉。它是無涯的惆悵，無名的輕愁；青幽幽的，好像血管裏的血都冷却了，褪色了。

他倔倔的痴痴的；好似不能狼吞虎嚥的吃，不能鼾聲大作的睡，不能放開喉嚨歌唱，不能健步如飛的走，不能像火一般的愛，不能發出響亮的笑聲，不能嚎啕痛哭！他好像從來見不到太陽與藍天，徘徊在冷森森的幽谷，像一縷水藻在冷澈的深潭中寂然飄浮。像古石洞裏的一聲歎息，像荒壘裏殘破的蛛網，一根附滿塵埃的遊絲，在沒有日月光華的黝暗中飄垂。他像一條被擲到岸上來的魚，在拼命掙扎，却發不出聲音。不要問他爲甚麼，他答不出來。有人說，那是一種病，有人說，他有獨特的瞳孔，把大千世界看成了虛空。他說，我渴睡如狂，我有無邊的憂鬱。他眉頭深鎖，眼神枯槁，臉色如土。

二

那隻手，那隻手，那隻蒼白的手！它該多柔軟，多滑膩，多細緻啊！

太古的時候，它也曾揮舞石斧，斬鯨刺虎；也曾攀山崖，折枝椏，抓荊棘；也曾伸入泥土，挖掘可吃的根鬚；也曾拿過鋤頭，拿過錘鋸，拿過刀槍。它曾經毛茸茸的，又厚又大，脹滿了筋絡，粗獷蠻暴有如猩猩。它曾經開天闢地，創造了一個世界，過去的世界，這個世界，霓虹燈下飄着咖啡香氣的世界。這個世界裏仍有那樣的手，可是他的手，却變成這麼蒼白柔滑了。

他的手像名貴的磁器，只能用柔軟的絲絨裹着，藏在鑲金繡花的匣裏。不能觸碰任何粗硬的東西。只能用它來撫摸兒童的臉蛋，擺弄女人的頭髮，和揉搓自己刮得光光的下巴；用來拿玲瓏的筆，潔白的紙。他們曾自負的説：「我的筆是我的槍！」可是他常是匍匐屈膝在槍尖之前！他和他的手一樣的蒼白，一樣的軟弱。

既不肯拿粗重的工具，向大自然索取生活，也不能成爲「厚黑」的嗜血者，奪佔權力；也沒有耐心，來積財致富，他只能依附權勢，仰人鼻息。世界永遠不是他的，在舞台上他永遠是配角。就像這個社會，女子屬於男人。他雖是男人，却是女性化了的男人。呵，他的手，該多麼柔軟，滑膩，細緻呵！

三

那隻手，那隻手，那隻蒼白的手！它像一株缺乏水份的植物。只因四肢活動太少，大腦活動太多。在某些畫家的筆下，他是一個頭大如斗，四肢如葦的怪物。

他酖迷在無聲的世界裏。在那裏沒有時間，也沒有空間，常與古今中外的哲人，聚在一起議論不休。

宇宙本是渾沌的大夢。自從他的手蒼白起來，就憬悟了，「天若不生人，萬古常如夜。」夢像天空的浮雲一樣飄渺，像水上的泡沫一樣幻變，它本是詩的母親，神秘的故鄉，可是一經追問爲甚麼，就發現了血淋淋的人生。浩浩蒼穹，茫茫大地，日月經天，風雨雷霆，爲甚麼？爲甚麼？使徒告訴他，是上帝的傑作；智者告訴他是自然的造化；可是他偏固執的探索：「至大無外，至小無內」一類的痴話。從微菌，小草，飛禽，走獸，到圓顱方趾的人，都在太陽底下熙熙攘攘的繁殖，生生死死無始無終，這是億萬年的長夢。只因他問了個爲甚麼，就揭開了痛苦和煩惱之幕。一個問題，千百個答案，它們像光怪陸離的珠寶，在他心中璨璨閃光，它們像永不能脱出的迷宮，使他不停的摸索；它們像神奇的翅膀，使他淩空高飛；它們又像傳説裏的仙境，永遠可望而不可卽。

他酖迷於無聲的世界，在那裏尋覓永恆，作不休的獨白。於是他成了頭大如斗，四肢枯瘦的怪物。他，他有一雙蒼白的手！

四

那隻手，那隻手，那隻蒼白的手！手上的青筋在隆起，在微微抖動，手心滲出津津的汗液。叛逆的火焰，正在他生命中狂燒！

他藐視權威，以低頭爲恥，以服從爲羞；可是這個社會，那個社會，任何的社會，這裏，那裏，任何地方，總有各式各樣的權威，高高的重重的壓在他的頭上。他在低頭，他在服從，同時他在反抗！

他的反抗是多麼蒼白無力呵！

對那些手持屠刀，做惡最多的人，他只能憤慨牢騷，再不就玩弄紙墨，在字裏行間藏匿一些怨詈。他曾謳歌火與血，他自己却變了最怕見血的人！

他讚賞陶淵明，也羡慕魯濱遜；他頓足搥胸咒詛金錢，可是自己却是可憐的乞人。把生命化成貨物，連帶尊嚴，分批零售。他時刻想對購買尊嚴的人宣戰，可是他的胃，他的虛榮，使他站不起來。他只有躬着腰，臉上扮着噁心的微笑。有些人匍匐吻獨夫的脚，有些人跪着仰呼太陽與鋼。

呵，你這個蒼白的叛逆者，你雖然已喪失獨立和尊嚴，自信是反抗的英雄。你找到一些東西，把他們踩在脚底下，扮成一個勝利者。

於是你成了傳統的破壞者，信仰的侮蔑者，文明的挑戰者。

千百人千萬年，把一塊巨石推上了高峯，現在你拾起一塊小石頭，輕易的擲下山去，感到無比的快意。可是當你回頭看時，却不禁淚雨滂沱！

呵，那隻蒼白的手；它在簌簌戰慄，青色的血管裏，湧流着叛逆的血液！

五

那隻手，那隻手，那隻蒼白的手！那隻手像抱在懷裏的貓。它柔軟，溫暖使人憐惜。

他憎恨粗暴，害怕冷酷；固執着這點溫文。他多情，自憐，又無可奈何。他幻想把人性中最柔軟的部份，無限度的擴大，讓生命在溫煦的冬陽裏長睡不醒。他想用美給人生罩上一層如夢的輕烟。

男女相需，原是單純的慾求，粗暴的征服。他却在那個荒野上，開拓了愛的世界，情的天地。他們用有旋律的聲音和動作來表達慾求和思慕，用符號和彩色來記錄心裏的悲歡，把如泥的飢渴，蒸爲絢爛的彩虹。

愛是自我犧牲，是對女性的尊崇；情如剪不斷的長絲，將兩個生命緊緊縛住。這是一切文明之始。古人該多聰明，竟說出了「君子之道，造端乎夫婦」這樣的話。每個人都是一孤獨。當愛與被愛時，才能解消那漆黑無邊的孤獨。

他歌頌嬰兒，醉心那無邪的純眞。他讚美母親、那溫暖無邊的海。他敬仰老人，無慾的心靈、閃耀着清澈的智慧。他陶醉友情，一杯濃茶，幾盅淡酒，兩個裸露的靈魂，永夜長歡。

這點溫情像一小塊錦繡，像珍寶藏在心裏，他爲此感到高貴不凡。爲了這點溫情，使他與金錢疏遠，與權力絕緣。歷史的風暴吹來了，帶着渴欲飲血的呼叫，在「階級」的審判之前，他心頭那點溫情，被宣佈爲不赦之罪，於是他變成了痴呆，默對終古的寂寞。蒼蒼者天，此何人哉！

呵，那隻手，那隻蒼白的手，它在顫！

六

那隻手，那隻手，那隻蒼白的手！它柔嫩敏感，好像昆蟲的觸覺。

他的心和腦像他的手一樣蒼白柔潤、細緻、敏感。

他有如大自然裏的候鳥，在乍涼未寒的季節，匆匆南飛；在冰雪始融的時候，又悠悠歸來，給北國帶來春訊。

排空長征的大雁，歌唱季節和年輪，不能高飛的庭鳥，却振翅昂首，預報黎明。

歷史風暴的前夕，他也曾凄婉的長鳴，在冰封雪掩的冬天，預報萬物昭蘇的陽春。

他們心裏有聲音，不甘沉默。他曾誓言：「寧鳴而死，不默而生！」他們嚮往一片綠幽幽的樹林，可以自由舒展，盡情歌唱！

偷竊和搶奪的匪類，妄圖佔有一切的獨夫，却憎惡聲音。他需要黑暗來遮蓋醜行，也需要千萬人匍匐伏無聲。

「不默而生」的人們，命定要遭受災難。多少時代多少人，因「不默」繫獄，因「寧鳴」殺身。

呵，蒼白的手，你爲甚麼沉默，你的聲音呢？

七

那隻手，那隻手，呵，那隻蒼白的手！許多事情你都太聰明，爲甚麼對一件小事那樣執迷呢？

你對金錢不認眞，總是歌頌慷慨。你對權力缺乏夢想，你說任何權力的寶座，都塗滿了血腥。你讚仰愛情的高貴，可是永遠遇不到值得奉獻的人；甚至對死亡，也不太恐懼，這個世界使你失望太多，可留戀的東西太少了。可是，對別人的一句話，一個臉色或一個眼神却那麼在乎。尊重，恭維，虛假，客套都好，只要不傷損體面；不撞破薄薄的那層紙，讓你在紙糊的世界裏喘息，一切就都可以忍受。

你瞧不起毛遂自薦的人，你的夢是高臥隆中，等待知者三顧。可是無情的現實，迫着你向財勢低頭，乞求一枝之棲。

你爲了避免刀子似的白眼，迫得把每個錢都用來僞裝濶氣，來維持那雙蒼白的手，來維持那紙糊的世界。

你常爲面子犧牲尊嚴，可是在沒有第五隻眼睛的地方，你竟忍受刺戮靈魂的侮辱。爲甚麼當衆人之前，不能忍受少打一個招呼？

社會的風沙，時光的水流，把自尊心磨光了，但是他仍執拗的堅守那紙糊的世界，他的生命脆弱得正像那薄薄一層紙，輕輕一碰就破碎了！

八

那隻手，那隻手，那隻蒼白的手！突然抓起，握了一下拳頭，又無可奈何的張開，手指鬆軟無力的在逡巡，他在不安，心頭滾着無名的恨。

窮人恨富人，在野的人恨在位的人，無名的人恨有名的人，失意的人恨得意的人，你說這些都已司空見慣；你可知道，無才的人恨有才的人，缺德的人恨有德的人，無情的人恨有情的人，小丑恨君子，奸佞恨忠良，還有卑污者討厭高貴，說謊者討厭誠實？……

恨人之有，笑人之無，恨他人的光亮，撞破自己的漆黑。不要說人心不古，人性從來就有這些毒刺，別爲這些刺痛咆哮，它提示你一條眞理，沒有醜惡怎能驗出美善？

如果說有上帝，祂爲甚麼不公平？總是讓狡黠者成功，殘忍者勝利，善妒的人得勢？量小的人當權？讓那個面貌臃腫的酸秀才，把七萬萬的靈魂，放在妬火中狂燒？

你總是誤解，以爲知識使自己高貴，你比販夫走卒更糟！因爲你懂得給邪惡穿上斑斕的外衣。

你有比嘴更會說謊的筆，說盡好事，天花亂墜，連你自己都驚奇自己的聰明，所行與所言，居然全不相干！

雖然你們都是可憐蟲。可是自古相輕，針尖麥芒，互不留情。當你被刺傷的時候，讚歎仗義的狗屠，可是一朝權在手，又六親不認。王倫不是死在林沖的刀下了嗎？白衣秀士的冤魂至今不散。呵，這是甚麼地方？這是甚麼時候？那隻蒼白手，爲甚麼欲抓又伸，像是輕蔑又像怨恨？

九

那隻手，那隻手，那隻蒼白的手！它像冰一樣的冷，像火一般的熱，他爲今天想得太少。爲明天想得太多。

他是一個搜索者，又是一個傳播者。他在搜索：黑暗中的光亮，苦難裏的福音，死寂裏的呼聲，無中的有，現實裏的夢。

歷史是永無終點的旅程。人們沒有夢，怎耐得住那漫長的飢冷和寂寞？最愚蠢的人和最聰明的人，最卑微的人和最富有的人，都有自己的夢。可是對於他，夢却是他的信仰，他的標誌。

他給人類描繪了無數的夢，使無數的人活在夢中，爲夢而活，爲夢而哭，爲夢而歌，爲夢流血，爲夢捨命。

夢給人類帶來燦爛的文明，也造成殘酷的犧牲。給人希望，也給人絕望，給人勇氣，也給人兇暴，照亮了歷史的黑暗，也造成無數的廢墟。

每個夢都在歷史上活了下來，造成今天這個夢的過剩時代。千萬個夢，好像千萬個妖冶的女郎，正在搖着纖腰，眨着媚眼，嬝娜的向他們招手。

一個憤怒的猶太人，留下了一個紅色的夢，他的旗幟象徵着一片血海。堅信這血海永不乾涸。任何的時代，任何的地方，人們都要裂成兩半，你死我活，互相砍殺，永遠有新鮮的血，注入那猩紅的血。血海之上，浮着一艘「方舟」，說，唯有這艘「方舟」可以載人駛向天堂。可是天堂從未抵達，血海的水位却越來越低了。

赤道國度裏的一位聖者，告訴人類一個無色的夢。世界和人生都是刹那卽滅的幻影。人生下來就註定走向死亡。一切美好的東西，都像夜空的烟花，燦然一閃，依然是一片虛空。走在死亡途上的旅人，你何必急急忙忙的趕路呀？

中土的逍遙大士，告訴人們一個渾沌的夢。他說，一切人爲都是愚蠢。臨風的大樹，「徬徨乎無爲其側，逍遙乎寢臥其下；」該多愜意呵！爲甚麽要拿斧鋸來砍戮它，拿尺繩來衡量它呢？夢裏沒有利害，更無是非，生是大夢，死是大覺。人各有夢，夢中有夢。何必爲這短且苦的夢奔忙？何不與萬物共化，相忘於江湖？

西方的智者、從天國回到人間，講了一個無夢之夢。他說：飲食男女的人，就是無上尊嚴。

每個人都是不可敲破的秘密。他馴伏了物質這匹野馬，勒住韁繩，挺胸而視覺得是世界的主宰。亞歷山大帝死於長征的馬上，浮士德不能抗拒魔鬼的誘惑。他直奔無前欲罷不能了。社會有如密密的蜂房，生活像蜂群一般熱鬧，心靈却爲孤寂而哭泣。命運的齒輪永不能停息，除非被當作一塊廢鐵拋棄！

人們病了的時候，總有反抗的呼叫。痛苦之谷裏，傳來存在的呼號。奔向那呼聲，進入一黑色的夢。撕破絢爛的文明外衣，裸露敢哭敢笑的眞我。在榛莽和叢穴裏，尋找靈魂的宿店。大麻草的毒氛，給人剎那的彩幻，醒來仍是無可奈何的空虛！從放縱裏求存在，到頭是黑色的斷崖。

當他們爲絕望而哭泣時，忽聽到禪院的鐘聲。

禪是那智慧之橋。由解脫通向仁義之橋，由幻境回到人間之橋。

中土聖者告訴人們，眞理無須踏遍天涯去尋找，要在自己心田裏發掘。那裏有長歌不息的愛泉，有長明不滅的慧光。當愛被掘露時，良知恢復了敏感，人我痛癢相關。愛是靈魂之家，浪子回到家，才能得到安寧和憩息，才與一切渺小的憂患告別。

呵，那隻蒼白的手，凝然不動，可是毛孔却正滲出汗水；他想得太多，作得太少，他覺得已盡得眞理，可是任何一個眞理都與他無關。今天在嘆息中過去，握緊拳頭，祈盼明天的早晨。

尾聲

紅色的霧，綠色的霧，金色的霧，銀色的霧，紫色的霧，桃色的霧，如雲蒸霞蔚，像一道被撕亂了的彩虹。

小夜曲像按摩女的柔指，輕撫着每個細胞每根神經。疲憊的生命像最後一寸的蠟燭，那光焰掙扎着突突跳躍，心裏却渴望那無光的漆黑。

白衫紅裙的天使們，悄然的打着哈欠，慵懶得美麗，像五月的柳枝。她們的眼睛像電力不足的燈，鼻尖透着一絲煩厭，呆望着，呆望着空曠的卡位，呆望看最後的一位顧客。看不見身體，看不見頭，只看見一隻蒼白的手。

音樂戛然而止。彩色的霧光消失了。最後的顧客已悄然離去。大地進入無邊的黑暗與寂寥。

選自一九六七年十二月十六日香港《現代雜誌》第三卷第十二期

呂　達

秋梨的故事

街頭到處都有售賣秋梨的攤子。梨子一個挨着一個躺在果簍上，黃澄澄的表皮上洒上棕色的細斑點，不但樣子討人喜愛，並且還散發出一陣陣梨子特有的幽香，在水果攤子前面走過，使人很難禁捺得住不買它三幾個嘗嘗，何況那又是一種確乎是美味的佳果。

在「水果王國」的衆多果族中，沒有那一種像梨子那樣爲我所喜愛。有許多果子雖說美味如蜜，然而都往往失之於過濃；不像梨子那樣入口清甜而爽脆。這些年來，我們吃秋梨的口福確實不淺，每年從產地運來應市的都有很多，這自然是因爲產量多了之故，梨中的最好品種，如天津雪梨、萊陽梨，照例是接踵而來，不但數量多，且個子也碩大得很，有些竟像一個小柚子般，這倒是以前難以看到的。價錢也便宜，用不着花買一個外國水果那樣的錢，就能買一個比拳頭還大的上好梨子，而其味道卻是外國水果遠比不上的。在封建帝皇時代裏，像天津雪梨這樣的佳果，只是皇族，官宦或富貴人家的寵物，一般的平民，是難有機會享受得到的。就是在記憶中，過去我們要吃一個雪梨，也不是容易之事。那時候由於產量太少，特別從老遠的北方運一點到這裏售賣，這件事本身就說明了它的價值。記得那時候，在這個城市裏並不是每個水果攤子上都能夠買到秋梨，只是那三數家較具規模的才有得出售，而且照例數量不多，果販們大都把它們盛在玻璃瓶裏，用紙牌子鄭而重之大書：正式天津鴨嘴梨。價錢照例並不標出，這就意味着是一種價格昂貴的貨物，像我們這類人哪裏還敢問津？

梨樹屬於薔薇落葉喬木，莖高三四丈，因爲年年採果，常常傷殘枝幹，所以外表看來，卻像灌木一般。梨葉呈卵形而尖，邊緣有細鋸齒；梨花潔白，五瓣，美麗得如素潔的仙子，我們的古人不是曾經用「梨花帶雨」去形容美女的哭泣麼？這種植物是中國的特產，而且好的品種還只限於北方。南方產的如廣東的淡水沙梨、潮州青皮梨，都遠不及雪梨和萊陽梨。

我愛喫梨，平常不但看有關梨樹栽植的文字，而且也愛讀些有關梨子的故事。在「水果王國」中，梨子要算是故事最多的一種。

記得三四歲的孩提時候，我就曾經被一個有關梨子的故事影響着。大人們爲了要培養我們做孩子的一種「謙讓」品德，不止一次地給我們講述「孔融讓梨」故事。據說孔融三歲的時候，就能夠懂得禮讓，父母給他們兄弟每人一個梨子，他因爲年紀小，自動揀了個最小的吃，留下大的給哥哥。平心而論，就這件事來說，也沒有什麼了不起，可能是孩子的一種直覺：既然自己年紀最小，拿個最小的不是很自然的事麼？不過因爲它恰恰適應了封建衛道者宣揚儒家禮教的需要，所以才大大地被渲染開來，以至成爲每個孩子啓蒙時一定要讀到的故事。

後來當我在小學念書的時候，另一個有關梨子的故事又進入我的腦海中。那是「九一八」以後的事，由於日本人對中國的蠻橫侵略，全中國有血性的人都紛紛起來用各種各樣的方式進行救亡運動。我們的歷史教師是一個愛國的女青年，她常常在課室上用憤慨的、激動的聲調向我們講述日軍的暴行。一次她說到日本侵略者怎樣處心積慮地要吞滅中國的時候，給我們敘述一個故事說：日本軍國主義者爲了培養日本人民從孩子時代起就有着侵略中國的野心，上課的時候，給每個孩子一個雪梨，叫他們即席吃了。吃罷做教師的就問：「梨子好吃嗎？」孩子當然異口同聲說：「好吃！」然後教師就說：「這種梨子只有中國才有得生產，你們今後要想喫到這種梨子，就得好好讀書，將來長大去打中國。」這個故事的眞實性如何，自然無法稽考，但當時卻大大地刺激着我們，我們並且私下發誓，長大了一定要爲國出力，把那些侵略者全部趕出國土。這個有關梨的故事，比起「孔融讓梨」，自然意義深刻得多，至少它曾經激起了我的愛國熱情。

梨子，由於它除了是一種無上的果品外，還能夠用來作藥物之用，它的故事也就特別多了。據古書上記載，有一種紫花梨，能夠治心熱病。唐武宗患了這種病，羣醫無策，後來青城山有一道人，以紫花梨絞汁進給唐武宗服，唐武宗喫了，果然痊癒。

最有趣的，是載於「類編」一書的故事。據說古時有一個讀書人，感到整天懨懨欲痛，像是有病，於是到當時的名醫楊吉老處診治。楊吉老仔細診視後，對他說：「君熱證已極，氣血消鑠，此去三年，當然疽死。」那讀書人聽了，悶悶不樂而辭。回到家裏，聽人說茅山有一道士，醫術通神，但卻不輕易替人治病。於是他便扮成一個僕人模樣，往茅山去，跪求道士收他爲僕人。道士被他眞誠所感，便收留他在道觀中。過了許久，讀書人把實情告知道士，道士替他診後笑道：「汝便下山，但日日喫好梨一顆，如生梨已盡，則取乾者泡湯，食滓飲汁，疾自當平。」讀書人回去後依法進行，一年後再往見楊吉老。楊吉老見他顏貌腴澤，脈息平和，大驚道：「君必遇異人，不然豈有痊理？」讀書人把實情相告。楊老吉立即結束醫館，到茅山去拜那道士爲師，自承學之未足。類似的故事，在「北夢瑣言」中也有。可見梨子在醫學上果眞有一定的價值。

如果要替梨子治病功用找佑證，在古書中幾乎隨手可以引出十個八個例子。清吳其濬在「植物名實圖考」中引用前人的話說：「梨有治風熱，潤肺，涼心，清痰，降火，解毒之功也。」宋周密在「志雅堂雜鈔」中也説：「梨子去熱眼，熱牙疼，皆可。」即在今天，人們一樣把梨子看作是袪熱，潤肺的果品。你聽，果販們不是高聲地喊着：「有雪梨，無熱氣」麼？在我的家裏，每當秋冬之間，梨子大量上市的時候，總是有好幾次買回來一包梨子，用刀削去皮，切成一片片，放在鍋子裏，燉它一兩個鐘頭，然後拿來連汁夾滓一併吃了，據家裏傳統的看法，這在乾燥的天氣裏，是一服最好的清涼劑。

好梨都產在北國，而號稱「水果王國」的嶺南，產的卻反而是次品，這不能不説是一種遺憾。大概是由於氣候和土質的關係吧。然而目下人們已經有能力移山倒海，甚至於轉動乾坤了，那麼難道要把北方的果品移植到南方來，並且使之能夠富有原來的美質，這當不是一件不能實行的事吧——我想。

選自一九六二年十二月《南洋文藝》第二十四期

謝康

收音機和「麻將」

〔存目〕

選自謝康《散文小品》，香港：東南印務出版社，一九六三

趙聰

家鄉憶吃

我走過了許多國內的地方，在吃的食物上，都各有出名的東西，也都各具獨特的風味，但總覺不及家鄉的吃着可口些。這也許是，在兩千多年之前，我們桑梓出過孔子。他老人家雖然教導學生學君子，食無求飽，可是他自己吃東西極講究，不止食不厭精，膾不厭細，就是肉塊割不正他都不吃。他的道德文章，鄉人倒未學得到家，而在講究吃上，反而超過了他。我敢說，如今鄉人做的京菜，比他在夾谷會宴上所吃要好得多多。

人都知道，有名的京菜是山東人做的；不止在故都，名厨大都是我們的同鄉，卽使在這港九，京菜館裏稱得起一把手的，你聽他說話，沒錯兒，一定是膠東口音。可是另有一件事實，人們卻不知道，那就是在膠東本地，你反而吃不到好京菜；青島出名的「煙台三塌」，我吃着總覺得西望長安。倒是作爲省會的我的家鄉，有些好吃的東西，可作爲山東菜的代表，卻又傳不到外省來，不止北平，在哪兒也吃不到。看官，你可曾聽說過有什麼山東菜來着？這兒的京菜館，有一個雜燴湯，稱爲山東菜，那是此地厨師的創造，故意擺烏龍，騙騙香港的食家的。

少年時在北平，住在姨丈家裏。姨丈是商人，有幾間不錯的店舖，也有幾處房產，不消說家裏自己有厨師。我還記得他叫王六，人都喊他六師傅，是姨丈從山東請去的。他雖非名厨，可是京菜中那幾樣有名的他都做得來。姨丈説，到館子裏去，只爲排場，單講吃，還是在家裏好。客人被請到家裏來吃的，也都逢迎姨丈，隨着誇贊六師傅。

我那時不是基督徒，連聖經都沒有看過，可已實照了聖經裏這句話：「人活着不是單靠食物。」我和三位表兄，同在一個大學裏讀書，並且是同志，只是志不在吃。有些玩樂的事，比吃重要得多。以功課忙爲藉口，欺騙着姨丈姨母，隨便塡飽了肚子就跑，實際上是忙於其他的耍樂。——至於是一些什麼耍樂，本文只講吃，恕不奉告。所以究竟六師傅做的東西好吃不好吃，比得上館子裏的菜與否，我們都漠不關心，誰也不管它。有時等不及開飯，往往在厨房裏吃個烤饅頭就出去了。

眞正懂得品嘗菜的滋味，那是回到家鄉做了事的時候，爲了本身職務的關係，不能不應酬。我們那位外號叫做青天的主席，雖説提倡節儉，叫公務員着布衣布鞋布襪，不准看戲跳舞；嫖賭吸毒要撤職坐監甚至槍斃，但吃吃喝喝是不禁止的，因爲我知道他也是愛吃好的。那麼，所謂交際應酬，也就只有一個吃字了。當時家鄉的商業，唯有酒菜館業一枝獨秀，不止歷史悠久的百花村、吉元樓、魁元樓、鳳集樓、同元樓、式燕、石泰巖這些比較大的中西菜館，生意興隆，就連中下等的館子也都座無虛設，新開張的更是不計其數。都各有名厨，各有拿手的好菜，也各有特殊的風格。你想吃那一樣菜，一定要到以做那一樣菜出名的館子去吃，吃一次，吃一百次，永不變樣兒，那就是招牌。不像在這兒，每一京菜館雖然什麼菜都有，只是沒有一樣能够樹立起招牌來。你這次吃着某館的某菜很够味，只是偶然，等你再去吃那樣菜，就會變得面目全非，一點也不是味兒了。所以你偶然吃到可口的菜，只能慶幸自己好運，可別在友朋間宣傳，不然，你那友朋眞個尋了去吃，你的話準給那飯館的厨師砸了。一般地說，就連這幾年最時興的烤鴨和涮羊肉，有幾家能做得是那麼一囘事兒的？有人說，這是香港京菜嘛！那就不必苛求了。

在家鄉，菜買於食家，稍微變樣變味，嘗了還能退囘去不要的。到哪一家，專揀他那厨師最拿手的菜來點，他就知道你是識途的老馬；倘若你點他那最不擅長的，他雖也能做，可是做着也別扭，那跑堂的伙計會抿着嘴笑話你外行。實在說，你若是常去吃的熟客，領着客人一到，那跑堂的就會把你要點的東西背誦出來，用不着你張嘴。你只聽他報菜名，最後點一點頭就可以。

因爲應酬只限於吃，吃整桌筵席太多，長了再好吃的人也會吃得膩口。這樣一來，覺得爲了應酬進館子，倒視爲一種畏途。同時，無論請人或被請，座中總有陌生者，受禮節拘束，不能暢快地吃，自由地喝，也感到不合乎吃喝之道。所以有時得推卻就推卻，對那些海盌大件兒不再感興趣，抽空約上三五友朋走入小吃之一途。

我們家鄉還有一種風氣，就是只有一兩桌客人的話，最講究的是不上館子去吃，而在家裏吃。中產以上的世家主兒，差不多都有厨師。有些人家的厨師也挺有名氣，手藝有的還在大菜館的名厨之上。而他們所拿手的，也是各專一門，這個能做的，那個做不來，那個能做的，這個做不來。大概是他那絕活兒，不肯傳授給人，逼得人們要吃那樣菜，非吃他做的不可。幾家大商店，像瑞蚨祥、泉祥這些章邱舊軍孟家所開的祥字號，還有山西人所開的銀號錢莊，都有很好的厨子，有些是外面絕對吃不到的美味，這類「非賣品」就益見其名貴。一年中，有這麼幾次，這一家請客，把幾個私家名厨全借了來，就像特集各個獨挑大樑的名伶唱一場堂會戲一樣，他們在一桌席上各顯身手，這樣就全吃到了，真是盛饌。這種席不能常有，因爲第一要主人的交情够，第二還要看那廚師樂意不樂意，（關鍵在於廚師與廚師之間是否合作），這兩項都無問題了，對那廚師的賞賜還要付出一筆比買那樣菜貴數倍的數目。這才是眞排場。

我家的厨子不及北平姨丈家的六師傅，但他也專精一樣菜，菜名爲糖燒麵筋，又非王六所能做。先嚴好吃它，卻非他做的不吃。這菜本非名貴，可經他這麼一燒，就名貴了起來，於是他也常被人家借去燒這樣一味菜。那時我嫌它甜，對它並不感興趣。他做的菜都平常，先嚴卻不在乎，不過我極好吃他做的大餡兒餅、炒麵，還有一樣菜，如今我忘卻他給它起的那個希奇古怪的名兒。餡兒餅之大，好像大圓鍋餅那樣，一個人吃不了，兩個人吃也得大飯量的才成。家鄉風俗，在除日要吃餅，象徵一家人團圓，這大餡兒餅就是在那時他做來吃的。我好吃它，餅皮薄而酥香，蛋、蝦、牛肉、韮黃合餡兒，在外面哪兒也吃不到的。所以我不管除日不除日，想吃時就叫他做一個來吃。做這個倒容易，不用事先準備什麼，做炒麵就比較麻煩的多，得先和麵，麵用三種——生麵、燙麵、發麵，分量的比例我不清楚，似乎還要加上油、蛋黃、牛乳什麼的，揉合在一起，擀成薄餅再捲起切成均勻的細絲，下到沸水裏，一個開鍋只七分熟就撈出來晾起，晾半乾時，搓上油，再晾，然後再配合着已經燒好了的肉絲、蝦絲、乾絲、海參條、筍條等等作料下鍋炒。費事眞够費事的，可就是好吃，要吃得先告訴他，臨時是來不及的。至於他創造的那樣菜，主要的原料是很不值錢的白菜，得檢那又肥又白的地方切成大方塊，洗淨晾乾，平鋪在蒸籠裏，籠下面鍋裏放好猪肉和鷄及各種作料，用文火慢慢燉，經過一夜時間，把猪鷄燉得像海綿，並且半乾了，它們的精華就會全已被吸入白菜方塊中，然後過油，加上配好了的汁。這時端上來，不但看不出，也吃不出是白菜了。我不知道這個菜爲什麼沒有傳出來，人家全不知道，也許先嚴嫌它太費事又太費錢不加提倡的緣故吧，可我覺得它妙得很，比糖燒麵筋不知要好多少倍。

除了這些以外，如今我所記得的家鄉的吃，還是多得很，要一條條地寫出來，恐怕就成了食譜食經，讀者會生厭的。這裏我只說幾樣又普通又特殊的東西。蒲、茭白、藕，是大明湖裏的特產，可這三樣東西都極普通，在哪兒也吃得到，只是哪兒的也沒有大明湖裏的好。因爲產量不多，運不到外地賣，所以在外地吃不到。我不是老王賣瓜自己誇，忘記是哪位有名的食家說過，大明湖裏的蒲菜天下第一；但我更愛湖裏的藕，白、細、嫩到不能再比它更白、更細、更嫩，吃起來香、脆、甜，像吃天津鴨兒梨那樣嚼了不留一丁點兒渣。切成薄片，蘸着白糖吃，價錢不貴，可以上大席。我有一個沒出息的毛病，對好吃的東西一個勁兒地吃，不吃夠不停。有一回吃這種藕吃得太多了，傷了胃口，一直多少年不再想它。如今想吃它，卻又得不到了。

上面提到過三五友朋的小吃，那最好是到西關江家池匯泉樓去，主要是吃活魚。那酒樓就築在池旁，不，就在池上，坐在那裏有置身蘇州亭園的感覺。池裏滿是魚，有個兒特大的。碧綠的水草像柔長的飄帶，發生在清澈見底的池裏，魚在草際穿梭般奔馳，被草色映得都好像穿着亮晶的藍袍，不知牠們有什麼事那麼忙碌，也如同鬧市裏的人羣那樣擠擁。但這些魚是光許看，不許吃，因爲都是信佛的人放生的。匯泉樓下那部分水池，有矮石牆隔開，那裏面的魚才是館子裏養着供客人吃的。你只消說明要吃多麼重的，那堂倌就會揀來給你親眼閱目，在竹箕裏眞是一尾活蹦亂跳的活鮮魚。如果你點頭認爲這尾魚可以，堂倌雙手掇起牠來往地上猛一摔，牠不再跳了，拿去烹調。一尾魚可以做三樣，就乾炸、清蒸、紅燒、糖醋、醋溜、糟蒸、糟溜、南燒這些做法中隨意點。單沽一味也成，館子更願意，少些麻煩。可是一樣花錢，誰也不願單沽一味的。一尾魚，調多一點花樣，吃多幾種口味，多經濟呢。通常是兩樣做法的多，我只愛清蒸和南燒兩種，那就是把一尾魚劈成兩片，一片清蒸，一片南燒，每片做好端上來，看着仍是一尾整魚，不過吃完不能翻身，因爲那一面已另做了。清蒸鮮美而不膩，南燒淡雅而香甜，這兩種最難做，該樓的廚師卻極擅長；其餘那些做法當然也不錯，我卻覺得有點俗氣，且嫌把活魚的鮮嫩特點抹殺了。

這類中等菜館裏的小吃，價錢卻並不便宜，因爲你要吃得精細，吃得舒服，不多花錢怎成？但你若吃便宜一點的也有，像四馬路口便宜坊、子雲亭那些特殊的麵食，城內五福樓的牛羊肉，都是獨樹一幟，在別處吃不到的呢。另外還有最平的吃，但名貴亦不次於那些大館子，如鞭指巷那家賣脱骨燒鷄的小館，小緯六路熊家樓的扁食（水餃），轆轤把子街文陞園的餛飩油煊兒鐔子肉，院前街糝館的糝和肉火燒，西門外的紅燒牛肉，藥王廟的羊肉蒸餃，都各具特色而百吃不厭，吃上一頓花不了多少錢。

如今在這兒，什麼菜都吃得到，只缺一樣，就是家鄉的吃，而這種家鄉的吃，在我認爲卻是吃之中最好的。

選自一九六四年三月香港《文學世界》第八卷第一期

夏易

雪·花·風·月

本來，風、花、雪、月，我都沒有放在心上，沒有爲它們陶醉過，沒有爲它們動過感情。

但是，自從我看到眞正的雪以後，對雪，就有了深刻的印象，不能忘懷。不但如此，對風，對花，對月，我也另眼看待了。

在這以前，我也看過所謂「雪景」。在聖誕卡上，在畫報上，在銀幕上，它是美麗的。但那些「景」都離我遠遠的，好像是另外一個世界，好像是一種傳說。

我是在南方長大的，經常可以把手臂裸露在和暖的空氣裏，在最冷的時候，寒風也不會刺痛人的肌膚，而我的周圍，一年到頭，都不曾缺少過綠色。

二十多年前初到北方的時候，正是夏天。

北京的夏天，有比南方更多的綠。

我們的宿舍，正在校園的中心，前面是一大片樹林，後面也是樹林，樹林的空隙，還有水田，有蓮花池，有彎彎曲曲的小溪流，再遠，就是圍牆以外的遠山了。

在夏天，這些樹林，水田，蓮葉田田的池塘，潺潺的溪流，蟬鳴，蛙叫……好像和南方沒有什麼兩樣。

但到底有了變化了，秋天到了，在幾天之內，園林都變了色。爬上牆上的密密的「爬山虎」紅了，黃了，一片片地落了下來，在樹葉脫盡以前，校園裏有一段異常絢爛的風光。

詩人林庚有首題爲「秋之色」的詩：

像海樣的生出珊瑚樹的枝
像橄欖的明淨吐出青的果
秋天的熟人是門外的歲月
當凝靜的原上有零星的火

清藍的風色裏早上的凍葉
高高的窗子前人忘了日夜
你這時若打着口哨子去了
無邊的顏料裏將化爲蝴蝶

如果你沒有在那園子裏住過一個秋天，這詩是難解的。但我們都曾經在那無邊的顏料裏化爲蝴蝶，這詩，至少可以懂得一半。而當聽過林庚向我們談詩之後，就懂得更多一點了。

不久以後，那落盡林葉的園林，籠罩着一片暈黃的色彩，像是一幅幅用赭石塗染的畫頁，在黃昏的落日的餘暉裏，那種色調尤其容易使人感動。

天氣冷了，在那個年代，貧困的孩子們沒有足夠的衣裳。我把所有的衣服都加在身上。請不要想像那是個怎樣的裝扮，否則，你一定會失笑的。

在那個時候，我還不知道什麼是雪，沒有想到它，對它的來臨沒有任何的準備，直到有一天早晨，我被同伴們的呼聲吵醒了。

「雪啊！雪啊！」

「你看！下雪啦！」

幾分鐘之後，整座樓房都響起了少女們的快活的、興奮的叫聲。我們這些從南方來的女孩子們，還是有生以來，第一次看到雪。

怎能叫我們不興奮呢，整個世界都變了。打開窗子一望，到處都是白的。

以前我們說過「像雪一樣地潔白」這樣的話，那麼，現在，我們用什麼來形容雪的潔白呢？我們不能說「雪像雪」，那麼，像什麼呢？

沒有一種白，像雪那樣，白得那麼純淨、晶瑩、廣大而無邊無際。

現在，我們眼前雪景，不是在一張卡片上、一幅圖畫裏、一方銀幕上，而是整個世界，整個宇宙，前後左右，無不是雪。如果你不去回憶，你就不記得世界原來是什麼樣子的。

我們已經笑着叫着，互相呼應着，順着被雪掩蓋着的大路走去了。

腳踏在雪上，有一種特殊的感覺，每一步都在雪上留下一個深深的腳印，并且聽到雪被壓擠的聲音。

在別處，你走一千步一萬步，也沒有留下一點痕跡。但在雪地上，一行行的腳印，久遠使你懷念那些走過的人。

我們幾個人，肩并肩地在雪上走着，手拉手地向前走去，就是不想往回走。

那眞是一個發狂的早晨，一口氣走得那麼遠，連餓也忘了，連凍也忘了。可是那股新鮮的勁兒，却到今天也忘不了。

雪又從天上落下來了。從天上的什麼地方落下來，那是看不透的。一朵，一朵，花似的輕輕地飄了下來。

我們把頭抬起來，把嘴張開，讓雪落在我們的口裏。

啊，雪落在我們的額上、頰上、肩上、睫毛上，冰冰的、濕濕的，好清涼啊！

雪在口裏溶化了，那是天上掉下來的東西。

雪在頰上也溶化了，肌肉感到輕輕的刺痛。

肩上、身上的雪，像鋪了一層白霜似的，并不急于溶化。

雪，眞是花兒一樣，飄着飄着，并且，停留在樹枝上，使所有的樹都好像開滿了白色的花兒。倘若有一陣風，就會把花兒吹得紛紛亂飛。

在月色裏，那更是迷人了，月光照在雪地上，是那樣的清麗、明亮，使我們好像就住在月亮裏。

有人踏着月來了，我們打開門迎接，燈光從屋內照在雪地上，像鋪了一塊長方形的金黃色的地毯。

關于雪的回憶，是記不盡的，雪落在樹上，屋頂上，窗沿上，橋上，和橋下的冰上，都有不同的風姿。

在雪地上走是艱難的，每一步都會滑倒，有時風吹過來，捲起雪花向着頭上臉上，無情地撲打，但是，我們的口噴着熱氣，我們的心是火熱的。

在雪地上走着，成行成列地走着，更會使人顯得年青、勇敢。

選自一九六四年五月香港《文藝世紀》第八十四期

李英豪

伊之變奏

周流只自然

也不知厭倦過多少回了。這條山道，這個市區。寂靜之牆，噪音之牆，就像孤獨的圍攏過來。里爾克。奧菲歐十四行。時間之書，卡夫卡。變形記。審判。你被自己審判着。在車子裏讀里爾克卡夫卡卡夫卡里爾克……已經不知多少回了。書也給陽光和夜氣蒸得發黃發霉。

山道。市區。繞過裙帶般的山路，也就加着油的闖入茹毛飲血的文明中去。來復來復了多少回呢，這條介於城市和鄉村的路。

速度。多麼渴想以速度逼走孤獨。多麼渴想以速度超過世界。總是那麼蜿蜒。上斜坡啦下斜坡啦。風景把你的眼角向後拉。閃駕。快意。老穿不過那牆那牆那牆哇。也就想起了卡夫卡的獵者不停地攀爬着那副梯子而總走不上去呆在老地方陷於進又不是退又不是的處境。

萬古周流只自然。二十四年前的你仍未誕生。二十四年後的你可能已經死去。自己又死過多少次呢？「自然」屹立着。但頹廢若不及早防治，就像肺結核菌般蔓延開去了。

當黃昏又再給抬上解剖床被開刀一次，一天的血液能循環的跑多少個圈圈呢？東尼李察遜。長跑家的寂寞。你你數着樹木。數着塵埃。數着晚快的微粒。數着黑板上的綫筆灰。數着老改不完的厚帙帙的簿。

昨天不是很陌生很熟悉嗎？今天抄襲昨天。明天又翻版今天。不爲什麼而跑路，不爲目標而存在，那是不快的。所以四方談。所以創世紀。所以好望角。所以看看加謬，想想占士甸。但仍然逼不破那堵牆。牆就是你自己。你自己就是孤獨。孤獨的夸父。你在哪裏？

母親噓寒問暖的嘮叨囉。父親愛之愈深期諸愈切的關心囉。老師老師不是這不是那的沙啞音囉。你用沉默反叛着。朋友們的笑浪使你覺得自己更陌生了。你還太年青去尋求愛哩！你還太年青去醞釀孤獨哩！認命不認命？

沒頭沒腦的納蕤思一番。在鄉村與城市之間。在太陽和夜之間。

當沒有神祇再存在於你漉漉的內裏，一切沒有意義的開始意義了。「自然」仍周流着。絕對的自我也開始依呀依呀的敞放。熄滅低燈高燈邊燈掣燈。車窻推走了紫色的風景。

伊就在眩目的太陽中走進來。

若即若離忽隱忽現的陽光。那份一把子抓不住的喜悅的痛苦。兩根灰柱，絕對跟絕對碰上了，就是相對。你努力（伊不像誰的捲起了笑渦）將這相對再合成一個絕對。

那是不可能的。來復在鄉村與城市之間還太年青去醞釀孤獨的天眞孩子。你你連最後賸下來的四分一自己也典盡了。伊偏過一邊臉的時候。秀髮周流着，那十二分古典的側影就浮雕般貼在自然裏。那是不可能的。

爲什麼十二分古典的伊老是愛睡呢？眉眼的星月。只有奧菲歐才會鼓琴而歌，把太陽唱起來。

你漸漸遺棄了后羿那股子冷漠。繞過裙帶般的山路。那麼蜿蜒而不可攀。快意。閃駕。這次却加着油闖入太陽的核心另一絕對中去。孤獨遂失去了自己的名字。

仍是不快。在周流的那份純潔天眞中。讀着一頁古典的風景。在幾乎可以觸到太陽冰雪峯頂。流轉。靜止。有一美人其圓似日其滑如流其亮若天有美人其豐似稻其氣如蘭其溫若土，塔松孤獨的高歌奔蹄入沒有自我的自我。伊悠然抬起頭來，整個世界睜開，在漉漉的山道上。

太陽下的雪

在漉漉的山道上，整個世界睜開。

伊是從雪裏來的。伊是從太陽裏來的。擲着太陽擲着雪球。小時候你已夢想雪地的樣兒。你已深深夢想冰川的樣兒。

找雪。追尋雪在太陽下。你是個傻子。

車子喘着氣的爬完了第三度山峯，咳嗽兩下，賴着不走了。太陽停在夜的半空。風景就有點近乎伊所深愛的杏灰色的一具靜止中國花瓶與及不謝的深紫紅色的石薔薇。

我是不懂得欣賞風景的。伊說。

車子壞了。票根掉失。你多渴想自己有一輛快意，或者一輛閃駕，載着太陽使風也失去多速的空間。超過世界。超過自己。溶入雪中。那種冷冷然形成美麗的痛苦。埋掉里爾克卡夫卡卡夫卡里爾克。加謬什麼呢？當伊存在當你存在大霧的半山中。

我們回去要晚了。伊偏偏。眞使人想吻一下的嘴兒。

那具電子風琴又重覆的重覆的奏着那闋「夏天的地方」。（雲來萬嶺動。）伊吃辣醬吃四川麵的神情怪（　）的令人難忘。（山從人面起。）伊說蒼蠅丟在紅墨水瓶裏就有掙扎不起來給白白的淹沒這種冒失的髒鬼也委實該死。（長松入霄漢。）你指誓你要在柏油路上種梨子而終有一天賽過沒臉的宇宙。（山色有無中。）想起沒入人頭湧湧的羣衆間的自己衹是一個小角色無名無姓而太陽下的雪却成爲存在中最深沉的召喚。從此你便暗暗喜愛了懸崖上的一朵小白花。「夏天的地方」。已經是秋天了。窄門裏的芥龍和阿麗莎虛無不起來啦。伊還是搖搖頭說不懂得追憶不懂得欣賞風景。伊還是〔吸〕着兩瓣眞使人想吻一下的嘴兒。這是山道。那靜的廣大，如同內在的廣大。當伊攀登你攀登在大霧的半山中。茫然對着活像曩昔迷濛的行將逼近的夜。（橋的恐懼。何處有風鈴？）自己也不再現代而古典得可以了。就像濟慈丟進芬妮的眸子。就像約瑟芬不在時拿破崙僅是個勝利的失敗者。

讓我們自己徒步走一段路吧！人不能總是舒舒服服坐在車子裏不自己走路的。伊說。懸崖上有一朵小白花。管他票根掉失車子壞了。伊就邁開數也數不完的步子。孤獨失去了自己的名字。在鄉村和城市之間嗎？那已無關重要。只只攀登。

只只攀登。「自然」仍周流着。你已不畏夜。你不是要尋自己的嗎？當自己在另一個絕對中消失時，你便尋到自己了。伊的笑渦周流。冰川洶湧瀉下。你已無從反叛。噪音之牆，淡出。寂靜之牆，割。伊到底是從雪裏來的。伊到底是從太陽裏來的。

仍是不快。當「自我」的自由進入「他我」的自由之中，「他我」的存在便隨之而消失。你每一次試圖將「自我」的自由和「他我」的自由互相融合一起時，矛盾產生了。伊雖是雪的女兒，在太陽下，居住在彩虹裏，可是也不例外。

但伊從不淒淒的哭泣或流泪。哭泣或流泪已化爲對春天的祈望。你也祈望春天使雪溶解得更美更美些。你幻想又不是幻想的以為自己是伊的世界的基層。總有一天要不靠任何車子承載的把這條蜿蜒的山道踏盡。親手建起一個自己的世界。將兩個孤獨的絕對在矛盾的相對中融合爲一。

在雪裏追尋太陽，在太陽裏追尋雪，同樣是不可思議的傻事。你已傻將起來啦。你因伊已踏出在山道上，不再厭倦甚麼，縱使冷漠仍像剝蝕的苔蘚般在脚下。

冷漠的絕對與芬芳的相對

來的時候是孤獨。去的時候也是孤獨。兩個相對的絕對追求一個孤獨。孤獨已失去了自己的名字。寂寞已失去了自己的位置。

你老是不明白老是不瞭解。伊爲什麼總愛睡。總愛獨個兒大踏步的踏進電影院中。總愛在上體育課時穿着長條花的灰白間袴子。嗨嗨。愛並不要求明白要求瞭解。愛伊的也不等於明白伊瞭解伊的。生命存在世界宇宙都有許多許多東西不是你這個太年青去愛太年青去醞釀孤獨的天眞孩子能明白瞭解。

愛根本就是一種忐忑一種不安一種痛苦一種要侵入另一個絕對去的全盤努力。你憎恨柏拉圖正如你丢棄了勞倫斯波特萊爾。你發現亨利米勒但你知道自己不能是他不能做他雖然亨利米勒很東方。愛不是一種形式而是生命與生命眞摯的交融所以尚保爾沙特和西蒙地波芙娃身體力行才是眞正體認冷漠的絕對與芬芳的相對的一雙愛人。

你必須忍受着那份侵入那份損害一如你往昔在厭倦的路上噪音之牆寂靜之牆中忍受那份孤獨那份內在的廣大。

愛是容納「他我」存有基模，使主觀存有超越自己成爲融合另一主觀存有的客觀存有。征服你自己比征服世界更重要。你想起笛卡兒。而現在征服伊和被伊征服又比征服什麼都更重要。這種征服的自覺使你發現了的不但是自己而且同時包含了伊。你在伊的相對中完成了自己同時發現了伊絕對的存在。絕對與絕對間的尊重與眞誠形成了「相互主觀性」（intersubjectivity）的一元宇宙。除愛的行爲外沒有愛。除愛中所顯示的外沒有愛的可能。你又想起了沙特。爲什麼你自己所想起的老是那麼玄那麼不可理解。爲什麼你不能埋掉過多的思想過多的感情。

而這樣子顢頇這樣子矜持這樣尷尬。你感覺自己的存在完全被抽空。被伊的絕對推動你臨風的方向。你感覺初步是深深的關懷而愛離不了一種限制和干涉。所以你不時刺探着伊有沒有另外的男孩子在這裏在那裏。所以你常常問着伊在禮拜天在假期是否睡覺是否看馬戲還是幹什麼。獨個兒的時候寂寞不寂寞。在自己的房間中能不能不想畢加索的馬尾女郎。

沒有誰是誰的奴隸。沒有誰是誰的主人。你不是超人不是智者不是多才多藝英俊瀟洒的哥兒。你認識自己只是一個人就得是一個人的存在。愛是兩個要成爲「自覺本然體」的絕對底隔離了的自由。你你伊伊喜悅而痛苦的擁有這份隔離了的自由。

愛就是那個樣子麼。伊清潭般冷瑩的眸子和絲般飄揚的秀髮像在說話。伊的頭貼在磨砂玻璃上兩隻纖纖的手穿梭一針一針的織着淡灰色的毛綫。伊呶起那張眞使人想吻一下的嘴兒。我不懂得你這麼勞什子艱深的哲學的理論。伊說不懂得哲學藝術只知道一個人就是一個人就要心安理得的走自己的路。伊又談起日月潭談起爸爸到過的南京談起福建的茶談起同學會談起祖母的口音。你丟下給蒸得發黃發霉的書。

周流只自然。當伊存在。太陽下的雪。少年你爲何獃獃的等待風鈴?橋的焦慮。橋的恐懼。橋的喜悅不安。有美一人。清揚婉兮。有美一人。婉如清揚。時間之書。蛻變。山道。市區。冰川。嘉麗絲。約瑟芬。古典的臉。霄漢的星月。你找到了東方。一骨碌的翻轉身子,掉下那管筆,推開窗葉,又憂憂的想起伊來了。

你突然關心自己起來

也不知什麼時候開始,你突然關心自己起來。那是你從不曾想到的。每天推開千千萬萬扇窗子,總想找尋一點兒可欣賞的風景。你常常懷疑自己究竟是否存在於這個世界裏。

那是什麼時候開始的呢?昨天你走在稀稀落落的街道上,陽光猛烈地盯着水門汀那一邊,畫出你的影子。你覺得從沒有過的冷。

也是第一次,你感覺秋天的天空高得很,疊起億億兆兆個自己也不可能碰觸到。這種縱切的距離始終存在着。但你從不曾發現,也永遠不可能將高空輕飄的雲和地面上的自己底距離拉短。

絕望構成你思想的癌。

你遂拐個彎，太陽變成在後頭盯梢着你的登徒子，像在等待一次强暴的機會。你的脚步開始拖慢，以至停頓。

櫥窻玻璃裏模特兒鑾漂亮。當裝飾師把她的頭顱移下來替她除下假髮的時候，你苦惱的皺眉，下意識的架架自己的眼鏡，偏過臉，繼續舉步。白蟻已營巢於你心中。

出門之前你刮鬍子的時候，早早感覺乾窪似的臉上散亂的草叢成長得太快。記起在果檔前瞥見的蘋果都有點兒早熟。你不知想着什麼，一不小心就刮破了自己的臉。血絲冒出來你感覺隱隱作痛。怕刮鬍子，因爲怕對着那面鏡子，又生怕刮破了不好看。你懷疑自己是否只有廿三、四歲的青年。你操心今天的天氣是否仍然那末乾燥。

究竟自己要到那兒去呢？你提不起勇氣在這個時候找伊。伊在昨天的昨天不是跟你一道兒坐着公共汽車在新界一條狹小的路上奔馳？沒有可欣賞的風景。事實上一切風景在伊存在時已不存在了。

依呃一聲。車子猝然煞掣。那陣子出神俶爾逸失。伊和你的身體向前仆了仆。兩隻鴨兒的屍體就橫在眼前，其牠的却像小學生排隊般滑稽的扭擺着過去了。被車輪輾死的兩隻鴨兒！一隻的頭血肉糢糊，連着的那長長伸出來的脖子再不能瞻望什麼或昂然什麼；另一隻肚子破開，腸腸臟臟都流瀉成一灘，一個好像是心兒的東西還血紅紅地跳呀跳的在柏油路上。伊沒有作聲，呆呆的掉過臉去搜尋路旁黃綠相間的竹子。

因爲這件小事你就兩晚都睡不好。做夢的時候竟也把自己比作其中的一隻鴨兒。那是多傻，輾死了兩隻微不足道的家禽，竟使你日以繼夜的不安起來。甚至不時想起了陳映眞在短篇「一綠色之候鳥」中所引丁尼生的兩句詩：

「落日和暮星

以及一個對我清晰的呼喚！」

這呼喚果眞是死亡，還是絕望呢？

是不是這個緣故使你突然關心自己起來？你不知道。你唯一知道的是夏天已經圓寂（只能期待下一涅槃）；天氣愈來愈冷。街的另一端又是街的另一端。你素不注意別人衣着的，現在居然也埶出閒來看看那種虛假的發胖。但刮鬍子刮出來的血絲，輾死在村道上血腥一團的兩隻鴨兒，櫥窻裏沒了腦袋空空洞洞的模特兒，甚至連一片雲也沒有的高高秋空⋯⋯都在腦海中構成了混混沌沌的秩序。

伊的眼睛好像怪責那個司機不小心。其實這種天生的殘忍已經不算作悲劇。你的喉頭有點兒梗塞。最逼近的東西都距離最遠。而你自己不算作悲劇的存在阻礙你在這個時候見伊。

你就溜躂在街上，被兩盞血般的紅燈追擊着。

木玫瑰・鐵樹・我

「天氣會愈來愈冷了。一股寒流又在夜間蒞臨。你說，你怕秋天；那麼，你怕冬天嗎？」

「我怕我自己。沒有一個季節是我喜歡的。」

「爲甚麼你老是如此苦惱，不安？」

「苦惱和不安都是生活的一部分。如果生命中，沒有愛，我會活得很快樂。我常深望自己是一塊冷冰冰的石頭，或者是一株鬱葱葱的鐵樹。沒有思想，誰會苦惱了，沒有感情誰會不安？」

「萬料不到我們的批評家也這麼傷感，溜出一派哲學的調調兒。我不大瞭解你這種弄文學美術的人。當我們愈接近的時候，你和我好像離得愈遠，甚至如同陌生人，彼此永不相識。」

「我生性就不喜歡太瞭解人，也不想太被人瞭解。熟悉別人的面目，脫露自己的軀體，同樣是不可能的，只有使人感到膩死了。」

「所以，我也怕被別人碰觸和攻佔。那是一種侵害。小時候，我唸幼稚班，（你知道，我還是一個很小很小的女孩子；甚至現在也不懂甚麼，不知道自己適合做甚麼工作。）總是靜靜的坐在課室的一角，從不打擾別人，也討厭被人打擾。當我獨個兒（其實不是）聽着音樂傳出叮叮的聲音時，就愛抿着小嘴兒，笑起來像娃娃。有一次小息的時候，大家都去玩木馬、鞦韆、滑梯和旋轉機了，我還是撐起小腮兒，坐在淺綠色的椅子上發呆。一個幼稚甲班的孩子走過來，逗我和他談話，我沒有拒絕；可是當我們熟絡起來，他一把子老實不客氣的拉我的手，要和我出去玩玩時，我就好像受到了侮辱和損害，哇哇的放聲大哭起來。無論老師如何逗我，都無法止住我的哭聲，直至我的喉頭有些像撕裂了，才吞着唾沫，忍住嗚咽。到現在，我也不知道爲了甚麼緣故，我曾這樣子傻哭，但自那光景開始，我不再輕易哭泣，遇上了不愉快的事情，最糟還是硬性子的發一頓醜脾氣。總之，我不喜歡做的事，刀子橫在我的脖子上，死也不肯做。這世界雖然有別人，也有自己。你看，一個人總在包裹着自己，維護着自己。因此，我自小就不愛妨礙別人，傷害別人，如果眞的有妨礙，只有妨礙自己。小學的老師，說我是木玫瑰。我很喜愛木玫瑰。」

「接受侵害，也需要勇氣和忍耐。……但爲甚麼是木玫瑰？我以爲你只喜愛鐵樹。」「鐵樹沒有根，橫橫的截了下來，栽在水盅，居然也能發芽長葉，但葉子長得不多。玫瑰摘了下來很易枯萎，但木玫瑰永遠是那麼悽慘和堅忍的紫紅色，像木質中的靭皮層，花瓣暗沉着瘀血的（ ）彩，縱使離開了枝葉，歷月不稍衰頹，恆是那麼乾澀，而不失去生存的力量。它們都守住自己的孤獨，我們却反而因爲沒有根而恐懼着，恐懼碰觸，恐懼熟絡，恐懼接受與被損害，甚至寧願妨礙自己，讓紙般單薄的障礙阻塞了我們。」「那是卡夫卡式的痛苦，巴爾扎克的題跋是：『我毀滅一切障礙』，我的題跋是：『一切障礙毀滅我』。」

「我不懂得卡夫卡，只曉得忠於自己的感覺。自幼稚班那時起，我堅決不再哭泣。那和自怨自艾同屬儍事，而倒寧願自己忍受着。你是知道的，對於生命中的得失，我素來有點兒宿命論。是你的，到頭來始終是你的，不是你的也始終不是你的。獲得和失去，有甚麼意義？爲甚麼不讓一切自然發展？我曾問你，假如我們坐的車子在斜坡中烈日下停了時怎辦，你說唯有接受斜坡中烈日下的現實！」「是的，但我仍不瞭解你，只知道木玫瑰和鐵樹，在香港頂難找，它們沒法戳破彼此的孤獨，仍恐懼於接受！」

選自一九六四年十一月二十四日、二十五日、二十七日、十二月十二日及十三日香港《新生晚報·新趣》

馬五

怪事憶語

孔聖人不語怪力亂神之事，蓋以其不足徵信也。科學家更視其爲迷信觀念，不屑一顧。然余親身經歷若干怪誕事實，迄今記憶猶新，而百思不得其解，則人間萬象，固無奇不有，雖曰迷信，亦可得而言之也。

卅年前，在故鄉主持縣立第四高等小學校務，夏七月某日，有道士裝束者來自遠方，入學校化緣，自謂能以奇術爲人醫治疑難病症，當面見效，且能知人鬼關係，言必有驗云。余年方二十許，常以新人物自命，嗤其妄誕不經，拒予接待。道士笑指學校側近小市鎮而語余曰：「此鎮中有婦人焉，三日內必死於非命。不信，吾願留此三數日以觀究竟，亦不勞貴校招待飲食，但得一榻安眠足矣」。時值暑假，學生皆歸去，僅教職員數人住校耳。諸同寅好奇，聳余姑應其請，權作消閒遣悶之伴侶焉。次日午後，余與道士席地坐校門外樹蔭下，彼輕聲謂：「昨見一女性縊死鬼自市內走出，今又覩其蒼黃趨入，校長（指余也）試靜聆今後消息，以驗吾說之眞僞可也」。是夕深宵，果有一商人婦自縊斃命。余頗詫異，諸同寅復將道士預言情形轉告市民，而神仙之名乃大噪，每日至學校乞問人事休咎者踵接肩摩。余不勝喧囂，內心且對道士不幸言中之商人婦死事，認爲偶合而已。道士旋詢余家何在？願往覘宅第之吉凶，其意殆欲堅余對彼之信念也。

斯時余亦以疑信參半之心思，嘗試其術，乃偕彼步行十餘華里，至吾家，抵步已薄暮矣。余宅爲一四合廳屋，左右各兩間，中爲大廳，右爲祖父與余所居，左則吾叔父叔母及其兒女輩家焉。道士於飯後在廳中熄燈枯坐良久，然後步出門外四週，暗中佇望片刻，笑而不言。次日告別，擬往他鄉行脚，余送至村外，彼謂余：「校長居室對面一家（余未告以係吾之叔父也。）有一兇惡女鬼潛在，終將膺奇禍。至校長與太翁居住之一邊，則有一白鬚鬼出沒，女鬼固不敢過擾也。余更疑其胡言怪語，但笑頷之。道士自稱爲零陵人，眞姓王，相約他日再來晤談，珍重別去。

道士別後越八月，於翌年春夏之交，復來學校訪余，甫坐語，卽謂：「觀校長氣色，最近必將帶孝，然非親生父母，乃直系尊長輩耳」。未幾，與余對門而居之嫡親叔母，產後忽發狂疾，常赤身睡地上，大呼渴熱欲死，乞以冷水淋身，狂態輒暫止，越日又如故，如斯者累月，醫藥罔效。斯時余乃將道士去歲所言叔宅內有兇惡女鬼情事，密向祖父述之，祖父驚曰：「有是哉！此一段屋基，原係購自村人某者，其妻以產後狂疾自經死，夫貧不能續娶，遂將住室轉售，事在十餘年前，爾輩所未悉也」。卽命余約道士來一談，然道士已他往，無從知其蹤迹，旋吾嬸亦狂死矣！

經過余之學校附近市內商人婦暨余嬸母凶死事實，余對王道士之神奇魔術，雖欲不信，不可得也。越兩月，道士又來校游憩，余將嬸母死狀具告，彼謂該屋決不可居，居則必有鬼祟奇禍。旋爲余推算命理，又於每晨在未盥面以前，審視余之氣色，連續三朝，卽以肯定語意見告曰：「校長在三個月內將遇意外之險厄，千祈愼防爲佳」。余詢生命得無危險否？彼謂終無恙，但須離家遠走耳。是歲冬，因事迮鄰邑惡霸，某夕，余赴鄉間友家未歸，惡霸率其民團槍兵百餘人，潛來包圍學校，擬搜捕余而殺之，入門卽亂槍四放，傷斃校工兩人，以尋余未獲，搗毀器物，縱火去。余乃馳至省垣控訴，旋放洋出國赴日本讀書，此民國九年間事也。迨民國三十年方由重慶乞假還家一行，則見昔日道士所謂有女鬼作祟之吾叔父原住宅，已空廢闃無人烟。據吾父母言：自嬸母凶死後，叔父遷居他屋，而將舊宅贈與村內貧苦族人住在，然不數年，必有婦女死於非命，展轉易人俱不免，族人相戒不敢再入居矣。余曾啓門立屋內片刻，亦覺有一股陰森之氣，令人恐怖不安，殆所謂凶宅者是，更認王道士之預言爲不虛妄也。

自是，王道士與余過從頗密，不時來余學校，來必盤桓逾月始去。道士但以人相之術名於遐邇，然其他神技異術數端，則不輕以示人也。

民國九年初秋，余之已故髮妻鄧氏，突患無名腫毒，右手自掌及肩，隆腫如瓜，然不紅不爛，僅夜間隱痛不休，平明又停止矣。連月延醫診治，均無效，家人相視束手，罔知所措。適道士來，余以此奇疾狀況告之，詢以得無遭鬼祟耶？彼請先審視病態，急偕其馳至吾家，稍事偵察後，語余曰：「此怪疾也，別無他故。手中積膿液甚多，久則肌肉必被腐蝕，延及心胸，卽無救」。余謂奈何？彼答：「校長若信我，願以生命擔保，我能治癒之，病人且毫無痛苦也」。余曰：「有是哉！死馬當作活馬醫，君試爲之」。隔日，道士持一長約寸許之鐵針來，另有小包青色樹葉。先置清水一碗於病人前，唸咒畫符，謂可止痛，然後囑將病人双目以毛巾掩蔽之，又命余妹挾持病人左手及全身，毋令動顫，外備烈性酒一大瓶，彼乃含酒滿腔，卽以鐵針向病者右手動脈刺入，余覩狀駭極而逃，不敢旁視，暗忖病者縱不死，而右腕亦必殘廢無疑也。移時事畢，道士呼余來，則見地下滿盤黃色膿水，余妹謂係道士口含濃酒，向創口猛力吮出者。旋詢病人亦感痛楚否？答以並無感覺，余不禁大爲驚奇。旋見道士將持來之青樹葉咀嚼成糜，裹敷創口，未及十日，已復元，右手亦健全如故。余怪極，密詢道士止痛符咒係何內容？彼笑謂：「校長讀書人，不必研究左道，此乃我輩游食四方者所賴以求生之末技耳」。余堅請授以此術，謂可自救救人，無傷大雅也。道士認可，候回至學校詳言之。

道士偕余至學校，謂止痛符咒殊簡單，一日之內即可傳授也。但囑余先齋戒一星期，再學畫神符，熟記咒語，然後擇日備牲醴香楮，虔拜祖師，彼當場唸咒，余隨聲誠唸若干遍，另置清水一盂在旁示範耳。道士旋辭別他去，命余尋機會試驗之，視其效果如何焉。唯諄以一事特別叮囑，即切記在大小便時，不可吐口沫於便所，否則全功盡廢矣。道士自茲別後，未再來，余亦於次歲去鄉去國。然其所傳授之止痛術，曾向吾村一牧童初試其技，牧童被鬪牛折足，痛不可支，余爲唸咒止痛，果驗，迨次歲夏間至長沙，寓旅舍，偶如厠，以奇臭難忍，吐唾一次，旋憶及道士吩咐語，大悔，然已無及。嗣後去國求學，所藏筆記神符咒語，與其他書物，胥爲日本東京之大地震火災化爲灰燼，不復省記矣。

王道士所擅邪術數道，如偵知鬼魅，斷定他人吉凶生死等，言必有中，余亦嘗向其請教，彼婉拒，謂習此者必絕嗣，余不應志於是也。余詰以「君善言他人休咎，亦自知其命運否耶？」彼夷然曰：「我行年三十又八，必然死去，又乏兒女牽累，故以游戲人間之心情，奔走四方，得錢輒恣意飲食宴樂，決不積蓄分文也」。又言：「迨校長將來得法之時，我已化爲枯骨，與草木同腐，無緣叨光矣」。彼爲余詳批命理，謂民國十二年爲「馬走獨木」之象，有大危險，須謹防之。是歲在東京果遇大震災，幾罹非命，奇矣。

民十六年余于役安徽省府，一日偶憶及王道士，急函吾父詢王近況，盼其來皖一游。繼奉覆諭，謂王早已逝世，計其年齡，適爲卅八歲即死去也。余對王氏所擅旁門邪道，皆認爲不足取，唯其善治奇疾之術，竟不傳於世，殊可惜耳。

選自馬五《詹詹錄（一）》，台北：自由太平洋文化事業公司，一九六五

羅　孚

「醉名甚大」

一

靜夜裏，突然一陣陣酒香在空氣中散發開來，一時濃些，一時又淡些，聞起來倒也十分受用，原來是一大瓶茅台給那隻老花貓打翻了。不是貓要偷酒，只因爲有一條鹽蛇藏身在櫃上一排酒瓶之後，和要捕捉牠的老花貓在捉迷藏，這就連累了春節時候才不過打開來飲了兩三杯的茅台。

前兩天，從一處宴會中回家，一進門，剛滿四歲的小女兒就叫了起來：「爸爸又是一條蟲！」這是她的新發明。前不久有一晚大醉而歸，一到家裏就大吐，然後倒在床上，又吐，昏昏沉沉中聽得小女兒的聲音在耳邊響起：「爸爸成了一條蟲！」大約是那醉後的睡相觸發了她的靈感吧。第二天酒醒後向她興師問罪，爲什麼説爸爸是蟲，她居然回答説：「你飲醉了就是蟲，沒有飲醉就不是。」這一來竟是難她不倒了。

在孩子的心靈裏，醉了酒自然不是好事，因而貶之爲蟲。孩子們常常笑我：「爸爸不懂得飲酒，偏偏又要飲，時時飲醉酒！」

這是事實，我是時時醉酒的，不過説我不懂得飲酒，就總要有些不服氣。雖然我又的確飲不了多少杯，只是屬於「好飲而量窄」的一類。

說好飲，也不完全是。平常的日子，不一定每飯不忘，只有當風雨之夕，或是冬天的晚上寒意襲人，那才會動酒興。好飲之名的由來，是因爲在筵席之上，禁不起人家的勸酒，很容易就一杯又一杯地一飲而盡，到有了六七分酒意，就更像朋友們所形容的，進入自動化階段，不必勸，自會飲，沒有酒，就去找了。就這樣，在熟人當中，成了一名飲君子。這還有飲得老實，不帶花巧之意，用飲酒的術語來說，是酒德還不錯，對這樣的評價心中也頗爲自鳴得意，因此在勸酒者之前，就更容易使三杯下肚。

一般的勸酒，其實不是勸，而是激，禁不起激而飲，那是好勝。爲了人家讚酒德不錯，不辭一醉也要痛飲，那是好名。這自然都是弱點，我的易醉，就是醉在自己的弱點上，「酒不醉人人自醉」，這話是有道理的，雖然聽起來似乎有些兒俗。

日子久了，容易被勸，容易醉酒的名氣傳開，有的朋友於是玩笑地送了一個精神上的匾：「醉名甚大。」好在醉不一定是罪，除非醉而駕車，或者毆人，或者有了其他的不軌行爲，只要醉得安靜、安份、安眠，那就不算什麼罪過，因此，對這四個字倒是欣然接受，又是心中頗爲自鳴得意的。這就又一次暴露了自己的弱點：好名，那怕是醉名，那怕這和「古來聖賢皆寂寞，唯有飲者留其名」的名一點也不相干。

二

新出的一本雜誌，用了齊白石的人物畫「扶醉人歸影斜桑柘」做封面，那上面畫的是一個中年人扶了一個鬚髮盡白，醉眼緊閉的老人。孩子們一見了就說那老人是我，問他們「爸爸的頭髮鬍鬚難道是白的麼？」雖無言以對，却還是一口咬定原來的說法，不肯放棄。不用問也明白，只因爲那老人是一個醉漢。

看來，我這個「醉名」是輕易洗不掉的了。好在除了「酒鬼」之外，我們還有「酒人」，在我的家鄉，就有一座形狀頗似的酒壺山，山下邊有一座酒人墓，這個酒人姓雷，他是以「飲者留其名」於後世的。「酒家」，口氣太大；「酒仙」，近於狂妄；「酒鬼」既不願爲，那就不如做一名「酒人」吧。

自從得了「醉名」之後，心中就有一個秘密，從來沒有對人說過，這秘密是不少時候我其實是以飲酒爲苦的。一席上好的菜，往往因爲醉了弄得食而不知其味，這還不用說；醉得厲害時又往往要張口「還本付息」，賠上肚子裏原來就有的一點什麼，這也不用說。就是在把酒向肚子裏倒的時候，也往往有不是味道的感受。烈酒辣，啤酒苦，有的酒甜得像糖水，除了酸得像醋的酒還沒有碰到過之外，這些也是夠受的了。

雖然如此，但又往往一邊覺得不是味道，一邊還是把酒往肚裏倒，有時是被迫，說得好聽一些是被勸，有時却是「自動化」，以酒來遣興、助興。事情就是這麼奇怪！

「煙酒不分家」，煙於我無緣，雖然小時候在長輩床前也曾試吸過一口半口鴉片。酒，却幾乎打了近三十年的交道，歷史儘管長，酒量却總不長進，這眞是無可奈何的，看到人家把茅台用飲啤酒的杯子一大杯一大杯像喝開水似的往口中倒進去，眞是十分羨慕。但也有不可羨慕的，就是這「煙酒不分家」了，煙不分還無所謂，反正不會把自己嘴上的香煙往人家口裏一塞，還要稱之爲「敬」，但酒呢？却是不管誰飲過了，都這麼倒過來，倒過去，變成了酒加「鷄尾口水」，而彼此都能甘之如飴，面無難色。事情就是這麼奇怪！

還有更怪的。據説美國有人新發明了一種戒酒之方。打一針，叫你身體漸漸麻木，呼吸漸漸困難，然後在你的鼻邊，擺上威士忌、白蘭地給你聞，直到你呼吸快斷，就要死了，這才輸送氧氣，救你回來。就這樣，叫你一聞酒味，就想到死亡的味道，再也不敢飲了。效果如何呢？有人果然戒掉，有人改飲啤酒，有人照飲烈酒不誤——這些人從此一定更要大飲特飲，因爲死亡的味道原來竟是和飲酒差不多，這就大可以不必怕，雖飲亦何懼？戒酒專家恐怕不免大感意外了。

三

天時一冷，飲酒的興致就高起來了。能飲者無時不飲，是不管天寒或天熱，清晨或靜夜的。朋友中有隨身帶一小瓶大麯，無論在什麼場合，只要興起，就從袋中掏出，打開瓶蓋，往口中倒那麼一小口。也有一天寫萬多字文章，一杯在案，邊飲邊寫，不飲就寫不出的；一天的「功課」既完，到外邊輕鬆一下，在菜館中自然少不了酒；由菜館到十三張的桌上，又是酒；再去夜總會或宵夜，又是酒。一年到頭，都是如此。

在不好杯中物的朋友中，我雖然也有飲者之名，却沒有這樣的習慣和酒量，只不過宴飲之際，飲得爽快一些；或是興致來時，要有幾杯助興而已。還有美食當前，也是少不了要想到此君的。

一年當中，天熱雖然有啤酒可以消暑（青島之外，又來了雪花），但在我來説，以酒消寒的時候就更多些，儘管在南方冬天缺少嚴寒，而我却不缺乏天寒的酒興。

冬天宜飲烈酒。我歡喜茅台，這愛好可能是冬天較多飲而養成的，倒不一定是慕名所致。茅台的名氣甚大，以前的名氣還只限於中國，現在更是世界聞名了。朋友在中東旅行，護照有了一點小小的問題，從一國轉到另一國，在海關上出了麻煩，行李中的一瓶茅台居然幫他渡過了難關，檢查人員見酒心喜，表示十分羡慕，得到了主人的贈與，就通融放行了。茅台成了護照，這眞是一個小小的喜劇。

大麯的烈性子更在茅台之上，但其中的五糧液却烈而又醇，一杯一杯慢慢地飲，既受用，也不那麼易醉。它前年曾被評爲十大名酒的冠軍，可惜這裏還沒有出售，如有人從遠地帶一瓶來相贈，就成了大受歡迎的禮物。五糧液產於四川，是用五種糧食釀成的。這名字大可以和廣西的烈酒三花作對：三花酒，五糧液。北京的蓮花白則可以對山西的竹葉青，它們也同是烈酒。

近年來，也有人歡喜從廣州帶金獎白蘭地自飲或送人，它的名氣比五糧液大，帶的人因此也較多。味道可比舶來，看到它那黃如玉的顏色我總要想起「玉碗盛來琥珀光」的詩句。這種產於張裕，在外國得過金獎的國產「洋酒」，以前是沒有南下到這個島上的，最近却來了，上市了，可以成爲本年度春節佳釀之一了。

還有一種國產「洋酒」，北京的大香檳，比金獎白蘭地來得更早。去年春節買了一瓶，至今未動，國產原子彈爆炸之夕，本想打開痛飲，又怕一個人飲不完，可惜，結果還是以張裕的白葡萄酒代之，大香檳依然以裝飾品的姿態屹立於櫃上，等待別的好機會娛賓。白葡萄加上冰塊，大有香檳的韻味，這是許多酒人都公認了的。

在外國，客來敬酒，就像我們的敬茶。現在許多人家在春節「過年」時，也多有以酒待客的。春節是國產節日，自然宜用國產酒食，有這麼幾十種美酒當前，你「能飲一杯無」？

選自羅孚《西窗小品》，香港：南苑書屋，一九六五。署名「吳令湄」

陸離

我們的牛

兔仔坐在前面，西西坐在右面，田間裏有牛，不知誰開始了一聲很淒涼的：「看呵看那些牛。」於是三個人忽然間許多話都跑出來了。就在巴士震盪聲中都是講的牛，講眼前田間裏中國的牛，記憶中銀幕上外國的牛。美國的西班牙的歐陸的印度的。再看看眼前田間裏一隻隻獨立天地之間一派「牛至老死不相往來」滿含着「我站在這兒於是乎我存在」味道的我們自己的牛，越想越淒涼，三個人幾乎就都哭出來了。好在也只是幾乎而已，不然的話，到往後再看見那許多我們的狗，也不知除了哭之外還要有些什麼樣的反應才算是最合適哩。

往日裏一個人遠遠看見了一隻隻牛站在田野間，也有一些怪怪的感覺，模模糊糊亙在胸間不知什麼地方。可就是從來也沒有明明白白的跟人講，也沒有一個人自己繼續想下去。好像有點「唉」，好像有點「呀」，就那樣子算了。當然不是「此中有眞意，欲辯已忘言」。還遠呢。看這回一向悶在心中的感覺居然能够一唱三和，說到投機時簡直不知某幾句話到底是你說的還是我說的，可見從前，所謂懶得去想，懶得去講，不過是未有在牛前碰到知己，又或者是身邊縱有知己眼前又未必有牛，一因一緣，固未可强求也。

這回，當十六號巴士在公路上飛馳而過，而窗外有牛，我們瞧着瞧着，就是不明白，爲什麼中國人的牛偏就會是這個樣子的。一隻一隻，你不管我，我不管你，超然獨立宇宙間，逍遙，自在，悠閒，從容，或坐或立，或低首沉思，或擺尾逐蠅（你就看看那條斯文的尾巴左右擺動得多優悠多婀娜），簡直就像一個哲學家，遁世者，獨來獨往的存在在那裏，而且告訴你：「看，我存在，」却又同時一點也不在乎那個存在。好像天地既生我，我乃姑且站在這兒吃吃草，搖搖尾巴，耕耕田，讓你們這些在城市裏看慣了車輛石頭人堆的人，偶然在車上經過就看看我。你就再仔細瞧清楚牠們的神情吧，即使你乾脆指着其中一隻說，你是老子，再指着另一隻說，你是莊子，也雖不中亦不遠矣。

無怪乎老子出關時騎的不是驢也不是騾，却是條牛。管牠是青是黃，總之就是牛，於是揚長去也，牛上牛下，混而爲一。數千年中國的民族性乃潛移默化於田野間不可或缺的耕牛身上。你是中國人，一眼看去，自然知道那就是中國的自己的牛。便是一般對中國毫無認識的外國人，第一眼瞧見了我們那獨立溫順的牛，當也會立即明白那決不是美國的或者西班牙的牛吧？大概沒有人詳細研究過，也不會有什麼人寫過報告書，大家却總之就是知道，是有那麼一點不同。

看美國西部馳騁在印第安人與白種人槍聲裏好野的牛，牠們連羣結隊的衝來衝去，給人一按倒在地便要烙上個印，那種味道便是百分之百西方的。西班牙的鬥牛，以整個生命來面對死亡，與勇士、紅巾、長劍、黃沙、羣衆爲敵，每一下衝擊每一下碰撞每一個傷痕每一滴血，又何嘗不是西方的。至於印度對牛尊重的過猶不及，一般外國農場之擠奶以至屠牛，跟我們東方世界裏的中國比一比，那個味道——

你就自己到田間裏看看吧。

選自一九六五年四月二十五日香港《新生晚報・新趣》

崑南

夏天的構成

我們想到夏天，便自然也想到太陽、海洋、凍品及假期。

太陽——因爲太陽帶給我們一個絕好的藉口，避暑便不用工作了。

海洋——因爲海洋是我們避暑的棲息地，沒有棲息地，我們怎能享受麗日呢？

凍品——海洋沐浴我們的身體，唯有凍品才使我們感到夏季的存在，或啖到夏季的眞味。別以爲今時今日，我們才有雪糕、汽水、刨冰之類凍品，原來一千多年前我國早已有之了。

假期——沒有假期，怎算是長長的炎夏呢？沒有假期，我們根本無需談太陽，談海洋及談凍品。古時，當然沒有暑假。但休假亦曰休沐。依漢律，吏五日得一下沐，言休以從沐也。這顯然與炎熱天氣有關。我們可以想像到，古人的暑與假，是相提並論的。太陽、海洋、凍品、假期，這便是夏天的構成了。

日光百花色

沒有太陽，自然談不到什麼夏季了。對於我個人來說，頂喜歡站在陽光下的地方，當這種光華消散，彷彿連自己也消散了。不用說，我愛晒太陽。你有過太陽在背上燃燒的感覺麼？

許多時候，我不下水，不戴黑眼鏡，就是爲了更與太陽接近，「說文」云：日者，實也。太陽之精，字從〇一，象形也。與太陽接近時，你自然領略到生命或活力的意義。那麼，夏季便在你心中生長了。

不過，你了解太陽嗎？

太陽出於暘谷，浴於咸池。你以爲這是神話嗎？呵，神話才够美麗哩！

你願意追日嗎？不是像夸父那般的愚蠢，讓我告訴你太陽的行踪吧（淮南子告訴我的）。太陽「拂於扶桑，是謂晨明。登於扶桑之上，爰始將行，是謂朏明；至於曲阿，是謂朝明；臨於曾泉，是謂早食；次於桑野，是謂晏食；臻於衡陽，是謂禺中；對於昆吾，是謂正中。」

這是一半的路程。還有嗎？當然有，太陽怎能永遠高懸於天上呢？太陽從中午到黃昏的位置移動，還有許多名堂，不過，限於篇幅，我不鈔錄了。

名陽西下，但仍使人回味不已。唐太宗說得好：「岑霞漸漸落，溪陰寸寸生！」

浮涼帶雨來

說起來，似乎很矛盾，在夏季，我們不忍遠離陽光（陽光就是夏的註冊商標），同時，我們渴求雨水或海洋。當你的腦袋被晒得發昏時，冷氣機之冷氣也不够刺激，比不上淋一場大雨，或索性跳下水中那麼歡欣及痛快！

古人求雨，以赤雄鷄，玄酒來祭蚩尤，還要祝齋三日，服赤衣。擇日丙丁，紮一大赤龍，長七丈，居中央，另紮小龍六條，各長三丈五尺，皆南向，其間相去七尺，壯者七人，皆齋三日，拜跪陳祝。

沒錯，這是一種迷信，他們選丙丁日，以七爲基數及赤爲主色，因爲十干之丙丁屬火，七也是火之成數，而赤，也代表火。他們拜祭火，等於「買怕」它，希望它通融，別把水燒乾，再加上蚩尤神之助，祈天帝一降甘露。

如果你不能久待，只得跳進海中，游個不亦樂乎了。游水一若升天，怎不銷魂呢？

壺盛仙客酒

我們又不妨說說外國的神話，荷馬筆下的尤里栖斯沉船的達萊仙島，就是今日之突尼西亞的雀巴島，他所喝飲的達花甘露是什麼的飲料呢？據「奧德賽」紀載：「該飲料是谷蓮花甘露，乃神酒，飲後怡然自得，忘卻一切俗務、家庭、國家及朋友。」

這與我國地獄的孟婆忘泉水一樣嗎？忘卻一切這點可能是，但大概沒有尤里栖斯所喝的那麼美味。不過，今日的突尼西亞，最著名的飲料是各種不同的紅白葡萄酒，還有配以不同水果製成的飲料，例如「保霞」（無花果）、「加露」（豆）、「雀巴」（棗）、「力米」（棕櫚液）、「柯芝」（杏）及「鷄乳」（蕉）等。

這些飲料，在夏季，比普通的凍品如雪糕，乜乜冰之類更解渴及可口的，確使人「怡然自得」的，一如某汽水的廣告用語 It is refreshingest。

對於古人來說，飲冰卻是件苦事。莊子曰：「朝受命而夕飲冰，我其內熱歟！」謝靈運的苦寒行也道出其中苦況：「樵蘇無夙飲，鑿冰煎朝餐，悲矣采薇唱，苦哉有餘酸。」據說詩僧蘇曼殊，也有每日進冰五六斤之逸事，結果幾乎斷氣。近人都以飲冰爲樂哩。

歡娛方未央

暑假是一年中最長的假期，學生們可以盡情溫習，亦可以盡情玩耍。在古時，人們規定「禮地以夏日至」，「王者各以夏正月祀其受命之帝於南郊。」因此，「宗皇祖而配祀」在當時是夏令主要節目之一……

平時在課室裏，我們較少觀察大自然。夏季，除了草木特別青蔥之外，我們可曾注意過什麼呢？於假期，讓我們離開城市，往郊區一行，我們可以在仲夏長風下，聽聽蟬鳴、鳥叫，看看「百草滋殖舒蘭芳」、「草木蔚其條長」，不過，有一奇景，今人難以復見的，酈元注水經曰：「水出丹魚，先夏至十日，夜伺之，魚浮水側，赤光上照如火。」

暑假的時光是萬萬不能錯過，雖然我們沒有「黃鶯弄漸變，翠林花落餘，瀑流還響谷，猿啼自應虛」的境界，但應有「此時歡不極，調軫坐相於」的心理準備。現在才開始七月，正是「幸屬無為日，歡娛方未央」哩。

選自一九六五年七月二日香港《中國學生周報》第六七六期

徐柏雄

明日苔痕欲上襟

〔存目〕

選自一九六五年七月二日香港《中國學生周報》第六七六期

戴　天

十七歲的那一年

突然我知道隣家的少女爲何引吭高歌，因此在一天早上，在上課的鐘聲來不及鳴響之前，在黑夜睡得只好默默死去之際，我就把我的捲髮梳理好了。

十七歲的那一年。

我站在我家朱漆的鐵門前，早晨的空虛的街道橫躺着；那些被露水沾染過的小石子路，也還沒有行人。我只好回憶：當她唱到最高的音階時，無意中她從白窗紗之間望了過來，然後就沉默了，一如黎明時的街道。

於是賣牛奶的老人施施而過，他的牛，把凌亂的脚步聲留給我。於是那中年的木匠，背着工具，咬着牛油麵包對我頷首。於是門鈴響了，但只是對門的門鈴，所以我掏出手絹，輕輕把額汗抹去。

昨天的黃昏，她又在唱了。這一回是優美的小調，像是在訴說什麼。但是我埋首艾呂雅的「生與死」的字裏行間。再一回是輕快的民謠，歌詞中有些情意。但是我讀：

我感到年輕我有一個很長的生命。

我的青春從殘垣中升起……

最後就是那個至高的音階。我望着書的眼離開了詩人的妙語，她望着我的眼離開了去到那裡？只不過是瘦竹織成的籬笆，牽牛花的顏色點綴才不寂寞可憐。她的窗在我的窗下，却遺忘了十七年！

行人漸多。即使是那教會的老處女書記，即使是那醺酒的老經紀，即使是法院裏的四眼檢察官……都過去了。我站在我家朱漆的鐵門前，手心淌着汗。行人漸多。行人漸多……。

午夜時分，我仍然不能成眠。想起黃昏的歌唱，想起窗底下有另一面窗，想起四四方方的房間，堆滿書的壁櫃……。就在靜靜的思慮中，我爬起來，推開黑嬤嬤關上的窗，深深的吸入一口氣。艾呂雅怎樣說？好像是：

這樹林下大地伸向天空

天空散蓋整個的夜

夜，無盡的白晝的開始

奇怪的是有人與我一齊唸最後一句，是用優美的，像在訴說甚麼聲音唸的。我知道一定是她，因爲那窗簾的一角，分明暗中有人。我無休止地唸「夜，無盡的白晝的開始」，但是再也沒有聲音應和，除了我那謙卑的快樂——偷偷的笑，偷偷的哭。

學校的巨鐘，結結實實的敲了八下，一個披着頭巾的少女，匆匆橫過路心。我怔了一下。再過五分鐘，要命的五分鐘。我的手心又在淌汗，突然之間，我覺得熱血沸騰，高舉着數不清的諾言。門鈴終於響了，那聲音起初急促，後來卻縈繞在空氣之中，變得可愛起來。但是她還沒有出來，我不斷地斜視，不斷地失望。最後她出現了，而且幾乎是跳躍般，一縱就到路心。也在同時，我閃身躲在鐵門後面，從門縫裡偷窺着她，讓冷汗汩汩地流。

她就是那個聲音，停頓在至高之處，穿着純白的衣裙。當她走過我面前時，我差一些忍不住要說話，但却把門越關越緊，讓自我閂閉在一個十七歲的軀殼裏。那不知是羞恥還是甚麼，總之我不敢歌頌永不停留的美，而時光一過就是十年。艾呂雅的詩，我記得：

我不埋怨也不呼號
最後一首歌已落在
無形的黑暗的土地

選自一九六五年七月十日香港《新生晚報・新趣》

吳羊璧

一秒·一年·一生

人們在社會生活中，最重視的時間單位，恐怕是「年」了。

日常生活中能夠接觸到的最小時間單位大概是「秒」。「秒」是時時爲人們忽視的。一場驚心動魄的籃球賽，到了最後幾分鐘還打成平局，於是，人們感到「秒」的推移了，感到每一秒鐘的份量了。但這種情形，生活中出現得並不多。

比秒大一些的時間單位是「分」。六十秒爲一分，這是常識。然而「分」仍然受到人們的輕視。儘管許多人喜歡戴上一隻高價的手表，以它在若干天中不致遲上一分鐘或快上一分鐘而驕人，但他們往往並不見得那麼重視一分鐘。

點上一枝烟，深深吸上一口，望着天空，輕輕吁出一口氣，望着那裊裊飛烟，你感到一點點舒適。就在這片刻，一分鐘過去了。

一天中有許多的「秒」，也有許多的「分」，人們感到在這方面是富裕的，因而也是慷慨地使用它的。

但「分」到底已經成爲實際使用的時間單位。雖然在使用時，常常用它的五倍或十倍。比方說：「再等我五分鐘好不好？」或者說：「給我十分鐘，我會完成這件事情。」

然後是小時。六十分鐘，是一小時。

一小時，開始受到人們的珍視。一小時是很有用處的了。而且，一天中沒有多少個小時。

如果你約會一個忙人，常常要展開這樣的討價還價：

「一兩個小時的時間就行了，抽不出來嗎？」

「實在抽不出來，改天好不好？」

「那麼就一個小時，一個小時解決。」

「今天實在忙，很抱歉……」

「那麼就半個小時也成！」

於是那個忙人才非常勉强地付出寶貴的半小時來。

有時候，你爲某一件無聊的事情花了時間，就會惋惜地想：「白白浪費了幾小時。」

「小時」這個時間單位的受到人們重視，因爲它在一晝夜中，是很有限的。一晝夜二十四小時之中，除了睡覺和必要的休息，每個人有多少個小時可以支配，他是很清楚地感覺到的。當你口袋中只有十幾個毫子時，你當然很珍惜每一個毫子。

二十四個小時，構成了一天。

然而又發生了奇怪的現象：人們對於一天，又慷慨大方起來了。我想這個原因是由於：人們又感到他有許多許多個「一天」。如果把「一天」比方做一個銀元，他的銀元多極了。

到底有多少呢？答不出來。說一個大概吧，許多人連大概也答不出來。

我算過。人的一生，如果以活六十歲來計算的話，他可以有二萬二千個「一天」。要是活到一百歲，那就有三萬六千五百天了。

以「萬」爲單位哩，這不是很富裕麽？

於是常常出現這樣的情形：今天不想做的事情，壓一壓吧，明天，後天，再做不遲。「一天」是取之不竭的。你有以萬計的銀元，揮霍幾個算什麽？

比一天更大的時間單位是「星期」和「月」了。然而這似乎很少引起人們思考它的意義。如果沒有每週一次休息的制度，人們對於「星期」便不會感興趣；如果不是每月「出糧」一次，人們對於「月」也容易忘記。大多數人（或許只能說是城市中人），「月」只是「財政」上的時間單位。

三個月爲一「季」。配合着自然界的變化，花開了，花落了；燕子飛去了，燕子歸來了；南風吹完，西風起了；於是也很引起人們的感慨。

然而普遍引起人們感慨的還是「年」。合四季爲一年。比年更大一些的時間單位是「年代」，十年爲一「年代」。這種計算方法還不普遍。一百年爲一「紀」，對於人的一生來說，一個世紀太長了。那麽，對於一個人來說，比「年」大而又能爲他所感覺到的時間單位是什麽呢？是一個很無情的答案：這是他的「一生」！

這樣，想到「年」，人們不能不憬然，不能不珍惜。

「過年」，於是成爲隆重的事情。

懷着快樂的心情來慶祝新的一年到來，還開個慶祝會，舉行一些儀禮。這是一種重視。

悲哀地回顧過去的年份，戰慄地希望將來的年份帶來幸福。這也是一種重視。

嚴肅地面對向他走來的新年，計劃着這一年要怎樣渡過。這更是一種重視。

過年的時節，總之是各種心情都會有的吧。都不外是重視的表現。如果不重視，就漠然視之，引不起什麼興趣了。

珍視「年」，是由於珍視「一生」。

然而眞正珍視「年」的人，一定也珍惜比「年」小的時間單位。一季、一月、一星期、一天、一小時、一分鐘、以至一秒鐘，都是值得珍惜的。他那瑰麗的一生，就要靠一秒一分，一月一年的努力來編織。放過一分一秒，就減少一絲一毫的光彩。

對於年，對於一生，都不重視的人也會有。那是無可救藥的了。

選自一九六六年一月香港《文藝世紀》第一〇四期。署名「雙翼」

古蒼梧

信

週末都沒有信，今天應該是收信的時候了。

早上到G處取文社的稿，出來後本想回母校看那位寂寞的王老師的，但想到今天也許是收信的日子時，便中途下車回家。

才十點多。吃了一杯快熟麥片，打開那本「人類的藝術」讀着以殺死距派信還有六十分鐘的一段時間。只讀了一段便不能繼續了，而時鐘的長臂才移動了一個直角。爲了減少乏味和煩燥，我換讀了一本英譯的「現代法國詩選」。

危坐着讀書，腰部需要多量的能力。而心緒似乎也須要另一種力量來支持，今日的情形。顯然有點不平衡，以致使我很快便覺得有些倦意。我只好把自己移到廳裏的帆布椅上。

我獲得一種鬆弛的快感。但我很快便驅策自己的注意力聚集在書本上。目的在避免一種期待的焦灼，如果有信，我希望郵差在我不留意時，突然從帆布椅後面的窗口遞給我；如果沒有，便悄悄的走過。

I am the Dark–the Widowed–the Unconsoled,
The Prince of Aquitaine whose Tower has been destroyed !

My only star is dead–and my starred lute
Bears the black Sun of Melancholy

一個淡淡的黑影緩緩地移過我的書頁，我不期然地把頭部轉向窗口。我預感着這個動作將是白費的。而果然是白費了。窗外沒有灰衣人。一個肥胖的女人的背影正漸漸的隱沒。「還早呢！」我提醒自己，又似乎是自慰。我重新讀我的書。一首商籟詩才讀了四句，而這四句之中連一句的印象也沒有，唯有重頭來。

I am the Dark–the Widowed–the Unconsoled,
The Prince of Aquitaine whose Tower has been destroyed.

「I am the Dar–the...」我依然不了解。前面的序説象徵派强調詩底音樂性的暗示，我想到朗讀出來也許會幫助我的了解。

I WANT TO HOLD YOUR HAND！

「披頭四」的尖叫突然湧進來，淹沒了我的聲音，隨着另一個淡淡的黑影緩緩地移過我的書頁，這次我很有把握地控制着自己的頭，不讓它再一次空轉過去，因爲郵差絕對不會携着收音機來派信的。

「The Prince of Aquitaine whose Tower has been destroy–」

「披頭四」尖叫的聲浪漸漸退去後，我才聽見自己底聲音在沒精打彩的響着，我一點也掌握不到所謂「音樂性的暗示」。這也許由於我不能讀原文的緣故吧，譯文實在是隔了許多層的，而此刻又一個淡淡的黑影在我的書頁上徘徊。唔，莫非是郵差到了？他正在揀出我的信件？可是我却沒有勇氣把頭轉過來。

當我聽見一束竹枝和粗糙的地面接穩時有節奏底「颯颯」聲的時候，我慶幸自己沒有把頭轉過去接納又一次的失望。因爲我曉得那是鄰家的老伯。

那個好心的老伯，他每天都義務地打掃窗外的公家走廊，那緩緩的颯颯聲告訴我他在小心翼翼的掃着垃圾，掃得那麼慢，似乎怕揚起灰塵會騷擾着我，又似乎利用那緩慢底動作的節奏沉思着什麼，或者，像我一樣，藉以打發期待的焦灼。

是的，他期待着，期待着太平洋彼岸兒子底寶貴的音訊，一種世代延續下去底無窮的希望，可是我期待着什麼呢？我不禁失笑了，眞的，我期待着什麼呀？

「嘻嘻，嘻嘻！追我吧！追我吧！」

另外兩個淡淡的黑影很迅速的自我的書頁掠過，隨着是一陣小木屐底錯落的答，有蹄聲的清脆而無蹄聲的齊整。呀，孩子們。孩子們會期待嗎？咳！如果孩子們也期待一封信的話倒是頗荒謬的一件事，孩子們永遠生活在實在的快樂裏，而老年人的期待通常也有幾分實在的憑藉，唯獨像我這樣年齡的人的期待，往往是一種空茫的幻象……

唔，空茫的幻象嗎？幻象——

有一種猝然陷落底空洞之感，而書頁裏的黑字一列列的跳躍着，只是跳躍着，沒有一個單字甚至一個字母射印至我的腦海，而它們繼續跳躍着。

「喂！你爲什麼還不自殺呀？」一個微弱的聲音問。

「對了！你爲什麼還不自殺呀？你的遺囑已草擬好了！」這次似乎更清楚，更響亮，更肯定，而且還提醒我什麼似的……

一片遼濶無限底漆黑的大漠，一輪黑色的太陽轉動着，無數黑色的吸管插入我底靈魂深處，汲吮那僅存的水滴。我孤立而無援，我極度的口渴，我渴望一泓白泉底猝然的湧現，但依然是漆黑，漆黑，漆黑，漆黑，太陽的吸管仍無情地不斷汲吮，我坐視着自己的枯萎。

我醒來了。窗外正下雨。街燈的殘照裏，千絃沙沙的拉響，而「梁祝」小提琴協奏曲緩緩自街外流入，流入我的窗口，流過我的枕邊，我彷彿獲得一種清涼的潤澤。

可是突然一頭市虎咆哮而過，折斷了所有的絃綫，而那音樂的清流，也猝然乾涸了，以後是單調的沙沙，沙沙，沙沙。

「唔，如果我死了，日記部應該送給C，作爲一個知己，他應該知道我的一切。」我告訴自己。

「還有，所有他寫給我的信也應該還給他，或者焚燬。」

「說到焚燬，那些未發表和已發表了的文字都應該一起焚燬，免得他們拿來根據着瞎猜一通我底自殺的原因。」

「這一櫃書——所有的雜誌都送給N，其他所有的書都送給G吧——G，唉，如果我死了，最傷心的一定是他。」

「這隻指環，送給O吧，O一直是最多情的朋友。」

「還有，還有什麼呢？」

「沒有了，就是這麼簡單。」

擬好了遺囑的腹稿，我便很安祥的矇矇睡着了，睡得很香，很甜。

「喂！你爲什麼還不自殺呢？你在等待什麼呀」聲音更大了，而我聽得最清楚的是等待兩個字。

是的，我等待什麼呢？我等待……一封信！是了，就是一封信。十二時廿分了，郵差應該經過了，他向來都是準時經過的，我不必再等了，無疑我的等待是落空了，不要白花時間了吧。

當我站起來的時候，我發現一個白色長形的大信封，躺在地上，我興奮而衝動的把它拾起來，以抖顫的手把信封口撕開，當我的肌肉和情緒恢復寧靜時，我才發現那是「末世聖徒教會」寄來的單張。

「天國近了，你們當悔改。」單張的紅字大標題寫着：

我所期待的就是這句話嗎？我有點眞迷茫了。而且，我爲什麼自殺呵？

選自一九六六年二月香港《藍馬季》第三期。署名「藍山居」

金　庸

憂鬱的突厥武士們

一九六四年五六月間，我代表香港明報，到土耳其的伊斯坦堡參加「國際新聞協會」的第十三屆年會。這裏發表的幾封短信，記錄了當時的見聞和一些零星感想。

中國史上的突厥

中國人對土耳其一向很陌生，去過土耳其的人很少。我在香港要辦去土耳其的旅行手續時，立即就遇上了困難。似乎誰也沒有去過土耳其。去問了好幾家旅行社，誰都不知道該到什麼地方去拿入口簽證，連規模最大的通濟隆旅行社中的職員，幫我打了許多電話，還是不得要領。最後是航空公司打電報到土耳其外交部去詢問。回電來說：在伊斯坦堡機場發給簽證。

伊斯坦堡是個有千餘年歷史的古城，但機場的設備和規模却比香港差得多。國際新聞協會和土耳其報業公會派人在機場接待歡迎，進口手續在兩三分鐘內就辦好了。

其實土耳其和中國關係很密切，甚至可以說沒有中國就沒有土耳其。此話怎麼說？原來土耳其人就是中國歷史上的突厥人。Turk 的聲音不就是「突厥」嗎？在隋朝和唐初，突厥人厲害之極，唐高祖初起事時還向突厥人表示臣服。直到唐太宗命李靖爲大將，才將突厥人殺得一敗塗地。突厥人在東方不能立足，逃到西伯利亞和中亞細亞一帶，逐步西侵，因而在小亞細亞建立土耳其。

假定紅拂女眞有其人，確如「虬髯客傳」中所說生有一頭極漂亮的委地長髮，如果不是她看中了李靖，半夜裏私奔相就，說不定李靖以後打起仗來精神沒這麼振作。突厥人如果不是被李靖趕向西方，也沒有今日的土耳其了。

長頭髮的紅拂女

倘使沒有這個美麗的紅拂女，說不定今日西方的文明也完全是另外一個樣子。

伊斯坦堡本來叫做君士坦丁堡，是東羅馬帝國的首都。西羅馬帝國被法國人、德國人的蠻子祖先們攻滅後，歐洲陷入黑暗時代，文化學術都集中在君士坦丁堡。一四五三年四月，土耳其蘇丹穆罕默德二世圍困君士坦丁堡，經五十三天的血戰而攻陷。這是歐洲歷史上的大事。

君士坦丁堡落在回教徒的土耳其人手中之後，基督教的文人學者向西流亡，逃到意大利的最多，不久便造成了歐洲的「文藝復興」。

羅素在「自由與組織」一書中曾說，許多歷史上的大事，往往能爲一些偶然的小事所左右。我們或許可以說，如果長頭髮的紅拂女下不了私奔的決心，歐洲可能沒有文藝復興，沒有工業革命。就算有，時間和形式一定也大大的不同。

當我坐着汽車駛進伊斯坦堡古老的城牆時，看到了羅馬人當年所築的巨大引水道，心中在想着「虬髯客傳」和吉朋的「羅馬帝國衰亡史」，想着：許許多多奇怪的因素交織而成人類的歷史。

名將總理伊諾努

土耳其人和中國人曾經有過一個「同病相憐」之處。四五十年前，中國被稱爲「東亞病夫」而土耳其被稱爲「近東病夫」。這兩個國家都有過輝煌的歷史，但當歐洲產業革命後，歐洲人以他們先進的工業力量向外擴張發展，中國和土耳其的勢力同時逐步衰落了。

當土耳其人的奧托曼帝國全盛之時，統治範圍包括埃及和北非的一大部份地區、希臘、巴爾幹半島各國、東方阿拉伯諸國。埃及那個花天酒地的法魯克國王就是土耳其人。土耳其人驍勇善戰，是天生的鬥士，在火藥槍炮發明之前，他們只在中國人和成吉思汗的蒙古人手下才吃過敗仗，在歐洲幾乎是戰無不勝，攻無不克。今日英語中，對於家裏那個橫蠻倔强、好勇鬥狠的小頑童，做父母的往往還稱之爲「我們家那個小土耳其人！」

土耳其於第一次世界大戰後復興，領導人凱末爾，土耳其人尊之爲 Ataturk。Ata 是「父親」，意爲「土耳其人之父」，即是「國父」。土耳其人本來只有名而沒有姓，有姓氏是凱末爾所施行的種種改革之一。

我們在伊斯坦堡開會，土耳其總理伊諾努特地從首都安加拉趕來，在會中發表演說，並設宴招待。伊諾努瘦瘦小小，慈和可親，單從相貌來看，誰也想不到他是凱末爾手下的最得力大將。

當年土耳其在西海岸殺得希臘軍全軍覆沒，就是這個小老頭兒立的戰功。開會期間，土耳其正爲塞普魯斯島問題和希臘瀕於開戰邊緣，因此這位當年大敗希臘軍的老將軍特別得到國人擁戴。

博斯普魯斯海峽

伊斯坦堡有兩點地方像香港，第一，它是個山城，許多房屋都建在山上；第二，它分爲兩部份，中間夾一條博斯普魯斯海峽，不斷有渡海小輪來來去去。但除此之外，什麼也不像了。香港極新，而伊斯坦堡極舊。在伊斯坦堡，如果你不喜歡發思古之幽情，大概不會喜歡這個城市。

博斯普魯斯海峽約有四哩寬，差不多是香港九龍間維多利亞峽的三倍。這海峽之東是亞洲，其西是歐洲，伊斯坦堡的主要部份都在歐洲。你如有興趣，可以坐在渡海輪之中，每天從歐洲到亞洲，再從亞洲到歐洲，來來去去的好幾囘。不過這渡輪的管理遠遠不及香港。有一次當地主人請我們到亞洲部份的一座王宮中去赴宴，汽車上渡輪之時，只見輪上水手緊張非凡，出動了七八個交通警察大吹哨子指揮，足足忙了大半個鐘頭，渡輪才開。

博斯普魯斯海峽沿岸，是伊斯坦堡富人的住宅區。沿着海岸有許多茶館。做我嚮導的大學生曾帶我去喝茶。海水碧綠，風物佳勝。只是海風相當强，所以每把茶壺下面都燒酒精燈。

坐對海峽，我們自然談起了希臘傳説中那個「希羅和林德」（Hero and Leander）的故事來。希羅是一個美麗的修女，她的愛人林德每天晚上游過海峽去和她幽會。有一晚狂風驟雨，林德對情人的守信，足可媲美我國的尾生：他還是跳入海峽游泳，結果和尾生的命運相同，淹死了。我看那海峽也不怎麼寬，問那大學生：伊斯坦堡人是不是有什麼「林德渡峽游泳賽」之類。

他伸伸舌頭，說：「絕對沒有！海峽中暗流洶湧，危險得很，誰敢游啊？」

看來土耳其人是來自大漠的陸地民族，對海水有天生的懼怕心理。香港人游得過這海峽的，我想至少有好幾千人，而且不必對岸有一位美麗的姑娘在等待。

英國的大詩人拜倫曾橫渡這海峽。他雖然是跛子，但跛足對游泳的影響還不大。他曾以一小時十分鐘的時間，和一個軍官一起橫渡海峽，在長詩「唐璜」中，他曾得意地提起了這件事。不過土耳其人對拜倫可沒什麼好感，因爲他曾幫助希臘人反抗土耳其的統治而死在希臘。

我們喝着茶，吃着滋味不佳的蛋糕時，看到有一艘蘇聯輪船自北而南，緩緩從海峽中駛過。那大學生指着輪船上並列的蘇聯國旗和土耳其新月國旗，驕傲地說：「赫魯曉夫這矮胖子兇惡得很，可是他的船隻經過博斯普魯斯，却非升我們的國旗不可！」

憂鬱的土耳其人

伊斯坦堡最宏偉的建築是「聖智大教堂」（Hagia Sophia）。那本來是羅馬皇帝建造的基督教教堂，土耳其人征服伊斯坦堡，將它改爲回教堂，但其中和基督教有關的彫刻和繪畫，仍舊予以保留，使我們今日仍能見到中世紀偉大的藝術。土耳其蘇丹的文化修養很低，却居然有這樣的見識；回教徒當時在宗教思想上與基督徒鬥爭得非常劇烈，却居然有這樣寬宏的襟懷。相形之下，那些連在文化藝術上也不能稍容異己的現代人，反而顯得是中世紀黑暗時代的人物了。

回教文物中最著名的建築是「藍色回教寺」。那是世界上唯一有六個尖塔的回教寺，內部裝飾以淺藍色爲主調，令人進去之後，有一種厭世的憂鬱之感。我覺得所有的土耳其人，都有點憂鬱。在一次酒會中，我曾向一位嫁給土耳其報人的德國太太提起。她笑着說：「當然啦，土耳其人不像你們香港人那樣會做生意，會織出那許多布疋來供給英國、美國，自然有點鬱鬱不樂哪！」

伊斯坦堡有一處「有頂市集」，那是一處有屋頂的大市塲，大大小小的店舖至少有一千多家。我感到最有興趣的，是他們的古董武器，那些有精美金銀裝飾的彎刀和古老手槍。

王宮中的中國古瓷

在伊斯坦堡的幾天之中，土耳其主人每天晚上都有盛大宴會，每一晚都在一處不同的蘇丹王宮中舉行。我們看到了全世界最大的地毯，全世界最大的水晶吊燈等等。在兩次世界大戰中，土耳其都是德國的同盟國，所以在各處王宮中德國的文化影響最大。

主人特地從首都安加拉邀來芭蕾舞團在王宮中演出，又邀來全國最佳的肚皮舞女郎表演。在古堡中則有古裝衛兵作鬥刀之戲。我覺得，大部份土耳其人在精神領域上，主要還是沉湎於古代的軍事光榮之中，對於現代化似乎並不怎麼重視。

托加普王宮（Topkapu Palace）現在已改成了博物院。我久聞這王宮中收藏的中國青花瓷器甲於天下，特地一個人去參觀，果然看到一座座殿堂之中，陳列着無數珍貴之極的中國古瓷。嚮導不住向我背誦，這王宮中的珍珠共有幾萬幾千顆，鑽石有幾萬幾千卡，黃金又有幾萬幾千兩，但對於達到藝術之高峰的中國瓷器，他却全然不懂。他對我這中國人感到有點抱歉，忽然說：「前幾天有一位中國人來看過。他是電影導演，入了土耳其籍的，是我們土耳其唯一的電影導演。」我問他那中國人叫什麼名字，他却說不上來。

直到現在，我還是不知道這位土耳其獨一無二的電影導演是那一位中國同胞。

煙草、古迹、詩句

開完會後，我們坐飛機到土耳其西部的伊斯米去觀光。伊斯米是地中海畔的名城，附近是煙草的出產地。土耳其煙草品質之佳，據稱是世界第一，任何上等的美國香煙、英國香煙中，都混有百分之三到百分之五的土耳其煙葉（再多就混不起了，成本太重）。每年煙草烤乾後，伊斯米煙草市塲開業數天。幾天之中，來自全世界各地的香煙製造商就將全部煙葉都競賣了去，遲來就買不到了。

我曾抱着探險的心情，坐了馬車去試一試「眞正土耳其浴」的滋味。原來那是一座巨石建成的大廳，四壁石塊燒得火滾，於是滿廳都是蒸氣。大廳之大，足可容得四五百人。一「蒸」的價錢非常便宜，在東京洗一次「假土耳其浴」，在土耳其至少可洗「眞正土耳其浴」二十次。

伊斯米一帶，古代稱作腓尼基，是人類文化最早發源地之一。我們曾到伊斯米之南的艾弗索斯古城去參觀。那完全是希臘文化的遺迹，希臘人留下的神廟、會議塲、劇塲、浴塲，幾乎和雅典沒什麼分別。在羅馬時代，安東尼和克麗奧派特拉曾在這地方住過相當時候。替我們解釋的是土耳其一位著名的學者，出口成章，談吐風趣。他說：「各位朋友，你們腳下踏着的石板大街，在兩千年前，安東尼曾拉着克麗奧派特拉的手，在這裏情話綿綿，並肩散步。」

在當天晚上的宴會中，這位學者剛好和我同席。我向他問起土耳其的大詩人希克梅特。他說希克梅特不容於土耳其，死在蘇聯，葬在蘇聯。他用英語翻譯希克梅特的幾句詩給我聽。這首詩題目叫做「死了的小女孩」，描寫一個在廣島被原子彈炸死的小女孩：

「十年前我還活着，
在廣島欣欣向榮地生長。
那時我是一個剛滿六週歲的小女孩，
現在我死了，永遠不會長大。
烈火先捲去我的頭髮，
然後兩隻眼睛，接着是我的雙手。
現在我的身體成了一堆灰燼，
一堆伴着寒風的灰燼。」

我默默唸了幾遍，努力記在心裏。

來自新疆的維人

土耳其人的烹調是糟透了的。主人隆重欵待我們，給我們吃最好的食物，但每次盛宴，主菜總是白水煮羊肉或者烤牛肉，沒有醬汁，沒有什麼調味品。

伊斯米富麗堂皇的旅館中，有一個青年侍役是新疆的維吾爾人。他萬里迢迢的從新疆出來，經過蘇聯而到了土耳其。維吾爾人本來是突厥種，他們的語言文字和土耳其人差不多。當我吃着他端上來的淡而腥膻的白水羊肉時，忽然想起：一千三百多年前，突厥人被唐朝的漢人逐出故鄉，橫越廣漠的西伯利亞而來到小亞細亞，一路上艱苦流離，只好吃這種白水羊肉，怎能像我們漢人那樣在富庶的土地上過太平生活，慢慢發展精緻的烹調藝術？這個維吾爾人從新疆來到土耳其，走的正是他祖先在一千多年前所走的老路。

他說他不喜歡共產主義，所以流亡了出來。但現在的生活過得也不好，常常想念故鄉和家人，只不過自由自在，一有空就到鄉下騎馬、唱歌和跳舞。我想他唱起思鄉的歌來，一定很動人，雖然一定也帶着那份深沉的陰鬱。

土耳其人很是好客。他們大都不大有錢，但什麼東西都樂於與朋友共。大概這是游牧民族的遺風。

或許很少人知道，「聖誕老人」是土耳其人。他本來是土耳其南部的一位基督教主教，生平樂善好施。當時土耳其人嫁女，必須有相當數量的裝奩，否則縱使貧女如花，也還是嫁杏無期。這位主教每當聽到他教區中那一個姑娘因爲沒錢而嫁不出去時，便在半夜裏悄悄爬上屋頂，從煙囪中將金錢丟了下去，免得那些貧家姑娘「苦恨年年壓金綫，爲他人作嫁衣裳」。這位主教死後，教會中稱他爲「聖尼哥拉斯」，逐漸演變而成爲全世界小孩子最歡迎的「聖誕老人」。

聖母瑪利亞的居室

伊斯米附近有一座小小的石室，是聖母瑪利亞最後居住的地方，現在已成爲天主教人士去朝拜的聖地。耶穌被釘死在十字架上後，瑪利亞從以色列逃了出來，來到這個荒僻無人的山邊，懷着喪失愛兒的悲痛，在這石室中默默地渡過了她的餘年。

我去參觀這石室時，一直和一位英國老太太格里姆斯夫人（Mrs. George Grimes）在一起。她丈夫是國際新聞協會的熱心份子，每一次年會都曾和她一起去參加。柏林、巴黎、東京、斯德哥爾摩……總是一對老夫妻同去。今年年初，她丈夫逝世了，她想了很久，要不要到土耳其來。她說：「喬治從來沒來過土耳其，他說過要和我一起來的。現在他不能來了，我還是要來看一看，將來好說給他聽。」她相信自己不久也要死了，那時候就可和她的喬治重行團聚，好把土耳其的風光，慢慢說給他聽。

我想起英國詩人 D．羅塞蒂寫過一首小詩，描寫一個早夭的少女，在天堂中等待她情人的靈魂升天，素手如玉，倚着黃金欄干，晶瑩的淚珠，滴上了白色的長袍……

選自一九六六年二月香港《明報月刊》第一卷第二期

宋淇

毛姆與我的父親

毛姆與我的父親有過一段淵源，要講這段淵源，就不得不從我的父親說起。

我的父親宋春舫，曾在清朝最末一次考試時，在他的原籍浙江吳興考取了秀才，因爲那時他才十三歲，所以有神童之稱。他的舊學根底不錯，後來他的主要興趣雖然移到歐美戲劇上面去，可是他對古典中國文學並未放下，家中的工具書和綫裝書在他搜集之下，不停地在增加。我記得他有一次對我說過：「我對中國詞曲的收藏可以說是齊全了，可惜的是版本不夠精，這需要很多錢，實在顧不到。」還有一件小事，不妨一提。他的字寫得工整，但缺乏一種所謂「秀氣」。他北上教書之後，朋友們說他這樣一個聰敏的人，寫得一手俗氣的字，太不相稱。於是他發憤重下苦功習字，從臨魏碑入手，並以林長民爲主要臨摹的對象。後來他爲了紀念林長民，自資影印了一本「林長民遺墨」分送親友。他並沒有成爲書法家，可是至少我還記得，在我小時候，他有資格而且常常爲人寫扇面。

由於我父親的主張，連帶我在小時候也讀過家塾，我記得所讀過的書包括有：三字經、百家姓、四書、詩經、春秋左傳、幼學瓊林、龍文鞭影、莊子和列子。爲什麼這裏面包括莊子和列子，當然不是塾師的主意，而是出於我父親的主張，認爲他們的文體有特色和個性。

我父親後來入了聖約翰大學，沒有讀完，就到瑞士日內瓦大學去深造。瑞士這個國家因地理環境關係，國民中有的説法文，有的説德文，有的説意大利文。我父親能夠精通多國語文，與在瑞士讀大學有關。他又在拉丁文方面下過苦功，在何時開始就不得而知了。到了四十歲那年，他立志自修俄文和日文，三年後他憑字典，已可毫無困難地直接讀俄文原著，可是日文他始終沒學成，最後終於放棄。我記得他曾對我説過：「我總以爲我自己在語言上有天才，想不到會在日文上碰了個釘子！」他在日內瓦大學讀的是政治經濟。他對戲劇和文學發生興趣是在他留居巴黎之後。很多人對他説，要把法文學好，唯一辦法就是多看戲，所以在巴黎期間，他每天晚上都是「泡」在戲院裏。據我所知，他法文最好，德文次之，最差的倒反是英文。

一九三五年我考入大學，讀的是西語系，那時我父親正卜居青島，每逢假期我都有機會回家，並和他接近。他認爲我的英文不夠好，主要是只讀教科書和指定參考書，所以太死板，因之字彙運用不夠靈活。一九三五年寒假時，他開始介紹我讀英文戲劇名著，除了那些選集中所必有的名著外，他特別要我讀兩個人的作品：王爾德和毛姆。那時候他那間向南的書房，放的是有關戲劇的書籍，另外還有一間向西的書房則放滿其他各種書籍，主要還是文學作品多些，其中美國的近代圖書叢刊和德國出版的英文文學名著尤其多。我還記得在一九三六年暑假時，我已經讀完了毛姆的戲劇全集，就跑到西書房看看有沒有毛姆其他的作品。結果在書架上找了一冊「中國屏風」（On a Chinese Screen），打開來一看，發現其中一章：「一個戲劇工作者」（A Student of the Drama）旁邊打了個鉛筆記號，立刻發生興趣，一口氣拿這一章讀完。

讀完了這篇速寫之後，我可以斷定毛姆所寫的對象不是別人，正是我的父親。可是這篇速寫本身是如此之刻薄得不留餘地，以致當時我不好意思，同時也有點不敢去問父親。到一九三八年夏他就因病去世，等到我再想起這件事時，已經來不及問他了。後來我從張歆海師處知道我父親見過毛姆，毛姆文章的對象也正是我父親，不過他以爲毛姆很多地方故意誇大其詞，態度有欠公正。其實小說家的筆都是無情的，在近代英國小說家中，尤以小赫胥黎和毛姆兩人最使人頭痛，往往把他們所認識的人寫入小說裏去，引起很多人的反感，甚至採取法律行動，控告他們犯了誹謗罪。

現在毛姆也逝世了，不免又使我想起這段淵源。我現在將毛姆這篇文章中講到我父親而又需要解釋的，逐點寫下來。我所做的只不過是註解工作，並無意爲我父親辯護，他自己生前都沒有作過任何表示，又何必要我來多說話呢？

毛姆這本書初版是一九二二年，他在序中說他旅行中國開始時是在一九二零年。照推算我父親見毛姆應在一九二零至一九二一年之間。那時我父親是在上海還是在北京我無法查出來，毛姆的文章裏也沒有透露他們會見的地點。

文章一開始這樣寫：「他送進來的名片週圍有一道黑邊，在他名字底下寫着：『比較近代文學教授』。」這時我祖母逝世不久，我父親的名片上印了黑邊，是爲我祖母服孝。

毛姆接下去說：「他是一個青年人……戴着一副金絲眼鏡。」那時我父親不過三十一、二歲，說他年青一點也不錯，根據我的記憶，以後他戴的是墨晶眼鏡。不過我好像見到過戴金絲眼鏡的照相。

「他說話時用的是尖銳的假嗓子，給我一種說不出來的不眞實之感。他曾在日內瓦、巴黎、柏林和維也納讀過書，他能流利的用英文、法文、和德文和人交談。」我父親的聲音較高則有之，也許我和他太接近並太習慣了他的聲音，所以與毛姆的感覺不同。毛姆說我父親能操流利的英文，法文和德文，理由已詳前。至於毛姆同我父親二人談話用的是那一國語言，毛姆沒有說明，不過我猜想可能是法文，或者法文夾英文，因為文中屢次引用法文名詞，而且毛姆小時隨父母居住法國，他學英文反在法文之後。

最近看到很多篇紀念毛姆的文章，說毛姆最崇敬契可夫，而且他的短篇小說走的也是契可夫的路子。這種說法當然有所根據，但並不完全確實。在他的「總結」(The Summing Up) 一書中(現又收入「片面之詞」(The Partial View) 一書中)，他就說過：在他開始寫作時，給他影響最深的是莫泊桑，他十六歲時就開始讀莫泊桑，到二十歲以前已經讀完莫泊桑的作品。他承認契可夫是個偉大的短篇小說作家，但他認為契可夫不可學，也不應學，而且他自己也寫不出契可夫風格的短篇小說來。他後來對契可夫和莫泊桑的論調常常因時因地而有所改變，但在大體上與其說他接近契可夫，不如說他接近莫泊桑。貝茨 (H. E. Bates) 在他的「近代短篇小說」(The Modern Short Story) 一書中也說過：契可夫在英國的傳人是曼殊菲爾，而毛姆則是莫泊桑一派的代表。這雖然是題外話，但對瞭解毛姆的為人、性格和文學觀是不無裨益的。

「他在學校講授的課程是戲劇，最近還用法文寫了一冊有關中國戲劇的書。」我父親一共用法文寫過三本書，一本講中國戲劇，一本是中國文學史，另一本是旅行遊記：「海外劫灰記」

（Parcourant le Monde en Flammes），當時我自己的法文程度不夠，看不出他文字的功力如何，後來拿了那本遊記給一位法國學者看，據他說，寫得同法國人一樣，看不出來是外國人寫的，連腔調都是純法國味的。大概在見毛姆那時，他只出版了第一本，其餘兩本還沒有寫成。

毛姆接下去說：「他在外國留學深造的結果使他對司格立白（Scribe）有莫大的熱忱，他並且建議用司格立白爲復興中國戲劇的規範。他口口聲聲要求戲劇富於刺激性，聽上去令人覺得奇怪。他要求的是善構劇（pièce bien faite）。」其實，我父親對司格立白並無偏愛。在他介紹近代戲劇的「世界百大名劇」的名單中，司格立白和沙爾都（Sardou）每人都只佔其一。他首先介紹到中國來的有戈登格雷，萊因赫特，德國的表現派，未來派等等。他也介紹過臘皮虛（Labiche）的鬧劇。一直要到一九二一年「中國新劇劇本之商榷」一文中，他才正式主張把司格立白的劇本移植到中國來，因爲他看到當時在中國上演的所謂問題劇，如易卜生和蕭伯納的作品無不失敗。他認爲司格立白注意劇本的構造，可以引起觀衆的興趣：「屢讀西歐名家劇本，實未有若司氏之著作之切合我國人之心理者。」他當時的修養和趣味或許還不夠成熟，他對司格立白的看法可能失之過偏，可是他這種看法的確是有感而發。如果不將這背景解釋給毛姆聽，毛姆當然不會理解，形諸於筆墨時，無怪他要嘖嘖稱奇了。

「中國戲劇有極精巧的象徵方法，一直是我們夢寐以求的，因爲它是具有思想性的戲劇，可是現在看起來却因爲它太單調呆板而走向衰滅之路。」這裏，毛姆又和我父親會錯意了。毛姆心目中的中國戲是京戲，所謂象徵手法和思想性是他認爲京戲中所特有而爲當時歐美舞台劇所缺少的。毛姆自己寫慣了寫實的舞台劇，當然對中國京戲那種表面上簡單而又經過提鍊的手法羨慕萬分。可是我父親，同他那一時代的參加五四運動的知識份子一樣，總希望文學能對時代發生一點作用，對改良社會有所貢獻。在他心目中，中國戲劇應該採用的形式是歐美的舞台劇，而不是傳統的京戲。在這一點上，他並無標新立異之處。他同當時其他知識份子一樣，對京戲的內容，例如提倡忠孝節義，有所保留，他甚至對當時連環本戲：如「濟顛活佛」和「閻瑞生」等表示反感，不過他對京戲是尊重的而愛好的。我還能記得幼年在北京時，他常帶我去戲院子「聽戲」，家裏也常常聽譚鑫培、劉鴻聲、汪笑儂等的唱片。他自己還爲「宇宙風」雜誌寫過「我不小覷平劇」一文，表示他對京劇的表演藝術的傾倒。但無論如何，他絕對不會像毛姆那樣把京戲視爲足以代表中國的戲劇。

筆鋒一轉，毛姆說：「我想起他名片上的銜頭，就問他：如果要使學生們熟悉當代的小說作品，他向他們推荐的是那幾本英國和法國的作品？他有點躊躇，終於回答：『我不敢說，因爲小說並不是我的本行，我只教戲劇。如果你想知道的話，我可以讓我的專教歐洲小說的同事來拜訪你。』」這段話，我不知道是不是當時的實錄。在一九二〇年前，我父親文章中所介紹的近代戲劇家中：如高爾斯華綏，王爾德，法郎士，鄧南遮，蘇德曼，霍潑特曼等同時都是小說作者，我父親不可能不知道。至於那位專教歐洲小說的同事，我也一時想不起來是誰。可能我父親覺得自己對當代小說沒有深刻的研究，不敢隨便發表意見，以免貽笑大方。

「他問我：你讀過『梅毒』（Les Avariés）沒有？我認爲這是司格立白之後歐洲最出色的舞台

劇。由於禮貌的關係，我回答他：是嗎？他接下去說：你知道，我們的學生對社會問題有很濃厚的興趣。」「梅毒」一劇的作者是白里歐（Brieux）。他另一有名的劇本爲「紅袍」，好像二者都曾譯成中文。「梅毒」一劇曾改編成英文：Damaged Goods，於本世紀初轟動英美。「梅毒」這類戲處理的題材是特殊的社會問題，風格尤比一般的問題劇爲卑下，毛姆自不屑一顧。然而當時知識份子個個都以改革社會風氣爲己任，連胡適都會寫出「終身大事」的劇本來，對白里歐的劇本發生興趣自不足深責了。如果我父親再過十年或十五年之後見到毛姆，那麼二人談話也許會投機得多，不會像當時那樣格格不相入。不過這只是揣測之詞，並非史實。

毛姆自己說可惜他對社會問題毫無興趣，只好將談鋒轉移到中國哲學上去。他向我父親提起莊子。「這位教授吃了一驚。他好像不懂似的說：『可是那是很久以前的事了。』我輕聲地回答：『亞理士多德何嘗不然。』他接下去說：『我對哲學沒有下過功夫，可是我們學校裏有一位教中國哲學的教授，你如果有興趣的話，我可以請他來拜訪你。』」毛姆這時表示再也沒有辦法同這樣一位不通世故的學究談下去，只好遷就他而和他談戲劇。最妙的就是毛姆在文章中引用了莊子的「秋水篇」，並把我父親譬喻爲那位「望洋興歎」的河伯。

這段文章有幾點應該提出來加以解釋。當時留學生中了歐美分工化和專門化的毒，好像自己只攻某一行，其他有關部門的學問自有專人研究，自己不便也沒有資格越俎代庖。這種想法是很普遍的。我父親的確對哲學沒有什麼研究，當時沒有下過功夫，以後也沒有。他心目中的中國哲學專家想來是胡適，因爲那時他們二人同在北大授課，私交很好，後來胡適患心臟病，曾來青島我們家中休養。談到中國哲學，我父親敬謝不敏，而推荐胡適和毛姆談中國古代思想總不能算錯。至於毛姆進一步譏笑我父親不知莊子，不免是小說家的誇張手法。我父親的意思是莊子的思想對我們那時的社會不會產生任何積極的作用。像莊子的「秋水篇」，我父親可能會隨時背誦出來，說他因此而「望洋興歎」，只好目爲小說家的豐富的想像力了。

「他認爲寫作戲劇的技巧很複雜而奥妙，承蒙他看得起我，向我討教寫劇本的秘方。我的回答是：『只有兩個：一要有豐富的常識，二要言歸正傳。』他有點驚愕地問：『難道只要做到這兩點就可以寫劇本了嗎？』我承認：『此外你還需要一種訣竅，這訣竅並不難，就像打彈子的訣竅一樣。』」毛姆是當時最成功的職業劇作家，他來中國時眞可以說是英國舞台的天之驕子，我父親向他請教實在是順理成章的事。毛姆這人本來就是一個把人生和藝術看得很透的諷世者，他把自己的劇作也看得很輕。他不喜歡舞台劇，因爲要同別人合作的地方太多，要依賴演員，導演和觀衆。他自己公開承認寫舞台劇是爲了賺錢以養活自己來好好地寫他心中喜歡的小說。毛姆是個非常講實際的人，所以他談起戲劇的理論時，也非常實際。他對我父親所發表的意見幾乎可以在他的「總結」一書的第三十五章中原封不動地找到。在這裏，他也說：「劇作家所需要的是一種特別的訣竅。沒有人知道這訣竅是什麼，因爲它是無從傳授的，而且與教育和文化水準無關。……這訣竅，像憑耳朵而彈奏樂器一樣，並沒有什麼精神上的價值。可是如果你沒有這種訣竅，不管你的思想多麼深刻，你的主題多麼新奇，你的人物性格刻劃得多麼生動，你永遠寫不出一個好劇本來。」至於寫劇本的秘方，毛姆認爲有二：「一是言歸正傳，一是盡量刪短。」這裏他不提「常識」而以「儘可能刪」代之。所謂「言歸正傳」就是不要節外生枝，毛姆認爲人類的天性就是喜歡說到題外去，這樣就無法抓牢觀衆的注意力。至於他爲什麼提倡「儘可能刪」，那是因爲他看到電影的崛起，觀衆比以前更缺乏耐性，更敏感，所以相形之下戲劇更應該比以前簡潔有力，而劇作者的秘訣之一就是刪，刪至無可再刪，達到濃縮的飽和點爲止。「總結」一書寫在「中國屏風」之後約十五年，毛姆的看法當然多少有所修正，不過在大體上還是統一的。

這些話是一個深知此中甘苦的過來人的經驗之談，對我父親而言，恐怕一時無從領會，所以我父親接下去問毛姆：「可是爲什麼美國的大學都在開戲劇技巧的課程呢？」我父親在一九二〇年前就已經爲文介紹馬修斯（Brander Matthews）的「戲劇發展史」一書，而馬修斯是美國哥倫比亞大學第一任戲劇講座的教授。毛姆回答得很妙：「美國人是最講究實際的民族。聽說哈佛大學還特地設立一個講座，教老太婆如何吃雞蛋呢。」我父親對這種帶有幽默的諷刺一時未必能領略，只好緊跟着問：「我實在不明白你所說的是什麼。」毛姆的回答又是一個不着邊際的答覆：「你如果不會寫劇本，沒有人可以教你，你如果會寫，那就容易得像從樹上掉下來一樣。」他底下的描寫又是誇張的挖苦：「他的臉上帶着一種非常困惑的表情，原因是他拿不定主意：這應該歸於誰的研究範圍；物理學教授呢，還是實用機械學校教授？」毛姆不惜重複地寫，爲了要達到他的漫畫式的效果，我們不必深究。

我父親不會輕易放棄，又進一步問：「如果寫劇本如此容易，那麼劇作者寫一個劇本爲什麼要那麼長久呢？」毛姆認爲不然：「寫劇本並不需要很長的時間。凡加（Lope de Vega —— 西班牙戲劇家）和莎士比亞以及數以百計的劇作家都是寫得多而且快的。有幾個現代劇作者簡直是文盲，要他們把兩句句子連起來比登天還難。有一位出名的英國劇作家有一次給我看他的手稿，他在上面寫着這樣一句問話：『你的茶裏要不要放糖？』一共寫了五次才寫對。一個小說家如果也要這樣轉彎抹角才能把心裏想說的話寫出來的話，那他非餓死不可。」毛姆說寫劇本不需要很長時間，實在不可一概而論。有的人寫得快，有的人寫得慢。有的人寫某一劇本時快，寫另一劇本時慢。毛姆自己是多產作家，不免喜用自己的標準來衡量別人。至於他所提起的那位出色的英國劇作家，不是別人，而是瓊斯（Henry Arthur Jones，與蕭伯納和皮奈羅（Pinero）齊名）。這件軼事毛姆也曾在他的「總結」的第三十五章中提及：「我記得很清楚瓊斯給我看他的手稿，我覺得很驚訝，因爲他在上面寫了這樣簡單的一句句子；你茶裏要不要放糖？三次才寫對。」毛姆對我父親說是五次，在「總結」一書裏則說是三次，這是唯一的出入，其餘的話完全一致，可見是有根據的。

我的父親接下去問：「你總不能說易卜生是個文盲吧，而大家都知道他要花兩年工夫才寫得成一個劇本。」毛姆回答：「很明顯的，易卜生想不出一個結構來。他想來想去想不出個所以然，到最後實在沒有辦法，只好仍舊用回他以前用過的舊結構。」我的父親驚訝得叫出聲來。毛姆這樣解釋：「你難道沒有注意到易卜生的劇本用來用去是同一個結構嗎？一羣人躭在一間密不通風的房間裏，忽然有一個人從外面跑來把所有的窗子打開；於是大家都着了涼，然後幕也隨之而落。」說完這句話之後，毛姆認爲我父親的臉上應該有一絲笑容，以表示他的瞭解，可是我父親却皺着眉頭想了兩分鐘，然後起立告辭。我父親對毛姆說：「我當採用這個觀點來重讀易卜生的全集。」

毛姆見我父親時已四十六歲，重要的戲劇早已寫就，連最主要的小說：「人性的枷鎖」也已出版。他對人生，藝術和寫作都有極透澈的了解。他本身是一個慣以白眼看人生的人（cynic），對一切都沒有幻想，加上他所受法國文學的影響，出言未免接近於冷嘲，而這恐怕不是像我父親那種一本正經的理想主義者所能當場領略和接受的。我父親曾對易卜生下過苦功，他後來在「青春不再」（意大利劇名）的譯文序上說道：一生中令他感動最深的只有兩齣戲，一是這齣「青春不再」，一是易卜生的「傀儡家庭」，可見他對易卜生是傾倒備至的。但他對易卜生的看法始終還是從一個研究戲劇者的觀點出發，而毛姆的話則完全是一個同行劇作家的見解，不是行內人未必能欣賞。這裏二人觀點上的不同正代表了職業作家和學者的不同，很難使二者打成一片。至於我父親日後重讀易卜生，是否會接受毛姆的理論，我雖然不知道，但照猜想，恐怕仍然是有限度的。

毛姆在臨別前問我父親，他對戲劇的前途有何看法，這是所有嚴肅的戲劇工作者都想知道的問題。毛姆起先以爲我父親的回答是：Oh Hell，後來一想大概是：O Ciel!（我的天！）毛姆這樣描寫我父親：「他歎了口氣，搖搖頭，把兩手一伸，活像一個絕望的人。」這姿勢倒眞是法國人的典型姿勢。「看到中國的有識之士對中國的戲劇前途同英國有識之士對英國戲劇的前途同樣的悲觀，給予我莫大的安慰。」這篇素描就在這比較友好的調子上結束。

其實，毛姆這篇文章對我父親個人來說，雖然挖苦得很厲害，但在「中國屏風」整本書而言，已經算是很客氣的了，因爲他對他在中國所見到的歐美人士，幾乎沒有一個不加以揶揄和撻伐。書中唯一得到他青睞的人物是辜鴻銘。辜鴻銘那時住在成都，他特地趕到辜鴻銘家去拜望他，受盡辜鴻銘的諷刺和侮辱而不以爲忤。辜鴻銘曾留學德國和英國牛津，可是他却是一個中國現代化的過程中的反動者。（毛姆見到他時，看見他梳辮子，並且聽說他是抽鴉片的，這兩點毛姆都無條件地接受。）辜鴻銘認爲中國古文化是最優秀的，所以中國根本不應該西化，因爲這樣做是在捨本逐末。他對英國和德國文學哲學曾下過苦功。他的英文寫作我曾瀏覽到，寫得很像英國維多利亞時代大師卡萊爾和安諾德，但似乎與時代脱了節。他把四書譯成英文，其譯文之講究連林語堂都曾經加以推崇。可是無論如何，他並沒有資格算做一個思想家。毛姆却稱他爲「哲學家」（a philosopher），我相信中國人很少人會同意這樣一個尊稱，由此可見毛姆的偏見，和他對中國的瞭解實在是有限度的。

細讀毛姆這篇「一個戲劇工作者」之後，使我連帶而引起了一些感慨。這篇文章雖然只是膚淺的速寫，却提供了近代中國的基本問題。毛姆在談論到我父親和辜鴻銘時，無形中反映了一部份西方高級知識份子的觀點。他們認爲中國是神秘的，可愛的，應該保持原有的文化傳統和美德，不應該盲目地去追隨和學習近代歐美各國的科學成就和機械文明。他們認爲中國仍在關閉自守。他們完全忽視了世界潮流的趨向和中國本身對現代化的迫切的要求。在這一點上，他們和一部份主張「中學爲體，西學爲用」的中國人士是相同的。而我父親呢，却多少代表了五四以來的歐美留學生，希望把他們留學的心得應用到社會上去，不管是科學也好，文章也好，以推進中國的現代化。以我父親而言，他在生前曾大量介紹過歐美戲劇（他先後出版了「宋春舫論劇」五集）和寫過一個不能上演的劇本，但對社會並沒有產生任何積極的作用。在抗戰前，他親眼見到舞台劇有了相當可觀的進展，但舞台劇始終沒有成爲中國人民精神生活的一部份。毛姆這種看法會不會影響到西方各國對中國的政策，這種影響是好還是壞，我父親這一代的知識份子對中國現代化的過程究竟產生了什麼作用，這些問題都有待於研究中國近代史的學者們的分析和估價，自不在本文範圍之內了。

選自一九六六年二月十六日香港《現代雜誌》第二卷第二期；一九六六年三月十六日第二卷第三期

徐速

漫談戒煙

拙作「我與病魔搏鬬」發表後，老友們除關懷賤軀安危之外，要算是對我的戒煙創舉，視爲奇蹟。旅居吉隆坡的姚拓兄，認爲其中大有文章。來函點寫戒煙小文，作爲臨床報告，說不定有助於人；蓋世之癮君子滔滔皆是也，果爾，功德無量矣！一笑。

在朋友中，我的煙癮是相當出名的，有一個時期我給朋友們的印象，似乎是藍墨水，長頭髮加香煙就等於我徐某了，而其中以香煙尤爲顯著。

婚後數年，生活大起變化，寫稿改用原子筆，從此衣上無痕。閫令森嚴，上理髮館也勤快多了，唯香煙逃出法網，有增無減。

這大概是一般人迷信於香煙可以產生靈感；寫作如無靈感，如何筆耕，筆不耕則無字可煮，這問題可大了，所以我的煙量，便在靈感外衣的保護下，肆無忌憚的步步高升。

我的吸煙數量是不願公開的，因爲這畢竟不是體面的事。每逢有朋友問起時，我總是唯唯否否，顧左右言他；就連家裏人跟我結算煙賬時，也至多承認四十支與六十支之間，多出的都推說招待朋友了；只有一次病時向醫生坦白過——一百支，有多無少。

「嘩！」那位醫生雙眼圓睜，形如蛇膽，旋又屈指細算：「不可能啊，你是用什麼方法吸進去的？」

「此人定是庸醫，」我心裏想：「連吸煙藝術都不懂。」但我懶得向他解釋，只有改個方式來幽他一默：「吶！這算什麼，你們醫生也有一天診一百個病人的！」

「不錯，那是公家醫院的紀錄，」他點點頭，恍有所悟：「那麼你吸煙很馬虎了！」

「一點也不！」我搖搖頭：「這要看當時環境和心情而定，就像你們醫生開賬單，先要看看病人荷包，再定藥價。」

他算是搞通了思想，但給我注射的手法卻特別加重，痛得我冷汗直流，幸虧我從吸煙經驗中早就練成一種特別氣功，立刻氣沉丹田，神聚玉關，眼觀鼻，鼻觀心，總算硬頂下來。

說到這種特別氣功，大概窮煙友們都有體會過，每當煙癮大發而又時間緊迫的當兒，狠狠的長吸一口，對於外界的小刺激簡直無關痛癢，打針種痘更不在話下，眞是如飲仙釀，混身細胞彷彿都受到了滋潤，那份舒服勁兒可別提啦。

我想，當年義和團殺洋鬼子，喝符避彈，大概是比一種香煙强烈百倍的興奮劑。這件事沒看人寫過研究報告，不能信口雌黃；但聽說雲南軍隊上前綫前，一定要過足煙癮，才能執戈衝鋒，這大概不是造謠惑衆。不過，名雖同是一煙，而有大小之分。

我這份吸煙氣功的養成，說來頗有淵源，一直要遠溯到二十年前抗戰時當小兵時代，那時物質缺乏，香煙更是難得；有時打一場勝仗，得到的慰勞品中可能有幾包香煙，但分到每個人連一支也不够，這時班長照例向大家吩咐，每人一口，輪流傳吸。因此，這一口就有講究了，氣長的自然佔便宜，於是，大家都注意練氣的本領，「飲如長鯨吸百川，」杜工部恐怕也想不到他的詩句竟然可以用來形容吸煙的饞相。

不過，我們的工夫還不敢自稱到家，有一次，軍隊裏有件慶典，餘興節目中請來一位說鐵板大鼓的中年藝人，當他說到緊張處，可能是煙癮來了，他的助手連忙點燃了一支遞給他，此公煙一上唇，雙目微閉，始而低首皺眉，雙頰緊縮，漸漸挺胸聳肩，仰天長吸，兩個鼻孔簡直是上化學課的試管，兩縷輕煙疾射如矢，煙頭上的火星照着他神采飛揚的表情，可將我們丘八老爺都看呆了。在掌聲中，他扔掉那支快要燃完的煙屁股，鐵板敲得更響，書也說得更神氣。

從吸煙練氣使我想到喝煙受氣的傷心往事。

記得在戰時受訓時，有一次因爲吸香煙犯了軍紀，那時候的軍訓是德國式的，頂頭上司的區隊長，比希特勒還厲害，學生也比猶太人還倒霉，稍一有錯，便是拳打腳踢。對於吸煙的處罰更是獨出心裁，被抓到的人無話可說，立刻將吸剩下的煙頭拾起來吞下去。

我們那次處罰是在開飯之前的五分鐘，區隊長順便在開飯時宣佈，照例講了一番禁止吸煙的大道理，然後叫我們三個人將煙頭剝開，洒在盛開水的碗裏，然後連湯加煙一齊喝下去。

這個方式比較乾吞好得多，但煙絲被熱水一泡，煙味辛辣撲鼻，但顏色倒像VOS拔蘭地。兩位同學鼓鼓嘴喝下去了，輪到我，我忽然神經失常，咆哮飯廳：「報告區隊長，你剛才不是說煙裏有尼古丁，如果中了毒，不是有違衞生之道乎！」

區隊長被我問住了，立即老羞成怒，說我是目無長官，破壞軍紀，結果，我喝完了煙湯，飯也不准吃便關進了禁閉室。

可是，三個月後，當我夜間守衞時，我親眼看見那位區隊長叼着香煙從厠所出來。三年後，我們又在戰地上遇見了，他親熱的遞給我一支煙，要求我儘快的接收他的陣地，當然，他老早忘記處罰我喝煙湯的那齣惡作劇了。

在一個吸煙人來說，比喝煙湯還痛苦的要算是斷煙。尤其是當夜深寫稿時，煙源斷絕，眞是苦不堪言。香煙癮發作時，大概比鴉片，白粉也不相上下，腰酸背痛，打呵欠，甚至涕淚縱橫，不用說，文章是無法寫出來了。

在這時，開始是向煙盤裏尋找吸剩的煙頭，退而求其次，地上被踐踏過的煙頭也是好的。煙頭太小時，索性撕開改造，臨時做成一支「百鳥朝鳳」。

我問過許多寫作的朋友都有這種痛苦經驗，因爲多數人的寫作是在深夜工作的，而稿債卻非逼到最後關頭才願提筆上陣，因此斷絕煙糧可能比孔子在陳絕糧還要緊張些。

當然，如果買得到誰也不會放棄機會的，因此，我對於深夜買煙是有經驗的，我知道那家鋪子收市最晚，那家的夥計可以通融，比較有把握的是舞廳裏的販賣部，他們可以供應到深夜三時左右，三時至四五時之間是眞空時間，那只好坐的士去光顧機場餐廳了。當然，現在已有好幾家餐館做通宵的生意，開夜工者不會再有斷癮之虞了。

爲了煙癮難熬，我有時也起得很早，大概五時左右就有茶樓開市的，第一批喝早茶的是夜香婦，等早市的臨時工人，分派各區發報紙的報販頭，他們才是都市工作的先驅。我常常伴着這些人在茶樓裏聽鷄聲，次數多了，彼此招呼，有一位苦力老兄，總愛找我攀談：「你是報紙佬嗎？」我笑笑，遞過一支香煙，彼此客氣的相互點着火，友誼就這樣建立起來了。

我得承認吸煙對交際上是有幫助的，對一個陌生人先從敬煙做起，的確是順理成章。談吸煙也比談天氣覺得有內容，而且還可以從吸煙上猜測一個人的經濟力量與性格，有人買整罐加力克，有人只買一支澳門貨！這當然一目了然，可是在性格上就複雜了，有的人吸到最後還要插在一支新煙上再吸，有的人吸不到一半便扔掉了，有的人永遠吸一種牌子，有的人天天調換，有的人只吸紙煙，有的人紙煙、雪茄、煙斗三者俱備。

有一個時期，我便是具備三種煙具，大概是休息的時候吸煙斗，興奮的時候吸雪茄，寫稿的時候吸香煙。這樣一來好像一天都在吸煙，因此朋友們贈予我一條龍的雅號。我很喜歡它的寓意，龍能吞雲吐霧，悠然自得，茶餘酒後，一煙在手，哼哼「我好比，淺水龍，困在沙灘，」倒也滿有詩意的。

老實說，我還沒有資格談吸煙的藝術，譬如收集煙斗就是一門大學問。那是有閒階級的調調兒，需要時間、環境、來培養的，而我，由於吸煙而得來的苦惱卻是層出不窮。

首先令人難以忍受的，是家人的聒絮。

嚴格的說，吸煙者是不適於家庭生活的，家庭婦女多數與煙酒絕緣，當她們收拾煙具，洗刷煙碟，掃除煙蒂時，你便要忍受精神虐待了。煙頭燒壞了傢具，煙灰弄髒了被單，煙霧污濁了空氣，都是防不勝防，這些還可以裝聾做啞，如果遇到孩子有病，你便成了千夫所指的帶菌人：「快快出去，你的煙味薰死人啦，看，孩子咳嗽了，都是煙嗆的啊！」，總之，欲加之罪，何患無辭，幸虧家裏沒有人得肺癌，否則，你更是死有餘辜的了。

其次是吸煙大大影響了儀表，影響最大的是黑牙齒和金手指，牙齒黑了要去找牙醫洗淨，很麻煩；手指薰黃了卻是無藥可治。有時，遇到新朋友伸手相握時，食指與中指間的那一段，實在不大雅觀，爲了解決這個困難，我在口袋裏時常帶上一塊膠布，必要時裹在手指上冒充受傷。這樣，不但騙了人家的眼睛，還賺來一片同情心。

最難堪的是在禁止吸煙的地方忘了戒律，例如在大會堂看戲，看到得意忘形，香煙便習慣的從口袋裏摸出來了，可是正當你火光一閃的時候，立刻引來了禮貌的聲音，這時你可能羞愧得無地自容。

家庭的，社會的，道德的譴責來自各方，有時，也興起戒煙的念頭。但接着便立刻興起十幾個反對的理由。

我曾經冷靜地考慮這一問題，結果認爲不肯戒煙的最大原因，倒不是煙癮難挨，而是那份難以割捨的感情。

人畢竟是感情的動物，就是吸煙，吸久了也不免產生感情。在戰亂中，衣物書籍，隨時丟失，只有香煙永久相伴，有時，它眞會像故人似的，給人莫大的溫暖。

所以，一提到戒煙，我便會嗒然若有所失，內心便感到一陣陣悲哀，連這麼一個老朋友都不能保全，人生究竟還有什麼樂趣。

其次就是生活的情趣，像我們這些多少還保持些頭巾氣的知識份子，在香港的最成問題的要算是娛樂了，熱門娛樂如狗、馬、豪賭，不但缺少賭本，也實在不感興趣，而且時間也不允許；大家都忙，就連打打小牌也很難湊成，至於正當娛樂，玩球、游水、看戲、聽歌，不是體力不濟，就是傖俗不堪入目，在香港，要找一個「來今雨軒」喝喝茶，天橋看看雜耍，太廟練練太極的地方都難得，唯一的精神享受，只有抽幾支香煙，在煙霧裏靜靜的玄想一會，倒也是樂在其中，如果連這一點享受都要剝奪，可眞要變成犬儒、鄉愿那些古董了。

記得有一次，一位不抽煙的朋友來勸我戒煙，我將這番道理說給他聽，他反而感動了，他拿起我的煙，笨拙的吸一口，噴出濃濃的煙霧，「有趣！」他說：「我彷彿將心裏的烏煙瘴氣都噴出了，」再吸一口，他說：「這是口怨氣，鱉在心頭好多年了！」第三口他幾乎要哭了：「如果我會玩魔術就好了，我可以用煙氣化鶴，騎鶴回老家！」於是他再吸再噴，將我桌上的煙吸完，拍拍屁股走了。

有些人勸人戒煙，喜歡用生癌這一套理論來威脅，膽小的煙鬼也許可能有效，但對於稍有認識的「煙民」絕無作用，誰都知道，使人致死的病菌多如牛毛，癌症不過是九牛一毛而已，除去病菌，教人致死的原因還有很多，林覺民絕筆書上就說了一大堆：「天災可以死，盜賊可以死，奸官污吏虐民可以死。」也許是死於癌症還是比較幸福的呢。

我有許多支持我繼續吸煙的理由，更有許多反對戒煙的苦衷，但我竟然眞的戒煙，連我自己也想像不到，其中有幾次，不是我戒香煙，倒是香煙戒我了。

有一次，一天之內，香煙給我惹了三次大禍。一次是將新打過蠟的地板燒焦了，只是幾個小焦點，就惹得女傭人嘮叨半天。睡午覺時，床頭死煙復燃，幾乎弄成火災。於是，我想出處理煙頭最妥善的辦法是扔到窗外草地上，既安全，又不會出亂子。

眞是百密一疏，那知我用力一擲，不偏不巧的又出了差錯。晚上，妻收拾晒衣架後，拿着一件新旗袍放在我的面前，神氣活現的說：「吶！閣下流年不利，又要破財了！」

我怔怔的看着她，她的一隻指頭，從被燒的那個破洞裏伸出來，好像是變戲法的神奇。

「說不定是樓上煙鬼扔下來的！」我意圖狡賴。

她不聲不響的遞給我一段被水浸濕的煙頭，我接過來反覆研究一會，苦笑的看着她：「無獨有偶，看來那傢伙也是吸這種牌子的。」

她又指指煙頭上的紅點，賴不了，那是紅墨水的痕跡，大概是我校稿時沾上的。

燒了太太的新旗袍，其嚴重性比燒兩套自己的西裝還可怕，當我無聊的從一家服裝公司跑到另一家綢緞公司時，心裏便盤算着：「算了，戒掉算了，再不戒，我可能要改行學裁縫了。」

爲了表示戒煙的決心，我將吸煙的配件都送給朋友，第一天，睡了一整天，連夢裏都在想着吸煙。第二天，我吃了一磅水果糖來作代替品，仍然是念念不忘。第三天，我感到整個人生都是灰色，很像是失戀時的滋味。第四天，我的決心動搖了，我像做一算術難題似的算來算去：與其像這樣醉生夢死，還不如乾脆自殺，爲了戒煙而自殺，眞是輕如鴻毛，那麽何不轟轟烈烈的幹一場，但暴虎憑河，不足言勇也，何不留得青山在，好等賣貴柴。算來算去，都是爲一支煙而起的，於是，一個銀幣從我口袋又跳到那擺煙攤的老婦人的鐵盒裏。

當一縷輕煙從嘴中噴出來時，立刻引來家人一片嘲笑聲，爲了香煙，我第一次嘗到自卑的滋味，我開始卑視自己。「懦夫，」我心裏想：「連一支香煙都戰勝不了的吉訶德啊！」

第二次戒煙是在一次小病後，大概那次是香港發生很重的流行性感冒。一百〇三度的高燒下，茶飯不思，連香煙也吸不出味道了。一個星期後，病好了，抽煙的習慣也忘了，我想，這倒是個戒煙的機會，何不趁此機會，來個「假道滅虢」。

病後的健康恢復，可能最快的是嗅覺，香煙的香氣似乎比過去更香醇，爲了抵抗誘惑，我去看場電影轉移意念，但看電影時，左右前後的香氣陣陣飄來，我的鼻孔便像幾隻唧筒，眞是鼻不暇吸，我的嗅覺本來不算靈敏，永久分不清女人香水的牌子，但對香煙可靈敏極了，在飄來的煙氣中，我立刻可以分出英國煙，美國煙，土耳其煙，三個五，還是ＬＵＣＫＹ。

三個月後，我又自己開禁了，這次開戒並不是信心不够，而是遵醫開戒。原因是停止吸煙後，體重便一直上昇，眨眨眼就增了二十磅，我的醫生朋友向我提出警告，如不減肥，可能心臟受不了負擔。而體重增加的直接原因，就是停止吸煙的關係，因爲戒了煙，食慾大開，吃什麼都容易吸收，而且，爲了戒煙而找的代替品也是一個大原因，喝水、吃糖，這都是增肥的好原料。

「如欲減肥，乃可吸煙！」我幾乎從心裏笑出來，這簡直是「奉旨吸煙」的啦！果然，香煙也替我爭回面子，體重又漸漸回復了原來的紀錄。

第三次，也就是去年病中那一次，一位洋醫生曾鄭重的跟我商量。

「吸十支吧！」他說：「減少到每天十支是不會有問題的！」

「那簡直是虐待啊，」我抗議。
「廿支，放寬一倍！」
「你要我一下子減去五分之四，要命啦！」
「五分之二不算殘酷吧！四十支。」
「六十如何？」
「不可以！」那傢伙板起了老 K 面孔：「你知道六十支有多少尼古丁，那些尼古丁加起來可以毒死一隻老鼠。」
他是在談人鼠之間吧！我想到一本洋小說。
「而且很可能將藥力都抵消了。」
「如果我一支也不吸呢？」
「你！」醫生輕蔑的笑笑：「你沒有這麼大的毅力！要想將一百支的煙癮立刻戒掉，除非打嗎啡！」
「如果我有？」
「我不想跟你打賭，寫作的人多半是在幻想中生活的！」
「我反對你的看法！」
「我在中國很多年，我看過吸鴉片的人被殺頭，但香港還有這麼多的吸毒犯！」
洋鬼子翻起羊眼，摸摸貓鬚，聳聳龜背，嘴一咧，露出一排爛牙。

我這人有個壞毛病，說什麼不願在洋人面前認輸，說是民族自尊心也好，說是民族狹隘感也好，雖然，我認識的洋朋友都是彬彬有禮的紳士。

這一次卻正好揭下了我心頭的傷疤，我也向他扁扁嘴，露出大國沙文主義的驕傲。

「好！」我豎起了三隻指頭，心裏唸唸有詞：「求上帝給我毅力，求魔鬼不要來試探我，香煙和蘋果的誘惑是半斤八兩，而亞當和我都是男人……。」

沒有人相信我眞的戒了香煙，包括那位洋醫生在內。但我已經有一年多沒有碰過香煙了。起初的時候，的確是難過難挨，但一想到醫生那魔鬼似的笑容，立刻就勇氣百倍，但這還不是主要的動力，眞正的力量是求生的意志，因爲有一次我在一本醫藥雜誌上看到一篇文章，病情和我很相似，病因是那位老兄和我一樣，香煙吸得太多，而尼古丁就是硬化血管的惡魔。

人畢竟是重視生命的，從生命裏產生的毅力，什麼困難都可以克服，香煙自然是微不足道了。

今年舊曆年時，我去給一位老朋友拜年，他强迫我吸一支香煙，他好像要出我的洋相，認爲只要一開戒就無法收拾了，我也想趁此試試自己的功力，於是我又吞雲吐霧起來，但濶別了一年多的故人，卻對我那麼陌生，陌生得好像一個從另一個世界來的火星人。

我想，我現在才是一個眞正自由的人，沒有什麼東西可以控制我，不但是什麼思想，什麼黨派，什麼教條，就連魔力最大的香煙也不能。

選自一九六六年三月香港《當代文藝》第四期

黃思騁

祖母與老公鷄

我生來不大喜歡家畜，因爲這些傢伙不是到處擋路就是隨地便溺，可是一提到那隻在我的生命裏出現過的老公鷄，卻是另一種感情。

我不記得老公鷄是怎樣的一個來歷，只依稀聽祖母説過，有一個遠親在我降生時送來幾隻鷄蛋給母親做「月子」，後來家裏要孵鷄，因爲缺少鷄蛋，就把它拿來湊數，結果孵出六隻小鷄來，老公鷄就是這六隻雛鷄之中的一隻。

我祖母一向愛護各種家畜，不過對老公鷄卻特別偏袒。任何家畜要是與牠起衝突，在祖母的仲裁之下總是老公鷄勝利。有時老公鷄到大門外去尋找食物，或者在菜園地裏扒土，在桑園裏鬆開羽毛晒鷄虱，老祖母就會到屋後去呼喚，嘴裏像這樣叨唸着：「我剛才還看見牠在這裏的，怎麼一轉眼就不見啦。」

有一個時期，我非常痛恨老公鷄。牠在一個六歲的孩子的眼光中，簡直是一個巨無霸，牠不但體重超過十斤，伸長脖子時簡直要高過我的頭頂。有時我端着飯碗在門前吃飯，牠就老實不客氣把頭昂起來看一下，然後把碗裏的菜啄了去。如果我追牠，牠就在我們的大天井裏兜圈子，一面嘓嘓地叫。

我母親也不喜歡老公鷄，因爲牠處處都很强横。每當母親撒一把玉米給鷄子吃的時候，牠總是第一個搶前去霸佔，把那些氣力不及牠的雄鷄啄得發出怪聲來。父親不喜歡牠的理由跟我們不同，他擔心像這樣巨型的公鷄，很可能爲了誤會把我和妹妹的眼珠啄去。可是祖母卻認爲老公鷄很有靈性，決不會啄傷我們。

在農村裏，養公鷄的理由有一半是爲了配種，另一半是早上啼着熱鬧。要知道當天快要亮的時候，如果鄰居的公鷄以一種傲岸和激昂的聲音啼過來，你這邊沒有更雄壯的聲音回答過去，實在有失體面。而我們的老公鷄呢，很足以完成這個任務，只要牠一放開喉嚨，差不多整個村子裏的人都能聽到。

祖母對老公鷄另眼看待，或者是由於牠能增加我們的家聲。在我們村子裏，我們只是中等人家，上代既沒有甚麼功名成就，下代又沒有甚麼值得炫耀的技能。村子裏有甚麼事，總輪不到我們出頭。可是自從有了老公鷄以後，我們家裏也有被人提到的地方了；有人要孵鷄，往往會拿着鷄蛋到我們家裏來，聲明要換老公鷄的大鷄種。祖母把這件事看作是我們家裏的光榮，把那些放得整整齊齊的鷄蛋拿出來，任人挑選。這些人有的還沒有見過老公鷄，只是聽到別人提過而已。所以在交換了鷄蛋之後，祖母循例會把老公鷄喚來，讓她們欣賞這個巨無霸。老公鷄對於祖母的呼聲是十分耳熟的，牠總是從看不見的地方奔過來，爪子踏在地上發出沉重的聲音。

「好大的公鷄啊，」那些女人這麼讚嘆道：「公鵝還不及牠重呢！」

「牠抵得過兩隻公鵝，」祖母以一種自傲的口氣說：「我們家裏的狗也要讓牠三分呢！」

「像這麼大的公鷄，如果不是親眼見到，任誰都不會相信的。」

「是啊，我村的人常常到我家裏來，爲的就是想看一看公鷄。」

祖母一點也不吹牛，的確有許多人從老遠的地方跑來看我們的老公鷄，用驚嘆的語氣談論牠。有一個外村的有錢人還派人來同祖母情商，要我們出讓老公鷄，但被祖母一口拒絕了。

我進小學的時候，老公鷄不但還活着，而且很壯健。不過我還是憎恨老公鷄，只要祖母不在面前，我就會拿着掃把，在屋前屋後追逐牠，嘴裏還不停地咒罵。不過祖母彷彿無時無刻不在關心牠，只要老公鷄一發出驚慌的叫聲，她就會跑來查明原因。她一見我在追趕老公鷄，沒有一次不是大聲叫喊起來。

「你追牠幹甚麼？牠同你有甚麼仇嘛！」

「牠啄我的腳趾。」

「牠不是故意的，牠只是沒有看清罷了。」

「牠下次再啄我，我就把牠打死！」

「你把牠打死，我就把你打死！要知道牠的年紀同你一樣大，牠雄赳赳的時候你還穿開襠褲呢！」

我心裏雖然很不服氣，尤其是祖母説跟老公鷄的年紀一樣，可是卻不得不聽老祖母的話。

有一次，一隻黃鼠狼跑到我們鷄栖裏來，就挑選老公鷄下手。黃鼠狼吃鷄比我們侈奢得多，牠們老是咬住鷄的頸子，吮吸牠們的血，這樣被襲的鷄子非但不會發出叫聲，同時吸起血來也快。

等到鷄子的血流乾以後，牠們就留下屍體給人吃。可是老公鷄卻不是那麼容易對付，牠竭力地掙扎起來，還發出咯咯的聲音。

祖母一向睡得很警醒，她一聽老公鷄發出的聲音，便知道是怎麼一回事了。本來，在我們家鄉有一種迷信，説是黃鼠狼後面總是跟着吊死鬼，婦女是不敢去追黃鼠狼的。可是祖母卻不管這些。她獨自起床來，打着燈趕到鷄栖裏去看看。那隻正在和老公鷄搏鬬的黃鼠狼見到燈火，就跳出後窗逃走了。祖母用燈一照，老公鷄的羽毛上都是血，地上也流了不少，然而牠還活着，用驚駭的目光望着祖母。

祖母一面咒罵，一面去看老公鷄身上的傷，只是因爲頸子上滿都是血的緣故，辨不清牠到底傷到甚麼程度。後來我父親趕去一看，發覺老公鷄的頸子上有兩處黃鼠狼的牙印，有一處咬得很深，可能連喉管都傷着了。

「沒救啦，」父親説：「我看還不如趁牠沒有死之前宰了的好。」

「不，牠比不得別的鷄子，或者會好起來也説不定，誰忍心吃牠的肉呢！」祖母説。

「媽，」父親説：「你還嫌牠活得不够長命麼，牠已經老啦！」

「牠能活到幾時就讓牠活到幾時好了。」

「留牠實在也沒有多大用處，牠每年吃下去的五穀可不少呢。」

「不相干，快去拿稻草灰來把流血的地方堵上！」

以後的幾天，老公鷄躭在窩裏不出來，看來很猥瑣，也不想吃東西，大有活不下去的樣子。我平時雖然討厭老公鷄，尤其討厭牠那種傲岸和目空一切的姿態。可是自從牠受了傷以後，我倒也有點同情牠了。

我們一家人都爲老公鷄的傷勢而憂傷，許多鄰居也都關心牠的死活。但是老公鷄畢竟有很强的生命力，牠在委頓了幾天以後，忽然走出籠子來了。祖母見到這種情形，心裏眞是快活，她馬上抓了把穀子給牠吃，而牠也居然吃了。

「我說你不會死的，你一定會活過我的頭！」祖母說。

過了不到十天的時間，老公鷄不但又活龍活現，而且又像過去那樣高傲。牠受傷以後第一次所發出的聲音，也跟過去一般宏亮。

「眞奇怪，」父親感嘆地說：「這傢伙看來會活到一百歲呢！」

「我看你們好像都容不下老公鷄，」祖母說：「牠雖然食量大，可是要不是老公鷄的糞，你們的葱、韮、大蒜就不會長得那麼好！」

不知從甚麼時候起，我好像不像以前一樣敵視老公鷄了。這或許是因爲我已經比老公鷄長得高些，不覺得牠對我有太大的威脅了。

後來，忽然有一天，有一小簇軍隊路過我們的村子，因爲看見我們的通廳空着，就想在那裏過夜。這種情形，我們在過去也常遇到，並不把他當成一回事。反正不論你是不是歡迎，他們要住就住，誰也不敢多說。

那時的軍隊風紀可眞差，就算不好意思明搶、暗偷也得來一下。你只要稍不留意，他們就鑽進菜園地，揀最大的菜拔。如果有鷄子走近他們的身邊，就拿軍毯將牠們罩住，暗地裏煑來吃。所以祖母看見軍隊到來，每次總是把鷄鴨關進籠子，免得引起他們的垂涎。

可是這次不知怎麼一來，老公鷄走出了籠子，逕自跑到通廳裏去。因爲那地方經常用來碾米、磨麥、打風車，不免有些穀物留下，所以鷄子最喜歡到那裏去覓食。幾個士兵看見這麼大的一隻老公鷄，忽然就動了食指，合力兜攔起老公鷄來。

老公鷄一面逃避，一面發出驚慌的叫聲。祖母聽慣了牠的聲音，所以非常敏感。她跑到通廳裏，看見其中的一個士兵已經將老公鷄揪住，正要捏牠的脖子。祖母不知從那裏來的勇氣，在牆腳邊攫了把竹絲掃把就向着那個士兵打去。這種士兵平時爲非作歹，從來不會受到別人的干涉，現在遭到這個突然而來的襲擊，吃驚得怔住了。老公鷄趁着這個機會，就一縷煙地逃到天井裏，嘓公嘓公地叫。

那士兵見老公鷄逃走，自己又在同伴面前受了辱，不覺惱怒起來，隨手抓了把刺刀，想傷害祖母。祖母卻動也沒動一下，指着那個士兵說道：「請啊，請啊，你爲甚麼不動手！」

那個士兵見祖母如此鎮定，也着實有點詫異，其餘的士兵見此情形，就上前勸阻起來。

「你們每一個人都有力氣將我這個老太婆打倒的，看你們能有多惡啊！」祖母說。

一個班長模樣的人站出來說好話，他說：「好啦，老太太，弟兄們只是好玩罷了。」

「我們的老公鷄是養着做種的，」祖母說：「牠命裏生來不會見刀。」

第二天，這些過境的軍隊離開了，我們都慶幸老公鷄還活着。每天早上，當牠的啼聲從鷄栖裏傳出來的時候，連我自己都高傲起來了。

老公鷄開始進入風燭殘年，彷彿是在有一年的夏秋之交。那一段日子天連綿地下着雨，秋風已經起了。我們每次看見老公鷄帶着濕淋淋的羽毛從外面回來，總覺得有點縮頭縮腦的樣子，左面的那隻翅膀無力地往下垂。祖母見到這種情形，有點替老公鷄難過，她說：「這是怎麼回事啊，難道牠眞的不濟事了嘛！」

「婆婆，牠一定活不久了，昨天我聽見牠喀喀喀的叫，」我說。

「牠老啦，」祖母說：「如果牠是人，起碼也八十多了。」

「婆婆，要是我們殺來吃，那來這麼大的燉罐呢？」

「你說話不怕罪過嘛，牠活到這麼老了還殺牠。」

「可是牠總要死的。」

「那就讓牠自己死好。」

有些鄰居聽說老公鷄有病，都跑來勸我們趁早把牠殺了；他們都說像這樣的一隻老鷄，吃了一定很補身。可是我們家裏的人誰都不想吃老公鷄的肉，這件事想起來都使人有點難受。

這以後，差不多有半個月之久，老公鷄不想進食，在屋角裏蹲來蹲去。祖母給牠平時最愛吃的食物，牠也只是在近處啄幾下，不久又把眼睛閉上了。

在牠活着的最後幾天裏，祖母像對一個生病的家人一般照料牠。牠那時已經與其他的鷄子分開來住，牠住的是母鷄用來生蛋和孵小鷄的窩。那是用一隻破竹籮做成的，裏面墊着很厚的稻草。

祖母不時去看牠，給牠食物和水，可是牠什麼也不吃，只想閉目養神。

我記得那是一個寒冷的下午，老祖母坐在門前揀着豆子，一見我走近，忽又想起老公鷄來，說道：「去，到鷄屋去看看你的同年老倌，可不要驚動牠。」

我跑到鷄屋裏一看，老公鷄似乎不在窩裏，因爲平時牠在那裏，我總會看見牠的頭。現在牠的頸子已經橫倒了，眼睛緊緊地閉着。我急急忙忙跑回去，對祖母說：「婆婆，老公鷄死了，頭像這樣的。」我作了作狀。

祖母站起身來，親自跑去看看，當她看見老公鷄死去的時候，自言自語地說道：「眞可憐，牠在我們家裏十一年啦！」

我父親除了牛以外，不大愛其他的家畜，不過對於老公鷄，大概是因爲相處得長久的緣故，倒也愼重其事地找了隻破麻袋來，將牠盛在裏面，然後揹着鋤頭，打算將牠埋在桑林的一角。當父親提着麻袋走出門時，祖母一直送到大門口，然後站在門邊，雙手合什，喃喃地唸起「來生咒」來。

自從老公鷄死後，我們家裏再也聽不到那種宏亮而雄壯的叫聲，使我們平添了一種寂寞之感。

選自一九六六年三月香港《當代文藝》第四期

西西

秦萍圓又圓

噯，秦萍，你來好不好？

我在電話裏那麼地噯她。其實，我也不知道她是不是眞有空，總之，電話是打過去了。我的運氣很好，她在；不但在，還來了。於是，秦萍就來了，穿她的滑雪一般的厚外套，穿她的一個樽般的領子和黑毛線衣。

我什麼都不記得，最最記得她的劉海，秦萍有最美麗的劉海，彎呀彎，長呀長。所以有人說：她像日本女孩；所以又有人說：她像法國女孩。哼，秦萍才不是什麼日本，什麼法國，秦萍就是中國的女孩子，秦萍就是我們的秦萍。

我們就去那間喜歡對我們說阿里阿多和莎揚娜拉的雪糕店坐下來，樓下暖暖的，擠滿了人。我們來一個芒果雪糕呀，來一個御煎之御前茶呀，兩個人就熱熱鬧鬧地吃吃喝喝起來。耳朵旁邊響起了一點兒的音樂，這個下午，我們竟這樣地面對面了。

我和秦萍就面對面了，和秦萍坐在一起是熱鬧的。你試過和一幅牆坐過在一起麼？你試過和一盆水仙花坐過在一起麼？牆是冰冰冷的，水仙花是一聲不響的，悶也悶死了人，秦萍就不了，她並不是放在桌子上書架上小几上的石像，她是活生生的，像在天上浮來浮去的紙鳶，像在地上滾來滾去的陀螺。她是動的，像流水，像時間。如果如果和她一起堆雪人才開心哩，她會抓一團肥肥的雪塞滿你的脖子，扔一大塊冰給你嚐冰棒。所以，你知道我是多麼地開心了吧。

爲什麼秦萍會這樣子的呢？爲什麼她不是一面呆呆的掛在牆上的鏡子，而是貼在天花板下的滴滴搭搭的鐘呢？這樣，我先問問你，你喜歡什麼形狀的？圓的，方的，三角的？我喜歡圓形，希望你也是。圓形，嗳，圓形就是世界上最美麗的形狀。陽光投下來的線是圓的，一個飯碗是圓的，一滴水墮下來時也是圓的，好看的東西，和諧的東西，柔和歡樂的都是圓的。方形就不；三角形也不。有角的東西使你害怕，使你逃得遠遠，再也不回來。秦萍呢？她是圓的。你見過她的臉？圓臉。你見過她的眼睛？圓眼睛。她決不會拉長了頭髮，加長眼線去破壞她所特有的圓的圖案，就連她的手指，也是圓得又可愛又甜的。當我們畫一幅畫的時候，我們懂得如何尋求線條的呼應，當你見到秦萍，你就明白，她竟是這麼的一項組成。我不知道你有沒有玩過心理測驗，如果你提起筆，僅自畫許多圓圈，那麼你大概就和秦萍的性格差不多了，凡是喜歡圓形的，像圓形的人，他們對朋友是友愛的爽朗的，朋友們對她也是友善的坦率的，因爲這樣的人，沒有一些刺去刺痛別人呀。

這個下午，和秦萍坐在一起，你跟本沒有時間可以去思想，她一個人可以充滿一個空間，她是那麼地充滿了活力，像一個小小的太陽。我們一起看她的相片，彩色的。她扮演一個女俠，嗳，她可神氣了，手裏握一把劍，跳上了半空。有的很有趣，她就呵呵哈哈地笑起來，她要笑就笑了，就算天塌了下來她一點也不管。有一張相片裏的她不穿女俠裝，穿的却是和服，脚下的那雙木屐使我想起「柔道羣英會」中的加山雄三，這張相片更古怪，這樣，秦萍又笑了個不亦樂乎。但這樣子，她就懷念起日本來啦。

——嗳，如果我不再多講講日本話，將來就一句也記不得了哩。

是的，那邊有個日本人正在埋頭埋腦往一張日文報紙裏探呀掘呀，這邊又有一位日本太太在嘰嘰咕咕，秦萍是去過日本的，學會了許多東西，跳舞啦，化妝啦，穿什麼什麼的衣服，梳什麼什麼的頭髮，她都學過的，因此她都懂。但懂是一件事，幹又是一件事，遇上大宴會她就小小心心仔仔細細的穿好看的衣服，梳好看的髮型，平日呢，秦萍喜歡簡單輕便的衣服，她的性格是這樣子，我們也喜歡她這樣子，難道大家會喜歡扭扭揑揑的女孩子。

我喝的那杯什麼御前御後的茶苦得很，秦萍那杯雪糕才甜，她一下子就吃完了。然後坐着，然後聽聽音樂，然後想起了話就說，不想起了就不說。我想，她演時裝片一定會把更多人的掌聲搶過來。她可以演一個女學生，又頑皮又不聽話，但却又是很乖很乖的；她還可以扮男孩子，穿大毛線衣，戴一頂扁扁的法國帽。這麼神氣的秦萍，誰不喜歡才怪。

我是不喜歡林黛玉的，她這樣的美人一天到晚生病，風大一點的時候就會把她吹上天。如果中國女孩子都像林黛玉，那就糟了，那時候，中國祇有一件事要做，就是一天到晚忙着收集藥材。現在的女孩子是不應該今天病明天又不吃飯，早上哭晚上又嚷着要上吊的，女孩子都應該活活潑潑，像兔子像松鼠，祇要不像花豹和野狼就行。秦萍她就不是林黛玉。

秦萍是很喜歡交朋友的，她並不喜歡把自己藏在屋子裏，所以，如果下次你們大伙兒去旅行，說不定秦萍也會嚷着一起去，你祇消打一個電話問問她，像我那樣她高興就來的。她的電話又很容易記，是六……嗯，我是準備告訴你的，但是，我還是先問問秦萍再說。

選自一九六六年四月香港《香港影畫》第四期

港島・我愛

他們就把你下葬了。

他們說：撒一把泥土，我就做了。

他們說：鞠三個躬，我就做了。

我一哭都不哭。眞的，我一哭都不哭。

我很早就知道總有這麼的一天，他們會把你下葬的，我也知道他們把你下葬之後我會怎樣，那時候，我對自己說過，一哭都不用哭的，我就做了。

我是怎樣漸漸地把你忘去的呢。那麼地一點一點，一點一點，起先是你的皮膚，起先是你的掌紋，起先是你的姿態。我不知道我怎麼會，而事情卻是了。

我說，那邊有一間有趣的店。

那間有趣的玩具店，那麼多的人，唉，那麼擠，我們的感覺觸及感覺。我們就進去了。我們看，我們擠，有人按響一隻銅喇叭。外面有船來了。但我總對着一張搖椅出神。我說，你怎麼不愛搖椅哩，我沒有你一半的老，我沒有你一半的白髮和眉，但我已經愛搖椅了。那時候，我還看得見玻璃杯曾經紅曾經藍，有一個靜靜的水瓶名叫希臘。但我十分不安寧，因爲也許是明天，它們就一個一個地隱去。城市建在城市之上，臉疊在臉上，起先是那個銅門環，起先是那垂懸的燈盞。

在靈堂的時候，他們說：找你最好的朋友來陪陪你。我說我沒有一個最好的朋友。他們說，找一個隨便什麼的朋友來陪陪你。但我說我也沒有一個隨便什麼的朋友。他們怕我會哭得很厲害，怕我會暈去，我知道我不會，因爲我不是那種人。

我應該不是那種人，我不是那種隔了一夜就把昨天扔掉的人。他們哭，他們淚乾時記憶就乾，不再有人知道你，不再有人說。你還在那個車站上走來走去嗎。

你總是在那個車站上，穿一件白的制服，漿得硬硬的領，配着銀色的銅扣。你說，車子該開了，車就開了。於是我從一個火車停泊的場所過來，我們就在那邊的座位上舐雪糕。這是尖沙咀，這是九龍，這是香港。我們怎麼會來到這裏。

他們說，在衆多的孩子中，你最愛我。我們總是在一起。我們是那樣地坐過船的，好濶的好淺的錢塘江。每天早上，你就給我梳辮子，我們在一個城裏找到一間有個大煙囱有個大花園的屋子，晚上就睡在七張塌塌米上。我每天上學，就坐在你的腳踏車的後面，有一次，你為了避開一輛吉普車，我就坐在地上了。

他們不停的說：到時候你會哭得很厲害，因為來的人很多，人們愛看你淒涼的樣子。我知道我不會哭得很厲害，而且，我們在一起的時候總是開開心心的。你對我笑，我也對你笑，我們是老朋友了，誰都不要對誰哭。

但我是怎樣漸漸地把你忘去的呢。起先是你的頭髮，起先是你的長眉，我難道不曾竭盡眼神把它們捕捉。但我竟在一點一滴地把你忘去。難道愛沒有模型，風景沒有明天。

我開始穿着一雙紅色的鞋，穿過馬路，在一間店裏吃烘餅。我實在記得雪糕的樣子。但那店，和許多的店，逐漸隱去，像你，起先是你的烈日下遮陽的手，起先是你太陽鏡下皺着的眉。

我不知道它們怎樣漸漸地隱去。大街上的一間書店，十字路口的一間電影院。上學的時候，我繞過一片菜田，踏在一條下水管上，跳着跳着，那時候，我也曾竭盡眼神把它們捉住。

但我是怎樣漸漸地把它們忘記的呢。

棺木抬出來的時候，他們哭得最大聲，但我看着你，你沒有淚，對的，我們在一起的時候，總是開開心心的，甚至當一個炸彈忽然地掉在地上，當一些人在岸上拖着淺水的船，我們也沒有哭。我們在一個颶風的晚上坐着，看着一個窗的破裂，風怎樣削去額前的暖氣，我們不曾哭。我們說，我們總有地方可以去。你喜歡去，從這裏去到那裏，有一個島叫青島，你說。有一個關叫山海關，你說。有一個城叫萬里長城，你說。有一個港，叫香港。

我不知道我們怎麼會來，那些隆隆的火車跑了三天三夜，那些高高的山瀉爲平野，我看到了船，這就是港了。眞的，你總是有地方可以去，我就跟着你來了。

起先，你說，讓我們上電影院。我們排排坐着，一人捧着一團雪糕。起先，你說，我帶你去玩足球，我跳着跳地替你背着一雙好重的釘鞋，你在操場上跑來跑去，吹着一隻會叫的銀笛，我什麼都不明白，但人家拍手的時候我也就拍了，你給我一瓶汽水的時候我也喝了。

但我是怎樣漸漸地把你忘去的呢。我回到家裏來，知道你不在任何一張椅上，床底下不再有你的鞋，一隻玻璃盤裏沒有你的眼鏡，也沒有一枝破爛得衹有你才不捨得扔掉的墨水筆。我知道你不在任何一個角落，不在門後，不在簾外，我總是伏着案，對着一本書着迷，你的聲音漸漸遠。你的姿態漸漸模糊。

他們不再談起你，因爲別的名字那麼多，別的臉又出現得頻。我衹能集中一個焦點，記得一束有紅有黃的玫瑰，隨着一堆泥土一起降下。

它們和你一起隱去。陳舊的尖沙咀的碼頭，那些木板叮嚀的長廊。如今我祇能在海傍的一列石板上踏過，聽它們的馨坑馨坑，聲音不再是木質的，我不知道一切怎樣會漸漸隱去，甚至你總是沒法抓住。

漆咸道的公園，現在是樹的列陣，聖誕的晚上，它們是一片火樹銀花，但我記不得裏邊有你，因爲有過你的園已經不再有一點痕跡。

有一間電影院叫平安，有一間帽子店叫鶴鳴，有一間你愛在窗櫥外蹓躂的伊利，它們也逐漸隱去，而一切就升起來，城市建在城市上，臉叠着臉。

一間舊的書店隱去，現在散了三間。一座雪糕店舖平後，現在站成了大厦，送船的海運場長成一條跑道。你說，這是一個十分美麗的城。啊，你實在是不能重認它以前的面貌，他們也把它葬了許多。而我，同樣地，也撒一把泥，也每次步過的時候，就知道，它們不在門後也不在簾外。

不過，我也就習慣了，在一條橋上面走過後在太子行的甬道裏數花磚，廣場上多了很多花，剛盛開的花，那麼年輕。我開始穿一雙紅色的鞋，穿過馬路，和一個你坐在電影院裏。這是一個十分美麗的城，你說。是的，是的，我愛港島，讓我好在明天把你一點一點地忘記。

選自一九六八年二月二日香港《中國學生周報》第八一一期。署名「張愛倫」

包天笑

釧影樓回憶錄：扶乩之術

〔存目〕

選自一九六六年十月十五日香港《大華》第十五期。署名「天笑」

綠騎士

婆婆

（存目）

選自一九六六年十二月二十三日《中國學生周報》第七五三期

胡菊人

羅馬剪夢錄

我不知道怎樣來描寫羅馬，也不曉得我愛它究有多深，但我清楚自己對它是如何的懷念，所看到聽到感到的印象是怎樣的深刻。

從清晨到黃昏，從華燈初上到月影西沉，整整八天以來，我踏遍了羅馬的大街小巷，在噴泉旁流連，在廢墟中漫步，在茶座上閒眺。在泰伯河的楓樹下沉思，在濟慈、雪萊的墓碑前憑弔。有一次，深夜二時，仍在古羅馬的廣埸上，在奧古斯特、安東尼、味吉爾、賀拉西與凱撒大帝等羅馬大帝國的英雄名士彫像叢林中，躑躅又徘徊。回旅館的路上，還躭在階梯上靜坐，右手邊的紅樓，就是濟慈的故居。

有一次，我一口氣跑上了近千級的樓梯，站在聖彼得大教堂的尖頂上，在喘息中，極目縱橫。西斯丁教堂天頂上的壁畫，使我怔怔的仰視三小時，頸也酸了，腿也累了，但就是不能不看它。

我祇坐過一次車，到處是古蹟和噴泉，令我無法不步行。軀體的疲累敵不過好奇心，步履即使蹣緩，但心頭是喜悅的。

睡眠時間也減少了，我不能不盡量利用時光，休息與床已不是人生最大的享受，羅馬展現在我的眼底，就是最大的快樂。那怕是在睡夢中，腦中也會印現明天的遊覽景象。

沒有一個遊客，也沒有一位羅馬人，敢於説他已完全認識羅馬，看遍了羅馬，又對羅馬之遊感到完全滿足的。即使所有的名勝古蹟看全了，却無法全部知道其歷史與典故，即使一木一石都參詳再三了，仍然會有遺漏，可愛的景物看個十遍八遍，也還是想再看一遍的。

我甚至要説，粗心大意的莽漢，鄙俗的凡夫，是不配遊羅馬的。我自己大概這兩種類型的性格都有，但我在到羅馬之前，就曾虛心反省過，我先讀了一本羅馬城的書，但我悔恨沒有好好讀一部羅馬史。現在再讀，這懊悔之情却更强烈，因爲又不知何年何日纔能重遊羅馬了。抵達羅馬的第一天，我就立下決心，把羅馬細細的欣賞和咀嚼。我曾以兩天的時光，實現噴泉追踪的夢想。把一切噴泉都拍下了照，又凝視再凝視，將它們的形象也深印腦間。這種的計劃是很費精力的，上斜坡，下山道，穿弄巷，過公園，不知走了多少路，總算達成了願望。

遊羅馬，得有回顧歷史的情懷，追慕前賢的虔心，鑑賞藝術的感性，甚至是，一種豪放悲情的胸襟，不祇是對羅馬歷史文物的知識而已。這些我都大大的欠缺，更可惜的是，我是在遊完羅馬後，纔有這樣的體驗。

噴泉交響樂

羅馬大大小小的噴泉，是數之不盡的。最著名的一座，當然是「羅馬假期」影片中一再出現的特麗維噴泉。

這是全世界最壯麗的噴泉。羅馬人都勸遊客在離開時纔去欣賞。抛下一枚硬幣，許願再來羅馬。他們知道，這噴泉會給遊客留下不可磨滅的印象。

大概沒有一位遊客，會遵守這樣的忠告。噴泉位處鬧市中，在街上閒遊，不覺間就會來到噴泉的附近。那誘人的水聲是無法抗拒的，即使詐作聽不見，但那高聳的飛簷與彫像，一不提防就會搶入你的眼簾，到那時刻，又有誰能忍心別轉頭來，閉上雙眼，轉身而去呢。

不由自主的就會走近水邊，讓自己的影子印在清澈碧藍的泉水中。羅馬人的忠告，忘得九霄雲外。也是不知不覺地，就會許起願來。不一定重來羅馬，也可能是的，但也許會爲自己的情人祝福，或是爲權勢、名譽與金錢而起願，這噴泉誘人的力量對人人雖發生同樣效力，但人人的希望與心願自是各各相異。總之，是把自己最美麗的夢想，付託給這泉水之神，祂是希羅神話中的海中之王，高高的屹立在戰車之上。這白玉般的戰車，是一片巨大的貝殼，泉水奔流在它的底下，眞像在大海中鼓浪前進一樣。兩匹仰頭長嘶的海馬，在前面引路，前蹄上下翻騰，令作爲馬伕的兩位水將駕馭爲艱，他們的手緊緊地揪住馬鬃，像怕牠們脫韁而去的樣子。

四周有全身赤裸的海中天使，擎着螺殼號角，全神貫注的竭力吹奏，雙頰鼓得脹脹的，看他們的神情，這號角聲音一定很響亮，不然怎樣跟怒號的水聲抗衡呢！

這水流不知從何處來的，自戰車底，在馬肚下冉冉瀉流。從水源出口處一直分三級飄流而下，形成三道晶瑩透光的水簾，永無休止地注入明鏡一樣的巨池中。

左右兩旁，有張開的介殼，在歡迎海神出遊。在嶙峋的岩石上，流水四散飛奔，整座噴泉，不祇流水在動，但覺這海神、戰車、海馬、天使無一不在動。這是泉水湧動的力量，奔騰的氣勢，怒號的聲音以及藝術家神來之技，使它有這樣的效果。

海神處於噴泉之頂的中央，在祂背後，是巍峨宏偉的石碑，左右兩旁巨柱矗立，兩尊女神彫像，悠閒地亭亭佇立。巨柱、簷楣、圓拱和平頂，充份表現了巴祿歸式建築的端凝渾厚的格調。羅馬百景之中，儘多的是歷史陳跡，時序遷遞，山川變易，古羅馬的雄風，今日已蕩然無存。儘管在斷壁頹牆的痕跡中，仍隱透昔日的一絲光輝，但往者已矣的低徊之感，常令人不能自已。

祇有那些噴泉，却是歷久而常新，無論千年百代，仍是汩汩不絕的奔流。我想在這許許多多靈采飛動的泉水之中，一定有一股噴泉，洗淨過當年勃魯達斯刺殺凱撒大帝的血手的。

羅馬人明白，水是生生不息的，水又是具有靈性的。爲了表現羅馬人的生命，保持這光榮之城的活力，在凡是有人的地方，就都建起噴泉來。又把一切湮年遠代的水泉，着意地加以修建，五百年前的噴泉，今天也是一樣的光影艷麗，生氣盎然。

水是一樣的柔弱，但羅馬人用盡了心思和技巧，賦予泉水以不同的性格。海神出遊的特麗維噴泉，以波濤萬頃的氣勢，來攝奪人們的心神，但在冰仙公園的另一股泉水，却表現無限的幽清。

那是卓靈妮特噴泉，在濃蔭覆蓋的大樹下，一柱小小的清水，筆直地、幽幽地射向空中，再緩緩地洒落在一個光潔的大理石盆上，晶瑩的泉水，滿滿的緊貼盆邊了，水源不住的瀉下，但就從不溢出盆外來。夕陽西下的時份，金光晒滿了樹葉和水泉，也晒滿了遠處——聖彼得大教堂的圓拱。這一股幼弱的清流，是羅馬噴泉交響樂中，一聲柔柔的簫音，把人帶入神仙夢境。

也並非水源細小，就缺乏氣勢了的。正像交響樂中，一聲鐃鈸，也能裂人心魄。昆連盧皇宮廣場上的噴泉，就有這樣的聲威。意大利總統每次經過，都禁不住駐足而觀。

兩股水泉如怒放的火花，猛然地向上飛射，又急急地俯衝落花岡石池中。水泉之側，峙立着兩個雄糾糾的武士，各執一隻跳躍中的戰馬。那兩位武士，是絕世美人海倫的兄長，是宙司的兒子。他們是孿生兄弟，在希羅神話中，是威名赫赫的。卞士滔善於馭馬，波魯士長於鬥拳，在荷馬筆下，他們是所向無敵的。他們的孿生妹妹海倫被底索斯搶走了，他們輕易地打敗了雅典人，把她救回來。賀拉西也稱讚他倆是天上的燦星。

羅馬人崇拜兩兄弟的武功，爲他們建造了這一座噴泉。又因爲他們是海的兄弟，就更令羅馬人對他們另眼相看了。知道他們愛馬，就彫琢了這兩尊怒馬來相贈，並且，還特別從古羅馬廢墟中，把一座馬廐裏的水漕搬來，墊放在水池的底下。羅馬人熱愛神話裏的民族英雄，想得多麼週到呀。

羅馬的噴泉，情調隨環境而不同。銀柏陶公園的噴泉，不見湧動的水流，沒有怒號的水聲，但另具一種閒逸幽雅的韻味。

這公園巨大無匹，到處是花叢、池塘、彫像與綠樹。裏面的裝飾和佈置，力求自然而純樸，連亭台樓閣，也是用毫無彫琢的粗木砌成。裏面的噴泉設計，更是絲毫不着痕跡。

一座座花叢，水流從花瓣、從葉尖不斷的滴下來，在軟軟的草地上，形成一片綠色的水光。再細看那花叢，却不知水源來自何處，但聽見潺潺的水聲，那黃花綠葉的巨形花束，每一片葉子，每一朵小花，都晶晶的透着水色。這噴泉設計之妙，就在於不見泉水，水花却洒遍了整座花叢。

一碧清綠的池塘，當中有一塊岩石，石上矗着一位凌波仙子。她那勻稱的身段與優美的態勢，任何人見了都要着迷，她左膝在石上半跪着，右膝微微抬起，上身前傾，頭部微向右側，垂直的右手執着一個銅盤，全神貫注地在倒水。那女郎好像唯恐動作不夠優雅，又怕濺濕了地上似的，所以祗把銅盆作輕度的傾斜，讓水流像一根絲線似的不絕如縷地流出來。又好像她是在戲水，讓水流如此緩慢地流，感到很寫意。

不過，她的姿勢眞是美極了。她左手平肩直伸，到手腕處又軟軟的，無力的墜下來。陽光從樹縫中透射她的胴體，池水又把光影映印到她的身上，這彫像的形象，是高貴，純眞、嬌艷、雅逸的混合。而這泉水的來源，又是不可知的謎。

名符其實的銅壺滴漏，也出現在這公園裏。在萬綠叢林中，豎立着一座高高的鐘樓。乍眼看去，毫無特異之處，鐘面與普通的掛鐘絕無分別。但一看它的鐘擺，却令人怔住了。它擺動的力，是靠滴下來的水滴。它有一個像天平似的東西，水滴就落在它的兩頭，東滴一下，西滴一下，秒針就跟着移動，竟是分秒不差。

噴泉如何能有這樣的力量，羅馬人又有如此精妙和技巧，能有這樣的心思，在二十世紀的時代，還保存了這樣一個古老的景物。

如果在這美麗的公園裏，也弄個電鐘，那可是大煞風景了。即使現時人的生活，非要知道時間不可，羅馬人也講究情調，特別建造了一座以泉水發動的鐘樓。

在這寂靜幽清的公園裏，無人願意急急離開的。銅壺滴漏的時鐘給人一種安定感。千百年前的日子，人們不也是一樣生活了的嗎。就躺在草地上，盡情鑑賞這四周的景色，又何須管它夕陽落下西山了呢。

西班牙階梯是羅馬勝景之一，乳白的石階又寬又大，成三角形向上伸展。這階梯一共九層，每層十一級。走到這些石階上，無法不快樂起來，遊人們坐在石欄上閒眺，兩旁有鮮艷燦爛的花檔，往上走向高台，矗立着一柱彫紋的石筆，高聳插天，通向一條幽清的楓樹路。向下走是濟慈的故居，一條戰船形的噴泉橫亘梯底。

柏尼尼廣場上的噴泉，也是很巧妙的。海神盤坐在巨大的貝殼孔上，仰頭吹着螺殼，泉水就在殼孔上噴射出來。有些噴泉則是幾條頑皮的海豚，在輕輕地噴水，或者幾隻烏龜爬行在池邊，泉水噴洒在牠們的頭背上，又或者是美人魚，海怪，將泉水射向高高的空中。

羅馬的噴泉，大都是歷史上一流藝術家設計和彫刻的。其中以文藝復興時期的柏尼尼，他的才名震撼歐陸，法蘭西也請他去建造宮廷。在泰伯河邊上的娜皇拉廣場的噴泉便是他的手筆。這噴泉象徵世界四大河流，白玉般的彫像分別代表多瑙河、尼羅河，恒河和南美的柏利德河。噴泉的一頭，幾個海神在捕捉一隻海豚，另一頭是尼甫頓海中之王在和海怪竭力地搏鬥。

坐在路旁的露天餐座進食，欣賞這氣勢磅礴的泉水和熠熠閃動的水光，是賞心悦目的美事。

鬥獸場內的憂鬱

「鬥獸場屹立着，羅馬就挺立着，鬥獸場倒陷了，羅馬也就倒下了，羅馬倒陷了，這世界也不能免。」一百多年前，拜倫就說過這樣的話。

今日的鬥獸塲，經已倒下了一半。即使在拜倫的時代，它也已成爲今天這個模樣。所以拜倫說這話，好像就確定羅馬和世界都要走上末路似的。

今天的羅馬人，再沒有昔日勇士的雄風，羅馬男士似乎都有一股娘娘腔。如果一想到當日羅馬大帝國千軍萬馬，南征北討的氣勢，再看看今日羅馬城這懶洋洋的樣子，就不勝感慨繫之了。

羅馬有所謂「施施底」時間，從下午十二時半到四時，這一段時間內，羅馬人什麼都不幹，就是睡覺或閒遊，天塌下來他們也不管了。所有的店舖都關門，連博物館也謝絕參觀。街上的車輛也忽然稀疏起來。

航空公司及旅遊社也關門大吉，想不到他們如此重視這日中休息之時間，生意都可以不做。今天的羅馬人就是如此，勸遊客們少安無躁，好好利用這一大段時光，睡覺休息或在街上閒蕩。在夏日裏，有些博物館竟懶到每星期只開放一次。

也許這正是筆者一向所强調的閒適。鬥獸塲倒了一半，它還是立着的，羅馬仍是如此可愛，世界還存在着。我倒覺得拜倫說來有點過於衝動了。

一想到意大利紙幣，好些人又會搖頭。里拉已出到〇〇〇〇的一條長尾巴，面積比四十八開的書本還大，遊客換到了都要笑的。但它還是可以用。麻煩的是換了里拉很難換回美鈔。即是說，他們希望你盡量把錢花個清光。

不過這些都是次要的事了。來到羅馬，再不管他什麼通貨膨漲，生活水準，政治經濟情況等等問題。人們來羅馬，是緬懷它的過去，鑑賞它的文物，神遊在它的博物館中。羅馬本身是一個大博物館，古跡遺物遍城都是。

今天的鬥獸場，與昔日的鬥獸場，我不知那個更爲可愛一些。它座落在巴力坦尼與愛絲昆連諸山的低谷中。這一帶正是羅馬大帝國的宮廷廟宇原來所在，今天盡是一片廢墟。鬥獸場缺去了一大角，當日的一切雄姿盡化烏有，拱門上的數百彫像不見了，以尼羅王形象來雕琢的日神像消失了，囚禁獅子老虎的窰穴堆滿了瓦礫。這場地可容五萬個看客，當日他們以人喂獅，第一位天主教徒就在這裏遇難。

羅馬城建於何時？史家好像仍沒確切查考出來。稍爲涉獵西洋學的人，總會知道羅馬由戰神的私生子羅慕廬而得名，他和孿生兄弟出生後，就被罰淹溺於泰伯河，結果由一條母狼救了他們，撫養成人，羅慕盧就在泰伯河畔上棲居，建成了一個城市，這就是今日的羅馬。

這是公元前七百五十三年的事了，這故事衹是神話，但人們又能道出這一個年份來，好像人人都相信這是眞實的，在羅馬的博物館裏，又有那頭母狼的彫刻。

在一世紀時代，羅馬的人口就達一百五十萬人，建造了可容三十萬人的競技場，五萬人的鬥獸場，四萬人的劇院。堅固、壯麗、宏大的宮殿庭院，寬敞筆直的大道。二千年前的人類，在建築學上的智慧與能力好像並不低於太空時代的現代人。

歷史上的羅馬城，經過好多刼難。戰爭、天災與兵燹，在二千年前的昨天，與二千年後的今天，是毫無分別的。坐在廢墟的石階上，我心裏想，人類是否眞正在進步？

高盧人曾把羅馬洗刼一空，整座城池幾乎全部毀了。以後又有迦泰基人，把重建起來的羅馬城再予摧毀，在尼羅暴君時代，天降羅馬以大火，三分之二的建築通統燒光，又曾經過强烈地震。連這宏偉的鬥獸場，也經不起層層浩刼，所有建築也祇剩下幾根圓柱了。

七十多萬天以前，基督徒在鬥獸場內被巨獅活活咬死，二千個年輪後的今天，佛教徒道成肉身的活活燒死，人類又何能說進步了。

即如政治行刺亦是一樣。凱撒大帝被刺的評議殿，是在克必陶山上，除了幾根斷柱以外，一切已面目全非。卡索斯發動謀刺凱撒大帝，以拯救羅馬人民爲藉口，又得特別安排一套指證凱撒大帝爲大獨裁者的說法，但今天的暗殺，却無須這一連串的麻煩手續，一顆子彈就解決了。

安東尼抱着凱撒的屍身，在羅馬廣場上作煽動性的演說，這廣場現在也祇剩下幾根斷柱了，亂石碎礫中長滿了野草。當初安東尼那麼義憤塡膺的大聲疾呼，以至發動了內戰，在今天看來，都是毫無意義的。

在廢墟中閒步，盡是滿目荒涼，但仍感到當日這羅馬城的雄偉壯麗的規模。前面遠處是鬥獸場，跟着一連三道凱旋門直通羅馬廣場，一望無際的山地上，豎立着無數的斷柱。山脚下，是容納三十萬人的競技之地。

濟慈、雪萊的墳墓

在旅舘餐廳裏，遇上一位印度人，他對我說：「我剛來羅馬第一天，不辨東南西北，今天我跟定你了。」於是，我們兩人一同出了門。

那天我立意去參觀濟慈的葬地，我告訴了他，他同意了。我們乘巴士經過了繁盛的大街，經過羅馬廢墟，經過鬥獸場，最後到了一座金字塔的腳底，墳墓的所在地。

我們穿過寂靜的墓地，踏過青青的草坪，最後來到濟慈的墓碑之前。我那印度朋友，竟對我説從未聽過濟慈、雪萊這兩大詩人的名字。他對周遭的環境，對這一行行、一列列的大理石碑，對一個個詩人、藝術家的名字，竟絲毫不發生興趣。

他滿心不耐煩的樣子，使我心中難過。當我細細審視碑上的文字，坐在階上默認周圍的景物時，他做什麼呢？就衹是好奇地望着我，又頻頻催促説：「我們該走了吧。」經他這樣一來，所有情緒興緻都給打亂，衹好匆匆和他離去。

他不知道濟慈、雪萊，真令我大吃一驚。他是剛從美國唸了碩士回國的高級知識分子，在印度唸中學，又受的英文教育。怎麼從未聽説這麼響亮的詩名呢？

我不禁爲這兩大詩才叫屈。上天已夠待他們刻薄的了。讓他們在英年之際，顛沛流離，貧病交迫而死。而現在在這印度青年眼中，他們又是如此平凡和籍籍無名。眞是死得太不值了。

但筆者不能深怪那位印度朋友，衹能怪責現代那種專業性的、鑽牛角尖的專才教育。現代學科愈分愈專，愈鑽愈深，像他這樣讀機械工程的學生，大概就衹有死對着內燃機、發電機與螺絲釘日夜鑽研。遠離藝術的感情，人文的素養，靈性、智慧與眼光愈弄愈窄了。

如果我反問自己，我對於機械工程學科內的偉大名字，也像他對濟慈、雪萊的名字一樣，茫然不知的。但藝術是人類性靈生活的一部份，應該普及於各個人。實用意義的技術知識，該給人類心靈保留一點點位置吧。

在墓園大門口，迎面遇上一對英國夫婦，那丈夫是牛津大學教授。他興高采烈的大聲對我們說：「這墓園是羅馬最偉大的古蹟，比聖彼得大教堂更有價值。」我很少看到英國人這樣感情衝動的。他這樣熱愛他們的同族詩人，但他不知道我那印度朋友竟不知道詩人的名字，否則要暴跳如雷了。

第二天，我自己偷偷的又來到詩人的墓地。遠在六七年前，我就夢想有一天能到這裏來的了。詩人客死異鄉的不祇濟慈、雪萊兩人，但他們兩人的死亡頗富傳奇色彩，濟慈之死又特別令人印象深刻，他爲自己寫了墓誌銘，一句可解又不可解的話：「這裏躺着一位，其名字寫於水中的人。」

濟慈於一八二〇年九月來羅馬，四個月後即死於肺病，年齡不過二十六歲。

他死時無人注意，葬禮也絕少人參與。因爲他的命運太悲慘了，人們開始談論他的悲痛，由憐憫而發現他的詩才。與他同時代的詩人中，華茲華斯貴爲宮廷（桂冠）詩人，拜倫生時就受到人們的欽慕，都比他幸福多了。即便是多病鴆毒的柯立芝和爲水神所召的雪萊，似乎都沒有比他來得悲慘！

濟慈給自己立了墓誌銘，說他的名字寫於水中，所以墓碑上也沒有他的名字。碑上文字是這樣寫着的：

此墓塚所包藏的一切都是死亡

全歸於一位年青英吉利詩人的
他在病榻上，以最悲痛的心情
在惡毒的敵人壓力中渴望
這些詞句刻於他的墓碑上：
「這裏躺着一位，其名字寫於水中的人。」

這墓碑是他的忘年交斯雲給他刻的。這位斯雲氏眞是他最忠誠的朋友，濟慈一死，他傷心得病倒了，數月後起床，就馬上到濟慈的墓地祭吊，日夕來去徘徊，不忍離去。六十一年之後，他自己逝世時立遺囑，要與濟慈同葬。在他自己的墓碑上，刻上濟慈的名字。並且，把他自己的兒子，也葬在同一墓地上。

拜倫有一首短詩，是爲濟慈之死而作的，「誰殺死約翰．濟慈？『是我』，那季刊説。如此兇殘而韃靼的，就是我的豐功偉蹟。」

這是斥責當時攻擊濟慈的人的短詩。詩中所提的季刊，指當時的「評論季刊」，是政客們發表言論的刊物。墓銘中所謂「最惡毒的敵人」，就是指這些人而言。

當時三位大詩人都在羅馬，拜倫目擊濟慈的死亡，憤怒得不得了，寫了這幾句不算好的詩，是不夠哀悼一位同時代詩人的悲哀命運的。大概是怒火把哀傷的靈感都驅走了。

在另一邊牆上，嵌了一塊大理石刻的濟慈浮彫。上面有這樣的話：

「濟慈！如果你的英名『寫於水中』，每一水滴都是從憑弔者的臉頰流下來的；一個聖潔的奉獻；……安息吧！這樣謙卑的墓銘，不減一絲的光榮！」

濟慈的墳地，座落墓園中最優美的位置，佔地最寬廣，其他墳碑都是一行行排列着的，祇有濟慈和他的好友斯雲，擁有整整一個園角。

濟慈碑石上，刻了一把七弦琴，象徵詩歌，斯雲的碑石則爲畫板和畫筆，他是一位畫家。兩座碑石的背面中央，一座小小的碑石，就是斯雲的兒子。

濟慈和斯雲的碑石後，矗立着兩株高高的青松。經過近一百年歲月，長得枝葉茂盛，綠蔭蔽天，遮滿了整個墓地。這兩株樹長得一般大小，有些枝葉互相交接着，綠葉修莖配合得如此勻稱和諧，如果他們泉下有知，也一定心安了。

墓地對開的牆壁上，爬滿了長春藤，濟慈的大理石浮彫，在長春藤的綠葉襯托下，更顯得潔如白玉。牆脚下砌了一排石椅，讓人們靜坐沉思和憑弔。遠處綠蔭中還隱隱望得見金字塔的尖端。

這位斯雲先生，在畫學上沒有多少地位，却是一位非常可愛可親的人。他與濟慈合葬，不能說是他沾了濟慈的光。濟慈死時毫無地位，他就立心將來要躺在好友的身旁。

雪萊的葬禮，也是斯雲一手包辦的。雪萊生前，就一再寫詩讚美這個墓園，認爲是最理想的永安之所。等他眞的不幸在三十一歲英年，淹死在史柏沙海灣時，那墓園過於擠逼，政府已下令不得安葬任何新墳。斯雲幾經交涉，纔爲他取得一席之地。可是比濟慈的位置差得遠了，是在墓碑如林的行列中。後來雖經多方努力，移到南園牆脚下，但亦僅止於三尺見方的一塊小地而已。

他的墓碑平平的嵌在地面，逝世年月是用拉丁文寫的。另有三行英文，取於莎士比亞「暴風雨」一劇中幽靈所唱逝歌詞：

「他所有的並未凋逝，
祇是遭逢了一次海潮，
化於某種神奇與富麗。」

當他的屍體撈起時，拜倫也在一旁看着，但好像並未爲他的詩友做過什麼事情。

這個墓園在歐美文藝界非常聞名。裏面安睡着的，都是客死異鄉的詩人、畫家、音樂家等文化界中人。歌德的兒子也葬在裏面。它叫「新教墓園」，因爲意大利是天主教國度，十八世紀時特別設立了這樣的墓地，來安葬非天主教的外國知識分子。

美國的彫刻家史托里也葬在裏面，他的墓碑是最別緻的。大理石上跪伏着一位天使，是他自己的作品，名爲「憂傷的天使」。這裏面的一切都是如此優雅恬靜，令人覺得死亡祇是安靜的睡眠。

我來、我看、我屈服

「凱撒大帝」一劇中，卡索斯游說勃魯達斯背叛凱撒，再三舉證凱撒是人而非神，他也患過感冒，一樣發抖和呻吟，又像小女孩生病一樣，大嚷「我要喝水」。卡氏又說：凱撒向他挑戰，競游泰伯河，卡索斯一聲不響就跳下滾滾江水中，凱撒也跟着跳下，游到半程，凱撒大帝氣力不繼，大喊救命，於是卡索斯勇敢地把他救了上岸。

聽他們的口氣，好像泳渡泰伯河是一件了不起的大事，是極爲英勇的行徑。根據史書的記載，即使在古時，泰伯河在羅馬境內最寬也不過三百呎寬，十五六呎深。但在古時人來說，橫渡三百呎河水，就是游泳健將，連凱撒大帝這樣的大英雄也認爲了不起了。

有一天下午，我就沿着泰伯河畔走了兩個鐘頭。印證一下凱撒大帝的泳術究竟如何精深。古羅馬人的說法不錯，河水是湍急的。泰伯河是中意大利的第一大河，蜿蜒數百哩，源自意大利中部的雅平寧山，奔騰而入地中海。今日的泰伯河，兩岸建築了厚厚的堤壩，河水不再如古時那樣每年泛濫了。兩岸相距也有二百多呎寬，水色黃濁如土。

今天要我們游過對岸，可說一點不難。香港每年參加渡海泳的近千健兒，可以游十個來回。水流雖然湍急，也不比得港九海峽。而如果毛澤東橫渡長江的「偉舉」是眞的，則他又比凱撒强多了。長江的水流比之泰伯河，一定浩瀚澎湃得多。

筆者幾乎可以肯定，古時人一定不如今時人的泳術高明，今天人們可以橫渡大西洋，又有蛙式、自由式、蝴蝶式等花樣，這都是凱撒時代的人們所夢想不到的。他們當年下水要全副披掛，不像今天短褲式、三點式之外，又有無上裝式。我們中國古代人的泳術如何，則不敢肯定，但我們有過浪裏白條張順，阮小二兄弟這樣的人物，又似乎是東風壓倒西風了。

這泰伯河倒是挺可愛的，河堤兩岸盡是綠森森的楓樹，河身上橫架着一道廣濶的石橋。橋上有古意盎然的宮燈，有玲瓏秀麗的刻紋鐵欄，也有神采飛動的彫像。河面上，人們閒適地在划船，那些船又長又狹，像一支箭似的，在滾滾黃水中直向前飛。

從東岸向前看，是梵蒂岡城。聖彼得大教堂的巍峨，永遠是懾人心魄的。這全球最宏大的教堂，現在我就要去看它。通過了石橋，就踏進梵蒂岡，全球最小國度的領地。

沿着聖彼得大街的路燈走，每走一步，大教堂的距離又近了一步，好奇心又增強了一分，究竟我會看到些什麼？這舉世聞名的大教堂，我要怎樣來欣賞它呢？

要了解這大宮殿，是絕不可能的事，祇是那大門，它是何時建造的？是那位藝術家設計的？門面上的鑄圖，又是誰的手筆？這上面許許多多的圖案、聖者和天使，也一定各各代表不同的故事，就是這些問題，就夠令人無法回答了。如果能解答出來，一定是有趣而又動人。這周圍的一石一木，莫不通過大藝術家的智慧和技巧而創造出來。

如果我竟具有這樣的野心，要詳細查考一切的答案，一定要老死聖彼得大教堂的石階下，抱憾終生又死不瞑目，那麼就忍心捨棄了知識，放肆地追求視覺上的美感吧。

就在聖彼得廣場上來回地漫步，就夠令人歡喜無限了。無論走到那一處角落，放眼在任何一個焦點，都是渾厚、和諧而協調。這坦蕩蕩的廣場，最著名的是圍在它兩旁的巨形圓柱，彎月形的迴廊裏，數百根圓柱神威凜然地怒峙着。它們是這樣的堅牢而凝重，這重甸甸的感覺，使人整個心靈都充實起來。

它們直排分成四行，橫排分成數十行，各作一百八十度在兩邊包圍着。就這樣放眼看去，就祇見根根巨柱矗立而已，但是，站在廣場上有一處地方，眼中却出現另一奇景。

廣場左右兩邊地面上，各有一塊綠石，這綠石面積很小，祇夠一個人站立，也很難找得到，這廣場太大了，綠石又無特別標誌，但如果尋到了綠石，站在綠石中看這些圓柱，四排圓柱竟變成一排了。第一根圓柱恰恰擋住了後面的三根，連一絲邊兒也看不見，數十排圓柱都是如此。眼中所見就是一行巨形圓柱支撐着厚重的頂蓋。古時人的幾何學算得多麼準確呀！

也是站在同樣地點放眼看，如果眼睛不放在任何焦點上，則左邊的第一根圓柱，和右邊的末一根圓柱，都同樣看得見。即是說，兩邊視線可以看到一百八十度，這綠石恰恰處在直徑的中央。

廣場上畫了棋盤似的線條，我想這巨大的廣場，其角度、圓周與直線，一定是分毫不差的。最遠處的一塊石，與最近處的一塊石，也一定遙遙正對着的。

我喜歡藏身在巨形圓柱的背後，偷窺廣場上的兩座噴泉，看水光像一朵朵百合花似的，騰騰上昇，又浮浮下降。正中的一柱水光，像花蕊一般輕輕飄動，水光瀉落在地面的綠池內，就算銀珠濺地也沒有那般的美。

用數字來說明聖彼德大教堂究竟有多大，是毫無意義的。無論如何準確的數字，都不可能形容我們所感到的磅礴與巍峨。要知道它的天頂距地面有多高，你得將視線一直緣長長的吊燈線望上去，如果猛然地仰視，會感到暈眩的。慢慢地抬頭，直至後腦幾乎緊貼後背了，纔可望得見像高處雲間似的，正正頭頂上的壁畫，那些天使與神靈，小得不能再小了，但他們的眼睛仍是閃閃地放着亮光，他們的動作與神態，仍是靈活活地透現出來。

如果必要知道這大殿究竟有多寬多長，就站到大門後的迴廊下，極目眺望遠處的祭壇吧。看那祭壇衹像一尊錦綉小圖章似的，端端正正地放在中央。等到你慢慢踱到祭壇前，纔發覺它原來是如此巨大。你就此轉身，回頭望那大門，它却衹似一個細小的窗戶，靠着射進來的微弱光線，纔會恍然大悟它原來就是大門。

快步走上數百石階，在兩邊吊閣上再望一下這大殿，原來如山坵般的並排椅座，現在卻似積木砌成的一樣了。再抬頭望色彩燦爛的天頂，仍是高高的不可仰視。

要確切量度這大教堂的寬廣深度，是不可能的事。大殿、小殿、迴廊、走閣、隱室、靜室、平台，要數也數不清。如果不是處處有指路標，進去了一定無法走得出來。

沿着螺旋階梯，步下無底似的深窖，那停放歷代教皇屍體的所在，眞像是進入九層地獄，或來到地球的底層。這地窖深不可測，又寬廣無垠，四周龐大無比的石牆，不知承載着多巨大的重壓，基石又不知奠得有多深。地窖雖是停屍所，但並不覺它如何陰森。教皇的軀體都由石蠟及香料保存得栩栩如生，每一祭壇上各停放一具，雙手合在胸前，安靜地躺在那裏。還有教徒奉獻的鮮花，與明亮亮的燭光。

上得地面來，假若再有精力，不防再沿着螺旋石階直上大教堂之尖頂。最好是不乘電梯，那會更有興味的。石階眞像是螺殼一樣，起點處又濶又大，愈上而愈小。到最高處僅容一人側身而過。堅牢的石階都給人們的步履踏得陷了下去，形成兩道淺坑。「某某到此一遊」的大字劃滿了四邊牆壁，照所署的地名看，人們來自全球各個角落。每年慕名而來的遊人，又有誰能算得出來呢。

彎身鑽出了洞口，臨風企立在鐵欄邊，那宏偉壯濶的景象，任何人都要驚愕得獃了。四周看客雖多，都怔怔的說不出話，祇輕輕地吐出讚嘆感喟之聲。孔子登泰山而小天下，站在這教堂之頂，就像屹立在世界屋脊的尖端，整個世界都好像在你足底下了。

在聖彼得大教堂的尖頂憑欄，我纔發覺大廣場四周迴廊頂蓋上的彫像，原來是如此宏大。下面有些看客站立在第二層屋頂上，他們的肩頭祇及彫像的脚肘。如果要揣度這尖頂距離地面有多高，祇眺望一下廣場中的石碑就知道了，在地上看它，但覺它高插雲天，現在呢，却像毛筆一般大小。

兩邊迴廊巨柱環抱着廣場，像巨人的雙臂。那種環合中所表現的渾厚的力，即令在這高高的頂端也可感覺出來。

聖彼得大街從廣場正正的直通出去，兩旁整排的燈柱，一色潔白，一直排到泰伯河畔，接上如巨龍般的環橋，再通向羅馬城，通向無盡的遠方。那坦蕩通暢的感覺，令你心胸也舒暢起來，不自覺地深深的呼吸。

泰伯河水色再不黃濁了。那兩岸的樹木，竟會栽得如此整齊勻稱，濃濃密密的集在岸邊，不留一絲一毫的空隙，天下最巧手的工匠，也不能作出這樣精美的緄邊來。

把視線再抬高一點，就發覺羅馬城的宏大。看房屋一波又一波的湧向前方，是無窮無盡的房屋海濤。羅馬沒有山，就是如此的一望無際。所以人們說條條大道通羅馬呀。

羅馬廢墟的七坵，在這裏是望不見的。這是羅馬最早的城區，也祇是一片高地而已。但那鬥獸場兀自發着閃光，還有那愛摩爾二世紀念碑，這全球最宏偉的紀念碑，仍是在那裏雄視整個羅馬城，看它睥睨的英姿，夕陽的金光也奪不去它的純白呢。

把視線收回來，環顧一下大教堂的四周。教堂的花園以至附近的園林，無不極盡天下之秀麗。

那草坪，那白石，那紫花，那翠菊，那叫不出名字的綠葉與花叢，再沒有第二種方式配置得更完美的了。

在這大教堂之頂佇立，雙手總不自覺地緊抓着欄杆，不祇是因爲它太高太大了，而且那種令人感到窒息的美景，那份令人心胸加速跳動的氣勢，那種使人全身感到乏力的秀色，那絕美，絕奇、絕大的迫人的力量，使人不勝負荷，爲免昏眩和醉倒，得靠欄杆的力量來支撐。

放眼地瀏覽，心花怒放的感覺，眞是全世界也覺着可愛起來。人類創造了這樣的美，我們能不快樂嗎？

聖彼得大教堂雖是宏大中之宏大，雄偉中之雄偉。但論高度不及紐約的帝國大厦，論寬廣也可能不及凡爾賽。我們感到它無與倫比者，是它給人的感覺，那是藝術的力量。所以欣賞聖彼得，我們不能不注意它纖巧中之纖巧。它的宏大，是由種種極細緻的藝術襯托起來的。

聖彼德大教堂的內部，無一處不是玲瓏而又秀麗的。我最愛看偏殿的天頂，看第一眼就使人喜歡，再看下去就祇有愈看愈愛，那是令人不忍收回視線的美色。不知道天頂是用的什麼質料，看來似堅木，又似雲石。顏色是一片金光燦然的金黃。它們分成一層又一層的，像一排通體透明的金磚，密密的彫滿花紋，任何精巧的織錦綉緞，也不及它的精巧。

這殿堂的一切，都是天下最名貴的物品，即如這祭壇台階上的地氈，那種大紅顏色就有不可形容的美感，天下有各種紅色，但無論桃紅的紅、玫瑰的紅、胭脂的紅或猩紅的紅，都不及它那種紅看來令人快樂，那樣的華貴和聖潔。

這教皇寶座，也就夠令人讚嘆不絕了。它的質料也是不可知的。天下有這樣光潔、這樣明滑、這樣堅實，又如此美得不能再美的光采的呢。

祇是那座小小的聖水盤，就令人端詳好半天。小小的事物也無不極盡天下之至巧。這是文藝復興大師柏尼尼的手筆。兩位小天使飛身在一尾海豚似的魚頭兩旁，輕輕地以小手掀開牠的嘴角，小天使的神情又似認眞又似玩樂。總之，你就想抱着他們親親就是了。

這殿堂的一切設計，建造以至雕琢，柏尼尼以外，又有米開蘭基羅、有拉菲爾、有馬壯尼，有數不清的一等藝術頭腦與技巧。爲建造這聖彼得大教堂，人們整整花了一百年的功夫。

看着這大教堂的一切，眞有人類智慧該已用盡之嘆。藝術家們到大殿裏，一定會爲之氣餒的。雖然人們常說藝術害於模仿，但在大殿之藝術中，模仿也竟成珍品。米開蘭基羅的「悲傷者」，我不知怎樣來欣賞它及形容它，但站在它的面前，它遍體晶瑩如白玉，我多渴望伸手摸觸它的平滑，這忍不住的衝動，馬上又會遏住了，你會凜然於它的聖潔，情願膜拜在它的石座下，親吻那晶晶的雲石。彫刻是如此細緻，連耶穌手心上的釘孔也顯出來。聖母雙眉低垂，眼睛半閉，表現了萬分沉重的愁傷。

但祇是贋品呢！我要看原作，得再繞兩個彎，回到大殿旁，但眞品與贋品在我眼中却是完全一樣的。

天下最狂妄的人，來到聖彼得大教堂，也得謙虛起來的。這一切都使人心折。歷代羅馬帝皇也都得跪在教皇座下接受祝福。凱撒大帝的時代，還沒有這大教堂，他當時就喊出「我來、我看、我征服」這不可一世的話，但如果在今天，他來到大殿裏，不爲別的，衹因爲這裏面的偉大藝術，我想他也爲之嘆服而收斂起放肆之態。

西斯丁的醉

西斯丁教堂座落在梵蒂岡博物院內，這衹是小小的庭堂，全部面積不會超過一千方呎。但它的名氣却不下於聖彼德大教堂。即使它面積是如此的小，它所予人的印象，却有似聖彼德大殿的奇雄與偉大。

那是因爲米開蘭基羅，憑他的智慧與靈光，所創造出來的壁畫。

好容易才問清楚了路徑，轉彎抹角的來到殿堂之中，第一印象是會令人失望的，粗心大意的遊客，大概會快快退出來。房內窗戶甚少，亦無明亮的燈飾，但覺一片昏暗。四壁天頂都畫了壁畫，經過了五百八十多年，顏色又都斑駁龜裂了。有了壁畫，自然也不能給它的古舊粉飾上鮮明。

站在正門入口處遠遠的眺望，前面就是震驚百代的，面世以來最偉大的、在今後人類歷史中也會永遠高踞首位的，米開蘭基羅的傑作：最後審判。

遠遠的看，看不出個所以然來。臨近觀賞，又不能窺其全貌。最適當的步位，是坐在殿堂的座位上，距離畫面五丈左右，靜靜地鑑賞這一幅歷史偉構。

讓我們先想一想，如果我們自己要設計一幅最後審判的圖畫，我們會怎樣來構圖呢？

凡是天主教徒，多會看這類的聖畫，最普通的是：由天神手執天平，像秤猪肉一樣，判定誰有罪，誰無罪，誰該進天堂，誰該入地獄。這樣的想像，如果以藝術眼光來看，是俗氣而又低能的。但如果我們自己來設計，大概也衹能如此。因爲所謂最後審判，不似花草樹木，鳥獸虫蛇，山川土地以至人生百態，能有實體形象給我們做構思的線索的。

事實上，作這樣的設計想像，是天下最難的事，最後審判的日子，究竟是怎樣的一種景象？那時刻，是黑夜？是黎明？還是白晝？有沒有月亮？又有沒有太陽？如果有光，光影應從何處來？如果是大地昏暗，景物又如何能顯現？一般畫學的光影理論根本用不上。

這畫面要包含整個宇宙。有天上，有人間，也有地獄。天使吹響了號角，死屍從墳裏復活，魔鬼在到處跳躍，上帝在發號施令，聖徒在四周助陣。這上窮碧落下黃泉，包含整個宇宙人生的神話的神畫，究竟如何構圖呢？

藝術講究統一與和諧，似這樣的大堆頭場面，又如何能在一幅畫面裏，單一而完整地表現出來？

最後審判這樣的場面中，包括人、鬼、神三界，包括天堂、人間與地獄，包括了整個宇宙大地。筆者看過的一般聖畫裏，大多將畫面人物分成三個階級，即是：

大法官與陪審員，即基督及其門徒，神威凜然，鐵面無私的佔了一個角落，將有罪者罰下地獄，無罪者賜昇天堂。絕無憐憫與同情。天使們也屬於此一階級，他們衹像普通殯儀館的笛手，神色木然的吹奏，喚醒墳墓裏的死屍。

另一階級是那些有幸上了天堂的人，他們一副沾沾自喜的神情，從雲端俯視被罰的人類，好像他們眞是罪該萬死，理應被毒蛇、魔鬼與烈火來折磨似的，自己榮登極樂世界，隔岸觀火的怡然自得。

第三階級的人，則是慘苦萬狀的靈魂，在那裏輾轉哀號，魔鬼在獰笑，毒蛇在擇人而噬，烈火在燃燒。

這就是爲什麼以最後審判作題材，畫宗教畫的許多畫家們，未能創造出一件眞正的藝術品來。因爲這樣的構圖，完全的背乎常理，未能表現絲毫眞實的感情。

如果眞有最後審判的日子，試問在這樣極度的悲壯、絕望、驚恐的場面中，在這驚天地、泣鬼神的人類最大浩刧的景象中，會像在法院判決案件時一樣，陪審員正襟危坐，旁聽者好整以閒，犯人們垂頭喪氣麼？

米開蘭基羅，米開蘭基羅的這幅壁畫之所以偉大，就是與任何畫家都不同，最大的不同點，他刻劃了人類的眞實情感。人人都驚恐萬狀。被罰者當然驚恐，天使們也驚恐，聖徒們也驚恐，連聖母也在驚恐。驚恐的最顯著特徵，則是人人都睜大了圓圓的眼睛。

兩位天使，雙手攬着對方的肩膀，駭得緊緊依靠着，一位親吻着對方的額頭，右眼張得大大的，怔怔地望着場中。整幅畫都是驚駭的大眼睛，即使是最遠角落的影象，那眼睛也是露出令人害怕的兇光。

另一位天使，雙腮鼓鼓地吹着喇叭，面部雖然朝向正面，但那雙眼睛却神色慌然地望着基督，黑眼珠溜向左角，以至雙眼都泛白了。

聖徒們眼睛也是圓滾滾的，聖彼得舉起了鑰匙，聖安道魯擎着十字，沒有執着東西的，也一一舉起手來，手掌張得大大的，表示絕望，表示驚恐，又表示請求憐赦。

聖母的雙手交叉胸前，頭垂下來，眼睛半開着，她輕輕地靠向基督，對這場面感到害怕，又不忍卒覩的樣子。

那一隻隻張開的手，你看着看着，感到它們在微微的顫抖，祇有一隻手，却是絕對的堅定而有力，那是基督的右手，它高高的舉過頭頂，這是全宇宙最有權力的手，尼羅王在鬥獸場的寶座上，把右手的大拇指指向地下，一個生命就死亡，但如果他看到這壁畫中的基督的手，他必會慌得跪下來。畫中人人帶着驚駭求憐的眼色，望着這一隻巨靈之掌，深恐它猛拍下來，整個宇宙就都毀滅了。連我這看客，也感到這巨手的壓力，米開蘭基羅畫這樣的一隻手，眞有摧毀全世界的力量。

基督的眼睛我們看不見，祂把頭微微偏向左方，眼皮垂下，好像也不忍心的樣子，祂的右手固然表現着無窮無盡的力，但祂的神態，祂把頭別轉來，好像是會一時心軟，把手緩緩放下，赦免全世界的罪惡似的。

可是，祂緊閉的嘴唇，又表現了祂果敢堅決的程度，還有祂那平平横在胸前的左手，直挺挺的堅實的左腿與微彎的右膝，還有那壯偉的隱射着長江大河似的巨力的龐大軀體，好像祂祇要這麼輕輕一動，日月山川都要化爲灰燼，人類百物，整個地球都要消滅得無影無踪。

於是，人人都驚駭地看着祂，無人能有任何的選擇與等待。祂凝立如此的態勢，就在這短短的刹那之間，毀滅與生存都繫於一線，繫於這一動，如果看客不轉瞬的凝視着祂，胸膛也不期然的感到窒息起來。

祂屹立在一堆雲上，緊貼着祂的腳下的，是兩塊大石，兩位聖徒坐在上面，這一雲一石，就把天堂大地的空間緊拉在一起了。天堂與人間不過相隔一線，其他聖畫畫家繪最後審判，把天上人間截然分開的難題解決了。

地獄、人間與天上，在這畫中也是遙遙分開的。但分離得絕不見痕跡。最頂處的天上，與中段的人間（事實上不能稱爲人間，那一堆像是等待審判的人以及天使、使徒，如果眞有最後審判的日子，人間也不存在了。）到最下層的地獄，這三界從頂而下是連接着的，最高處有淡藍色的油彩，似河流一樣，穿插在人堆中流瀉下來，一直流到底層，滙成地獄的分界線，通向地獄的路有火海，但丁如此說，佛家也這樣講，米開蘭基羅也這樣想，這給米氏解決了構圖中的難題，這河流眞是發着亮光，室內固然昏暗，更顯油彩的晶瑩。這些淡藍色細流，是貫通全畫的完整單一感覺的最要因素。

而這火海，也是壁畫亮光的來源。最後審判的時刻是沒有日月星辰的。

耶穌基督的巨大形象，正正處在全畫的中央，整個畫面的力凝聚在祂的身上，又自祂身上輻射開來，散到遠遠的角落。

我曾想細數畫中的人像，但無論如何數不清。全塊牆壁都是人像，重重疊疊，無窮無盡。他們原來都是赤裸裸的，人神毫無差別，後來教皇命令加上了衣帶。聖母穿上了她慣常的紅衣和藍披肩，耶穌基督圍着一帶淡藍彩帶，絕大部份的其他人像，依然是赤裸裸的。

在這些人像之中，最最恐怖的是右下角的一個男人。他的身子彎曲着，兩腿特別長，給一隻魔鬼從後抓住了，長長的指甲插入他的腿肉裏，半邊臉埋在手掌中，露出他圓睜睜的右眼，那驚駭絕望的神色，即使全畫數千數百隻眼睛，但一瞥就給他這單眼震懾住了。

米開蘭基羅畫這最後審判，一共畫了六年之久，其時正是歐洲文藝復興最燦爛的時期。當一五四一年十月三十一日該畫揭幕之時，震撼了整個歐洲。

天頂上的創世紀壁畫，成時較早。一共分成八幅，連成長長的一串，從頭到尾填滿了整個天頂。從一五〇八年五月十日開始動工，費時四年之久纔告完成。據説米開蘭基羅因爲畫這串畫，天天仰高頭，弄得脖子也歪了。

這倒是有可能的。我們仰頭看一會，也便覺疲累不堪，堂裏有座椅，座椅靠背有靠枕，祇要有空位，可以坐下來，把頭擱在靠枕上，舒舒服服的欣賞。

初看這些畫，有一個難題我無論如何不能解答。在這八幅畫當中，每一幅中間都有横樑的畫框間隔着。這些樑框究竟是原來建築中就有的，還是繪畫上去的，怎樣也分辨不出來。究竟它們是立體的或平面的，我雖不患近視，但非肉眼所能印証。

我幾乎要開口問那些導遊的教士了。但我揉一揉眼睛，再仔細地審視，終於發現它們是畫上去的。並非是從彩畫本身看出來，而是從其中的龜裂紋發覺出來。

如果這些樑框是立體的，其横跨兩畫的龜裂紋不可能如此平直，一定有折叠的曲線。但這些裂紋如河流一樣的平坦。

其次，從蹲在石座上的人像看，也可証明。這些石座有着橫條紋刻，但伸放在石座前的人像的脚，亦是一樣的平直，如果石座是實體的，就不可能如此。

我這樣豁然貫通，對米開蘭基羅更是佩服得五體投地。他的技巧，竟到了令人疑幻又疑眞的地步。

米開蘭基羅的人體創作，總是這樣的勻稱、豐滿、和諧與富於動力，藝術史上無人超得過他，達芬奇也要甘拜下風。在米氏的筆下，平面的人體往往變成立體的彫像。就這樣抬頭凝視天頂上的壁畫，愈看愈像，不管是我們的眼睛把畫中人看活了，還是米開蘭基羅將人物寫活了，總之，眼中的人物都變作立體的，就像會從高高的天頂掉下來。

這創世紀故事的八幅畫，從大門口的天花板開始，第一幅是「諾亞之醉」，順序下來是「洪水」、「諾亞之犧牲」、「原罪及被逐」、「夏娃之創造」、「亞當之創造」、「天水分隔」、「日月星辰之創造」、「黑暗與光明之分離」。這樣的排列法，是完全不按照聖經的正統説法的。米開蘭基羅畫這些畫，壓根兒就不理會這一套。當時正是文藝復興蓬勃的時代，而米氏又是曠世難逢的奇才，所以教皇容許他如此放肆。

這八幅畫中，最爲人熟知的自是「亞當之創造」。無論我們稱牠爲天主、上帝或耶和華的那位神的那隻食指，比魔術師的棒子還要神奇，上帝的飛動的龐大軀體，蘊藏着無限的磅礴巨力，但一切的力量都輸送到這指尖上來，還沒碰到亞當的指尖，亞當的微微下垂的食指就動起來了，我們可以感到這一道力，覺着它一直傳到亞當的全身，他上半身昇起來，就幾乎要站起來了。

米開蘭基羅這樣的構思，眞是具有一等一的智慧。這是力的創造，而非聖經神話的奇蹟，如果上帝眞是創造了亞當，就是這幅畫最能做見証了。

「夏娃的創造」及「原罪與被逐」裏，我們見到三個夏娃，雖然是同一的夏娃，但體態神情各各相異。夏娃被創造了，亞當直挺挺的躺在地上。由一根肋骨創造了來的夏娃，跪曲着身子向上帝膜拜，感謝被造之恩。她豐滿的胴體，看來仍是少女的。臉孔雖從側面看，仍覺其天眞未鑿神情。在「原罪與被逐」中，夏娃倚坐在亞當的脚下，一樣美麗的胴體，肌肉已稍見鬆弛，她是婦人了，懶洋洋的，若無其事伸手向左邊的魔鬼手裏接過蘋果，亞當一手攀着蘋果樹，一手指着美人化身的魔鬼，好像說她不應該誘惑夏娃。

但男人是很難拒絕女人誘惑的，他們吃了蘋果，在果樹右邊是他們被逐的景象，亞當愁眉苦臉，徬徨無主，夏娃却躲在他的身旁，爲掩飾她的過錯，滿臉邪氣的媚笑。

西斯丁教堂的壁畫，還有波的采尼，他畫的女人總有一個大肚子，一下就給認出來。看過了米開蘭基羅，就不想再看他的了。這樣的態度固然勢利，但誰叫他與米開蘭基羅一起比評呢。

從西斯丁教堂出來，好東西也觸目皆是。梵蒂岡博物館是很大的。有畫廊、有圖書館、有彫刻展覽，都有極爲珍貴的藝術。要認識它們，是專門的學問。

在博物館內走來走去，突然發見了「魯可可」，它的故事我倒是知道的。木馬屠城故事中，希臘人攻城不下，佈置木馬計謀，給僧侶魯可可識穿了，勸特萊城市民不要拉馬進城。市民固然不聽他的話，上天諸神也要處罰他，因爲神意是要特萊城人遭難的，他們搶走人家的妻子絕世美人海倫。當他和兒子走到地中海之濱，準備殺牲牛奉獻給地中海之神普司頓時，海水裏飛出兩條大蛇，把他們父子三人緊緊的纏死了。

整座彫刻像白玉一般，却不掩其恐怖肅殺之氣。可怖處並不表現在兩條海蛇身上，牠們並不難看，亦不昂首吐舌。魯可可的臉部表情，固然是在極度痛苦中，抬高了頭，張開了口，眼睛充滿絕望神色。但重點仍不在頭部。一切的力表現在肌肉上，我們甚至不看他的臉部，祇看他胸前奮起的肌膚，拉緊的肌肉所暴起筋骼和肋骨，以及他立馬的姿勢，就可察覺他是怎樣的在極度痛苦中掙扎。

將痛苦與死亡化成爲此美麗的形象，那是藝術的功用。我們站在那裏看他，心中是充滿喜悅和讚嘆的。

我舉起相機偷偷將它拍下來，看守人來干涉，我已按下快門，他祇得聳聳肩膀，我不得不違犯規例，這犯罪動機我無法自我壓制。

還有更美的東西，那是「睡夢中的亞尼安娜」，她被底蘇司拋棄了，底蘇司是希臘神話中的大色狠，他也搶走過海倫的。亞尼安娜頗爲傷心，就在納索司河畔沉沉睡去，她右手托着香腮，左手柔軟地擱在頭上，在熟睡中的她，大概也做着憂傷的夢，臉部泛着淡淡的鬱抑之感。那是絕美的睡美人。

哥德看她時，是這樣寫的：「如果亞尼安娜入睡時如此美麗，底蘇司，你何以拋棄那唇邊的一吻？現在走罷！……且停最後的視線在她眼睛上。」

我也要走了，不，得再看她最後的一眼。

別離與回歸

離開羅馬的前夕，我又一次漫步在古羅馬廢墟。坐在奧古斯特宮殿廢墟石階上，眺望前面的巍峨雄渾的愛摩爾二世紀念碑。這紀念碑是羅馬的偉大建築中最新的，建於十九世紀末，一九一一年才完成，花了整整二十五年功夫。這是現代羅馬人，要重振他們過去的光榮之象徵。現代的羅馬人大概都有一種心理上之壓力，過去的光輝今日已是日落星沉。想到古羅馬大帝國，放眼看今天的意大利，這滋味是不好受的。愛摩爾紀念碑正是他們心裏的寫照。這一座舉世無匹的建築，正正處在古羅馬廢墟旁，君士但丁凱旋門，鬥獸場，羅馬廣場，奧古斯特，凱撒大帝，尼羅王等的宮殿都在附近。這紀念碑，是他們最後的一次掙扎與跳躍。

羅馬大帝國的歷史，太偉大、太輝煌了。人類歷史上，很少有一個民族，在某一特定時期中，表現似羅馬帝國那樣的磅礡巨大的力量。但羅馬帝國的覆亡，也好像來得如此突然。就像一個競跑者，拼往前衝，忽然虛脱無力倒了下來。

夕陽殘照中，愛摩爾二世的彫像，金戈鐵馬的雄峙着，在另一邊，奧古斯特的宮殿，只剩下幾根斷柱。我雄心萬丈的來看羅馬，在這滿目荒涼廢墟中，刹那間感到意興闌珊。

一片靜寂，遊人都散去了。孤寂凄清之感泛現心頭。夜幕低垂，四周景物一片模糊，我孤零零獨處曠野荒山之中，思念起我大陸的親人來。

也想起了香港，香港不是我原來的家鄉，如果不出外，我無法自覺到對香港的感情。這次孤身單人縱橫歐美大地，天地雖大，但覺四海茫茫，纔知道香港是我的家，纔是我立足安身之地。別人問我「何時回家？」這「家」字無法不以香港來代表。

告別了廢墟，告別了羅馬，告別了歐洲，放棄了雅典，捨棄了君士但丁堡，讓埃及金字塔在我脚底下飛過，飛機直向東方疾駛，香港就快在我眼中重現了。

選自《旅遊閑筆》，香港：友聯出版社，一九六七（？）

任畢明

敲與摸

論手段，重重的擊，不如輕輕的敲，狠狠地扭他一把，不如輕輕地摸他一下。

賈島詩「僧推月下門」，不如「僧敲月下門」，「推」是何等直率，「敲」是何等巧妙。西廂人兒的「蘸着些兒麻上來」，有意思極了，否則莽和尚橫衝直撞，豈不大煞風景？故擊之不如敲之，敲之不如輕輕敲之。像敲門，手指彈了兩下，門呀然而開，使人想像到這是一個幽會情景；若夫訇然一聲，破闥而入，這不是大兵强姦，便是强徒打刦了。至於摸，像慈母一面摸着寶寶，一面哼着催眠曲，多麼舒服喲！我家小貓，就只許摸，不許批的。當你順着毛兒輕輕摸着它的時候，它鼻子裡發出似呻吟的唔唔之聲，眼睛瞇着一條細線，它已享受着欲仙欲死的幸福吧。我不禁歎道：「貓猶如此，人何以堪」！原來，肉是有感的，而肉之感，一直通達到靈魂，摸得恰好，靈魂兒要飛個半天呢！

我悟到了一個修養的道理，只此敲與摸二字，便一生受用不盡。這個道理，有如按摩捏脚趾，按得恰好，捏得恰好，使你感到妙，但說不出所以妙。如何做到恰好，也實在很不容易。有此心情，無此環境，有此環境，又無此心情，此其所以難呢。章衣萍說：「熱得連女人的屁股也懶得去摸了」，此乃有此環境，無此心情，等到他要摸的時候，說不定「此地空餘黃鶴樓」，這又有此心情，無此環境，奈何奈何！我是反對章衣萍作法的，沒有什麼可敲時候，用指輕輕敲着桌子，不徐不疾，信口念念有詞，會感到千古自由，盡屬於我的。也可以這樣，閒來無事，闔上眼皮，摸摸自己的鬍子根兒，想着得意之作。又何必漁陽參撾，更何必「念天地之悠悠，獨愴然而涕下」呢？

孟子謂「我四十不動心」，所謂不動心，先要不動心火。火是烈的，其勢緊張的，一動火，就要擊，就要批，夫擊必傷手，批必刺手，既不是修養之道，更不是處人之方。擊的結果，招來反擊，批的結果，招來反噬。易曰：「動則吉凶悔吝隨之」，而況所動者是火？動火則隨之者而來者，必爲凶悔無疑。西廂人兒壞就壞在「大動之」，要是永遠保有「迎風戶半開」的境界，豈不是神仙眷屬？這比喻迹類打趣，但做人的方法，却是衝動不得，此是至理。我不是反對動，但須動得恰好，要恰好，除了萬不得已的時候，還是採取敲與摸的態度。賈島「僧敲月下門」一句所以獨步千古，得力全在一「敲」字。「摸」與「摩」俗通，易謂「剛柔相摩」，鬼谷也有摩的學說，蘇味道發明「模稜」之理，都是給人以快感之理。什麼是恰好呢？可以曾滌生「花未全開月未圓」一語爲例，花全開就不是恰好，恰好者，不殘不缺的意思。當花未全開，月未全圓之際，多麼動人之情，等於敲與摸，一樣多麼動人之情，但只要人動情，自己不動情，修養到這個地步，就是孟子所謂「不動心」了。

選自任畢明《閒花集》，香港：正文出版社，一九六七

阿福

〔存目〕

選自任畢明《閒花集》，香港：正文出版社，一九六七

嘴硬骨頭酥

廣東有一味叫「酥炸排骨」，排骨是硬的，但一經炸起來就變酥了，於是想起了「嘴硬骨頭酥」這句諷刺話。

「嘴硬」也者，「撫劍疾視曰：彼惡敢當我哉？」好傢伙！膽子小一點的人，當着這樣的好漢，免不了退避三舍。

「骨頭酥」也者，「可憐我家中有八十歲的母親，請爺爺饒命！」好傢伙！原來是這麼一團膿包。

有兩個怕老婆的笑話：

一位上官見下屬裹着傷，問什麼事。答道：「家裏的葡萄架倒了。」上官斥道：「分明是給老

婆打傷了，你這樣怕老婆，何以治民？」說猶未完，後堂一片嘈聲，上官慌着說：「你且退，我家的葡萄架也倒了！」

一位懼內的給老婆打，他躲到床底下去。他老婆要他出來，他答道：「大丈夫說不出就不出！」

這兩個是「嘴硬骨頭酥」的典型。這些人的嘴，可能會比任何人爲硬，要是你當他眞硬，他會擺出「氣吞雲夢澤，波撼岳陽城」的氣概。英雄是人人要做的，誰甘心被譏爲懦夫？但眞硬與假硬，不是嘴巴所能表現，一經事實考驗，眞硬者炒石卵終是石卵，假硬或不够硬，只能變爲「酥炸排骨」而已。排骨且可酥，不如排骨的豈非更變了「油炸豆腐」？

正因爲人人想做英雄，卽使癟三之流，也得充其一番。記得抗戰時期，有一次集會，座中有某人大詡他自己如何英勇，並譏笑別人如何膽小，口沫橫飛，義形於色，聞者肅然起敬，但突然傳來空襲警報，嗚嗚的響起來，某人登時面如土色，急急竄到桌子底下。這一幕，成了小小喜劇。因此，我們對於那些平時拍胸口，向空揮動拳頭，大聲疾呼天不怕地不怕的「英雄」、「好漢」，還得保留你的鼓掌。這社會，大勇若怯者或不易得，但大怯若勇者却所在多有。

在市井之間，你會見到甲乙雙方在磨拳擦掌，臨於戰爭邊緣，緊張極了，可是，你得再瞧下去，一瞧是磨拳擦掌，再瞧，也是磨拳擦掌，儘管他們罵到祖宗十八代，儘管他們喊打喊殺，你不要相信，他們一定是打不成的。赫魯曉夫爲了柏林問題說着不惜一戰，甘迺廸爲了柏林問題，也說着不惜一戰，要戰，又何必大家都說着可以談判，原來，兩個都是「嘴硬骨頭酥」。粵諺所謂「抛浪頭」，說穿了，大家都在抛對方的浪頭，有一方不受抛，這浪頭就要迤邐而退，說不定還會變爲瀲灩一片。滑稽之事，往往如此。

語說：「惡狗不吠，吠狗不惡，」嘴巴愈硬者，多半是骨頭愈酥，骨頭酥的寶貝，拿手的本領就是靠嘴巴，用嘴巴來掩飾他的自卑，但不幸而遇到受軟不受硬的眞好漢，可就非出醜當堂不可了。

選自任畢明《閒花二集》，香港：正文出版社，一九六七

易君左

春暖花開夢西湖

我不知道應該用什麼形容詞來描寫西湖的美麗。雖然是一別多年了，刧火之中，淡粧淺抹猶依然否？而今，春暖花開，却悽清地在夢中追尋，祇恐呵！連夢也無據。

舊遊的心影，像曇花的撒開，也像銀幕的閃鑠；像流星的疾掠，也像孤鶩的低翔。

湖水是那樣淺、那樣清，湖底碧綠的水藻，看得那樣清清楚楚，游魚也數得那樣清清楚楚。人如描扇面，舟似行鏡中。

在今天，使我遠遠地懷想到抗戰前最後一次遊西湖，那是奉高堂、携全家、祝母壽誕、度我生辰；使我又懷想到抗戰後最初一次遊西湖，那只是我一人的獨遊了。

船首泊三潭印月。昔年賦詩寫意境，如「四面明窗三面竹，一池清水半池蓮」，消夏之仙境也。「安得黃金三百萬，遍栽紅豆一千枝」，交友之豪情也。惟「柳外波光波外柳，鶯兒歌是自然詩」，此景殊不易得。一年忽于三潭印月聞鶯，頓觸詩情，其時黃花盛開，繞湖成錦繡墩，清波雙槳，湖山盡碧。戰前奉母遊三潭印月時，尚見「楓葉荻花秋瑟瑟，閒雲潭影日悠悠」那副對聯，戰後重遊，杳然無存。猶憶母遊時，忽逢微雨，入迎翠軒小憩。環湖諸峯，惟雙劍插雲，其上略吐雲霧，餘均作紫褐色，濃艷之峯如天鵝絨。舊作「湖山比壽記」曾有這樣幾句：「天留片雲，水留微波，山留遠黛，以待余母，母將留慈祥仁藹之心，給予普天下之少年兒女而溫馨之。則鼎峙三潭，昂然爲千古之傑作；懸空一月，皎然照五處之鄉心。某水某山，皆爲吾母所經歷；此風此雨，盡是其兒所奉迎。」可惜三潭印月有些橋欄已損，有些蔓草未除，然而環水抱山的一幅畫圖，依然絕妙，應是湖山第一佳勝。我寫下了三潭印月一新詞：「月圓月缺潭無份，潭去潭留月有關。酒未醒，夢將殘，秋風瑟瑟冷羣山：山影兒一半，潭影兒一半，月影兒一半。世事往來如走馬，人情翻覆似奔瀾，花易落，指輕彈，翠灣小泊鏡空涵：柳影兒一半，船影兒一半，人影兒一半。」

由三潭印月回舟湖心亭，湖心亭是一處與我最有淵源的地方。論景物，它在西湖水中央，三面青山，一片銀波，清光幽絕。二十餘年前，我因養病，曾棲清寓此者二月有餘，有一個用人名阿末的侍我。我當時的詩句還記得一些：「一室除燈唯有我，隔窗有鬼正窺人」，孤寂可想。然其時閒情逸致，壯志雄心，以視今日之綠鬢婆娑，朱顏憔悴，恍如隔世。小住湖心亭一首有「占得人間第一洲，班生今日勝封侯」之句。平湖一首有「年來病酒清姿減，小住工愁樂味多」之句。落葉一首有「西風一夜冷颼颼，點綴湖山十萬舟」之句。而自題小照一詩：「覇住湖心土一堆，羣山環抱鬱風雷，年來嗜酒成天性，權把西湖當酒杯」，何其豪也！是湖心亭雖蕞爾一堆土，而與我的關係甚深，友誼甚篤，奉母遊時，首詢從前侍候我的阿末則已去此數年，母問曩居何室，我指一間告母，壁上題詩已滿，惜無佳作。「窗前金桂，花落香殘；樹外銀湖，風高浪淺」，這是當時我的文句。戰後重遊，湖心亭已完全換了新面目，樓閣掩映，花木參差。我往年所住的一棟屋，改爲觀音大士殿，香火甚盛。我想，假如我不搬走，長住此間，也許化一個觀世音，消受此間香火了。又在奉母來遊時，母坐庭前，飲茶看山，我持竿釣，忽得白魚一尾，活躍跌地，母放在清水盆中，命我題詩，乃向僧人索筆，立成一絕：「金桂銀波抱小軒，悽清一夢九年前，湖山最是留人處，得釣魚兒上畫船。」「湖山比壽記」的一節記着：「余回憶昔年之孤清，以較今時之團聚，而韶華不再，易駛青春，奉養難周，忽垂白首。夫人情之足戀者，骨肉之恩；而我生之足慰者，山水之樂。然則片時歡笑，貴似珍珠；一念精誠，堅同金石。湖心亭之遊，其啓示於余者，九年之前與九年之後將同此心此情此理而無渝者也，余安得而不愛之哉！」因繫以小詞云：「當年養病西湖上，雁唳蘆花蕩；而今又到湖心亭，過去魚兒依舊在波心。採菱船漾垂楊綫，醉靨紅絨艷；人生無病即神仙，化個魚兒飛上採菱船。」

於是一槳划向岳墳，經西泠橋邊，蘇小墓下，又成一小詞弔此絕代之美人：「堤上幾人經？憐香一片心，小亭寂寞傍西泠，欲覓芳魂，轉個彎兒最易尋。悄立影娉婷，垂楊一片陰，埋珠瘞玉太消沉，欲問斜陽：知否其人可鑄金？」

舟泊岳王廟前，惜大門前一段路盡是碎石，犖确難行。然而，岳王廟的金碧輝煌，莊嚴典麗，從無稍減。倭寇盤據杭州七八年，對岳王之萬古精忠，也不敢輕於破壞此廟，故能保存似舊，完整如新。我首先謁岳王神像致敬，再到墳前行禮。大義之感人莫過於忠，至誠之召人莫過於孝，忠孝二字，實爲我民族立國的大本。瞻仰岳王廟，未有不肅然起敬者，則因岳飛爲全忠全孝的歷史典型。「天下太平，文官不愛錢，武官不怕死；乾坤正氣，在下爲河嶽，在上爲日星。」我每次謁岳王廟必高誦此聯，必使人聞我吟聲而後快，無他，大義之感鬼神，至誠之動天地也。請再讀岳王的詩吧：「飲酒讀書四十年，烏紗帽上有青天，男兒欲到凌煙閣，第一功名不愛錢。」對此萬古千秋不愛錢的偉人，一般發國難財接收財勝利財乃至如今日之流亡財者，應愧死之後再愧死！

爲什麼一到岳王廟大門前卽自然而然地肅然起敬？我想：決不是因爲建築宏麗，氣象崇偉，而是有一種精神上的要素。「湖山比壽記」裏有一段：「先至東西兩廡，瞻望岳氏全家神像，繼乃肅然詣正殿。余入佛殿屢矣，以靈隱之巍峨，定慧之壯麗，化城之靜穆，上封之堂皇，無論如何，眼中總存一佛字，心中總存一空字，惟覩岳王神像，則儼然一實體，而眼中心中確乎不拔而有其人，其人之精誠靈感威力直逼余之本體，且與此本體融化而一，於是一股浩然之氣油然而生。」我於高歌武穆滿江紅後，自歌一詞：「金碧輝煌，朱紅柱直干雲表。看此日鸞翔鳳翥，想當年龍吟虎嘯。埋骨青山終有恨，恨生前未見金酋倒。只浩浩天風，挾雷霆而長號；光光日月，亘今古而長照，應愧死巨奸大蠹，鷄鳴狗盜。賣國家民族無窮盡，還向他人媚笑。秦檜之頭何足擊？君不見：神州已出靈魂竅。願耿耿精忠，奠基宇而永牢；恢恢大業，保河山而再造！」

辭別岳廟，解纜放舟，向平湖秋月去，擬作裏湖小遊，再回樓外樓晚餐。船盪過樓外樓一箭遠，回頭一望，西方墨雲突然湧起，狂風驟至，看看層雲漫天鋪蓋而來，只一刻工夫便把整個湖山深深地罩在底下。我叫「船婆」趕急廻舟，不向平湖秋月去了，遂繫纜湖岸，登樓外樓避雨。

那時是下午五點多鐘，憑窗閒眺，美景環生。看看一陣豪風捲出一片濃雲捲蓋，大雨瀟瀟落下了。落在西湖湖山上的雨點都是那末樣清，萬千點珍珠般淚珠洒在湖面，飛濺着通明透亮的銀沫。雨漸漸地更大、更密，雲漸漸地更廣、更濃，看看對面的山影糢糊了、空濛了。山與雲、雲與水、水與天、天與山，混混沌沌分不出來，完全成爲一色。一會兒，又漸漸地看見山、看見水、看見雲、看見雨、看見天，漸漸地越看越清楚。一會兒忽然又混合一片，渺渺茫茫、昏昏沉沉、恍恍惚惚、矇矇矓矓。我倚着明窗，凝神定睛，癡望了許久，這該是天下奇景了！西湖眞美、眞多情，到遊程倦時，還獻贈這一幅絕妙的圖畫，無雙的幻境。而今宵，應該破例多喝幾杯酒了，何況是自己的生辰。

這樓外樓太令人回憶了。「湖山比壽記」有一段：「西湖諸酒肆，曩愛碧梧軒，今愛樓外樓。以余母爲川籍，亦愛新設之大同川菜館。余何以愛樓外樓？愛此樓之蕭疏風致正類余之心情也。於空明淨潔中，襯出垂楊一二株，反映清明之湖光上，此何人足賞之？而余不知也。其旁有一園，磨金塗紫，宜於達官貴客，而余不敏也。一飄零詩人，一飄零之落葉耳，任風所之，但勿墮於碧宮黃瓦。余近年之心境極劣，幾無復有生人興趣，賴有母存，得以不死，壽云乎哉？必聚全家而一餐之，則樓外樓首膺吾選。」戰後重登，未奉老母重遊，而讓其兒孤清地沉醉：「明年今夜，又不知爛醉何方？微雲疎星，方掩映湖山一角。」前塵如夢，感觸紛繁。前度樓外樓度生辰，所點的菜是醋魚、栗雞、蝦筍、鮮菠、嫩豆腐，佐以小碟，溫以高粱，面湖而飲。戰後生辰又到樓外樓，點了醋魚、蝦筍、蝦仁蒓菜湯三樣，一碟滷味、兩瓶啤酒。啤酒本不醉人，但酒不醉人人自醉。樓外樓的老板（老老板死了，剩下小老板。他們父子有一絕藝，最善堆雪人，尤工堆雪佛。每年湖山大雪，樓外樓門前屹然有尊雪菩薩，樓上常懸雪佛照相數幀。）不知如何，聽說我來了，恰好有一架大玻璃鏡框空白着，便來請我題詩，磨墨鋪紙，意甚殷勤，我於是縱筆疾書「樓外樓觀雨」一詞：「剎那間狂風暴雨，湖水湖天不知處？山色渺茫中，湖天一碧空。雨停山復現，風大吹雲散；濕綠舞垂楊，孤舟擊槳忙。」

在樓外樓盤旋到夜九時，雨霽露疎星，乃駕一葉扁舟，靜悠悠回到旅舍。湖上夜景，也眞美麗，尤其在大風雨朗霽之後，顯得靜穆晶瑩。舟後波心，燈光人影，閃鑠可辨。帶着微醺，舟中成新詞一闋：「浮光掠影鏡中行，三面疎星，一面繁燈，冷雲低漾碎波紋，風微聞槳聲。秋宵留有醉餘情，淡點秋螢，淡寫秋萍，暮山凝黛眼波橫，詩清寒意生。」

回西湖飯店後，乘着酒未全醒，寫新詞代家書寄鎮江，原詞是：「託西湖清波，帶一封家信去如何？人已垂垂老，天已垂垂暮，忽湖上起一片笙歌。喜劫後湖山無恙，衹湖邊柳略婆娑；喜別後湖山無恙，衹湖邊客太蹉跎，遙念冷紅荒綠，鎖花蹊半徑，門外少人過。猛憶今年生日乃在亂雲窩。煙簑。安排妥。但願萊衣舞、醉顏酡、四海和、全家樂！」

戰後西湖之遊，滿擬多遊幾天，而且把遊程排定了：第一天遊靈隱韜光，第二天遊龍井虎跑，不料一夢醒來，漫天大雨，又把整個湖山嚴密地隱蔽起來了。風雨之豪，較昨尤甚，遂決計提前回上海，到清和坊附近買了一點綢料，卽乘下午特快車離了杭州。那知過嘉興後，天又漸漸清明。抵滬，好大的太陽！默念此次，只與湖山有一夕之緣。

選自一九六七年三月台北《中外雜誌》第一卷第一期

何　達

地址

一

一個遺失了或是忘記了的地址，是多麼要人的命，一個說不出來的地址也一樣。

我的朋友老江，曾經有過那麼一件動人的往事。

在戰時，他從家鄉，輾轉到了上海，再由上海坐船到了香港，打算從香港坐火車到內地去。

他只有十九歲，還沒有在大都市生活過，香港是一個陌生的地方，香港人所說的方言，他一個字也聽不懂。好在他只是過客，他預算中的行程只是碼頭——旅店——火車站。不到二十四個小時，他已經不在香港了。

然而，這只是預算，是一種還沒實現的打算。他一離開碼頭，他的計劃便遭到意外的挫折，他的衣服被刀片割開，縫在內衣裏面的一個口袋中的旅費，已經不見了。

每次他講到這裏，他的聲調表情，還能夠使人看到他當時的焦急、恐懼和緊張。

一個沒有旅行經驗的大孩子，在一個陌生的大城市中，身上一個錢也沒有。這時，如果有一個地址該多好。如果有一個朋友的或親戚的地址，或是僅僅是一個熟人的地址，就可以立刻解除他的困境。找到這個地方，述說自己的遭遇，慢慢再想辦法。

然而，他連一個這樣的地址也沒有。他慢慢地尋思，記起他在小學時，曾經有一個同學，有一個舅舅在香港，常常有信來，是做水菓生意的。然而，這個舅舅叫什麼名字呢？水菓店是什麼字號呢？他什麼也記不起了，模模糊糊的只記得那信封上貼着的是香港郵票，和「皇后」兩個字。

他用紙筆寫了「皇后」這兩字去問過路的人。別人也在紙上問他：是「皇后戲院」呢？還是「皇后飯店」呢？還是「皇后大道」呢？

自然不是戲院，也不是飯店，他想。於是，別人指給他皇后大道在什麼地方。

在香港，皇后大道是一條很長的街道，分做大道東、大道中、大道西三大段落。我這位朋友當時，就雙手提着兩個皮箱，沿着這條大道，由東走到西，又由西去到東，在每一個賣生菓的地方，探訪他那個同學的舅舅。他又渴，又餓，又累，又焦急，又失望，好像陷於絕境一樣，不知道怎樣才好。

天已黑了，燈火齊明，他鼓起最後的勇氣，決定從頭再找一遍。非常非常偶然的，他聽到路邊有一個抱着孩子的婦人，講着的廣東話中帶着他自己的鄉音。他大胆地用家鄉話跟她打招呼，驚喜地發現她果然是自己的小同鄉。他再講出他那同學的名字，問她認不認識，她居然就是那個同學的舅母。

二

老江的故事，還沒有完。不過，在這裏，也就夠了。現在，我急於要講的是他女兒的故事。

戰後，老江又來到香港，這一次，他不是過客，而是長住了下來。他有兩個女兒，同在一間中學讀書。

大約半年之前，某一天下午，兩姊妹放學回家。家離學校很遠很遠，來回都要坐公共汽車的。車來了，兩姊妹正在排隊上車，忽然姐姐看到在路邊，有一個八、九歲的小女孩，蹲在那裏兩手按着肚子呻吟。姐姐就離開了登車的行列，妹妹也跟着她，一齊來到這個小女孩的面前，問她身體有什麼不舒服。

那個小女孩却張大口，沒有回答。

她們打量了這個小女孩一會，便靈機一動用普通話問她是不是外省人？

小女孩也用普通話說了一聲是。

好極了，兩姐妹又用普通話問她住在哪裏，預備送她回家，然而她却回答不出來。

怎麼辦呢？又無從知道這個小女孩的住址，而且，她又在生病，會不會惹上什麼麻煩呢？離開這個小女孩，自己回家，熱騰騰的飯、香噴噴的菜，正在等待着她們兩個的轆轆饑腸，但兩姐妹却不是這樣想，她們想着的是先生的教導：捨己爲人。兩個姐妹，一條心腸，一定要把她送回家。

人海茫茫，她的家倒底在何處。她們兩姐妹，輪流地背着這個小女孩，每到一處，就問那個小女孩，那個女孩，只是搖頭。

天也黑了，她們也累了，肚子更是餓得要命。然而她們首先想到的，是這個小女孩。

她們兩個把身上帶着的錢，集中起來，剛剛夠給她買兩塊蛋糕，一瓶汽水。她們看她吃了喝了，覺得很高興。

她們等她吃完喝完，就又背着她向前走，一條街又一條街走着。她們不知走過了多少街，多少路。突然，那個小女孩高興地叫了起來，她認出了她所熟悉的街道。於是，就依照着這小女孩指示的方向，一直來到了這個小女孩的家。開門的外省婦人又驚喜，又感激。用不純正的廣東話，問她們的姓名，請她們進去休息，然而這兩姐妹做了好事，不需要別人知道，更不需要別人道謝，什麼也不說，就告別走了。

不過別人還是知道了。家裏的人很晚不見她們回來，躭心她們出了什麼事，到街上借電話打到學校去探問。家裏和學校都有責任追查這件事，她們只好照實地說了出來。學校還把這件事在校刊上登出來，給別人作榜樣。但是並沒有寫出她們兩個的姓名，這也是一種榜樣。

自從那時以後，老江一講起自己過去的那件事，就把他女兒的事連着一道來講。這兩件事，看來好像有關係，也好像沒有關係，好像一樣，又好像完全不一樣。

選自一九六七年四月香港《文藝世紀》第一一九期。署名「陶融」

溫健騮

星焚夜半

那些卵石，小如世界，大如孤獨。

踩過一顆顆自給自足的渾圓，跣足擦響了夜的沈默。抬首看星：一列史前人的族譜冷冷亮着，是那不曾落到地上來的瀟瀟雨。璀璨的永恆永恆張着。當君相思夜，火落金風高。想那被貶的太白，不知可有返回天庭，還是繼續流浪，寫詩，穿越時間黑暗的潮？哎，誰又管這個？祇是，今夜，星臨萬戶，而這裏祇有荒漠的泳屋，被海潮蠱惑了的，比隣而立，在夜冷無人處。

這些泳屋。白粉飾過的壁，像誰的墓碑？守看安枕的死亡？守看千眼的夜，守看一些謎，幾句偈，不曾了解了的？……怎麼自己疑懼得像愛倫坡了？安娜貝麗的墓可在這兒？可在這夜？在這海邊？還是在那紅皮黑字的詩集裏？而自己的墓呢？在江南？在江北？（或人底故鄉）在這擠迫的島上？還是在歷史，歷史的哪一頁？時間在體內燃燒着蒼老；這火，不知要燒多少年月。骨化清風肉化泥。當我去時，睡時，可有人爲我刻上里爾克墓銘的一半，說：「悅於無人的睡眠，在那麼多的眼瞼底下」？那麼多不閉的眼，不闔的睫。這許多俯瞰的露眼。唯北有斗，南有不見的十字。縱目仰觀，何以南，何以北？何以南，何以北？哪一閃是迷信的葉慈的臉？哪一顆曾在佛洛斯特的眼中灼灼？哪一顆曾被賦予權利，知道一些雲的朦朧，因它的高遠（O Star, we grant your loftiness the right to some obscurity of cloud.）？但星也會死亡，壯麗而激烈。大江流日夜的匆促，長風送秋雁的疾迅。都不是，比這都要急，要激，要快。沒有蒲葦的天河——誰曾見着——濺起一珠飛露。而且心搖悸的死於焉開始！沒有安魂曲，沒有哀歌。自塵世的肉眼消失，向宇宙之外，溯時間，溯歷史的逆流！淒絕美絕，向無窮盡回歸！

而我回歸何處？夜正年輕。蒼老的是這礁石，這海，和那隱約的魚龍的悲吟——悲吟了多少世紀了？自盤古氏巨斧劈落的那一刻？抑或自夸父泉盡百川的那日開始？這灘水的呢喃竟如許悲慽！佔住了我心中的幻象。淒其的夜，我該回歸何處？背後是萬丈的紅塵障目，人歌人哭，在那麼齷齪的時代裏。

凌萬頃之茫然。而手中無葦，腳下無履，這喚虛沈沈，竟可渡越麼？我該化作涓滴，藍湛湛的透明，隱身在這田田的浩渺，或我該泳着，伸手撥出黑水上漾銀的波光，在這醒睡都難堪的午夜？泳着？讓泱泱的涼夜浸淹？零露在我的眉梢，髮尖。在水裏，我的黑髮會像那褐色的水草？漂動的一叢色，一叢心亂的糾纏？沒有依附。水落魚龍夜。祇屬於這山，這海的夜。無量劫。塵劫。海水也能洗脫？欲除苦海浪，先乾愛河水。傖俗的詩句。藍山陷雪的韓愈，竟也失落在塵世的迫壓裏？海水是濯清？還是苦溺？我在海裏？抑在岸上，淒愴襲來，夜風的悲涼，在左，在右，攬臂也能挽住一縷長吟。空山。獨夜。我竟來此？

我來竟何事？這一截夜：無可解脫的解脫。還迷信着脫胎換骨的傳說：一蛻殼就是另一副鮮嫩的生命。我能麼？蒼老？年輕？成熟？墮落？濁氣嗆人的紅塵裏，我還能還原爲一枚果中之核？還是飄然遠行？隱鱗於水，藏木於山？不解不脫的解脫。能麼？詩卷長留天地間。釣竿欲拂珊瑚樹。我的釣竿遺落在有海水的層樓上，沒有珊瑚的層樓上，那兒，望眼祇收得一列對街的窗，窗裏的醜惡。而我的詩，在那塵封的記事簿裏，在發霉的書架上，仿如一片被夾得過久而遺忘了的可憐楓葉。是的，我該遺忘。我該化露成雲，臨流忘影，如水仙。沒有回歸的回歸。或隨風揚起，衆塵之塵，千萬萬顆中的一顆，不言不語，不歌不泣，不墊碑石，不解禪偈，落入空無。而——

我竟來此！聽：河漢聲西流。夜在退潮。塵障煙起。隕星零雨。焚的是星？還是我？擱淺在涯岸上的，是卵石，還是——這一株卑微的苦草——我？

附：e. e. cummings:

'a smooth round stone as small as a world and as large as alone.'

R. M. Rilke:

'delight of being no one's sleep under so many lids.'

選自一九六七年六月二十七日香港《盤古》第四期

徐訏

Hippies 的陶醉藥與魏晉的五石散

一

近年來，美國崛起一批青年，他們有的放棄工業文明生活，遠遊到尼泊爾、印度、寮國去追尋原始的情趣；有的到荒島或偏僻的山林過紅印人的部落生涯；有的號召同志，説服朋輩，大家實行苦行僧的精神，刻苦耐勞，淡泊克己，協助隣人，救濟貧窮；有的躲在陰暗的咖啡店裏，在狹小的圈子裏過着與世無爭的萎靡生活；有的放棄美好的家庭，瞞着父母，住到敝舊的小旅舍，度着頹廢懶惰甚至淫穢的日子。他們中也有人自認是詩人或藝術家，極力想創作不落窠臼與衆不同的作品，也有自己另有一套人生哲學，覺得可以此來救世度世。

是如此不同的那些青年，大家叫他們 Hippies。他們的異行怪見，駭人聽聞，報刊報導過的很多。中文報刊的介紹，對 Hippies 有不同的譯法。有「喜癖」「希癖」「希鄙」「吸癖」……不勝枚舉。因爲中文的字面上常常寄喻譯者的好惡，所以我這裏索興就用這個原名。

關于 Hippies 的各種報導，好壞距離甚大，好的把他們説成是一羣具有藝術天才，哲學思想，對社會有改革的抱負，對人生有卓越的理想的人；壞的則把他們説成一羣衣服襤褸，懶墮成性，不務正業，蔑視道德，過着頹廢萎靡淫佚的生活。許多人把他們説成是西方文明的沒落，中國的具有自卑蘊積的文化本位論者引以爲這是美國需要中國孔孟之道去救濟的明證。

這些說好說壞，不能說完全沒有道理，可以說都對，也可以說都不對。而其所以把這些有好有壞，是好是壞，或好或壞的一羣青年人，概以 Hippies 這個名字，則自然也是有道理的。這因爲他們在這些不同的趨向之中，有一個共同點，那就是他們不滿現實，憎恨工業社會的文明，蔑視孜孜于權利，專追求「成功」的平凡生活，看輕虛偽的小資產階級「步步上爬」的人生的秩序，反抗壓抑自我，慎守範圍，違背天性的道德，解脫基督教傳統的教條。他們提倡人類愛，崇奉自然，祈望和平，反對戰爭，他們想從重重束縛中解放出來，追求一個純真的赤裸裸的原始的自我。

于是他們提倡服藥，用藥來解剖自我，用藥來擴展自我，用藥來解放自我，用藥來發掘自我，用藥來表現自我。

這些藥，我在這裏給它一個總名爲陶醉藥。

二

因爲陶醉藥並不是麻醉藥，是不同于海洛英一類的如雅片、白粉、嗎啡等，在生理上可以致人上癮的藥物。

他們第一種用的是大麻（Marijuana），大麻是產生于熱帶與亞熱帶的一種植物，這種植物的花莖與葉子裏有一種濃汁，這濃汁就是刺激性的東西，當它被提煉而製成了藥品，它就是有力的藥劑，叫做「赫斯益虛」（Hashish）。所謂大麻，則僅是以大麻這種植物乾枯後混雜在烟葉而吸食的東西。這在馬拉哥稱之爲 Kif，在印度稱之爲 Bhang，在南非稱之爲 Dagga，我們不知中國藥店裏是否用這個藥品，或者叫甚麼名稱，這裏只是隨一般所熟知的植物的名稱去稱呼它。

這種吸食的大麻，大概是僅將大麻這個植物的頂端摘切下來，待它乾枯了混于吸食品中，它的力量大概是「赫斯益虛」的五分之一。但如果混以莖幹與籽盒，則因其中含汁較多，故力量亦較大。因此雖是同一大麻，于其煉製以及個人吸食之法不同，對人之作用也迴異；而由於每個人的氣質生理情況與環境的不同，也會產生不同的效果，因此南加州大學的一位醫師說：「大麻是對無法預期的人們產生無法預期的效果的一種無法預期的藥物。」

大麻並不是麻醉藥，不會使人上癮，吸食也不像吸食麻醉藥一般的要求增量以維持效果，一旦解除，也沒有吸食麻醉藥一般的痛苦，但是用慣了的人，也會成了一種習慣，時時想有陶醉的境界，這也同上癮一樣了。

吸食大麻並不產生吸食麻醉劑的生物的效果，而大多數用大麻的人，也並不改行去吸毒，可是成了習慣，時時要吸食時，也就同上癮相倣了。而吸上了大麻的人，常常會想到去試另一種陶醉藥，最普通的就是 L. S. D.。

醫生曾經研究過服食大麻者的生理變化。一般的現象是血壓上升，體溫下降，脈搏加速，呼吸低沉，它使肉體脱水，小便需要增加；它又減少血內糖份，刺激胃口；同時會減少四肢的穩定性。不過這些變化只有幾小時卽恢復正常。而常用此藥的人，則也影響眼與肺，往往產生氣喘病與慢性氣管炎。至于對身體的更大害處之現象，則迄今未發現，雖然也沒有人作更深的研究而能保證它沒有。它對于神經的影響，是一方面鬆弛，另一方面刺激；人對它在行爲上的反應也因人不同，這正如醉酒的人，有的沉默寡言，有的大笑大哭，有各種不同的反應一樣。但一般說來，它會歪曲人的知覺與對于時間的感覺。據多方的研究，吸食大麻與罪犯倒並無明確的關係，它使人的判斷與見解較敏捷，但知覺不準確。因爲它影響人對于距離的判斷，使視覺不正常，所以對駕車是很不利的。吸食者精神的變化，會覺得自己從現實中上昇，脫離鄙俗的世界，而達到了一種「騰雲駕霧」的飛昇，這種飛昇，據勃郎吉士（Broomquist）醫生說，當年輕人不斷的「飛昇」，他就不願下降，在飛昇的境界中，那裏的世界是一個天堂，所以這班「飛昇」的人，在社會上講就是一個廢物。

三

L. S. D. 是 Lysergic acid diethylamide 的縮寫。現在這已是世界週知的名詞因此這裏也就叫它 L. S. D. 了。

L. S. D. 是戰前就出現的一種藥劑，初期僅是醫生們作揭穿病人心理之用。以後作家們提高興會，擴充感知，曾試爲之。但醫生們如想知道服用後的經驗，許多人都不能用言詞來說明，好像是見到超自然現象一般，無法用我們常用的言語來敘述似的。

以後有許多醫學院學生及醫生們自動的願充被試驗者，由醫院用嚴密的科學方法與一種紀錄神經現象儀器來控制，才對 L. S. D. 的效力與功能有較多的了解。

不久前，在菲爾避區季刊（Philbeach Quarterly）上，發表了一篇紐約醫學院教授，約翰・裴斯福（Dr. John Beresford）的文章，裏面報導現階段科學所獲得的關于 L. S. D. 在人們意識上能起的作用的知識非常詳盡。我覺得很值得我們來介紹它。

他們作這些醫學的試驗者是自願的，所以他們知道所服的是甚麼藥劑，而在試驗的過程中，他們與現實始終沒有切斷。裴斯福醫生説，如果 L. S. D. 是一種使人知覺昏迷的一種藥劑，那麼測驗者就無從觀察這藥力是如何在進行。就因爲這被測驗者是清醒與了解的，他才能够用精確而深入的詞語來叙述他的經驗，測驗者才能進行實驗的科學測驗。

他們發現這 L. S. D. 在人們神經上發生影響可以有六個階層。

第一個階層是被測驗者服了 L. S. D. 二十分鐘以後。被測驗者發覺感覺開始敏鋭，所見的色澤較前鮮明，耳朵可聽到前所疏忽的聲音，視覺可看到萬物的較明顯的輪廓。被測驗者經歷這個境界大概有二十分鐘。

第二個階層，是萬物變形，那時一切的東西都在流動，不斷的在變形，每樣東西的輪廓都不固定，形成了一種波動的形狀，而顏色也不斷變化，紅的變成綠的，藍的變成黃的。空間自然也在變動，掛在牆上的畫幅像是近了，一時又像是遠了，聲音的重輕與方向也不會辨別，觸覺也有變化，紙烟也不像平常般的燒手指了，物件也比實際的要重些或輕些。

有一個被測驗者自述：「有一次當我到水盆去拿水，我注意到水滴變成完全發亮的彩色，浮在不銹鋼的面上。我放自來水時，我發現我可以用玩弄水的辦法來改變水珠的顏色。玩弄這些水珠，變化它們的顏色，使他們跳舞，再把它們排列成不同的圖案，實是一件非常有趣的事情。」

第三個階層，是觀念、記憶、反射作用的變形。這時被測驗者許多記憶中的事情混淆，本來毫無關聯的忽然接合在一起。有時他會在過程中停頓而説出的他剛剛獲得的一種「內省」。這種「內省」並不僅僅是概念的變形，專限于個人性格所及的問題，有時也牽涉非關個人的問題。有一個場合，被測驗者居然很容易的解決一個未能解決的機械上的問題。許多測驗證明被測驗者對于有一些問題常常會看到新的解決的途徑。舊的事實時常能作新的組合。

最奇怪的，被測驗者可回憶到生命中最初的事件。有一個被測驗者叙述他一歲前所碰到的事件的詳情；還有人報導重新經歷他接近于出生的事情，而甚至有人回憶到出生前所發生的事件的經歷。但因爲人在母胎中的情形彼此總無多大差別，所以很難證明他所説的重新經歷是否真的發生過。

第四階層則越來越離奇了，平面的東西這時變成立體，兩度形的物體會像銀幕上出現一樣。奇怪的是人物的出現往往與歷史上與神話裏的人物相同，而似乎還早于被測驗者出生的之前。從所見的人們所穿的服裝上，以及跡似流動的背景上來分析，可以辨別出一定的歷史時代。不同的被測驗者報導出他們所見的古羅馬人、波斯人、埃及人以及蒙古人，個別的人物如耶穌及蘇格拉底，也有人説是見到過。

無法了解的是在第四階層中所見的人物都是早于一八六四年的歷史人物。這現象似乎是超過了個人在 L. S. D. 影響下所經歷到的歷史經驗了。

第五階層，被測驗者似又回到「三度」世界中來，但他所見到的不是人物而是從內省見到的數學形狀。裴斯福醫生說：「他並非光是觀看這些數學形狀，而是處身其間，他可以經驗到一些旋轉的不斷變形的形狀都在他的周圍。」而且有無限的擴展，似乎是前後上下左右都是這些旋轉變動的幾何形狀，而自己不僅是見到，而是處身其中。並且，這些幾何形狀是有顏色的，他們叫它爲生日卡顏色或招貼畫顏色。在第四階層轉到第五階層時，有人描寫過說：「我被投射在變動，擴展，歪曲的結構中，一時變成無邊無涯的藍海，四周飛濺着寶石般的光亮，……于是又變成龐大的抽象的圖案，忽然而又可怕地爆裂開來，使我啜泣而變成歇斯底里了，我感覺到像是經歷了宇宙的初生一樣。」

第六階層，經第五階層到第六階層，據裴斯福醫生說，要經過長長的黑暗的甬道，在遙遠的頂端可以辨別針頭似的一點亮光。這旅程慢慢的快起來，這點亮光也慢慢大起來。于是旅行的速度變成無限的快，突然，被測驗者衝出甬道的頂端，霍然開朗，浸進一片白光的平原中。據他的描寫：

「一瞬間，時間就再不起作用了。被測驗者已處身在時間以外。確切的說，他已是在永恆之中了。

「在這個情形下，他可以經歷到許多不尋常的事件，可能是已與肉體脫離。被測驗者，對一切發生的事仍是都可清楚地知道，他可以從房間的各點看到自己的肉體。

「他可能說他從遙遠的地方去旅行，然後又回到自己的肉體。

「這第六階層明顯地是神秘性的。但在普通測驗中，被測驗者進入第六階層是最深入了。對於這神秘的境界還無足够的證據可下任何的斷言。」

裴斯福醫師說，L. S. D. 並不創造那普通不存在于人類意識的東西。它只是把意識分切成不同階層，而將每一個階層作單獨的分析。

L. S. D. 好像是能將本來同時存在的意識階層，一層一層提到表面上來，讓我們來分析。我們可以一層一次的剝開意識的每一階層，而揭露下面一個階層。以 L. S. D. 爲媒介，每一個意識階層似乎都可經驗到，包括正常狀態。我們可以說，意識可以有六個階層。

這些年來，醫學界用 L. S. D. 作爲研究人的精神的工具，已經有許多發現，這對于治療精神病將有很大的帮助。而精神病中的人格分裂病與用 L. S. D. 產生的幻影很有相同之處。L. S. D. 的研究使科學家們相信，許多精神病如人格分裂症等是一種化學的因素，如果他們能找出精神化學上的毛病，他們自然可以謀取治療的方法。

如果用這些藥劑揭穿第七第八的意識階層，則對于精神健康當有革命性的發現與貢獻了。

四

第三種藥物則是可怕的東西，Hippies 甚至彼此警告不要服這個東西了。這種藥物他們稱之爲「速殺」（Speed Kills），亦稱之爲「速」（Speed）。普通在買賣上的名稱是「慢使得靈」（Methedrine），這種藥效果很快，食用者神經系統起很凶的作用。

有一個 Hippies 對記者說，這種藥劑可使人的頭腦變成瑞士的酪漿。這當然是一種主觀的形容，但有一個三十六歲的兵士用大量的「慢使得靈」同類的「安弗太明」（Amphetamine）自殺，他的屍體被解剖時，想保留他的腦子作爲研究之用，而發現裏面纖維變成又軟又爛，未及保留已經碎散了，這也可見這藥的厲害。

但是「慢使得靈」也不是麻醉毒物，並沒有生理上上癮的事，可是食用者要維持高昇境界，就會把用量增加，到不能不用時，也就同上癮一樣。用慣的人能一日數次食用大量藥丸，則是可置常人于死命的。最危險是食用的人爲求事半功倍，尋求于注射，這就同打嗎啡針不相上下，雖然其性質並不相同。

偶而食用，爲醫療上的好處，或陶醉上的刺激，也是因人因量而不同。普通有醫師照顧，少量服用，可無危險。

服用者于服藥後往往變成不安，而愛多話，而晚上不易入睡。如繼續服用一個時期，尤其是稍稍增量，服用者就變成容易激動，食慾減失，于是體重也就輕減，所以許多減肥藥中也就以此爲主要藥料。同時引起的可能是顫抖與幻夢，以及消化循環呼吸機能的毛病。對有些人，可引起繽紛的狂想症，其行爲往往是衝動性的，無法預測。據服用者自白，「安弗太明」比大麻要凶，服用以後，你有胆做任何事情。你覺得可與人打鬥，而幹任何事情。另有一個說，你會覺得你有很大衝勁，好像加足馬力，可以幹任何事情。據克拉滿（Dr. John C. Kramer）報告，服用者立刻可有普遍的高壓的快感，這叫做「閃光」（Flash），「衝勁」（Rush），接着他就需要行動，那怕這行動是一種暴行。

因此，「慢使得靈」與罪犯的聯擊比大麻與 L. S. D. 要密切，在英國在澳洲在日本，發現許多凶暴案，謀殺案與服「慢使得靈」很有關係。在美國，不久前紐約東村區，就有一個二十一歲的男孩與十八歲的女孩被殺事件，他們都是參加服藥的會集的。因爲精神不濟而求助于「慢使得靈」的，如預備考試時的服用，參加賽車時的服用都曾有致死的紀錄。「安弗太明」對許多病症是有效的藥物，它于一九三二年作爲鼻吸物而行于世，後因有人嚼食之以提神，廠方停止發行。以後發展兩大類的藥劑，一爲「特克斯得靈」（Dexedrine），一爲「慢使得靈」，有各種丸形與膠殼形的姿態出現。專家們說：「安弗太明並不是有甚麼魔術可供人以額外的精力與體力，它只有使服用者從他自己的本質中作較大的支用，而有時到了危險精疲力盡的情形下而自己未能發覺而已。」

五

上述三種，是 Hippies 最主要的陶醉藥，這三種程度上固然不同，性質上也有出入。根據上面的這些報導，我們可以知道這些藥物的確可以使人精神推入或提高到另一境界，不過「慢使得靈」則太凶烈，大麻則往往會引入於 L. S. D.，所以 L. S. D. 實是 Hippies 最主要的藥劑。

因爲人們在服食 L. S. D. 後，人的精神狀態，有某種飛昇與擴展，在第四階層時對科學上機械上問題，有時可找到新的解釋；對文學藝術上的想像自然也另有天地。因此就產生了所謂心症藝術（Psychedelic Art）也可稱之爲 L. S. D. 的藝術，去年（一九六六）秋季，紐約的河濱博物館（Riverside Museum）就開了一個心症藝術的展覽會，其中有繪畫、彫塑、攝影以及機械燈光的特別設計神秘地刺激觀衆，光怪陸離，繽紛燦爛，照其中的一位心症藝術家說：「我們要以轟炸感官來昇化精神。」這羣陶醉藥吸食的藝術家，不要求參觀者服食「藥劑」，他們要用他們的藝術來給你們以「藥劑」的效果。如其中一個塑膠眼睛的設計，裏面亮着燈光，注視着觀衆，給觀衆以催眠的效果。許多閃耀的燈光，時熄時亮，遲緩地移動，以減少參觀者時間的感覺。

這個展覽會引起社會上很大的注意，輿論以爲不管藝術價值上的評價如何，其爲風靡社會，將影響以後各種設計，如傢俱、衣料、衣飾、廣告以及一切生活上的各方面是不成問題，它勢將侵入博物館學院畫廊電影院文化節以及時裝表演，像前幾年的「破」（Pop）與「阿」（Op）藝術一樣，也是自然的趨勢。

還有一個特別現象，就是這羣心症藝術家，大家住在一起，工作在一起，許多出品正是一種集體創作。「集體創作」是共產主義國家內最初提倡的東西，現在則是由自由主義者來實行了。

我們對于他們藝術上的製作，以及文學作品所見太少，不敢多加評語。但是其想不落窠臼，另找蹊徑，則是大家公認的事實。

作爲一個藝術家文人，在文學藝術的創作上尋找刺激，見于文字者最普遍的當然是酒。各國的文學作品對于酒的歌頌好像是不約而同，波斯的古詩人奧默．凱耶的名詩魯拜耶是世界傳誦的名篇，舊約裏對于酒很早就作美麗的瓊漿，希臘哲學家也很早談到酒，中國的酒史，傳説是早在夏禹的時代。以後酒在社會裏一直很流行，它與祭祀都很有關係，銅器中盛酒的器皿就是很好的證明，周公曾作酒戒，大概那時酒在民間已經很流行。但是到了漢末，酒成爲生活中不可分離的事件。

三國時曹操父子都嗜酒，劉表尤以好酒名，據魏文帝典論酒誨說「荊州牧劉表，跨有南土，子弟驕貴，並好酒。爲三爵，大曰伯雅，次曰中雅，小曰季雅。伯雅受七升，中雅受六升，季雅受五升。」

當時名士文人，飲酒成了風氣，許多對于酒的歌頌的詩文傳說也多起來。這大概是亂世的關係，大家要求忘去痛苦，逃避現實；所以用酒來陶醉自己。曹操是一個英雄，他曾經爲年饑兵凶，節穀防荒，表制酒禁。但他自己也是好酒的，他的名句「何以解憂，唯有杜康」就是他另一方面的生活。

此風盛行，到竹林七賢，對酒的風魔，正如現在的 L. S. D. 之于 Hippies。他們恃酒傲物，放縱自己，終日沉湎于酒中的生活與 Hippies 實在沒有甚麼兩樣。而他們異行怪言，如劉伶的「常乘鹿車，携一壺酒，使人荷鋤隨之，云：死便掘地以埋。」同現在 Hippies 把汽車漆成五顏六色，招搖過市，一樣作風。竹林七賢，都是詩文並佳的人，嵇康與阮籍更是大詩人，又是音樂家。向秀是大哲學家，他對老子的哲學有很大的發揮。

酒是西方與東方有同好的東西，但是喝法並不相同；中國人喝酒同菜肴一起，飲酒必須佳肴。魏晉時代飲酒，也有「一手持螯，一手持酒杯，拍浮酒池中，便足了一生。」（世說新語所載畢茂世的話）之紀錄，則看來也是需要佳肴的，如劉伶這樣坐在鹿車，捧着一瓶，是否有鹿脯牛肉乾下酒，則就不得而知。總之，像西洋人這種酗酒成了變態的像吸毒上癮一樣，不喝酒卽兩手發抖，冷汗直流，雙目發呆周身痙攣的情形似乎不多。魏晉名人對于狂酒的紀錄與描寫很多，但並沒有像西洋人這種「酒毒瘋」的故事。他們因爲信奉老莊思想，崇尚自然；所以他們都是反對傳統的禮教束縛。他們的詩文都是「爲文學而文學」的傑作，但他們的飲酒與他們的作品有密切的關係，則是不可否認的。酒與文學藝術的關係，以後在陶淵明、李白等以及許多詩人文豪的作品中都可以見到。這裏也不必詳述。

這裏要說的是在飲酒成爲風尚的同時，有吃藥的一派。這一派人吃藥，雖然也飲酒，但聊作點綴並不尋醉。那就很像現在吃 L. S. D. 的人了。這藥對于精神的「飛昇」與對于意識的擴展則極有相似之處。

這藥就是叫「五石散」，一名「寒食散」。

寒食散原來也是一種可治病的藥。據孫思邈千金翼方說：「五石更生散，治男子五勞七傷，虛羸着床，醫不能治，服此無不愈。」藝文類聚七十五嵇含寒食散賦的小序中說：「余晚有男兒，既生十朔，得吐下積，日羸困危殆，決意與寒食散，未至三旬，幾于平復。」這賦裏對寒食散的歌頌說：「……偉斯藥之入神，建殊功于今世，起孩孺于重困，還精爽于既繼。」

這寒食散既然是可治病，連小孩子都可服用，何以是凶烈的藥劑呢？這大概是份量有多寡，配製有不同。寒食散這名詞，是因爲吃了這個藥，就只能吃冷食，不能吃熱食，除了喝酒則必需微溫，所以叫它寒食散，它的另一名詞是「五石散」，據唐孫思邈千金翼方中「五石更生散」之方，這五石就是「紫石英、赤石脂、白石英、鍾乳、石硫黃」五石，另外自然還要配以他種藥物。其中鍾乳、石英、石脂在本草裏有說明。謂是「益精益氣，補不足，令人有子，久服輕身延年。」那麼這是補藥了。但是中國雜書中所說補藥，未可輕信。譬如許多雜書中對雅片稱作「益壽膏」，也認爲是「延年益壽」的補品的。

當時這種五石散，大概有許多不同，可以有許多大同小異的配法。而每個人對藥的反應也各有不同。

究竟服食後有甚麼效果。那可說是能使人「精神百倍」，神采奕奕的。

王羲之帖中有信云：「服足下五色石膏散，身輕行動如飛也。」所謂五色石膏散，自然也是五石散，不過也許另有配法，夾雜了別的藥物。看來這外形可能像五色冰淇淋一樣，吃了又能行動如飛，故大家都愛服用。因爲吃了以後，精神飽滿，風姿綽約，所以大家可以風流自賞。

魏晉名士講究美容。如第一個發明服藥的何晏，有人說他傅粉，有人說他本來就長得白。照我想這是服藥的效果，當時大家風姿儀容，許多紀錄與描寫，我覺得都是服藥後的反應。如「時人目王右軍：飄如遊雲，矯若驚龍。」這不正是他自己所說的「身輕行動如飛」麼？

又如：「嵇康身長七尺八寸，風姿特秀。見者歎曰，蕭蕭肅肅，爽朗清舉。」這位嵇康也是服散的人。服散的發明者何晏就說過：「服五石散非唯治病，亦覺神明開朗。」可見嵇康的「爽朗清舉」就是服藥的效果。

又如：「王夷甫容貌整麗，妙于談玄，恆捉白玉柄麈尾，與手都無分別。」這也形容手與白玉一樣白的。

王右軍說杜弘治「面如凝脂，眼如點漆，此神仙中人。」桓伊以爲：「弘治膚清，衛虎奕奕神令」(衛就是衛玠)。前者是外形的描寫,後者是神態的描寫,我覺得都是服藥的效果。各人對藥的反應也有不同。大概經常的服五石散,毛孔就會縮小,皮膚轉白,眼睛則灼灼有光,王羲之對杜弘治如此描寫,而裴楷在病中,其「雙眸閃閃若巖下電」,也正是同樣的描寫。

關于這些風姿神采的贊譽,在晉書與世說新語中有不少的紀錄,但都是大同小異的,這裏也不一一抄錄。這些我覺得都是「五石散」的作用。大概五石散這藥吃了以後精神煥發,意態飄飄然,周身敏感,所以如魯迅先生所說的其所以要穿寬大的衣服,是怕擦破皮膚;我想,皮膚卽使不會擦破,也一定覺得衣服對身體的壓縮痛苦的。自然,它使人在明悟智慧方面也一定另有境界,能洞察幽遠,思致比平常敏捷,而又喜歡發言。這就是魏晉清談。清談是談玄說道,當時道教與老莊之學風行,崇尚遠妙。談玄也就是談哲理上問題。這些名士文人旣反對傳統,又否定禮教;行以異特爲貴,言以驚人爲美,所以談笑風生,百花齊放。沈剛伯先生認爲中國如可稱有文藝復興,則魏晉是第一次文藝復興,此話頗有道理。而從其否認漢朝儒家一尊的規範與傳統的束縛言,與現在 Hippies 之否定工業社會的機械生活與反抗小資產階級庸俗道德,可說正是有極相同地方。

但有一點則是完全不同的,那就是當時五石散是貴族的藥劑,這些服散的人,幾乎個個都是富貴人家的公子哥兒,五石散本身大概很貴,吃了以後要去「散發」,所以必須有閒而自由。L. S. D. 之類則是大衆的藥劑。這自然是當時製五石散,要靠手工,不像現在這樣可以用機器把它磨成粉製成藥丸的。

五石散究竟怎樣製法現在或已失傳。而當時因爲科學不發達,其對于人的意識之作用,也沒有人能像裴斯福醫師那樣去測驗這些服用的人。所以究竟人在服食五石散後，感應與幻覺如何，也無從清楚地知道。但從各方面的記載上看，它也並不是會使人上癮的藥，而僅是爲維持精神飽滿，風姿綽約而習慣性的服用着，所以其性質當是屬于 L. S. D. 一類的陶醉藥，不是海洛英類的麻醉藥類的。

一切陶醉藥都是把人的精神提高，所以藥性一過，往往就感衰萎。五石散想來也是如此，或者還是特別厲害者，所以吃了以後，精神煥發，滿心開朗，思想敏捷，談笑風生，神采奕奕，可是藥性一過或不足，則所見的世界就會馬上變爲灰暗，于是對于時光的飄忽，人生的短促，生死的神秘有特別的敏感。自然，這在喝酒的人也正有同感，所以魏晉的詩篇中，寫這些感念的特別多，諸凡正始名士（魯迅先生認爲是吃藥派）竹林七賢（魯迅先生認爲是飲酒派）以及以後的陶淵明等幾乎都是如此。時間的永流，生死的變幻，原是人類共同的一種悲情，反映在詩歌音樂中，古今中外都是，不過在魏晉的詩文中，這就特別普遍與濃烈。我想每個人的情緒本有起落，高昇之時，我們比較樂觀，看到的是光明方面多，衰降之時，我們就比較悲觀，看到的也就是黑暗多于光明。但服藥的人，情緒的起落幅度大，變化快，再加上當時道教，佛教對于人世無常的一種思想的影響，所以會特別深刻特別敏感。

根據裴斯福醫生對于 L. S. D. 的研究，我相信五石散一定也有剝切服用者意識的力量。所以魏晉的清談與詩文，也正是心症藥的文化。

但五石散似並沒有「安弗太明」一類藥之衝動，與犯罪暴行並沒有甚麼聯繫。它的弊害，是吃得不好，就是百病叢生。據隋巢元方諸病源候總論卷六寒食散發候篇所記：

「皇甫云『……近世尚書何晏，耽聲好色，始服此藥，心加開朗，體力轉強。京師翕然，傳以相授，歷歲之困，皆不終朝而愈。衆人喜于近利，未覩後患。晏死之後，服者彌繁，于時不輟。余亦豫焉。或暴發不常，夭害年命。是以族弟長互，舌縮入喉；東海王良夫，癰瘡陷背；隴西辛長緒，脊肉爛潰；蜀郡趙公烈，中表六喪；悉寒食散之所爲也。……』」

晉書中，皇甫謐傳言其「初服寒食散，而性與之忤，每委頓不倫，嘗悲恚，叩刃欲自殺，叔母諫之而止。」這似乎與別人的情形很有點不同，我想這可能是體質的關係，可能是配方有問題。如果初服之時，都這樣苦，那麼何必去吃它。武帝詔徵他出去做官，他上疏說：「服寒食藥，違錯節度，辛苦荼毒，于今七年。隆冬裸袒食冰，當暑煩悶，加以咳逆，或若溫瘧，或類傷寒，浮氣流腫，四肢酸重。于今困劣，救命呼噏，父兄見出，妻息長訣。……」這是一個服寒食散病人的自白。他所受的毒害與所感的痛苦似乎與服 L. S. D. 一類藥並不相同。大概寒食散服後起居飲食，都要當心，一不小心，就會出現各種病痛。其次就是減少了人的抵抗力，任何細菌都容易侵入人身。所以其結果是各人所生的病並不一樣。

這篇文章，原想把 L. S. D. 與五石散作個比較，但寫來只是一種說明，大部份也只是抄書。近年來許多文章愛說「古已有之」或「中國早已有過」的話，我這篇文章寫來也就變成這個意思。

魏晉的服藥風氣後來大概因爲能服藥的階級生活變化，漸漸衰微，或者也因其服食不易，流弊太多所以飲酒派取得勝利。但其清談與文風，成了一代特徵，影響後世很大，這實在可說是心症藥之文化（嚴格說起來，酒也可說是心症藥的一種），魏晉的清談後來變成空洞，魏晉的文學後來也流于形式，到唐朝就另有一番氣象。L. S. D. 產生的所謂地下藝術與文化在這高速時代，似難有魏晉文化持久之可能，但其興也，是反傳統反教條與反偏狹的束縛及樊囿，其亡也，將一定也會是因其流于空洞與浮淺。現在或者正是剛剛開始，或者已經是曇花一現，我們都不敢說。但我們由于一羣青年人對時代的抗議，應覺悟這社會必有所改進。說這一定是西洋文明的墮落，則我們魏晉時代的反傳統反教條服五石散又何嘗不是墮落。人類的歷史是進步的，但進步是曲綫的，每一段進步的途徑中都有混亂與反常的現象，正是要人類謀新一步的發展。向過去的光榮中找補救的方法，往往是失敗的。我們從清末這種羸弱中慢慢地起來，是西洋的文明，不是唐宋的舊教條。我記得清末民初雅片烟非常盛行，多少有學問有天才的詩人畫家都有此癖，而這些人竟多數是孔孟的信徒。以孫中山爲首的新人物，號召了革命的新青年們才扭轉了這東方病夫的墮落風氣。

用這個眼光來看 Hippies 們的異行怪調，我們才能有客觀的認識，要讓這些反傳統反教條的青年有正當的發揮，是社會學家心理學家的責任，而不是道學家所能努力的。陳獨秀晚年「在蔡孑民先生逝世後感言」中說：「……道德喊聲愈高的社會，那社會必然是愈落後，愈墮落……」這話我覺得很對，我現在還覺得愛用教條批評人的社會，這社會也一定愈獨裁愈不易進步，也愈沒有科學精神。

一九六六年六月，國際筆會在紐約開會，討論的主題是作家的獨立精神。在美國與西歐國家，以爲原子時代自然科學、社會科學，以及技術各方面的發展與進步，原來屬于作家的領域的內容，不是被自然科學所佔領，就是爲社會科學所佔領，而技術科學，如電影、電視的發達，也威脅作家原有的世界。作家因爲被這些多方面的威脅，逐漸的失去獨立精神。

工業文明，科學發達之威脅作家的獨立精神；西歐與美國作家感到的，可說是寫實主義衰微的大原因。當新聞記者用錄音機收集各種材料編寫報導後，寫實主義作家可努力的豈不是太有限，當彩色底片，及各種鏡頭與黑房技術製成美術照片後，寫實主義畫家勢必厭倦于求真求工了。

Hippies 的地下藝術運動，也正是在追求自己想有的獨立精神，成功與否雖還未揭曉。

其實威脅作家獨立精神的不一定是工業社會。封建社會或其他社會也都有威脅作家獨立精神的因素。魏晉六朝的文學所追求的也正是作家的獨立精神，在儒家的定于一尊的教條的束縛之下，作家還有甚麼獨立精神可言？但作家如敢在這樣的束縛與高壓下發揚獨立精神，他必須要有特別的勇氣與革命的精神。而酒與藥往往是給他們勇氣的東西。酒可以壯胆，可以使人不顧一切，我們日常都見到過。藥如上面說到的「慢使得靈」，即是吃了後就有甚麼都敢做的感覺。我相信魏晉時代之五石散，至少也有這種作用。吃了五石散，人就愛多說多話，人就敢多說多話，這就是清談的來源。清談就是獨立精神的表現。

譬如，孔融以爲母親和兒子的關係只是如瓶之盛物一樣，只要在瓶內把東西倒出來，母親與兒子的關係便算完了。像這樣離經叛道的話，在當時怎麼敢說出來？孔融是喝酒的，我相信他一定是借着酒瘋來説的。

所以魏晉的獨立精神，借助于藥與酒是很明顯的。

唐朝文以載道之説盛行。文人的獨立精神發揮在詩歌方面，而仍是離不開酒。宋朝發揮在詞方面，元朝發揮在戲劇方面。這也正如現代工業文明威脅作家寫實的表現，作家只有在象徵或抽象的設想中來發揮自己的獨立精神了。

在現在鐵幕國家內，作家的獨立精神早已喪盡。如果能有吃五石散與 L. S. D.，的自由，魏晉名士或 Hippies 之流自然都會產生的。

我在這裏並不是想提倡吃五石散或 L. S. D.，而是，覺得在這苦悶的時代，對吃藥喝酒的人似也只有原諒，正如貧富不均的社會中，我們不得不對偷盜多加原諒一樣。自然，在積極方面，我們只有請社會學家與心理學家多加思索與研究了。

——一九六七，一一，二四，夜二時。

選自一九六八年一月號香港《明報月刊》第三卷第一期

蓬草

死谷

〔存目〕

選自一九六八年二月十六日香港《中國學生周報》第八一三期

黃炤桃

從掃墓看人生

撇開一切繁文縟節不說，我以爲中國人的重情重義，總由清明重陽兩個時節可以看出來。

上墳祭弔已故親人，畢竟是很有詩意的一回事，難怪古人每多吟詠。這習俗在亂世當然可免，太平盛世時却不能說全無意義。掃墓亦與迷信無關，儘管人死不能復生，跟死者有過交情，這時節去獻一束鮮花，到底還有一點人情味。塚下人有知與否可不管，季札掛劍，僅在乎他本身的信義而已。我們爲朋友做一件感情上的事，常常並不一定要對方知道才去做，那麼清明掃墓去，上帝與靈魂存在不存在，也不致影響墳前敬的一杯酒吧！

夫子不修墓，固有聖人明理之處，凡事不可過於執着；祖宗廬墓亦然，有不能修的理由，不修亦無大碍，能修時，亦決無看它成荒塚之理。一年中有一天日子清除墓旁雜草，塡寫碑上剝落的字，把這一百八十份一或三百六十份一的時間分給死者，到底不算過份。我們懷念一個人時，不會在他死後便一了百了，有紀念他的儀式可做，做做總無妨。那些帶着一顆誠心上山頭去的，該使我們覺得他們可敬可愛。雖然本人不是那麼一個關心祖宗廬墓的人，仍覺得清明習俗如無必要，不宜徹底廢除。

我們可以參加親友的喜慶宴會，自然也可以上親友的墳塲，同樣是發乎情的事，爲什麼老朋友一撒手，親情就從此了結？說來教人心冷得很，車如流水馬如龍的大富人家，破落後一抔黃土，半個人影兒不見。生前那些酒肉朋友入伙時送「紅底」「大牛」做人情，死後幾塊錢的花圈也欠奉。黃泉寂寞，當有不少寃魂在奈何橋上痛心疾首。

「人在人情在」一句話刻劃盡世情冷暖。久病已無孝子，能虔心在你墳頭插一炷香的兒孫，如何不難得呢！大抵人雖是感情動物，感情也有盡時，到感情已盡之時，一個親字看得平淡也非奇事。但來得突然的平淡，每每是功利主義者的勢利臉孔，這樣的臉孔，怎不教人不寒而慄！所以說，不要從筵前的熱鬧給主人得來的友誼下定論，數數他身後來的人客，莫如掃墓去見見人情。

看兒孫賢孝與不肖，也可以留意掃墓的行列。捧着大把金銀冥鏹笑嘻嘻上墳來的未必是好兒孫。有廣濶墓地的死者，他擁有後人給他的感情並不如他墓地的面積；他給兒孫的遺產越多，得來的感情也越淡薄。燒到黃泉去的紙紮洋房汽車，塡償不了死者靈魂的寂寞。洒在墳前芳香的拔蘭地酒不能嚐出滋味。有些爲人子者手裏拈香，舌頭捲出狗馬，墳上插香第一句話，不外是希望祖宗保佑他們橫財順利，好像貼士跑不出來，就不是好祖宗了。無知的孫輩小少爺，照大人的指示向爺爺的墓碑作揖，眼珠子呆瞪瞪，見大人們歡天喜地的樣子，只以爲是耍什麼把戲，那兒還會想到其中有莊重的意義？這人間一幕綵排，爲鬼者如有知，怎麼不嘔氣！所以那些修飾得最壯麗的巨塚，不在祭奠的日子也最冷落荒涼。比不得它身邊一個小塚，經常有幾枝外邊帶來的鮮花點綴。

無言無淚單獨的掃墓者才有深意，他們把整顆心放在墓塚裏，可以溫暖塚下他底親友愛人的冰冷屍骨，手裏無香燭，無花無酒，幾分鐘與死者同在的沉默，夠得上高僧七七四十九日的開壇打醮誦爛萬遍心經了。

也別垂憐無人祭掃的墓碑，他們乾脆沒了親人，少了的負担，落得如閒雲野鶴，比起巨塚前子孫們一片虛假感情的煩擾清淨得多。一個人死後有知，當會厭倦生前種種歡喜的事，對生前不喜歡的寂寞，也許反而不會生厭，因爲這是他需要安眠的時候。

清醒的掃墓者其實也不用流太多的眼淚，極樂世界的先人，當眞明理的話，總不會忍心後人爲他過份傷心。痛哭無補於事，給死者一片眞誠的懷念，拈一紮鮮花，尤勝於幾行涕淚。相晤本是好事，打破生死的空間界限，掃墓者能多幾分沉默回味親情，比一切儀式都好。

掃墓的好處是能使人多想人生事，吸幾口塵世以外的新鮮空氣。人總是在想到死的時候，才領悟到一些哲理。看墳墓管理人處理骨骸，才驚覺人生收塲如此。聲色貨利，本來不值一哂。楚霸王和拿破侖拿過劍戟刀槍打天下的兩隻手，百年以後，不過是千古以來凡人俗物的同樣兩根骨頭。將自身臭皮囊下的一副筋骨跟眼前的白骨相比，想到人死後的平等，便不該寒心吐舌。

不是事事叫你從消極去想，而是從這種警覺裏，好教我們認識到生命有涯，少在塵網中滾得焦頭爛額，對慾望的追求適可而止，與其多浪費時間於勾心鬥角，倒不如多看重幾分人情。

去年清明上墳，一個洗屍骨工人的怡然態度吸引了我。他含着香烟瞇着細眼，捧着骷髏頭骨悠閒得像欣賞古董。肯去了解人的肺腑已不容易，這位老兄却連每根骨頭的空隙也照顧得乾乾淨淨。我敬佩他對死者的盡心盡力，做事的一絲不苟。他見我站在旁邊看他，很得意地回頭笑說：

「人嘛，總不外是這麼一個樣子，沒有什麼了不起。我手上這個傢伙是當地的大紳士大財主，生前最愛哼鼻孔，如今光剩下這個窟窿了。」

他的幽默感不禁使我發噱，誰敢說那些老粗不懂人生哲理？只有名利沖昏了腦袋的大腹賈才不醒。

一九六八年二月中旬

選自一九六八年四月香港《當代文藝》第二十九期

姚克

籍貫與故鄉

鄉土觀念是人皆有之的意識。大約從遊牧生活進入農業社會之後，人類有了固定的居留地，這種意識才會產生；逐水草而居的人是不會對鄉土戀戀不捨的。

我們中國人對鄉土似乎特別重視。我們的姓氏都有所謂的郡望，「百家姓」上註明趙是天水郡，錢是彭城郡，孫是樂安郡，李是隴西郡……等等，其實就是各氏族發祥之地，也就是它們祖先的老家——故鄉。從前已嫁的女子寫信，不署自己的名字而用夫家的郡望，寫爲「妹歸××氏斂衽」。這種習慣在四十年前仍舊如此，北伐後才慢慢的改爲自己署名的形式。此外，不相識的人初次見面，交換過「尊姓大名」之後，照例要問：「貴處是——？」這些都是鄉土觀念積厚流廣之徵。現代人的寒暄雖常以「您在那兒得意？」或「那兒發財？」來代替展詢邦族的老套，但同鄉會、宗親會之類的鄉土組織，仍然盛行於工商業最發達的都市，和海外華僑聚居之處；由此可知在中國人的頭腦裏，鄉土觀念多麼根深蒂固。

我的原籍是安徽歙縣；姚家本來是安徽省一個大族，尤以皖北桐城和皖南歙縣這兩支系最有名。不過遠在太平天國以前，我祖父這一房早已定居在杭州，我父親應科舉時已將寄籍代替了原籍，報的不是歙縣而是杭州府仁和縣。果如他留居不徙，那麼我的籍貫自然是杭州，一點沒有疑問。可是他從翰林院散館之後，一直在外省做官，又在蘇州買了一所房屋，作久居之計。這麼一來，我的杭州籍就落了空，和他的徽州籍一樣；父親的籍貫和祖先的籍貫既然都不是我眞的鄉土，那麼我究竟算是仁和縣人呢？還是算歙縣人？這是個使人困惑的問題。

假使我在杭州或歙縣出世，這個問題就比較容易解決。歐美的習慣都以誕生地為籍貫，中國現代的人口登記也採用這種制度，在那裏出世就入當地的戶籍。可是問題又來了：因為我的誕生地既不是浙江省的杭州，又不是安徽省的歙縣，而是福建省的厦門。香港的人口登記依照英國習慣，是以誕生地為籍貫的，這倒乾脆爽利，我只要在身份證上照實塡寫就行了。不過照中國傳統的看法，厦門可不能算是我的籍貫，因為我的祖先和我的父親都不是厦門人。而且我出世之後不久，父親就把我帶到福州，過了幾年就是辛亥革命，福州光復之後我們全家就離開福建，算起來我在厦門和福州總共不到七個年頭。這短短的歲月似乎還不夠取得籍貫的資格。我也當然不會憑這點淵源，和厦門人攀鄉親。

歙縣、杭州、厦門既然都有問題，此外只有一個地方算得是我的故鄉——那就是蘇州。蘇州當然不是我祖先的原籍，也不是我父親的寄籍，可是它却具有做我故鄉的主要條件。第一，它是我老家的所在地，除它之外我只有現在住的一所房子，（這是我到香港來之後的寄廬，不是我的老家。）第二，我初到蘇州的時候只有七歲，那是辛亥革命那年的陰曆年底，從那時起我就在那裏定居，在那裏讀書上學，在那裏齠齔，變嗓音，長大成人，一直到大學畢業。其間雖有幾年在上海念書，可是絕大部份時間都在蘇州。第三，蘇州的「吳儂軟語」是我唯一講得純粹的方言，甚至於我講上海話都帶一點蘇州口音。別處的方言我也能講幾種，但都不夠純正，常熟北門外的鄉談說得相當地道，幾可亂眞，國語可以打八九十分，粵語則勉强過得去，講得多就要露馬脚，其他更不必說了。總之，如果以口音來做標準，那麼我只有做蘇州人最夠資格。

其實這三個條件還在其次，最說得嘴響的是：我母親是蘇州人。當然，依中國的傳統而言，子女只能從父系的籍貫，沒有從母系籍貫的。可是時代變了，現在男女平權，論理即使從母親的姓氏也沒有什麼說不過去，從母親的籍貫爲什麼就不可以呢？不過，這只是理論，事實上傳統的勢力還繼續存在；反傳統的急先鋒錢玄同曾經一度主張廢姓，自稱「疑古玄同」，可是到後來仍把廢姓復辟，他的兒子錢三强也仍姓錢，沒有變成「疑古三强」。目前，所謂的「文化大革命」在大陸上鬧得天翻地覆，錢玄同已淪爲落伍的「資產階級思想的智識分子」，可是「文化大革命」所歌頌的偶像——毛澤東——仍舊是湖南人，沒有將籍貫改爲江西瑞金，陝西延安，或蘇聯的列寧格勒。像這樣倡導「造反有理」的大人物尚且擺脱不了姓氏和籍貫的封建傳統，我怎敢標新立異，把母親的故鄉算自己的籍貫呢？我至今沒有自稱爲蘇州人，就因爲我不是個敢於造反的戰士，雖然蘇州最有資格做我的籍貫，而且我的脈絡裏有一半是蘇州人的血液。

蘇州和杭州都是中國數一數二的地方。俗語說：「上有天堂，下有蘇杭」；馬可波羅行紀也盛稱蘇州和杭州的繁華壯麗，在十三世紀時世界莫與倫比。中國人能以蘇州或杭州爲籍貫，應該是很值得自傲的事。可是我年輕時候對這兩個「天堂」並不覺得怎麼了不起。蘇州的街道狹窄，最偪仄的地方兩輛洋車平行就擠不過去，下了雨石板的路面好像上了油，穿着皮鞋走路，一不小心就打滑蹓。外國人因爲蘇州河道多，慣它叫東方的威尼斯，其實河道既不寬濶，河水又不澄潔，沿河人家都在河邊洗衣服，𢷬馬桶（註：吳語以竹筅洗物曰「𢷬」，讀若簫。），倒垃圾，一到黃梅天臭氣鬱蒸，更使人噁心。杭州的市容也差不多，比舊的都市遠不及北京，比新的都市遠不如上海。至於說風景，蘇州最有名的虎邱，實際上只不過一個小墩，郊外的靈巖，范墳、七子、諸山雖比虎邱高得多，可不如香港的大帽山，鳳凰嶺那麼峻秀。杭州的西湖固然不差，可是我總覺得它的波瀾不夠壯濶，而且人工的雕琢勝於自然的天趣。其實富春江離杭州不遠，泝江而上的風景，遠非西湖所能及。我不明白爲什麼一般遊客只知遊西湖，不知近在咫尺還有更優美的去處？難道說山川都有幸不幸之別的麼？

西諺云：「書僮看主公，英雄像狗熊。」（No man is a hero to his valet.）也許是我對蘇州和杭州太熟悉了，所以覺得一點不希罕。我心裏憧憬的反而是從來沒去過的歙縣。小時候我就聽父親講黃山的風景怎樣雄奇，他甚至於說虎邱「做它的踏脚凳都不配」。三十年代我在上海的時候，京滬一帶正流行着「黃山熱」，旅行社宣傳黃山的名勝，畫報上登出許多黃山的圖片。看了圖片上那些嶙峋的巖石，浩瀚的雲海，清奇的古松，和像山水畫似的景色，我覺得我家原籍的風景眞可以使虎邱陸沉，西湖失色。聯想起來，我相信歙縣也一定比蘇杭美麗，雖然它也許不如它們那麼繁華。但繁華是俗氣的，少一些俗氣又有何妨？從那時起歙縣就變成我夢魂中的故鄉；人家問我是那裏人，我就毫不遲疑把祖先的原籍抬出來。我這樣做絕不是爲了虛榮，因爲蘇州和杭州的名氣，比歙縣大得多，做歙縣人絕對不會比做蘇州人或杭州人更體面。我對歙縣的憧憬不過像古人望東海而羨仙山一樣，如果我在那裏生長，或到那裏去過，大概也會覺得它稀鬆平常，不值得心嚮往之了。

不過，後來我到外國去住了幾年，才知道歙縣只是我的夢境，不是我眞的故鄉。因爲我在寂寞無聊的時候，心裏懷念的不是歙縣和它雄奇的黃山，不是杭州和西湖或厦門和鼓浪嶼，也不是我曾經久住的上海和它不夜的繁華。我念念不忘的只是消磨了我的童年和少年的蘇州。當年我對蘇州一點不希罕：想不到在羈旅之中它會這樣縈洄在我的心頭。我曾經居留過的地方——如上海和北京——有時候固然也會浮現在我的夢憶中，但總不像蘇州那麼親切，那麼可愛，那麼溫暖。

平心而論，無論市容或風景，蘇州都比不上北京和杭州，論繁華蘇州可比不上上海。那麼蘇州究竟有什麼值得懷念的呢？據我的想法：什麼值得懷念？什麼不值得懷念？這不是一個可以憑理智來判斷的問題，而是情感上親疎，深淺的問題。我在外國常常懷念蘇州，無非因爲我和它的關係比較親，比較深。即以蘇州而論，它的景物和我也有親疎深淺之差。譬如說，蘇州的塔要數北寺塔最巍峨，保存得也最好，我非但登臨過多次，而且還在第九層的壁上題過詩。可是最使我懷念的倒是定慧寺巷的雙塔，因爲它離我家很近，一出大門就望得見它一對筆似的塔尖矗立在不遠的天空。這座姊妹塔年久失修，一邊的槃蓋、長表、和輪相已略微歪斜，塔中的佛像、經卷、挂燈、燭臺、香爐，早已蕩然無存，連木梯都沒殘留的痕跡，塔頂的瓦楞裏長着野草和矮樹，變成了野鴿和八哥的巢穴。定慧寺圮廢已久，沒有和尚也沒有香火，我曾和五弟六弟帶着電筒和布袋，黃夜爬牆入寺，攀緣到塔頂上去捉野鴿和八哥。這是很危險的勾當，幸喜我們那時只有十幾歲，身輕如燕，手脚敏捷，所以每次都滿載而歸，從來沒出過岔兒，可是附近的街坊却紛紛傳說有人看見塔上有狐仙出現，引得善男信女到塔前膜拜。現在想起來我還覺得有趣，髫鬌又回到了當年。上海、杭州、北京、香港、和其他我曾到過的地方都有塔，但對我個人可沒有一個比得上雙塔那麼親切；那些塔是人人所得而有之的，唯有雙塔是我的。教我怎麼能不懷念它？

蘇州教我想念的東西實在太多，千言萬語也説不完。我時常想起我家的花園，大正月庭院裏就聞到綠萼梅的清香，接着就是杏花、桃花、芍藥、牡丹、挨一排二的開花。等到石榴花在枝頭燃燒，撲面的柳絮在薰風裏飛舞，我和五弟六弟就猱升樹梢、採桑椹、取鳥卵，貪婪地吃還沒有熟的生果。只有一棵樹的果子我們不敢碰，那是靠北花牆的柿子。起初我們不懂，以爲至多像其他生果一樣，略微酸一點，誰想一口咬下去，只覺得舌頭、嘴唇、牙齦一陣發麻，慌忙吐出來還是滿口澀。虧得厨房的常熟老媽子教我們用鹽水漱口，舌頭才會動彈。

説起水果，我以爲蘇州的雞頭——亦稱芡實——可以算一絕。不過運到上海至少要大半天功夫，即使運到就剝，已經不夠新鮮，南貨舖裏曬乾的雞頭肉更沒有味。這種植物比菱角還要嬌嫩，一離水就要變質。蘇州人講究吃雞頭的，喜歡坐船到南塘去現採現吃，這樣才能嘗到它色香味俱全的眞滋味。我記得有一年的夏天，我們全家賃了一艘船，剛破曉就從門口的河灘出發，出了葑門的水城門，悠閒地划到南塘，把船繫在柳陰下，看塘裏的鄉下小姑娘坐着小艇或木桶，在圓桌面大的芡葉間，晃晃悠悠採雞頭。採下的芡實是拳頭大小的圓球，外面長着短刺。她們剖開外殼，取出一粒粒龍眼似的黃色或赬色雞頭，然後剝出乳白色的果肉來。她們的手指熟練得猶如機器，我剝了半天才剝了一顆，她們每人已剝了一大把。

船家早預備好白色瓦的罐和紅泥小炭爐，等她們剝完，他就把雞頭倒在罐裏，放在炭爐上煮。煮雞頭最好不用鐵鍋，鐵鍋的火氣重，煮出來的湯難免有點鐵腥氣，雞頭的色香味就要減色。即使在瓦罐裏煮，也只能等水滾，一爨就拿開；這樣煮出來的雞頭既脆又嫩，湯略微有一點淺碧色，熱氣蒸騰時另有一種似香非香的清氣。湯裏不能多加糖，稍有一點甜絲絲兒的意思就行，糖重了反而嘗不出雞頭的原味。那時我和弟妹們都在髫齡，那裏懂得這麼許多講究？我們各人拿了一碗，就想用匙子滿滿的加糖。幸而母親及時阻止，告訴我們新鮮雞頭應該如何欣賞，我們如法泡製，斯斯文文的咀嚼，慢慢的辨認它獨特的味兒，和它淡淡的幽香，淺淺的瑩碧。這樣才覺得它和平常吃的雞頭確乎大不相同。我到香港來將近二十一個年頭，此地只有芡實乾，連不新鮮的都沒得運來，因爲雞頭最容易腐爛、變味，即使運來也不堪煮來吃。回想當年在南塘吃雞頭的情景，不由得低徊久之。這種口福大概這一輩子不會再有的了。

說了半天只說了雙塔、柿子、和雞頭三件值得我懷念的事。可是從這三件小事已可想見我和蘇州關係之深，感受之切。多年來我一向自稱爲歙縣人，但精神上，我是屬於蘇州的。一個人如果能有一個籍貫又有一個故鄉的話，我可以說歙縣是我的籍貫，蘇州是我的故鄉。

一九六八、九、二三

選自一九六八年十月香港《純文學》第三卷第四期

曹聚仁

廣華小住散記

一

我行年已六十五，從來沒住過醫院；有時也曾到醫院就診，也只是一瞥而已；朋友們住的大多是私家醫院，那更談不上了解內情。這回，因慢性肝炎牽及胆囊擴大，纏綿一年；最近，得友人黎兄之助，進入廣華醫院留醫，有如五歲幼童，提包入幼稚園，眼界爲之一新。鄰床一位十三歲孩子，他姓馬，比我進院早十三天，我也就事事向他請教；他也一一指點，眞是我的「前輩」了。

前幾天，我力疾過海，到了廣華醫院急診部，雖未昏迷，卻已癱瘓，但恍恍惚惚，覺得這是一個廣華城。崇高的十二層樓，組成了一座現代化新設備的大機構；它在日日夜夜迎接着「生老病死」的未知數——「變」。用一譬喻來說：這是大型生命車子的修理廠。

我是見過「死亡」場面的，但引起我的印象之深，「疾病」似乎比「死亡」更是修羅場；我相信但丁的神曲，一定從「疾病」的印象寫他的地獄之頁。這兒，只有嘆息、呻吟、呼號、叫喊、哭泣、嗚咽、流淚、發汗，處處顯出了求生的意志（尼采語）；我就擠在這病魔的行列之中。在待診室，在病房中，都來過耶穌的傳道人，說「信者得救」；眞的「去他的」。我們在急診室，心中只有一個神，就是醫生；救與不救，就看他手中的金枝了。

第一天，我一進入病房，便倒在床中；臥的不知是誰睡過的床，穿的也不知是誰穿過的院服，也一切聽憑於醫生了。

在男女醫生心目中，所有病人，都是機件失修。這一廣華城，主體當然是進進出出一大羣病魔所佈成的修羅場。院中主腦部分，也看不出什麼大動態；可是一到醫生以下，那就日夜二十四小時，每一分秒都有配合起來的緊張動作。點綴其間，最主要的乃是近三四百之衆的「白衣天使」（這兒似乎沒有一男護士）。其忙碌，其急促，其趕赴任務，其往來穿梭，我想她們每天總得走四五十公里那麼多。

由於廣華城是一現代化的生命車修理廠，其中分門別類之細，也和福特汽車公司，正在運用「流水作業」方式；這三四百「天使」，她們「各掃自己門前雪，不管別人瓦上霜」，（她們也無法去管，因爲醫生只分配她們一個任務。）因此，打針、換藥、量熱、量血壓，連內外症手術，和每日檢查床單被褥，往昔分別由一個天使管理的，而今都分散在若干位天使手中，做了便在單上寫了記錄，有如工廠配了某機件似的。於是，病人便接連如卓別林的城市之光影片中的工人那樣適應着。我進院之後，曾經向工友探問替我診治主任醫生是誰，他們都說不知道。他們叫我向天使去探問，我問了天使，她們也不知道；大概帽上有紅綫的天使是會知道的。

我知道在香港的醫藥界，中西醫還是各樹一幟的。不過，今日西醫已經細密分科到「流水作業」階段，那倒是我先前所不曾注意到的。

二

我進院的第一個下午，對床的病客走了，一位寧波人；聽他們夫婦的談話，他也沒工夫生病，院中勉强讓他出院，因此，也不曾表現生之欣慰，那床位便空着了。

到了半夜，突然來了驚天動地大場面：一位給別人斫了三刀急救過來的傷客，在醫生與天使簇擁下抬了進來了。那神情之緊張，工作之忙碌，有如作戰；他們和死亡之神在打鬥，要替他奪回生命。我的第一瞥印象：此人是完蛋了，活不過明天了吧！可是，院中已經替他輸了三磅血，還要輸二磅；我是第一次看見用別人的血，這麼輸入自己的身上去的。（另一瓶大概是鹽水。）他們守候了一小時，他已經咿咿唔唔會講不十分聽得清楚的話；這一場生命拉繩戰，醫生這一邊是有了希望。這樣，忙忙碌碌攪了兩天半，這病人生命的得救，大概有七八成把握了。

我忽然想到：費了這麼大勁，盡了醫生和天使的大力，讓他活了過來，究竟有什麼意義呢？（當然我會想起馮友蘭所說的：「意義的意義是什麼呢？」）過後一想：這是醫生捨己爲人，本着「天地有好生之德」，替「上帝」（大自然）再創造他的生命吧！

這時，我眼前忽然閃了光，原來這是生命的再造；有如大雕刻家的塑像，詩人的「神曲」，小説家的「戰爭與和平」，畫家的「蒙娜麗莎」，這是這位潘醫生生平治療史上的傑作；他不問這診治的對象是誰，他已經向死神挑過戰，他是勝利了。他一定躊躇滿志了吧？這也是廣華城的光榮！

一進入這一生命車修理廠，雖説醫生是主其成的工程師，可是，和病客生活一切發生直接關係的，就是這一羣白衣天使；她們是工作的尖兵。她們平均年紀二十歲上下，還是在學的青年。

可是，這一現實環境，使她們這麼全面的深度的和社會人生相接觸。在她們面前展開了污濁、血污、汗酸的畫面，而且即算屎尿，在這兒都有道理；醫生要她們替病人留下樣品來。

因此，天使們知道不能太富於同情，卻又不能過於冷酷；她們心中實在已不耐煩了，而病人的嚕囌還持久下去；這就養成了職業性的冷淡。明明是視而不見，聽而不聞，臉上還是掛着笑容，這就是一種人生的藝術了。我忽然想到，一位醫院的看護長，如能保留着二三十年的病人生活紀錄寫成一部小說的話，那一定如莫泊桑的小說一樣，是不朽的傑作。

病人的心理是微妙的：（連我也在內。）最好第一天住院，第二天經過了診斷，打針服藥，第三天，就把「病根子」摘下來，留在醫院垃圾桶裏，可以出院了。因此，我進院第二天，以爲醫生就會替我動手術了。事實上當然並不如此，院中醫生在替我作總檢查，要我先把健康恢復過來，才進行試用手術；要不是報社給我有休養的機會，可以慢慢地來，如在院中空焦急的話，我也會和其他病人一樣急得跳起來的。

「病來如山倒，病去如抽絲」，一場傷寒病，從生病到恢復，也得三個月；「天使」們只好耐着性，用微笑讓病客們睡夠再說了。

我進院，在病床上看到第一條禁令，便是「禁食」，不僅是絕對不許吃什麼，而且再三告誡，不許喝水。這樣就仰着躺在床上，躺了兩天半。天使替我在右臂上，打上一針；那針就留在那兒，讓架上倒掛的玻璃瓶（有啤酒瓶那麼大），一滴一滴漏下水來，從針孔那麼大的一綫路，經過靜脉管，兩天半中，流進了十九瓶流汁，包括七瓶鹽水，四瓶葡萄糖及其他。這才使我並無飢渴之感。

不許進食，原是「中醫」。（這一「中醫」，並非說是中國的醫法，乃是說不吃藥，也不吃東西，也是不好不壞的治療辦法。曾國藩家中孩子有病，就說，讓他餓幾餐再說。紅樓夢寫王熙鳳的孩子巧姐病了，請了大夫來，那大夫就說：「小寶貝要罵我了，讓她餓幾頓吧！」即是此意。）

過去一年間，我好幾回，要去拍胆囊部分的 X 光片；那所中人員要我先一天不吃東西不喝水再來。不吃東西還做得到，不喝水實在不行了，因此沒拍成。到此，才知道要不喝水，得如此才成，這是個人所做不到的；許多事，分割來辦是做不通的。進了廣華，我才明白綜合性的檢查、分析，已經進步到讓醫師們更有把握看清病源！許多事，只能讓「羣」與「組」去處理，個人的力量是太薄弱了。

三

主理我們這部分的潘醫師，丰度很好，處事從容，條理不亂；我的印象，本來如此而已。可是親眼看見他處理對床姓李的尋仇被斫的生命爭奪戰，那麼富於責任感，顯出捨己為人的精神；他的影子，慢慢在我的前面偉大起來了；他是在救人。那天晚上，已是深夜，要是他遲了十五分鐘，那姓李的已經不在人世了。

這兒，在我腦子裏，浮出了一個問題：那姓李的從迷茫走到死亡，只是一剎那，而從死亡走到復活，也只是剎那。生命之流，百年之於三天，還不是等於一剎那。對於姓李的來說，死去或活過來，究竟那一是幸福些，也難說得很。在姓李的，進院以前是在歷刼，寃結仇深，白刃相斫，一念作狂，得此後果，當然怪不得別人。但活了過來的歷刼，也許潘醫師體會得更深切。我這三天中的眼見親聞，那眞是上火煉下油鑊的情況；他實在受不住了，只好祈求天使她們替他打一止痛針。要是我的話，相信在某種情況中，眞的會跳樓自殺的。在抽屜中，我放了一把削菓皮刀子；一位天使叫我千萬要帶回去，不要漏放在這兒，就是這個意思。

佛說：一念旣動，就要進入輪迴轉折的歷刼之道，這回，我體會得更深切了。

我的病床，恰巧在門邊；每天下午三時，就看見一大羣男女老少，帶着提袋、果盒、大小包、熱水瓶，匆匆走過；那一邊是有着五十個床位的大房，他們都是來探病的人。就拿我這一病房爲例，可以推想而知別的房中的情形。我的鄰床，那是病孩，每天下午，他的母親必來，有時他的父親上午來。我的對床，那是父母兄弟姊妹妻室，全家都到。斜角那一床，那就弟弟和妻子必來。眞是人各親其親，子其子。我呢，有着朋友看顧，也就不落漠了！中國的宗法社會傳統還一直保留着，有人說，廣東人情太薄；並不，在宗法關係上，他們的人情是很濃的。

當然，他們希望自己的親人早日痊癒，雖說這病人已經送給廣華城了。他們還相信自己帶來的東西對病人更有益，立刻喂給病人吃，其間一定鬧了許多笑話。有時，他們還要出主意，否定醫師的處理，我想，潘醫師知道了，一定啼笑皆非的。這兒，我不說了，留着寫小說吧！

我的朋友們，當然送的是生菓；今天恰巧是星期六，看護長查房，她就對我宣告，要我的親友把這些東西拿回去；我呢，當然把她的吩咐，當作耳邊風。其實，我對於飲食，十分聽話，因爲吃苦還是自己，決不自己開自己的玩笑的。

× × ×

這兒，要插說一段「小鬼」的事。我所說的「小鬼」，眞是閻王面前的小鬼，並非小孩兒或小紅鬼之意。

在資本主義社會、封建殘餘、和官僚社會三結合的舊社會中，就產生了一種我稱之爲「小鬼」的東西。我，並無輕視小鬼之意，他們爲了生存，也只能如此如此；一種不成文法，彼此默認的小賬制度。大家且想：沒有小鬼，誰來推磨呢？連唐人畫的鍾馗捉鬼圖，也還是小鬼抬了鍾馗出巡的。大概除了閻王，別人對小鬼，都得送點小禮的。在香港，幾乎每一種近於救助機構，大家都在送無傷於大雅的小禮，那是公開的。因此，我進院前，朋友們就說：「小錢不可不化」，我也活了六十五歲了，當然懂得。

有一天，我從七樓被抬到二樓 X 光室中去；天使們和七樓的工友，爲了排隊需時，當然不能等了。那天使對我說：「你拍了 X 光，叫她們打電話給我們；或者看見了男工，就叫他推送上來好了。」可是，拍完了 X 光，在長廊上躺了一小時半，並不見人來，也不見什麼男工。忽然見了一男工，他看了一看就走了。我當然明白這種道理，隨後見了一男工，一把抓住他，請他推我上去，我請飲茶。他立即動手了，我也給了他們希望的錢。

這當然是小事，卻也不是小事；在洋人眼前，各階層的華人，沒有不貪污的；這就失去了民族自尊心了。

四

最近幾天（進院後第八天），可以起來走走坐坐了；憑着欄干，面對青山和車水馬龍的窩打老道，頗有上黃鶴樓看長江的情懷。

白天，馬路上那麼多車輛，那麼多行人，他們忙的是什麼呢？據說，乾隆皇帝這麼問過金山寺方丈；那方丈說：「一船爲名，一船爲利。」因此，劉半農的擬民歌有：「來船去船都爲仔名勒利，爲名爲利還勿是夢一場？」之句。在香港，大概爲利的多，爲名的少；夢呢，是一場接着一場在做，大馬票剛完，政府獎券又上場了。如我這樣，從來不買馬票的，據說是很少的。

抬頭看去，對面正是華仁書院，清晨時分，男的女的，老的壯的，有的在打太極拳，有的在散步，有的坐在樹蔭下，我想，他們這時不會有名利之念了吧？一回兒，背着書包的男女青年學生，他（她）們也不會那麼早熟，就要爭名奪利了吧？但在我自己想來，都已無分了。

尼采的超人哲學，是在一家醫院中休養期中成熟的；那天，他自己感動得以至於流淚的。我說，我自己在歷刼，也看着別人歷刼的場面。人世苦，生、老、死都還不怎麼樣，只有貧窮和疾病，才是地獄生活。在這一方面，哲人都是悲觀主義者，並非無因的。這時我想起了李後主，他是擔着世間苦的回憶進入墳穴去的。

× × ×

我一生不曾進過醫院，卻看過上海規模很大的福民醫院、中德醫院。友人李兄長子所主持的第一醫院，也看了好多回。這回，進了廣華，卻覺得三十年來的世界醫藥界，的確進步得太多了。

我說：廣華城是一座小轉輪的城市，全城彷彿是溜冰場。進入病房，這又是管子的世界，一半是橡皮管，一半是玻璃管。我的對床，中瓶三隻，大瓶四隻，這都是三十年前規模最大醫院所不曾看到的。這便是說，醫生已經用種種方法代替病人的呼吸、消化、排洩以及營衛循環和視聽；一張病床，彷彿是一座化學試驗場。幾乎，每一病房，都有幾座這樣的試驗場。看來，除了代病人思考以外，醫師都成爲魔法師了。

另一方面，病源探求的專門化和直接化，也和三十年前大不相同了。X光檢查已是最普通的辦法，我進院幾天，已拍了三張X光片了，這就可以看到治療的進度了。這一來，在高度機械化的檢查與治療情況中，家庭式的醫生，自難以爭勝了。我進了廣華城，才明白這是診療的醫院，而不是休養的醫院。事務之繁忙，病人之衆多；在四百萬人的城市中，這樣的醫院，實在還是太少呢！

我默默在想，是不是有一日，在醫院裏，一個病人，除了頭顱是自己的以外，其他都是從別人的身體上借用拼起來的呢？是不是人造血可以代替血漿的呢？這怕是二十一世紀的事了。

× × ×

「日來臥病入囂塵，昕夕奔車輪轉輪。分割『時間』付『流水』，仰頭侍漏看『珠銀』。戶外轔轔隨處轉，室中汩汩與時新。老翁自嘆眼如豆，欲向『疑河』三問津。」

寫一首舊詩，裝一些新東西進去；不獨白居易不解，連杜工部也不解了。我本住在香港山林勝處，爲了就醫，卻移來窩打老道；此乃大熱鬧區，轟車不停，此一奇也。爲了便於「流水作業」，入院後，二十四小時得機械地分割爲若干截。此二奇也。爲了禁食，倚枕仰頭看漏珠六十小時，一輪滿天飛，室中試驗管處處響，此三奇也。自嘆在都市四十年，依然是土老兒，哎！怕的連孔老二也不知津了。此詩，自謂頗有蔣百里先生「瓶裏赤心甘必大，墓中宿草茹來芬」句之妙。

外打油詩二首。

「紛紛無助孤魂來，面瘦肌黃各病災；到此衆生皆平等，院衣號碼記層台。

禁食生涯我試新，黃昏侍漏到明晨，看它點滴飛空去！不計六時與五辰。」

一位天使看我讀杜甫詩，問我會不會做詩，我說，我只會打油，先寫此二首。

五

潘醫師代天行道，把一條垂死的生命拉了回來，使我贊嘆不已。我頗想問他：「生命的意義是什麼？」他是那麼忙碌，不敢開口。這幾天，我隨時在留意對床這條生命復蘇的過程，比天使們還留神得多。我也和尼采一樣，看到在這修羅場的每一角，都流露着「求生的意志」。

天使們每天替這受刀傷的洗換幾次創口上的藥品、紗布，好好裏包起來。我也慢慢明白他的受傷，從背部刺穿到胸前，兩個傷口，只是一刀，可眞危險極了！不過，刀鋒到處，不曾刺及心臟、肺葉和喉管，所以留下命來了。他大概昏迷了兩天，這時期，一切都由醫師和天使來安排，除了呻吟，也看不出什麼生命的徵象。到了第三天，他活過來了；他第一個要求，是要吃，這是求生意志的最好說明；一切生命，首先要生存下去。最近這兩天，他所吃的飯菜、生菓、和其他，比我這個患肝炎的多兩三倍。斜角那床上的病人，他是腹部動了小手術的，從早到晚，除了院中所供應的膳食，家中人每天也送了兩次。聖人說：「飲食男女，人之大慾存焉」，一切道理就是如此。我自己所以非進廣華城不可，也就是一年來飲食之途越來越狹，總不能做神仙吧，於是要請命於醫師了。潘醫師的高明和那位高明的天使助手，使我心神為之一慰，幸福在向我招手呢！

在院中，住了近十天，卻不曾結識了一位「病友」，可見我住的這醫院的特殊性，這是診療的醫院，而不是休養的醫院。而我住的「七樓」，乃是病人要動手術的集中層。初進來的病人，大半是神志昏迷氣息奄奄的情況，不過都是要動手術的急症，他們當然不會和誰來招呼的了。等到他們清醒過來，會下床走走，和別人談幾句了；那就已到了拆綫階段，要他們出院了。因此，這一層的病人和病人，不會相識起來。我呢，還有一重大障礙，不會講廣東話；加以這慈善機構的醫院，和我們「士大夫」層似乎不相干的，許多事也談不上來。

這兒，卻有一例外：初來三天，鄰床的十三歲孩，因為拆了綫，創口卻發炎了。留了幾天才出院，和我這老頭子卻建立了「祖」與「孫」的友誼，他出院後還來看了我一次。似乎，他的一家人，都和我有了很好的印象。「人」與「人」之間，本來在同病相憐的氣氛中，容易建立友誼；因此，各種宗教的傳道人，都乘虛而入，想在心神崩潰情況下，收一些門徒；「死亡」眞的會使我們信仰上帝嗎？至少我是不會這麼上路的。

於是，我為了消磨時間，時常靜觀「病友」的動態；我有一特殊的發見：原來他們對於醫生和天使，並無感激與戴德之情；他們認為醫生很冷酷，把痛苦留在他們身上。一位傷友，為了天使不肯隨便替他打止痛針，卻詛咒起來。人類的心理，眞是這麼複雜的。

上面，我談了「生命的意義是什麼？」談到了求生存的意志，這和大哲人尼采的觀點相吻合了！一面，我卻想知道「生命是什麼？」

半月以前，我的病情，一天一天嚴重起來；每天躺在床上的時間爲多；有一天，居然迷迷胡胡把一本談相對論的小册子吞下去了。原來，四度空間，不僅地球在環繞太陽；太陽系又以每秒鐘十五英里速度在環繞着銀河系；而銀河系又以每秒鐘二百英里在環繞着外銀河系。因此，從愛因斯坦看來，宇宙的「無限」是這麼「有限」的。這麼看來，無限而有限的宇宙，難道只賦比灰塵還細小的地球以生命嗎？決非如此。我們說，大宇宙之中，賦有生命的「灰塵」，當以萬計，並不是誇大的說法嗎？要三萬光年以外的「灰塵」和我們這地球的「灰塵」來交往，又如何想像呢！

我說我天天注意對床那傷友的變化；他的「生命」終於保留下來，是那一刀不曾傷及心臟、肺葉、喉管……等等，即是說那刀鋒不曾把組織拆散來。因此，我們作爲消極的答案，說組織便是生命；組織拆散了，便沒有生命，這已充足了。但，作爲積極的答案，那是不夠的。姑且把答案擱在這兒再說。

「生命」是無乎不在的，因此，我們的智慧就不夠來測度、了解了。

——以上是五月二十日至二十四日寫的。

選自曹聚仁《浮過了生命海》，香港：三育圖書文具公司，一九六九

萬人傑

搭枱大觀

除非你不上茶樓館子，否則搭枱是免不了的。有時你搭人的枱，有時別人搭你的枱。雖然談話不便，卻也無可奈何。

搭枱搭得最離譜的，要算中環一家茶室。伙記倚熟賣熟，有時一張小方桌子，你三個人飲茶，來了一個單身客，他不徵求你同意，就將之安排在那空位子上。

有過一次，我和一位老友密斟，在卡位上照例一人坐一邊，伙記忽然過來對我說：「唔該你坐埋過個邊。」他要我們騰出一邊位置，安插兩個熟客仔。偏這兩個客人是市井之徒，沒一句話不帶上三字經。高談濶論，旁若無人。我們要談的正經事，彼此竟無從開腔，只有沉默聽他們大放厥詞，唾沫橫飛。沒法捱到十分鐘，就要埋單鬆人。

我親見過一對青年男女飲茶，他們花錢上茶室主要目的是找機會談心。但伙記不通情，拉了兩個八婆搭枱，眞是外父咁碍，弄到那對青年男女沒法不撤退。有一次，我與老馬飲茶，小桌告滿，只得據坐大圓桌一角，淺酌密斟。在這情形下我們早作了心理準備，有人搭枱，勢所難免。好在我們談的無非「閒偈」，不怕人聽到，即使搭枱也無大妨碍。

不久，果然有人來搭枱了。那人很禮貌，先問道：「可以搭枱嗎？」我們當然不能拒絕，怎知對方取得了這灘頭陣地，後援部隊，源源登陸。來吓多一個，來吓多兩個，足足有十多人，大家嘻哈談笑，喧賓奪主。我和老馬在這一桌中，變成少數民族，沒有發言權。結果，交換一下眼光，兩個人有如鬪敗的公鷄，悄然下旗歸國；背後還聽到他們哈哈大笑，當然是爲了迫遷成功。

週末或假日，酒樓茶室，例必人山人海，搵位難過搵銀紙。兒時水鬼霸洞的玩得，非搬出來活學活用不可；有個空隙，也要搭下去，如果講斯文，不好意思，白等幾個鐘頭是等閒事。五月暴動時，曾經發生過一則「新聞」，因爲搭枱，引起大毆鬪，兩敗俱傷。原來搭枱雙方，政見不同，兩個左仔大談偉大舵手，歌頌紅太陽，更強調港英必敗，解放在卽。另兩個茶客是剛給毛頭鬪到家散人亡的反共派，這些話如何聽得入耳？出言冷嘲熱諷，針鋒相對。兩個左仔老羞成怒，動手打人。對方也非善男信女，加上仇恨心理，自然加倍還擊，於是茶杯與點心齊飛，龍井共鮮血一色；打倒落花流水，難解難分。這是搭枱悲劇之最大鑊者。

老曾也是死硬派，他有個原則，不拒絕搭枱，等對方坐下來，展開報紙，他先看是甚麼報，如果志同道合，無所謂，任他搭；如果看的是左報，卽使只爲了刨馬經狗經，他也拂袖而行。

不過有時也往往令老曾進退維谷。對方可能先展讀左報，繼續右報，左報右報照刨，就難判斷其人是左是右，爲正爲邪。

一天，我和老朱飲茶，他忽然連說：「奇迹！奇迹！」

我不由一楞，問道：「甚麼奇？」

「劉老二居然請人飲茶，你說奇不奇？」

劉老二是我們一班朋友中的著名「老虎」，所謂老虎者，「專門吃人」之謂也。在我記憶中，和他喝過不下一百次茶，從未見過他付鈔，多數見人食人。因此剛才我們進來時，老朱拉着不讓我走過他跟前，繞到這位子來。

「有這樣的事？」我也不由訝異說：「果真如此，就是如假包抱的『老虎吊頸』了。」

「你瞧罷，剛才他大聲叫『伙記埋單』，現在侍者已將帳單遞給他。他也掏出銀包付過，這還會假？」

我回頭看看，他果然在點數着找贖回來的鈔票，同他一起的三個人，沒有和他搶付帳；他這回居然轉性請客，難道中了馬票？我和老朱都感意想不到。但，劉老二拿了找回的鈔票。走了，三個人尚未起座。我們不禁相對啞然失笑。劉老二並未轉性，今天也沒請客，老虎沒人吃，迫得吃自己而已。我和老朱誤會那三個是他的朋友，原來是搭枱的，互不相識，你不黐我，我也不黐你。

老朱從這誤會的喜劇，告訴我一個他身歷的更好笑的故事。一次他獨自飲午茶，一個四十多歲的漢子走進來，手上拿了一大包用公司紙包得齊齊整整的東西。似乎剛買完東西來飲茶的。

「先生，你還有沒有朋友？我可以搭枱嗎？」他禮貌的問老朱。

「沒關係，請自便。」

那人在他的桌子坐下，帶來的大包東西，放在椅子上。泡了茶，開始大嚼。此人胃口甚佳，點心吃得一桌盤籠外，還要了油鷄鹵味，大啤炒飯，吃到杯盤狼藉，搓着肚皮，再吃不下了。也許他喝多了啤酒，吃飽就起來，走了出去。老朱還以爲他因多喝啤酒，非到厠所不可。可等了很久，不見他回來。不過老朱也並不介意，他還有大包東西留在這兒，一定要回來拿的。到他要走時，叫侍者埋單。侍者把全桌子的東西埋在他的單上，老朱說：「我只是一盅兩件，其餘是搭枱的人吃的。」

「搭枱？人呢？」

「大概到厠所去了，喝了啤酒，非到厠所不成。」

「剛才跟你一起的人？他早走了。」

「怎會？他的東西還留在此地。」老朱指指那包裹。

「這是甚麼東西？」

「我怎知？又不是我的。」

「如果他不是你朋友，就有白吃嫌疑了！」

「那他遺下的是甚麼？」

「拆開看看，就可揭開這個謎。」

侍者動手拆包裹，天啊！那是一隻空紙盒，一文不值。這白吃騙術，誰都會上當。老朱爲之瞠目結舌。幸而老板、伙記都熟，否則他也會牽上串謀的嫌疑！

選自萬人傑《大人物與小人物》，香港：湘濤出版社，一九六九

梁羽生

中國武俠小說畧談

〔存目〕

選自梁慧如《古今漫談》。香港：上海書局，一九六九。署名「梁慧如」

杜杜

駝背魚

弟弟

我們家裏養了一缸孔雀魚。今天茂昌來玩。他看見那些魚，便問我要一些回去。我便用網去捉魚。但是捉不到。我便用手去捉。一不小心，一條孔雀公給我弄出了血，後來便死了。

姊姊

起初我以爲那條魚一定完蛋了。但見牠躺在缸底，動也不動，目光呆滯。第二天早上，我打算把牠撈起拋掉，卻找不到屍體。難道給其他的魚吃掉了？我企圖尋到一些剩下的屍骸，像魚頭魚尾之類。忽然在水草叢中閃出一隻蝦似的東西。定睛一看，竟是那條孔雀魚，我認得出牠尾巴上鮮藍的花紋。牠的背一定是斷了。傷口已痊癒，留下一小塊白。牠在水中自得地游着，滿不在乎似地。我倒有點替牠難過。其他的魚都是梭形的身材，自自然然地順着水勢穿插住來，靈活可愛。那條駝背魚拱着背，游起來有點搖擺不定，怪可憐的。

哥哥

那毫無道理。在那許多魚之中，偏偏是那條受到災害。但不是那條，又該是那條？我們都活在一個環境裏。我們看見災難發生在別人身上，少不免暗中替自己慶幸。其實大可不必。每一個人也就是所有的人。每一件發生在別人身上的事情，都可能發生在我身上。因此，當我爲別人的災難而悲哀時，並不是因爲我比別人更仁慈，而是因爲比別人更有常識。

魚

總感到自己活在一種力量之下。每一分每一秒，自己都會像一個水泡般破滅消失。然後眞的發生了。起初以爲自己一定是完了。那痛苦。我開始咒詛。那絕望。我的天我的天，那全然的絕望。假使我當時死掉的話，一定不是因爲背上的痛，而是因爲絕望。然而我沒有死。一個奇蹟救了我。這奇蹟就是絕望。在不可能之中，我創造了一個可能。我因絕望而瘋狂，而在瘋狂中我告訴自己：好吧！瞧你把我怎樣？我還有自己，我還有這一刻。哦，我是神我是神。這一切的發生是因爲我。沒有我，其他的一切毫無道理。假使我沒有眼睛，這世界就沒有可視的東西。假使我沒有身體，這世界就沒有可感覺的東西。假使沒有我，就跟本沒有那神秘力量的存在。這世界只有一樣眞實——我。其他的一切，都是因我而生，隨我而滅的鬼影。自我中心嗎？一點不錯。但這詞句對我另有意義。這是對我自己的誠實。是的，我有那一刻。那一刻。那一刻就是永恆。在那一刻，我是神。這絕望。但這絕望生自於我。我就告訴自己，這絕望是我所意願的。眞的，這是唯一的方法，卻又如許的簡單。要征服絕望，還得跑到絕望的盡頭。盡頭。要逃避火，還得跑到火的最中心。盡頭。

但依然是徒然。那一刻過去了。那一刻並不是永恆。那一刻不再存在。我永遠活在過去和將來的交加點上。我活着我的死。我死着我的活。永遠的流動。永遠的靜止。一如這一缸水。空無。穿過穿過。水水水。

還是徒然。那一刻過去了。那一刻不再有意義，因爲我不能再活一次過去了。我現在回顧那一刻，正如我回顧一堆糞便。它曾經有過意義，如此而已。因此我必須向前游去，不管天翻地覆。我唯一所有的是恐懼和焦慮。恐懼和焦慮是我存在的唯一證明。此外我一無所有。因此我要緊抓着這恐懼焦慮，一如我死咬着那株青綠的水藻。堅實的。

陽光溶在水裏。水藻噴出一串串的水珠。滅了又生。生了又滅。這是美麗的。我必須活下去。此刻。啊，此刻。無比的喜樂。陽光在水中。透明暖和。穿過穿過。水水水。然後。

神

靜默。恆久的忍耐。無所不在。無所在。

弟弟

那條孔雀公沒有死。今天我看見牠駝了背在水裏游來游去，很是好玩。我想，如果我再弄一條駝背孔雀姆，那樣，便會生出一些駝背魚仔。那一定很好玩。我要找一條最好看的魚姆，將牠弄成駝背。

那駝背魚在水中游來游去，很是好看。

我

駝背魚這遊戲差不多要玩完了。我先後扮演了五個不同的角色。我現在要扮演最後一個角色——我。撕了一個面具，後面又是一個面具。現在是我。

當然，弟弟，哥哥，姊姊，魚和神都各自以爲自己是絕對的存在。而其實，這五個單元的存在全靠一樣東西——關係。關係就是那條將五單位分割開同時又連接起的細線。那條細線就是將水上的水仙和水下的水仙分割開的東西。而我卻企圖以超然的態度觀看這五單元，結果只發現自己成爲第六個單元罷了。

我只是事物中的其中一件。但同時我又清楚地覺到自己是一切的中心。這矛盾只能靠一樣東西超越——想像力。

將「我」這面具也撕下。遊戲完畢。

選自一九六九年一月十七日香港《中國學生周報》第八六一期

林琵琶

京都隨筆

銀杏楓竹

初到京都，正是銀杏葉飄墜的季節。小小的銀杏葉宛如可愛的扇兒，經了秋霜，全變成嫩嫩的黃色，即使無風的日子也不斷飄落，何況是秋風蕭索的傍晚。遠處望去，彷彿一片亂飛的黃花，隨風舒卷然後鋪滿一地。黃山谷詩：「霜林收鴨脚。」把黃黃的鴨蹼平鋪在地上，也真容易被誤作是銀杏葉吧。但我總覺得它像扇子更多。第一次看見銀杏葉，我還在香港，朋友把它夾在信裏寄來，說：「送君涼飆，以解勞結。」從此每見銀杏就想到扇兒，成了很自然的事。

銀杏葉也真落得快，剛把一夜的積葉掃成小丘，還來不及搬走，新的墜葉又已紛紛如雨。從變黃的那天開始，只要天氣一寒，十天八天就零落淨盡，只留下禿枝無可奈何地撐向天空。入了冬，修樹工人把樹枝全砍下來，於是風姿綽約的一株樹，一霎間如遲暮的美人又再被砍肩膊，使人好不惆悵。

銀杏葉落盡，楓葉也就紅遍。比二月花還要鮮艷的楓，却繁茂得令人厭倦。幸而紅色中層次分明，從黃中稍帶淺紅、朱紅，到紅得簡直是一團火，濃濃淡淡散亂在山野裏。春賞櫻花，秋簪紅葉，日本人舉國上下都有這份狂熱。七八十歲的老太婆與六七歲的小孩，也夾在熱鬧的人叢中，爬幾百級石階往山頂，回來時衣襟鬢角紅楓搖曳。吃楓葉的小檔擺滿高雄山路，把葉子沾了麵粉和糖，用油炸香了，竟然算是名產。煮鶴焚琴，煞了風景還偏要說是風雅。

小巧的楓葉最精緻，彷彿把紅玻璃紙剪作六角的小星星，一顆顆貼在枝椏上，透過去可以望見淡淡的斜陽。在高雄神護寺的一個角落，水涓涓自石隙流下，匯作清澈的小池塘，照得見人的眉目也看得見池底沈墜的楓葉。池上蔭着纖小的楓枝，片片丹葉由樹間飄下。如果不是葉子在水上輕移，簡直不能發覺池水的流動。

然而高雄山還有更令人着迷的清溪，溪上架起許多木臺，離水面只矮矮的一兩寸，沒有欄杆，舖着榻榻米。坐在上面吃酒喝茶，抬頭是紅葉如霞的高山，遠望是紆回無盡的流水，那風味直是臨流賦詩的魏晉時代，該想起水上浮杯的蘭亭修禊吧。日本人喝了酒，就拍着手唱歌，一人帶起，立刻數人相和，呼呼嗬嗬，聲調又蒼涼又悲壯。遠處隱約有老婦人沙啞的聲音，間或呀呀地吆喝兩三下，仔細一聽，竟然是烏鴉——人的心在這一霎簡直絕望得將要融化。

看竹却得往嵯峨野。在故鄉或香港，竹子也並不太希罕。然而印象中的竹廛盈條，枝幹上斑駁駁刻滿遊人劣拙無聊的題字。嵯峨野的竹林却使人真正地聯想到碧玉。比記憶中任何竹林都更高更大啊，却依然透明青嫩。竹葉遠遠掛在樹梢上，要抬起脖子去仰望。於是驚喜地發覺那竟然不是葉，只是青翠的烟霞，被晚風吹散了又緩緩凝聚。

清晨或黃昏，躑躅在京都的古典而寧靜的小巷，竹子從人家院落裏斜斜地伸出來，潤了露水，晶瑩光亮。那是另一種幼小的竹，葉子在節間一簇簇地生長。即使並不富有的人家，一樣有着精雅的庭院，只要有小小兩平方呎泥地，竹葉也一樣青翠。但這份閑情也只能見於古老的京都，東京神戶和大阪是很少了。

三千院

青蒼的是苔，深厚濃密舖滿庭院。苔中間零星地綴幾塊白石，青白相映，是有意造成的圖案。高大的楓樹密密擋住了陽光，彷彿紅霞盤繞着樹頂。有流水的聲音，却找不到溪流的踪跡。綠苔延蔓到石欄旁，失了前路，便全都爬到佛殿前的杉樹上。青青的樹影蔭擁着青青的苔，一片清涼與寧靜，極樂院後柿樹的葉子全落盡了，只留下纍纍的果實，金星一樣懸滿枝椏。日本人寧願把秋梨紅柿留作庭院的裝飾，沒有人摘它，任由它飽餵飛鳥，然後熟透萎墜。

此刻沒有蝴蝶，蝴蝶早已老去。摸摸大殿的欄杆，冰涼透進心裏。安寧深杳的三千院，令人有久居的渴望，佛殿裏立着高大的觀世音，右手支頤，俯視塵世。塑像造於一二四六年，因爲她大慈大悲，所以數百年來被衆生膜拜。然而我想她其實能力有限，幾百年的歲月還除不盡人世的悲哀，所以至今才會有這麼多人不斷來向她懇求，祈望藉虔誠改變坎坷的命運。

走出三千院，小小的月亮已爬上殿角，曚曚曨曨還衝不破落日的霞靄。入夜，當喧噪的飛鳥已找到安息的家，當北風吹盡了落霞，那時就只剩下這嬌小的月亮，冷冷地在空中懸掛吧？

比叡山

坐吊車往比叡山，京都就在脚下，我去的時候，楓葉早已凋謝。只有蒼冷的松杉蓋滿山坡，蘆葦茸茸密密長在山腰裏，綻着米白色的蘆花，被風一吹，就遠遠飛去。飛葦該生長在水邊，但這也許是另一種類。

從斜坡轉過山間，路旁指示牌繪着活潑的猴子，三幾隻小猴已經出現了。再前往，竟全是猴子的世界。從山間的岩石到路的正中，皮球一樣彈滿一地。細長柔軟的手掌，紅色的屁股。猴媽媽們四脚支地，小猴不坐在背上，却蹲在母親屁股的末端，剝她們遞來的果子。母猴就這樣負着孩子東奔西鑽，搶遊客拋來的食物。跑得那麼快，孩子在背上坐搖籃一樣地搖盪，竟然不摔下，看得人又失笑又驚訝。

山路左側可以眺望清麗的琵琶湖。童年印象中的越秀湖早已不留痕跡，我此刻才算真正看到了湖水。小海一樣廣濶的琵琶湖，水與天之間幾乎沒有界限。日華搖動，風光飄浮。潯陽湖畔有琵琶子的哀歌，琵琶曲中有可怕的十面埋伏，而眼前則是蕩蕩無際的琵琶湖——我的心忽然戰悸了。我無端地想起了龐統的落鳳坡。來遊比叡山，何嘗不是强爲行樂的心情中，求一息的解脱。「寄言罻羅者，寥廓已高翔。」詩人謝眺結果又何能逃脱被網羅的命運。琵琶湖水皎潔清瑩，也許只有沒入杳杳的烟波之中，才是真正快樂的時候。

除夕

除夕之夜，氣溫突然降至零下二度。雪還沒有飄下，風已鋭於刀劍。人潮却還是不絕地湧往廟堂，拜神求籤，祈求一年的好運。

深夜十一時許，我來到真如堂。森森的松柏擁着古老的神院，寺內外燈火通明。穿和服的日本姑娘，戴兩鬢絨花與銀釵，婀婀娜娜拾級而來，風生兩袖。

真如堂懸着一口巨鐘，因年歲的侵蝕透着銅綠。每個晨昏，寺僧撞擊厚重的鐘身，聲音被於遠近。鐘前的兩爐神火此刻已熊熊地燃燒起來了，年輕的男女們踮着腳跟，伸長雙臂在火上烤那雙早已凍紅的手。

將近十二時，僧人穿過寺門，並立在古鐘之下。風自樹間瀉落，拂起了薄薄的袈裟。十二點，緩慢沉重的鐘聲響起了第一下。

於是整個山間，松樹間，殿廊與殿廊之間，鐘聲像波濤一樣迴蕩了。當餘音將沈，繞而未散，第二下就緊接而來，深深地敲進心底裏。

它將會敲一百零八下。「人世間」，慈悲的佛說：「煩惱一百零八種。」每敲一下將消去世上的一種煩憂，這煩憂與生俱來，隨着心智的增長而日益擴大。

請爲我多敲一下，恐怕我的煩憂不在一百零八之內。買一根草繩，在神火前燃着了，拿在手裏，一邊走一邊晃圈圈吧。那是使人轉運的光圈，一直晃着回到家門，好運就隨着光圈來到你的家裏了。

選自一九六九年三月香港《明報月刊》第四卷第三期

何葆蘭

寧靜的太平湖
——南遊記之三

〔存目〕

選自一九六九年四月香港《當代文藝》第四十一期

劉紹銘

吃馬鈴薯的日子（之三）

七月上旬，印第安那大學的 The School of Letters 來了信，說他們的獎學金已滿額，故把我的申請書轉送到比較文學系，問我願意不願意，如果不願意，可去信該系討回證件云云。

我對比較文學這門功課毫無認識，但兩三個月前與 Y 君談話時，已作過「最壞打算」，連野鷄大學都準備好去唸，更不用說在印第安那唸比較文學了。而且，就自己所知，從台灣出來的同學，除了唸理工科的能「從一而終」外，唸文科的人如果想要獎學金，鮮能有選擇學校及學科的自由的。爲了獎學金，我的同學中有轉讀歷史、政治、社會等等——總之，既然沒有錢讀書，就得受人家津貼，既受人家津貼，就得接受人家給你作的安排。

主意既定，乃覆信說「願意轉讀比較文學系」。

大約過了兩個禮拜後，就接到比較文學系主任 Horst Frenz 的來信，恭喜我「榮獲」福特基金會獎學金二千元，但該會有條例規定：獲獎人須在其就讀時間內選修亞洲一種「重要語言」。（這是我後來「迫着」讀了一年日文的原因。）

濟安師替我高興，並謂我此去的印第安那，比他一九五五年從台北去時幸福多了。因那時他是拿美新處的錢去的，規定只能躭半年，實在不能靜下心來讀書。而我此去，如果唸得好，可繼續唸下去。

餐館處，我做到八月底。九月初就啓程東行，起初是打算乘火車去的，但濟安師說坐火車不如坐飛機舒服，乃送了兩百塊錢給我，指明是作坐飛機用的。

× × × ×

印第安那的普魯明頓（Bloomington）是個不折不扣的大學城，離首府印第安那普里斯（Indianapolis）約五六十里。所謂大學城，就是該城的居民和他們所幹的行業，莫不與立於該地的大學有關。美國大學城以風景秀麗見稱的，在東部有 Ithaca（康乃爾大學），New Haven（耶魯大學）；在中西部有 Madison（維斯康辛大學）和普魯明頓。西部的大學城，我所知不多，不過在一個香港住慣了的人說來，差不多每一個立於小城鎮的大學城都是風景秀麗的。

我一下飛機，就與台大外文系比我高一屆的同學王裕珩取得聯絡。他雖比我高一屆，但因他要受軍訓，而我是「香港僑生」，免了役，故我們是一道入研究院的。除了因受訓躭了一年外，在別的方面，他比我運氣多了。他拿的是李氏獎學金，有自由選擇任何學校就讀。本來，他是準備到明尼蘇達大學去讀英語系的，但經我「說服」，改到印第安那來，與我作伴。

我們兩人取得聯絡後，當務之急，就是找房子。看廣告，托同學，化了一天時間，好容易才找到一間月租六十元，除兩張床和兩張桌子外，就空兮兮得一無所有的房子。燒飯還得借用樓下中國同學的厨房。但我們二人初到美國，決定能省卽省，因此雖嫌簡陋，也租了下來。

中國學生客居異地，最感痛苦的事，當然是離親別戚，了無憑依。再其次的便是平日談得來的同學朋友，也因各奔前程而星散了。我和裕珩在大學時就相當要好，現在不但能再度就讀同一學校，還可以同居一室，這種快樂，非在異地作過客的人不易了解。

除了日常生活大大的有改進外，師生關係、同學與同學的關係，也比在西雅圖時，愉快得多。這一點，差不多完全可以說是大城市與小鎮生活的分別。據說美國各州中，對中國人（或推而廣之，黃色人種）最壞的是加州，這點大概是與早年華僑（礦工或鐵路工人）的知識水準和身份有關，另外一個原因是中國人在加州聚居的最多，一來多看了不稀罕，二來華僑一多，難免與當地人發生生意上的衝突。日本人同是黃種人，但在加州比較受到「禮遇」，此當然與他們的國家爭氣有關；但另外有一個原因：美國人的犯罪感。原來二次大戰時，美國政府爲了「安全」，把所有日本人都關進集中營裏去。戰後美國人爲了做補贖，故對日本人份外禮遇。

美國中西部的著名大學，除芝加哥和明尼蘇達外，大都設在山光明媚的小鎮，而居住在這等小鎮的中國人，不是大學生就是教授，人數不多，唐人街就不存在。既無生意來往，磨擦就少。而且，中西部大學的美國學生，大半來自中西部，祖宗務農爲生，民風淳樸，是所謂「正宗的美國人」也。這種人平日對中國人的認識不是來自電視就是電影，而在這兩種傳播媒介出現的中國人，要不是拖着辮子的「遜清遺物」，就是打躬作揖的唐人街跑堂，再不就是橫眉怒目，邪氣迫人的 Fu Manchu。看慣了，見到有血有肉的中國人時，反而不敢相信面前站着的是個「眞的」中國人了。

有一次，我應一位同學之邀，到他家中去渡週末，一進門，就遇到他七八歲的小弟弟。同學乃把我向他介紹，說我是中國人，從香港來。

「No, he ain't Chinese（不，他不是中國人）。」那位小弟弟說。

「Why?（爲什麼？）」他哥哥驚訝不已的說。

「He don’t have pigtail and buck-teeth（他沒有辮子，又沒有大刨牙）。」他一本正經的說。

但中西部人士對中國人這種「成見」，既出於無知，所以接觸一密，成見就自然減少。成見減少後，雙方不難成爲好朋友。這時，你新交的朋友會爲你熱心宣揚中國的美德，說中國是個文化怎樣悠久，人物怎樣優秀的國家。這種義務宣傳，有時會給你帶來意想不到的尷尬場面，因爲有一天你忽然會收到一張請柬，裏面說我們是某某人的親戚或朋友，常常聽某某人談起你，我們住的是小市鎮，平日很少機會與中國人接觸，因此可否請你於某月某日下午賞光到舍下便飯呢？如蒙首肯，希早日賜覆，俾安排接你的時間。你初到美國時，曾埋怨過美國人無人情味，現在居然有與你不直接相識的人請你到他家去吃飯，當然「欣然前往」。

你以爲既吃便飯，頂多不過是與其三四家人及一二親友同吃而已，誰料汽車一到客廳門口，把你嚇了一跳，原來客廳內密密麻麻坐滿的人少說也有十多二十個。這家人人丁怎會這麼旺？介紹之下，原來這對夫婦是鄰居強生夫婦，這位老先生是當地的小學校長，這位吃得白白胖胖、滿臉笑容、看來是十五六歲年紀、中學生樣模的小姐走上前來自我介紹的說，她剛作古的爸爸三十多年前曾在中國傳過教，因此她少時候從爸爸那裏聽了不少有關中國的故事，「呵，我多希望我生長在中國！」她說。

你和一位客人客套時，就看到旁的客人在交頭接耳，眼睛不時的朝你這邊看看，談的是誰，你心中自然明白。小孩子更是恣無忌憚，有時派「代表」來問你：“Do you eat thousand-year egg at home?"（你家裏吃不吃千年蛋？）這時候，你會生氣，有被騙的感覺，因爲主人明明叫你來吃飯，現在卻變了博物院跑出來的活古董，任人參觀。但不管你心裏怎樣不高興，面上卻不能不堆出勉強的笑容，一來人家請你來是善意，來看你也是善意，二來不論你政治立場如何，你既稱爲中國人，這時就得代表中國。換句話説，你現在做的是「國民外交」的工作。

× × × ×

註冊那天，帶着誠惶誠恐的心情，拜會系主任，領取選課註冊證。我説誠惶誠恐，一點也不虛假。這次唸得好壞，不但影響學業前途，而且今後在美國是否要重操托盤「故業」，也全賴這一學期的表現了。令我稍感安慰的，就是台大學長莊信正兄事前對我説的，説系主任 Horst Frenz 是個老好人，對外國學生，照顧得不遺餘力。此點諒與他個人背景有關，因爲他自己亦算是個德國難民，聽説是因不滿納粹的措施，在二次大戰爆發前就逃到美國來的。印第安那初期比較文學系的台柱教授，説起來，也是以歐洲「難民」居多，主要原因是他們在語言上佔了絕對的便宜，就拿該系的少壯派教授，德國出生的猶太人 Ulrich Weisstein 爲例，德文是他的母語，英文是他的日用語，再加上法文、意大利文、拉丁文、和「一點兒」希臘、西班牙文的訓練，在美國人中，就難找到對手。至於他是否還記得希伯來文，就不得而知了。這種語文訓練的機會，生於歐洲小國（如瑞士）的人，只要自己肯用心學，實在不難得到。國家的面積小，只要坐上汽車開一百幾十里，就到了別人的國家了。除此以外，生意的往來，學術的交流，也用得上外國語。在這一方面，美國人之吃虧，一如中國人。美國地方大，由加州到紐約，數千里的路途，用不着説一句外國語。當然，美國人不用說外國語仍然「過得去」的最大理由是國家富强。美國遊客到外國去，不說當地人的語言，如果不是爲了他們的鈔票有助該國的「旅遊事業」，也會像其他不會說外國語的遊客一樣寸步難移的。至於外國遊客跑到美國而不會說英語，那就是活該了。

但唸書不同辦遊客事業。因此早年替美國人在比較文學這一門學科上開山立業的，幾乎全是歐洲難民。當然，自蘇聯搶先發射人造衞星、美國國會通過 National Defense Educational Act 後，形勢起了變化。美國這一代的青年，急起直追，人才輩出，已漸漸從歐洲人手中奪回這隻「牛耳」。不單比較文學如此，其他在初期靠外國人來開天闢地的學科如遠東語文系，在不久的將來，中國人和日本人也得讓出地盤了。

Horst Frenz 果然是個平易近人，處處肯替人設想的系主任，比在華大時指導我選課的那位「冷若冰霜」教授，眞有天淵之別。我與他見面時第一句話就是：「這兒中國人不少，也有中國同學會。你認識莊信正麼?台灣來的那位?」接着，他就給我列出了三門課程來，問我滿不滿意，並附帶說我們新來的同學，選課應守着兩個原則：少修學分和選修與自己興趣最接近而又有多少根底的課。怪不得外國學生都說他是「最有同情心的教授」了。

他給我列的三門課是：Weisstein 開的「比較文學導論」、柳無忌先生的「中西文學研究」，鄧嗣禹先生的一門有關中共的近代史的課（還有一科日文）。本來，要讀中國近代史，不必跑到美國來，更不應在這些科目上與美國人爭分數，因「勝之不武」也。但華大得來的一 B 一 C 嚇怕了我，如果我這學期不「將就」些，專選吃力的課來修，萬一拿個 C 或 F，那我眞非轉讀野鷄大學不可了。

上課那天，發覺鄧先生的課除了我外，還有兩三位中國同學，有一位還是台大歷史系有名的女狀元，心中稍寬一寬。但對鄧先生，不免微覺歉意。我這個主修比較文學的人居然修到他的近代史來，分明是希望他體諒「同胞子弟」，網開一面。幸好這門功課是一個學期，四個月的時間會很快過。

Weisstein 的課名不虛傳，上課時上下古今英美法德意文學的來龍去脈，背得如數家珍。班上僅得我一個東方人，看到美國同學抄筆記時落筆似蠶聲，而自己除了他提到英美文學時還可以稍跟得上外，其他國家文學的源流和不大知名的文學家的名字，一點也聽不懂。此事令我焦急萬分，因此一下課，就抓着坐在我隔壁的同學問：

「剛才他唸的那一大堆拉丁文法文和德文，你可否告訴我究竟是什麼回事？」

「對不起，除了幾句法文我聽得懂外，另外他究竟講了些什麼，我一句也聽不進去。」

「但你筆記倒抄了不少呵。」

他聽了後呵呵大笑起來，說：「你怎知道我抄的是筆記？」接着，拿出筆記部來，翻了幾頁給我看，原來裏面寫得密密麻麻的，全是他給別人寫的信！

「遇到我聽不下去的課，總是寫這個來打發時間。」他補充的說。

這個人的說話和行動都有點玩世不恭，難以入信。到了第三個星期，我仍然聽不進去，而且功課越來越多，壓得喘不過氣來，乃決定多找幾位同學談談，才知道在班上受苦的眞的不只我一人。原因是 Weisstein 自己語言天份高，卻想不到我們做學生的，能夠聽懂一種外語已不容易，而他「老人家」卻德、法、拉丁文衝口而出。此其一，其二是功課太多，使我們每天爲這小小的兩學分費盡心血，窮跑圖書館，把其他功課也忽畧了。照他們的分析，此與他第一次拜命授此吃重功課心理有關：一來自己算是系中年輕教授，二來位置不高，誠恐學生「不服」，乃不得不「先露幾手」。誰料此舉極惹學生反感，據説已有幾位同學已聯袂到系主任處告了他一狀了，因爲已有三位以上同學的習作，拿了個「F」。對研究生説來，眞是奇耻大辱。他們三人爲什麼拿 F 我不知道，但我自己卻僥倖拿了個 B 減，據説以 Weisstein 平日給分的標準看，算是很「體面」的分數了。有一位大學也是在印第安那唸的同學還説，這位猶太先生的 B 減，就等於別的老師的 B 加甚至 A 減。是否屬實，我不知道，不過我確是以哀兵的心情來上陣的，他吩咐下來的習作，無不戰戰兢兢，一絲不苟的去做。反正他發下來的習作，都是目錄之類的死功夫，用不着什麼學問，只要肯多鑽圖書館，多看幾本書就行了。

幸好柳無忌先生的「中西文學研究」，功課不像 Weisstein 那麼咄咄迫人。比較文學本身是一門新的學問；把東方文學列入西方比較文學的課題，又是新上加新；而柳先生是耶魯英國文學系出身的，在來印第安那以前，大概未正式涉獵過比較文學的範疇。基於上述的原因，柳先生便給我們四位中國同學（莊信正、王裕珩、呂亞力和我）極大的研究自由，鼓勵我們自己選擇研究範圍。自由雖可貴，但當時我們不免感到迷惑；天蒼蒼、海茫茫，我們究竟從何入手研究？

對中國學生説來，比較文學的課題，最有意義而又最能與中國文學拉上關係的莫如日本和韓國。但中國學生中，除非出身背景特殊，否則不易有兼通中、日、韓和英語的。我自己和另外三位同學，背景相同：都是台大外文系出身的，除英語外就無第三種語言了。（在大學時所修的兩年法語或德語，怎能派用場？）因為語言的限制，我們幾個人只能在唐詩英譯研究或近代中國文學所受西方文學的影響範圍內轉圈子。在讀書或閒談間，偶然「發現」了某某西方作家受過中國文學或藝術一點一滴的影響，則眞有如獲至寶之感。

從那時開始，我深深的體驗到比較文學實在是 René Wellek, Harry Levin 和 Ulrich Weisstein 那一類人的世界。只有像他們那種有語言天份的人，才能夠在這一門包羅萬有（除文學外，比較文學的範圍還包括其他藝術如音樂、繪畫、雕刻、電影等）的學問內馳騁縱橫。受語言限制的人，天份再高也難發揮所長。

在東方學者中，最具研究比較文學資格的，想是韓國人，因為他們老一輩的學者中，有不少除兼通中、日、韓文外，還會英、法、德文。我在夏威夷大學教書，就有這麼一個同事：Peter Lee，他拿了韓國的學士、耶魯的碩士、德國的博士。只有他這種東方人才眞有研究比較文學的資格。另外一位在精神上「歸化」了中國的韓國學者，哈佛大學的 Achilles Fang，通曉外國語文之多，據說比 Peter Lee 還強，除上述六種語文外，還懂俄文、希臘文、拉丁文，雖然究竟「懂」的程度如何，外人難以知道。

選自一九六九年十一月十五日香港《大學生活》第四卷第十一期。發表時署名「劉放如」

王敬義

愛奧華的冬天

白夜

今夜他無法入睡，窗外有過於潔白的夜，照亮他的斗室。多少年了，自從離開家鄉，他一直憬憬着雪花漫天飛舞時散步街頭的快樂。他一直愛雪，雖然不知道爲甚麼。而今夜有今年最大的雪，而他在極端的快樂中默默的淌淚。

九月間，雙引擎的小飛機載他飛越北美洲中西部大平原——密西西比河蜿蜒在下，夕陽染紅了天邊的雲霞，他看到牧童趕着牛羣東去。九月的風已經很冷，踏下飛機撲面吹來的那一陣風更冷——冷得使他想起這是異鄉，他的家在一萬哩外。來接機的朋友的笑，暖不了他流放者的寒顫。但他究竟抵達了目的地，但他知道這是異鄉，這是使他思鄉的異鄉，因爲愛奧愛（Iowa）州和他的故鄉在同一緯度上。

於是，他看到久違了的酡紅的秋葉，路邊枯黃的草莖，清晨屋簷上的白霜，……從此他生活在兩個世界裏：他童年的世界和現實的世界。他常常在他目前的頹喪與寂寞中看到屬於童年的積極與歡樂。而童年彷彿很近，現實彷彿很遠。有時，他站在窗前看着大街上汽車一輛喞接一輛，蟻羣一般消失在天際，而街燈一盞一盞亮起來，他又會覺得這是異域，不是故鄉。他一直在盼望雪，堅信雪會帶給他，他久已失去的一些甚麼。

十一月末一連下了幾天小雨，他想那定是落雪的前兆了，而雪始終不來。雨止之後，天氣乾爽而冷。寒風割面以極利極尖的刀鋒。地面凍得堅實。他特意挑最冷的時刻，帽子也不戴，出去散步，要從冷中找尋他目前無法從雪中得到的。凍得流淚，耳尖與指尖有如針刺，但他很快樂，快樂是他個人的，秘密的快樂他吝嗇着不肯與任何人分享。

十二月了，雪沒有來。呵！有幾天太陽曬得甚麼都懶洋洋的，那就像春天又回來了，泥地隨時可能有嫩綠的小草鑽出來似的。枯禿的樹如果在一夜之間又穿起嶄新的綠衣，那也不算稀奇。失去了從寒冷中找到的溫暖，一下子他消極起來了。

然後，就在他匆匆忙忙準備聖誕假期的紐約之行，讓功課、讀書報告、信件、種種瑣事，迫得暫得忘記寂寞與煩惱的時候，一天早晨，他走到窗前，突然看到大片的雪花正以舞者之姿漫天遍野的落下來。站定在那裏，他呆住了，張着嘴，讓一個驚嘆號凍結在唇間。

當他走在街上，感覺雪花落在他臉上；當他走進雪花的迷陣，在迷陣中越陷越深；當無數童年的喊聲震得他耳聾；當他全身興奮得發抖；當他伸張雙臂擁抱虛空——一若擁抱一個溫暖的年輕女人的肉體，呵！他多麼富有，他顫抖的嘴唇喊不出他的幸福。

整天，雪在落。屋頂蓋上厚厚的新棉花；人行道鋪上白絨毯；一輛輛的轎車好像去參加宴會的貴婦，頸背間裹着銀狐披肩。而世界變得很靜寂。急行的車輪慢下來；高談濶論由會心的微笑取而代之；焦慮與慾望隨着微盪的雪花溶消。一頭長毛垂耳的西班牙小獵犬大模大樣的從雪地上走過。幾個頑童捧着大雪球，沿着人行道跑着跳着，然後一拋，彷彿那樣就能擺脱寂靜的魔咒似的。

下午時候，雪停了一陣，立刻，商家的聖誕裝飾又火紅火綠燒得耀眼。雪溶了的街道露出烏黑的路面，有趕路回家的轎車隆隆響着馬達駛過好像一隊飢餓的野象。西餐館吐出洋葱與牛排的氣味，濁重有如飽噎。人行道旁的積雪中躺着一個孤零零的大脚印——足足有五吋深。

他放下手邊的一切工作，但那天他似乎特別忙碌。他知道他甚麼都沒有做，甚至沒有燒午飯，沒有看一頁書，而他仍覺得他缺少時間。夜晚來得太早，霓虹燈管有一種誇張的、俗艷的亮麗。百貨商店的顧客，他們脚上的鞋子把雪踏得好髒。

他不知道雪溶之後城市恢復骯髒的面目他將如何忍受他的處境，但他知道雪已滿足了長久以來煎熬他的一種渴望；他珍惜這一份經驗。他相信他會從目前的滿足獲取勇氣，他需要勇氣面對醜惡與現實。但午夜之後雪又開始落，輕敲他的窗以舞者之姿——呵！那陌生而又親切的手指！

夜空彷彿充滿精靈的低語，當雪花作旋律的飄落。雪花飄下來，飄下來，一種無休無止的旋律。他的心聽得很遠，郊外有河，河流向遠處，河上有汽艇尖響着汽笛——那是他故鄉的海河之夜。一棵樹，肩負着太沉重的雪，他聽見椏枝折斷的聲音——那是他離開故鄉的前夜。

現在，坐在窗前，他生活在童年的世界裏——他唯一的世界。雪以千百種聲音對他講述往事。夜很白，而夜照亮了他的斗室，但他知道這夜不是故鄉的夜，這個「我」烙滿了異鄉人的傷疤。

積雪數週不溶。太陽昇起又落下，白皚皚的雪對太陽示威，愛奧華城（Iowa City）在雪毯下安靜的睡着，只有雪在呼喊。街邊的積雪已經染污了，踏得很髒很髒是人行道上的冰雪。松樹裏着厚厚的雪衣，冷冷的注視着不時要跌跤的汽車——一種很愚笨的甲蟲。屋簷上懸掛着巨大冰柱，晶潔有如鐘乳，惹人傷懷有如燭淚。

而異鄉人譏笑着他的自我放逐。這是快樂的放逐，他想。而他想像愛奧華城是一個冰雪的盒子，而他是一株沒有根的植物。所以他不會死，因爲沒有根。沒有根，他被到處移植，從長滿棕櫚的島到冰天雪地的愛奧華。而他生存着，而他遍體傷痕傲然的立着。寂寞的深谷，深谷的冷酷，冷酷的異邦。夢着故鄉，但他的腳印是向前排列的，永遠向前，不能回轉，因爲身後沒有路。放逐，這種形式或那種形式，永遠是放逐，永遠是在思念故國的夢裏醒轉，拭乾臉上的淚痕踏着異邦的星辰趕路去另一個寂寞的深谷。拋遺在身後的太多，他已無法一一記取，但伸延在他身前的道路崎嶇險峻，他必須小心的踏下腳步。於是生活變成永恆的噩夢，記憶中童年與青春的歌是乾渴的旅途上僅有的點點滴滴的甘泉。

從甚麼時候學會咀嚼苦難，好像一些人咀嚼檳榔與烟草？從甚麼時候學會從虛僞的笑臉的背後，發掘冷酷的事實，好像一些人從社會新聞幕後發掘猥褻的故事？甚麼時候扼殺了好幻想開玩笑的本性把堅毅與容忍植入了內心？甚麼時候接受了寂寞作爲生活把歡愉視作奢侈的點綴？

只有三十四歲，而壯志已經消沉，生存的意志仍然熾旺。當愛情已經僵死，友誼是一個過於美麗的名詞，他從性慾的衝動肯定自己的生存。不痛惜已經失去的天眞與純潔，撫摸着有形無形的傷痕，他只感到一種屬於生存的驕傲與悲愴。

而愛奧華城靜靜的睡着，恐龍的遠古與太空人的明天正在雪毯下交配。而雪一次一次的落；當西北風吹暗了天色，大片的雪花就會悄悄的飄落。而他愛沿着舖滿冰雪的街道散步，走下去，走下去，直到寒冷在耳尖上凝結成冰，臉凍成厚厚的面具。在肉體的痛苦與精神的滿足中，他回到斗室，短暫的感到生活異樣的充實。

冰雪不僅變成愛奧華城的一部份，更已變成他生活的一部份。冰雪的白對別人是一種可怕的單調，對他却是最珣麗的燦爛。在他的寂寞裏，他享受着冰雪的溫暖。（堆雪人的童年啊！踏着雪與情人散步的中學時代啊！）呵！呵！他但願雪的遊行繼續下去，對太陽的示威繼續下去。如果早晨起來城市迎接他以沒有冰雪的荒蕪，他知道，那時，他的日子定要更長更沉悶了。

這是一個強大的國家，這裏有財富、自由、最進步的文明、一切最好的機會，但這不是他的祖國。這個國家充滿了牧牛童變成總統，鐵路小工變成百萬富翁的傳奇故事，但是，沒有根而且倦於流浪，他的靈魂呼喊着東方。

而東方在一萬哩外，在木棉花的火熾成的夢裏。而他有的只是冰雪的白、赤裸裸的憂傷。他生存着。但是沒有目的；他的驕傲後面是遼濶無際的虛空。塡不滿！塡不滿是學位與學識無法塡滿的空虛。他希望他能遺忘，能夠無知，過一種眞正的沒有根的植物的生活。但他知道，即使在沒有根的生活裏，他的根也會伸向東方。於是，生存在成爲驕傲的同時成爲一個負担，而寂寞的牙齒咬進他的靈魂。

而雪在落。狂號着西北風的夜晚，有大片的雪花在飛舞。而愛奧華城靜得有如遠古有如洪荒。公路伸延至天際，但是路上沒有汽車。街燈亮着，照着沒有演員的舞台。天空呈怪異的藍黑，好像巨魔巨大的眼。「一百年！一百年！」他不敢想像一百年在歷史中的短暫，他知道而且體會的是生命的荒謬與生活的騙局。

看冰河去

天空是一種灰灰的藍，懸着一枚黃黃的太陽。遠方工廠的兩個高高的烟囪不斷噴出黑烟。星期日早晨，街頭沒有行人。成列的枯樹是各種形狀的死亡。緊閉的窗門鎖住狂歡後疲倦的睡夢。而他，戴着厚厚的皮帽，裹着重重的冬衣，而他去看冰河去。

河不遠，但也要越過鐵路，越過五六百碼寸草不生的白沙地。從他的住處去是十五分鐘的路，最長最凄清的路。零下八度。那是街角一家銀行懸出的氣溫報告牌的數字。

對他來說，冷是一種愉快的刺激。冷，你割得我臉好痛，他說。但是我喜歡你，冷正在割他，割他的脚踝與面部裸露的肌肉，他說冷是一個不動聲色，心狠手辣的朋友。

他不知道自己爲甚麼這樣喜歡冷，喜歡冰和雪。他說那不是喜歡，那是一種滲有瘋狂成份的愛情。零下八度，而他告別軟軟的床，暖暖的毛氈、昏昏沉沉的臥房，躍進空空洞洞的早晨堅堅實實的冷去看結了冰的河。這是正常的瘋狂，他想。十八歲離開故鄉，離開故鄉的冰雪，十六年了，他患着冰雪的思鄉病。呵，不是在北國長大的，他想，誰能享受這份愛情？當早晨洗淨了脂粉，當她冰冷的肌膚裸露着表示一種邀請，而你佔有她，驚慌、新奇、感激，而她奉獻自己以宗教的虔敬與嚴肅，而風割痛你的臉、你的腳踝。

（這種混有瘋狂的愛情一直是他命運的一部份。它豐富了他的生命，尖銳了他對生活的感受，但也同時注定了他一生的坎坷多難。）

（他總是對自己適應冰天雪地的那種本能，感到驕傲。大雪封城的時候，他四處走動，心中洋溢的那種童稚的喜悅，令他自己都有些驚訝。走下結了薄冰的台階不滑倒、不跌跤，他會對友人一再的吹噓而不臉紅。）

而他說冷是頂潑辣的娼婦。他應該穿皮靴出來的，那樣他的腳踝就不會凍得發僵。但他說他不知道早晨是零下八度，雖然他知道河已結冰，窗外有蕭殺的風景。

而他說他喜歡河。他無法想像在沒有河的地方人如何生活。他的故鄉有河，他忘不了河上的霧晨以及秋晚傳來的河上游的汽笛聲。台北，他生命中的第二個故鄉，是一個多河泊的城市。至少在一條大河的岸邊上他曾有過美麗的青春狂想。而他喜歡割校園爲二的愛奧華河以異鄉人的寂寞與遊子的鄉愁。秋天時候，踏着綠得蒼老的草地他曾來河邊徘徊，看河水默默的流動，看夜色如何滲入河岸，建築物的燈火如何投光華在滔滔的水波上。他似乎能聽懂河用特有的語言對他敘述的時間的故事。也許並不是故事，只是他寂寞中的幻想；也許不是幻想，只是他鄉愁中的寂寞。而他感激輕舐着河岸的流水帶給他屬於時間和歷史的啓發。

河是他的摯友就如冰雪和冷是他的情人一樣。而現在河迎接他以飛躍之姿。

正在急急忙忙的流着，下一剎那凍成了冰。急急忙忙的時間一般的流着，下一剎那凍成了冰。掀起，輕狂的浪花掀起有如裙裾；放肆的笑着露出潔白的齒；呵，坦露，坦露你年輕尚未哺育過嬰兒的乳房；你交疊的雙腿嚷喊着床笫間的快樂，而你在一霎間凍成了冰。

結了冰的河變得好寬好大；蜿蜒伸展的冰河鋪一條漿洗得白淨的床單在凍得僵硬的大地上。

而校園在睡夢裏，小小的大學城在睡夢裏。而早晨空空洞洞寒冷堅堅實實，冰河迎接他以飛躍之姿，在現實與夢境之間，他靜立。

後記：在我的生命裏，一九六五年的冬天是最痛苦也是最幸福的一個。我的痛苦來自寂寞；幸福來自冰雪。這幾篇以「愛奧華的冬天」爲題的小文，忠實的記錄下那一時期的感受。我在文中所用的種種「意象」，自也都是我的感受的「投射」。

一九六九年十月

選自一九六九年十二月香港《純文學》第五卷第六期

小思

浪費別人的生命

不知道是前生作孽，還是今世有緣？我竟會跟那麼多遲到病患者打上交道！這批人中，有老有少，有男有女，同學、朋友、學生……式式俱備。他們遲到，十五分鐘是公價，一小時另十五分鐘是最高紀錄。有些遲到後，會列舉十大理由，說明自己情有可原，有些卻滿面不好意思，甘願俯首受責的樣子，就像那位「遲到皇上皇」，人家約了她，除了看戲她會準時外，其餘任何緊要情況，她還是會讓你等，等呀等，等得人眼睛冒火，快要爆炸了，她便帶着又疚歉、又無可奈何、又苦笑、又難過的表情，很急忙很急忙地跑到你面前來：「噢！哎呀！對不起對不起……噢！……死咯……噢……陰功咯……」像十分同情你這傻瓜呆站多時，又像由心底疚歉出來的說個不停。你說，對於這種人，叫我拿她什麼法子？最初，我會埋怨幾句，甚至教訓幾句，可是，情況並沒有改善。慢慢下來，我也麻木了，總是毫無表情的，耐心地等，就像「等人」是我與生俱來的責任一般。有時候，我眞想把心一橫，自己也索性遲到，好讓人家嘗嘗滋味，但，可惜總提不起那股勁，那就只好認命了。細心算來，爲了等遲到的人，我不知浪費了多少生命時間。唉！他們實在沒有理由！

一直，人家對於我這種注定倒霉，多寄予同情，而我對自己的行爲，也覺撫心無愧。怎料，最近碰上了一位絕不婆婆媽媽的朋友，對我的遭遇不但不加同情，反而怒眼劍眉罵我一大頓，罵得我又淒涼，又貼貼服服。現在讓我把她的說話「敬錄」如下：

「好呀！這是你自取的懲罰。誰叫你寵壞了那些遲到的人？其實，他們養成遲到習慣，你要負大部份責任。如果等上十分鐘，還沒有來，那算仁至義盡，你就必須離開，不應再等下去。讓那些人撲個空，看他們下次還敢不敢遲到？中國人如此歡喜遲到，都因爲有你這種人在縱容。我絕不等的呀！過時不候，說走就走。你沒有埋怨的理由，該反省一下才對。」

唉！天曉得，原來我自己才是罪魁。但我實在沒法學「說走便走」這套功夫，因爲有事才會「約」，約了便想見，怎能因人家遲到便跑掉了事？況且，許多時候約好的爲了公事，而遲到的卻偏偏是主要人物，沒他不行，你說怎可以不等？朋友我教不了，只希望他們良心發現，不要讓我再等，也別令我再捱罵。對於學生，我卻會努力認眞，好叫他們明白：遲到實在不是好東西。上學時遲到，是浪費自己學習的機會；約會時遲到，是浪費人家的生命時間，也會阻礙了正事的進行，我們是沒有權利和理由這樣做的！對下一輩，我絕不作罪魁！

選自一九六九年十二月十二日香港《中國學生周報》第九〇八期

淮遠

雪

這裏沒有雪。而我只看到火。

有時，當我自狂燃的市聲逃入電影院，我總覺得它充滿着雪意。而我，常在劇中人的微笑裏，手姿裏，眼神裏，不自覺地變成雪。不自覺地落下。落下。

常常看到一個男人，無奈地攤開雙手。一個女人捧着臉走開。我想，就是因爲他們之間沒有雪，他們之間只是一堆火。火生，他們結合。火滅，他們也分手了。去它的。

假如一個嬰孩，從母親的手中，從自己的啼音裏，被一雙伸過去的手所刦掠。我將大聲疾呼：那是枯枝一樣的手。對，那是枯枝一樣的手，那是屬於火的手。它們常常不爲什麼地焚燒起來，展現可怕的黑焰。

假如你在黃昏，在魁北克，低着頭走過一條下雪的路，然後停下來。假如你不承認你是一個傻子，不，一個瘋子。你最好不要，抖下大衣上的雪。聽見嗎？

到底，這裏沒有雪。

所以我一直感到，這是夏天的年代。一個夏天走了，一個夏天又來了。就是這樣。秋天不至。

冬天不至。就是這樣。而這世界已經變成沙漠，已經有着太多的熱量，散不開。而每個人都被烙着。每個人連肌膚都要脫下來。

我知道，此刻一切都伸出手，急切地要着雪。

我知道，有人爲了找尋鏡子而摸爛雙掌，甚至扭斷頸項。因爲對鏡使人想起對雪。因爲鏡子使人想起雪原：一個冷的世界。

除了冷什麼都不是眞實的了。順便說一句。

There set out, slowly, for a Different World,
At four, on winter mornings, different legs...
You can't break eggs without making an omelette
–That's what they tell the eggs.

這是一首名字叫 A War 的小詩，Randall Jarrell 寫的，而我十分喜歡。我覺得它實在冷得可愛，冷得動人，像雪。

雪落着，落在我眼中，如葉落在老人眼中，如雨落在城市上。而雪在我眼中照亮着我。所以，我活着，變着。或許，我疲倦，但是我要活下去，變下去。直到永遠。阿們。

然而，我外面的一切仍在火中吶喊。暴跳。沉默。麻木。腐爛如一隻蘋果。

啊，主。何不熄去所有的火焰。何不來一場雪暴，像來一場火災。讓每個人穿着希望行走，讓每個人建造自己的城，讓一切都沒有了熱得太熱的感覺，在雪暴裏。眞的。

雪到底比火容易接受。我習慣這麼想。
而我只看到火。這裏沒有雪。

選自一九六九年十二月三十日香港《盤古》第二十九期

蕭銅

過年

從我幼年開始，就過兩個年，一直到今天。一個是新年，一個是舊年。

每到新年，大家都馬馬虎虎無所謂。

到了舊年，似乎這才是正牌的「年」。

小時候很喜歡過年，因爲：至不濟，過年的時候，總有些新的穿，好的吃，買一兩樣玩具，玩玩樂樂，自得其樂。

說小孩子一定不懂事情嗎？那也不見得。我六、七歲過年時的悽涼情景，今天回想一下，就像昨天一樣清晰、明白，歷歷在目。

我記得：農曆除夕從中午開始，我跟我媽媽就守在屋裏，等爸爸帶錢回家。

那時候，可憐我爸爸，也不知在那一家破報社當編輯？農曆除夕中午就出去上班外帶索取欠薪，總要到晚上十點多，才頂着大風大雪回家，帶回來一點點錢，我媽媽就趕忙穿上大衣，拉了我，趕緊出去「辦年貨」。

「辦年貨」的地區十之八九是西單大街，買些糖果、年糕、雜拌兒、鹹魚、臘鴨、瓜子、花生之類。這時候，該買年貨的早都買好了，也早已在家裏吃吃喝喝了。大街上、店舖裏，到處冷冷清清，我媽媽是最後採辦年貨的，東買一點，西買一點，店舖裏也要休息了，我們才坐一輛人力車回家。

我記得：我爸爸總是坐在堂屋裏發悶，一言不發。我媽媽買了東西回來，也一言不發。把一些乾果盛在碟子裏，供在「財神爺」的紙像前，燒香、點燭，又叩頭又禱告，唸唸有詞，狀至虔誠、可憫。

總之，這一晚上，我爸爸好像一個敗兵，呆坐不動，一言不發。我媽媽跑進跑出，做菜，做飯。我無聊兮兮，也沒話可説。直到飯菜熱騰騰陳列桌上，一家三口坐下吃飯，我爸爸三杯下肚，一座煤球爐子爐火熊熊，屋裏才有一些溫暖。

在舊日，過舊年，不論窮富，多數人家都要燒香拜神、善頌善禱一番。我媽媽給財神爺磕頭，希望我爸爸「百事順遂，年年如意」，據我所知：只是「剃頭的挑子」：一頭熱。年年拜神，年年窮困。

一霎眼，我自己在社會上也混了二十多年了，單身一個人的時候，滿不把過年放在心上，沒什麼負擔，過年的那幾天，往親友家裏一蹲，也就是了。後來有了家累，那幾年過年，跟早年我爸爸的情形也相差無幾，年關之前，總覺得有十八塊大石頭壓在胸口，東奔西突，惘惘惶惶。回想小時候我那倒霉兮兮的爸爸，就覺得是「歷史重演」，父子二人一先一後同走一條道路。

這兩年過舊年，我覺是有生以來最説不清的、往昔所未有的情感，這情感大約是：不覺得沉重，也不十分輕鬆，想家鄉，想母親，但又不是想得特別嚴重。除夕夜在小屋裏坐下來，和每天晚上一般無二——喝幾杯酒，聽聽唱片，如此而已。

這兩年，每年農曆除夕，我所聽的就是「白毛女」的唱片。總覺得：聽一聽，有助於我的回顧與前瞻。

選自蕭銅《無風樓隨筆》，香港：大光出版社，一九七〇。

根據作者的〈後記〉，此書所收錄的文章曾於一九六七年五月至一九六九年五月間在報上發表

夜過避風塘

天氣漸漸涼了，晚上經過海邊，見到幾個船家婦女，站在昏黑的碼頭旁，細聲叫着：「坐艇呀，坐艇呀！」覺得很悽涼……

擡眼望望，避風塘的海面上，有客人的遊艇很稀少，許多空船，排列在岸邊……

初到此地的時候，是個夏天。一天深夜，一個女朋友就帶我到這碼頭上來「遊船河」，剛到這裏來，對一切都陌生；對一切也就都感到新奇。坐在小船上，望着其他許多大船、小船，划來划去，燈光明亮，笑語喧嘩；尤其有許多人坐在船上大打其麻將，看起來非常奇特。

那天晚上，朋友自賣海鮮的小艇上，買來很多蝦、蟹、東風螺，津津有味地吃着。我坐在帆布椅上，瞪着好奇的眼睛，什麼都吃不下，只喝了一瓶啤酒。

以後，曾經陪着一個曼谷來的朋友，到旺角避風塘「遊船河」。那是個深秋的夜晚，海面上黑黝黝，見不到燈光，也見不到幾個人。寂靜地停泊在海面上的大小船隻，都放下布篷，無聲無息。

我們所坐的一艘小船，就在這垃圾飄浮、臭氣薰人的水域中，兜了兩個圈子，已經不僅是悽涼二字了，簡直就覺得鬼氣森森，有些可怕；終於帶着些落寞、無聊，棄舟登岸。

去年中秋夜，跟幾個朋友，又到我第一次去過的避風塘，在船上喝了不少酒，也吃了一些海鮮。除了打牌的船、遊逛的船、小販的船，還有賣唱的船。船上，有幾個濃粧艷抹的歌女，彈起琵琶，打起揚琴，到處兜攬知音。一個朋友點了一首「情人的眼淚」，一個歌女，就彈着琵琶，曼聲唱起來：「爲什麼要對你掉眼淚？你難道不明白是爲了愛⋯⋯」那腔調，那情景，給人以悽愴可憐的感覺。可同時就想到：如果認爲庸俗，避免這些，不點她們唱，她們，就更悽愴可憐了⋯⋯

對於那划艇的船家，也有同樣的悲憫。每一次坐在這種小船上，瞪着眼，喝喝酒，就不禁要回頭看看正在撐船的婦人：她們，一聲不響，一篙一篙，用力地撐着，小船也就慢慢慢慢行進，也就想到：她們這樣賣力，並掙不到多少錢。加上她們對於客人，總是微笑，總是非常和氣，希望客人在船上多坐兩個小時。

每一次坐上這種小船，就想到以往所坐過的人力車與三輪車。那些車夫的生活，與避風塘的船家婦女，基本情況是相同的。

自始對於「遊船河」，就因爲這種蕭索的心情，而不大感到興趣，能不「遊」就不「遊」。晚上，經過碼頭，聽到她們那柔弱近乎哀求的呼聲：「坐艇呀！⋯⋯」我就情不自禁，加快脚步，把她們的身影與呼聲，抛在後面。

選自蕭銅《無風樓隨筆》，香港：大光出版社，一九七〇。

根據作者的〈後記〉，此書所收錄的文章曾於一九六七年五月至一九六九年五月間在報上發表

也斯

秋與牙痛

當他們發覺有點什麼在雲間他們會多麼高興啊。秋天是在雲間了。它存在但它不爲誰而如此，就像你看見劇中逐漸增多的椅子而你不知道它們是爲誰而設。

你有什麼念頭呢？不，你還沒有什麼念頭。不，你不知道怎樣回答。那麼正確的回答是什麼？也許你可以把它們寫下來，也許你甚至可以用西班牙文把它們寫成一本書。關于你的牙痛又是怎麼一回事呢？但你又錯了，牙痛的是你的朋友，他正忍受着以一伊安尼斯高的方式。

還有什麼難題，關于如綢緞般的秋天抑或關於生存？你可以把它們寫下來，真的，甚至用西班牙文，那麼將來你就會比較多瞭解它們一點了。這會是一本奇妙的書，奇妙如喝飲傾於水中的苦艾酒，在將來，當你回憶你所不能回憶的事物時，那是奇妙的。

而甚至，你可以感到非常高興即使沒有什麼存在于雲間。

一九六六年

選自也斯《灰鴿早晨的話》，台北：幼獅文化公司期刊部，一九七二年

黃俊東

文壇傳奇人物小泉八雲

〔存目〕

選自黃俊東《書話集》，香港：波文書局，一九七三年。
文末有寫作年份：一九六六．三．十八

三蘇

街坊節叙餐欣逢鄰居記

此文見報之日，或有明日黃花之嫌，然其中事實，則實在值得一記。

在慶祝街坊節前數日，三蘇忽然收到一張請柬，乃係由一個街坊會寄來者，邀請三蘇去參加慶祝街坊節，並有叙餐，三蘇事前在報上看過這一則新聞，說今年要擴大慶祝街坊節，不過三蘇對於街坊節的事，一向只當作新聞睇下算數，因爲自問雖屬街坊之一，但唔使慌會有機會入督憲府參加園遊會，亦不會去大會堂同大人物握手者也。因此每年街坊節，三蘇只有去參加本區的遊藝大會或慶祝大會的資格，殊感冇癮，是以從未去過。不料此次有些不同，不但有叙餐，而且「隨柬附送」席券一張，換言之，可以免費擦一次。何解？三蘇自問未夠七十歲，自然不能參加敬老大會。冇白食資格者也，後來再睇清楚這一張帖，不禁恍然大悟之餘，則又不免有些担心，誠恐擺了烏龍。

原來請三蘇去慶祝街坊節飲一次的，並非三蘇現住的一區，而係三蘇從前所住那一區的街坊會，其所以請我去飲者，並非三蘇認識那個街坊會的首長，而係佢地不知三蘇搬屋，請柬寄到三蘇治事之所。至於何以會有席券附來，可能因爲三蘇曾經同該街坊會一個職員拍檔落過一條狗纜而中了百幾銀之故。於此乃發生一個問題：乙區的居民，有無出席甲區的街坊節慶祝叙餐會之資格？因爲在理論上講，街坊節會所招待者，當然是區內街坊，不屬本區，恕不招待，合情合理者也，三蘇已經搬離該區，又返去飲街坊節酒？豈非有充大頭鬼之嫌乎？

正在躊躇不已之際，忽然黃臉婆來點醒我，其言曰：「人地請你，送埋飛來，你就去可也，使乜研究咁多？好多街坊會首腦，基本不住在該區者，亦可以做乜長物長者也。」一言驚醒夢中人，三蘇乃放心前往赴會。黃臉婆又曰：「街坊會的意義，乃在於敦睦鄰里，守望相助，疾病相扶耳，有得飲有得食而叫埋你，亦即睦鄰之道，你返去見番下你地的老街坊喇！」古人云：「婦人之言，不可信也。」但此次黃臉婆的說話，却講得有紋有路，可稱中肯。

及慶祝街坊節之期，三蘇整肅衣冠而往，行入會場，週圍一望，坊衆甚多，細路婦人，爲數不少，而老坑猶衆，但三蘇在會場中行了一轉，忽然舉目無親之感。三蘇一想，難道行錯了路，去了第二間街坊會乎？連忙拉住一個襟上掛了紅綢的人員請敎，則又並未搞錯地方，何以冇人相識，再向那人打聽，以前與三蘇夾份落狗纜的那一位街坊仁兄有冇來？則謂佢已經辭職不幹！三蘇暗暗稱奇，然則何以會有席券見賜？不是佢，又那一位如此關照，然而旣來之，則安之，決冇俾人趕出會場之虞，不妨心安理得，照擦一餐可也。

此時堂中已經設席，一張圓枱坐十二位，大部份貴賓是伯爺公伯爺婆，彼此木然相對，你望下我，我望下你，不知是爲了大家向未謀面，抑或是年老神倦，總之互不交談，但不至於鴉雀無聲，因爲座上貴賓，十個中九個咳嗽，老咳之聲，此起彼落，幸而有的細路，嘈嘈閉，否則氣氛就不夠熱烈，雖則堂中播放音樂，可惜擴音設備太差，沙沙聲而不知唱什麼歌也。

三蘇見席上有個空位，急忙過去加入，對席上的人，微笑點頭，打個招呼，座上有人還禮，亦有如老僧入定，泰山崩於前而色不變，三蘇亦只好正襟危坐，抽烟自娛，等候上菜，吃了便走，反正不知主人是誰，同席何人，亦省得去應酬請教，舉頭一望，只見堂中懸掛了八個大字，乃係「親睦鄰里，守望相助」。

少選，坐在我身邊一六十未到之人向我借火，然後請教姓名，此君異常客氣，取出名片，上印「魯佳芳」三個字，下有地址，三蘇一望，訝曰：「吓，你不是住在舍間對門乎？」魯佳芳亦奇曰：「未必，實不相瞞，我本來不屬於這一區街坊會者。」三蘇曰：「我亦然，」因出名片相示，大家不覺錯愕，原來我地乃係鄰居，對門對戶，同梯上落，不料如是者兩年有多，竟不相識，再傾落去，則不但以前是本區街坊，而且我住在魯佳芳的樓上，嗚呼，是真奇矣，我等原來做了街坊幾十年之久，大家全不相識，三蘇嘆曰：「若非在此相遇，我等老死不相往來矣。」魯佳芳莞爾而笑曰：「街坊會叫我地敦睦鄰里，其奈我地大家根本唔知道是街坊！」三蘇曰：「好在我地身壯力健，否則如有疾病，亦唔慌你會來扶我也。」

正在大敘街坊之情，忽聞鄰桌有一婦人指住一個老坑罵曰：「吓！原來就係你這個老而不！正衰佬！晚晚在天台吼洗身咁賤格！」老坑曰：「大嬸，我講錯說話，」婦人大聲曰：「你梗係講錯說話喇，唔怪得你話見過我，我就覺得奇，我幾時見過你呢？原來你住在我樓上那個鹹濕伯父，抵死得你丫！成日裝我沖涼。」老坑甚感狼狽，連聲否認，婦人曰：「啱晒了，今日遇到你，等我返去叫三姑來，認下你個貓樣，打你一身至得！」老坑面色如醬，曰：「大嬸，我不是裝你，我不過盡守望相助之責，同你在天台巡邏，以免有色狼裝你洗身耳。」婦人仍然怒罵不休，同席的人紛紛相勸，幸而此時開始上菜，大會宣佈叙餐開始，婦人乃不暇再罵，因佢個咀為腰果肉丁所塞滿了也。

三蘇與魯佳芳且飲且談，不覺欣然，有他鄉遇故知之感，彼此慶幸，若非到此叙餐，可能成世住在隔隣，至死亦未謀一面也。

（一九六九年十一月，電視周刊）

選自高雄《三蘇怪論選》，香港：作家書屋，一九七五年。原文應刊於一九六九年十一月之《香港電視週刊》，由於圖書館館藏資料不齊，現已無法查核。

作者簡介

黃蒙田（一九一六——一九九七）

本名黃草予，又名黃茅，另有筆名戴文斯、復堂、裕園等。原籍廣東台山，一九三六年畢業於廣州市立美術專科學校，知名散文家、美術評論家、中國美術家協會常務理事。一九四五年定居香港，與友人創辦人間書屋，出版文學與翻譯叢書。其後主編《新中華畫報》、《海光文藝》、《美術家》等刊物，並任文物店集古齋顧問，專司字畫鑑定工作。曾經寫過小説，後來專攻散文，筆耕甚勤。六〇年代出版的散文集包括《花間寄語》、《花燈集》、《晨曲》、《抒情小品》、《春暖花開》、《竹林深處人家》。

十三妹（一九二三——一九七〇）

本名方丹，又名方式文，另有筆名方達、三多、拉拉、越兒、石山嵋等。其父為越南華人，祖籍山東，自小在歐洲接受教育；其母是北京人，因習畫歐洲而結識其父，兩人在意大利結婚。十三妹生於越南河內，就讀法國官立學校，青少年時期在中國、緬甸、印度等地生活。一九四〇年代末，移居香港，曾任文員、鋼琴教師等職。五〇年代中期以後，賣文為活，其雜文主要發表於《新生晚報》、《香港時報》等多份報刊的個人專欄。作品甚多，生前並無結集出版。

今聖歎（一九一六—一九九七）

本名程靖宇，學名綏楚，原籍湖南衡陽，畢業於昆明西南聯合大學，曾任教於天津南開大學，一九四八年底移居香港，以教書與寫作為業。作品散見《華僑日報》、《工商日報》、《工商晚報》、《新生晚報》、《香港時報》等報章。編著有《胡適博士紀念集刊》、《新文學家回想錄：儒林清話》。

葉靈鳳（一九〇五—一九七五）

本名葉韞璞（一作葉蘊璞），筆名頗多，計有葉林豐、霜崖、秦靜聞、靈鳳、臨風、佐木華、秋生、秋郎、亞靈、雨品巫、曇華、柿堂、南村、燕樓、鳳軒、L. F.等，作家、畫家、翻譯家、藏書家、掌故學家。原籍江蘇南京，上海美術專門學校肄業。一九二五年加入創造社，開始寫作，期間與周全平合編《洪水》半月刊。一九二六年組織文學團體幻社，與潘漢年合編《幻洲》半月刊。一九三〇年加入中國左翼作家聯盟。一九三七年參加《救亡日報》工作，後隨報社遷至廣州。一九三八年廣州淪陷，來港定居，此後歷任香港《立報》的「言林」、《星島日報》的「星座」、「香港史地」、「藝苑」等副刊編輯，並參與《大同雜誌》、《大眾週報》、《新東亞》、《萬人週刊》等刊物的編務。著述甚豐，居港期間出版著作包括《忘憂草》、《香港方物志》、《文藝隨筆》、《香江舊事》、《北窗讀書錄》、《晚晴雜記》、《張保仔的傳說和真相》等。一九七五年於香港病逝。

吳其敏（一九〇九—一九九九）

筆名為眉庵、向寰、望翠、梁柏青、翁繼耘等，中國作家協會會員。原籍廣東澄海，中小學教員，十六歲參加新文學團體彩虹社的文學與出版活動，並開始寫作，有詩集《綺夢的碑文》問世。一九三七年移居香港，一九三八年至一九四一年出任《星報》港聞及副刊編輯。戰後除了為報章撰寫影評外，亦為電影編劇，其劇本拍成近二十部影片。在港先後創辦新地出版社、嚶鳴出版社，其後出任中國通訊社副總編輯、中華書局海外辦事處副總編輯，同時主編《鄉土》、《新語》、《海洋文藝》等刊物，以及編輯出版《五十人集》、《五十又集》與「海洋文藝叢書」多種。筆耕不輟，已結集散文逾十本，包括《懷思集》、《文史小札》、《閑墨篇》、《書邊掇拾》、《擷微集》、《坐井集》等。

阿　甲（一九一五——一九九七）

本名陳凡，字百庸，另有筆名百劍堂主、徐克弱、陳上校、周為、百庸、夏初臨、南鄙人等。原籍廣東三水，早年曾參加廣西武裝抗日組織學生軍，帶筆從戎，並與文友合辦《詩》刊。一九四一年進入桂林《大公報》工作，先後任記者、採訪主任等職。熱愛寫作，作品包括小品、雜文、武俠小說、報告文學、舊體詩詞、書畫評論等。一九四九年香港《大公報》復刊，由滬調港，歷任港聞課主任、副刊課主任、副編輯主任、副總編輯，曾先後主管港聞及「藝林」、「文采」副刊。一九七九年加入中國作家協會。一九九七年病逝於香港。主要散文作品有《三劍樓隨筆》（與金庸、梁羽生合著）、《燈邊雜筆》、《亂葉集》、《塵夢集》、《秋興集》等。

高伯雨（一九〇六——一九九二）

本名高貞白，原名秉蔭，另有筆名高適、林熙、溫大雅、呂文鳳、文如、竹坡、大年、西鳳、湘山、夢湘、湘舲、碧江、洛生、紫文、曹直、金城、定謀、老僧、壽濤、張猛龍、秦仲龢、簡而清等。祖籍廣東澄海，生於香港，著名掌故學家。一九二八年赴英，本擬攻讀英國文學，後改變主意，專研中國文史掌故。一九三一年至一九三三年，任職於上海中國銀行經濟研究室。一九三四年，到國民政府外交部任僉事，並追隨溥心畬、楊天驥學藝，一九三六年在廣東汕頭舉辦首個畫展。七七事變後，南下香港，鬻文為生，曾任《中國日報》、《星島晚報》副刊編輯。一九六六年創辦《大華》半月刊。主要著作包括《聽雨樓雜筆》、《讀小説劄記》、《中國歷史文物趣談》、《聽雨樓隨筆》、《春風廬聯話》（兩集）、《聽雨樓叢談》。一九九二年在香港逝世。

羅　漫（一九三一—）

本名羅琅，另有筆名羅隼、羅烺、林琅等。原籍廣東汕頭，四〇年代末來港，進出版社工作，並到夜校進修文學，在報刊上發表作品。六〇年代為《新晚報》及《晶報》撰寫專欄，並與文友創立鑪峰雅集以及出版社。七〇年代開設書店，經營華文圖書。八〇年代為《華僑日報》撰寫專欄。九〇年底獲選為香港作家聯會理事、司庫兼秘書長，參加籌辦香港作家出版社並任董事經理。著有散文集《兩葉集》（與呂達合著）、《北窗夜鈔》、《春雨集》、《潮州風物》、《潮州話故錄》、《海畔拾荒集》、《羅隼短調》等多種。

司　明（一九一八—二〇〇五）

本名馮元祥，另有筆名馮蘅、馮鳳三、司徒明。祖籍浙江寧波，生於上海，在當地接受小、中、大學教育，自詡為「上海最多產的文人」。一九五〇年來港，以白話和文言在多份報章上撰寫專欄及小説，賣文為活。另以筆名馮鳳三編寫電影劇本，又以筆名司徒明撰寫國語流行曲歌詞，至今猶唱的〈站在高崗上〉與〈今宵多珍重〉均為其手筆，九〇年代淡出。

李　素（一九一〇——一九八六）

本名李素英，另有筆名李琤琮。原籍廣東梅縣，幼失怙恃，幸得父親故交扶持，一九二九年考入燕京大學，獲文學碩士學位。畢業後在南京、梅縣兩地教書，一九四一年前往重慶新生活運動促進總會工作，助編《婦女新運》月刊。一九四五年，隨同被派往捷克斯洛伐克大使館任一等秘書的夫婿曾特旅居布拉格。一九五〇年來港定居，在培道中學任教，並為報刊撰稿，發表散文與詩歌創作。一九五六年，入新亞書院圖書館工作，為主任之一。一九六〇年丈夫病逝，一九八〇年移居美國，一九八六年在美病逝。著有新詩集三種，散文集五本，後者包括《被剖》、《心籟集》、《讀詩狂想錄》、《燕京舊夢》、《窗外之窗》。另有文學譯作兩本。

思　果（一九一八——二〇〇四）

本名蔡濯堂，另有筆名方紀谷、蔡思果、挫堂等，散文家、翻譯家。原籍江蘇鎮江，自學成才，曾在多種行業工作，一九四二年開始發表文章。曾任香港聖神修院中文教授、香港中文大學比較文學與翻譯中心訪問研究員、香港中文大學校外進修部高級翻譯文學教授等職。一九九一年任香港中文大學名譽訪問學人。退休後定居美國，二〇〇四年病逝。著述甚豐，以散文為主，兼攻翻譯。曾獲台灣第十四屆中山文藝散文獎，行政院文建會第三屆翻譯獎。六〇年代出版之散文集有《河漢集》及《思果散文選》。

夏　果（一九一五——一九八五）

本名源克平，另有筆名龍韻。原籍廣東高鶴，一九三七年畢業於廣州市立美術專科學校，熱愛寫詩。一九四五年來港，一九五七年出任《文藝世紀》主編。著有散文集《石魚集》與《閒步集》。《文藝世紀》、張千帆《勁草集》、以及六〇年代出版的合集如《新雨集》、《紅豆集》、《南星集》、《五十人集》、《五十又集》的封面均由其設計。

高　旅（一九一八—一九九七）

本名邵元成，字慎之，又有筆名邵家天、孫然、林埜、秋野、牟松庭、勞悅軒等，中國共產黨黨員。原籍江蘇常熟，畢業於江蘇省測量人員訓練所，曾在南遷至湖南漵浦大潭的民國大學短期就讀。一九三六年開始寫作，七七事變後進入新聞界，先後在江蘇《興化公報》、湖南《新化日報》、上海《譯報》、桂林《力報》、湖南和重慶《中央日報》等報社工作，並曾為廣西《柳州日報》撰寫社論。一九五〇年為香港《文匯報》所聘，來港出任主筆，餘暇從事文學創作，有雜文、小說和詩詞作品面世。一九八五年加入中國作家協會，一九九七年病逝於香港。著述甚豐，以長篇小說《杜秋娘》、散文《持故小集》、武俠小說《山東響馬傳》等膾炙人口。

陳君葆（一八九八—一九八二）

原籍廣東香山，一九〇九年隨父移居香港。一九二一年，畢業於香港大學文學院，曾赴星馬從事教育工作，一九三一年返港，一九三四年受聘於香港大學，任教翻譯課程，兩年後改任馮平山圖書館主任，兼文學院中國文史系教席。第二次中日戰爭期間參加中華全國文藝界抗敵協會香港分會、中英文化協會香港分會、香港新文字學會等。一九四七年因在日據時期保護善本圖書及大批香港檔案有功，獲頒授大英帝國官佐勳章（OBE）。一九四九年後，多次出席京港兩地文藝活動。《陳君葆全集》已於二〇一八年出版。

舒巷城（一九二一——一九九九）

本名王深泉，另有筆名秦西寧、方維、邱江海、舒文朗、尤加多、石流金、秦可、王烙等。祖籍廣東惠陽，生於香港，畢業於華仁書院。戰後任職於洋行、商行、建築公司、教育機構等，業餘從事寫作。一九七七年赴美，參加愛荷華大學之國際寫作計劃。主要作品包括《太陽下山了》、《白蘭花》、《巴黎兩岸》、《艱苦的行程：一位香港青年在抗戰期間的生活見證》、《都市詩鈔》、《燈下拾零》、《夜闌瑣記》等。

李輝英（一九一一——九九一）

本名李連萃，又名李冬禮，筆名冬籬、西村、南峰、北崚、蕭平、李既臨、葉知秋、梁中健、梁晉、魯琳、齊魯、松泰、夏商周、季林、林莽、李君實、蜀山青、李唐、林山等。原籍吉林永吉，一九二九年考入上海中國公學中國文學系，開始創作小說與散文，並籌辦文學刊物。一九三二年在《北斗》發表短篇小說〈最後一課〉，一九三三年出版長篇小說《萬寶山》，同年參加中國左翼作家聯盟。七七事變後，一九三八年參加中華全國文藝界抗敵協會。戰後曾任長春市政府主任秘書長與長春市教育局長，並在長春大學以及東北大學的中文系任教。一九五〇年來港，以寫作為生。一九六一年創辦中南出版社，一九六三年任教於香港大學東方語文學院，一九六六年被聘為香港中文大學聯合書院中文系講師，一九七四年出任該書院中文系主任，一九七六年退休，一九九一年病逝於香港。著述甚豐，居港時期主要作品包括《中國現代文學史》、《中國小說史》、「抗戰三部曲」之《霧都》（再版）、《人間》與《前方》、《四姊妹》、《鄉土集》等。

項　莊（一九二三——二〇〇六）

本名董千里，生長於江南，一說為浙江人。一九四〇年代末畢業於中國新聞專科學院，任上海《申報》記者。一九五〇年移居香港，專事寫作，包括小說、雜文、電影劇本、政論。歷任國泰及邵氏兩間電影公司的編劇主任。散文集計有《舞劍談》、《人間閒話》、《讀史隨筆》、《項莊雜文》以及《有情有理》。

司馬長風（一九二〇——一九八〇）

本名胡谷若，又名胡永祥、胡靈雨、胡越、胡欣平，另有筆名秋貞理、嚴靜文、曾雍也、范澎濤、朱狷夫、陳果等。原籍遼寧瀋陽，一九四五年畢業於國立西北大學，一九四九年經台灣來港。在港與友人創辦友聯出版社，出版《祖國周刊》、《大學生活》、《中國學生周報》、《兒童樂園》等刊物。曾在樹仁學院、浸會學院教書，辦《東西風》雜誌，任《明報》國際版編輯，並在《明報》與《快報》撰寫專欄。一九八〇年赴美探親，病逝於紐約。著述豐富，包括政論、歷史研究、散文創作，重要作品包括《明天的中國》、《中國民主之路》、《中國現代史綱》、《中國新文學史》、《北國的春天》、《鄉愁集》等。

呂　達（一九二八——）

本名李雋，又名李陽，另有筆名徐冀及南雁。祖籍廣東新會，鑪峰雅集文友，長期從事編輯工作，包括《文藝世紀》、《茶點》、《可可》、《新語》等刊物。五〇年代開始文學創作，以散文為主，發表於各大報刊。後來移居北美。創作甚多，但結集很少，僅有《海與微波》與《黑夜與黎明》，另有與羅漫合著的《兩葉集》。

謝　康（一九〇一——一九九四）

別號永年，原籍廣西柳城，一九二四年畢業於國立廣東大學，一九二八年赴法留學，先後入巴黎大學和法蘭西學院研究，一九三七年獲巴黎大學文科博士學位。五〇年代中期至六〇年代中期居港工作。歷任中國國民黨黨政機關要職幹事、廣西省報刊雜誌編輯，以及大陸、香港、台灣三地多家大專院校教授，在台灣逝世。撰述豐富，計有《瀛海集：詩詞》、《詩聯叢話》、《詩聯新話》、《中外社會思想之比較研究》、《中西文明及文化論叢》、《中國社會制度研究》等。

趙　聰（一九〇七——一九八三）

本名崔樂生，又名崔惟息，字慶餘，另有筆名鍾敏華、王序、萃微等。原籍山東鄒平，畢業於北京大學中文系，一九四九年來港，轉赴台灣，一九五二年折返香港，任友聯研究所高級研究員，為五〇至八〇年代香港頗負盛名的作家、文學評論家以及中國研究專家。著述豐富，包括《天人》、《火苗》、《萬華芬芳》、《俞平伯與「紅樓夢」事件》、《中國文學作家小傳》、《大陸文壇風景畫》、《五四文壇點滴》、《江青正傳》、《文革運動歷程述略》、《中國大陸的戲曲改革：一九四二——一九六七》等。

夏　易（一九二二——一九九九）

本名陳絢文，另有筆名紫珩、林未雪、言茜子、葉問、章如意等數十個。祖籍廣東新會，生於香港。一九四三年就讀昆明西南聯合大學社會系，一九四六年轉入北平清華大學社會系完成學業。一九四八年返港，任職教師。一九五四年開始寫作，一九八七年赴美國愛荷華大學，參與國際寫作計劃。文學創作以小說為主，成名作為《香港小姐日記》，散文集有《花邊、拇指、愛情》、《希望之歌》以及《港島馳筆》。

李英豪（一九四一——）

筆名容冰川、余橫山等。祖籍廣東中山，在香港長大及接受教育，畢業於羅富國教育學院。歷任香港文學美術協會會長、國際繪畫沙龍主席、台灣《創世紀》詩刊港方編委，又曾與崑南創辦《好望角》文藝半月刊，並任執行編輯。六〇年代致力於文學批評、畫評與劇評，曾獲台灣《笠》詩刊第一屆詩評論獎。七〇年代專注於劇本創作和翻譯，八〇年代鑽研禪理、神話寓言、動植物、古董錶、古玉、珍郵等，發表文章，並出版專著。其後在電台與電視台主持生活情趣及文化節目，並為報刊撰寫有關花鳥狗魚及現代生活的專欄。曾任世界園藝中心顧問、國際蘭圃顧問、育犬協會顧問。著述甚豐，其六〇年代的文藝批評代表作為《批評的視覺》。

馬　五（一八九六——一九八二）

原名雷昞，字嘯岑，後以字行，另有筆名尚方、雷劍、野鶴山人、雷南雷等。原籍湖南嘉禾，早年東渡日本，畢業於早稻田大學政治經濟科，同年加入中國國民黨，歷任安徽省教育廳長、湖北省江陵行政專員、重慶市教育局長等職。一九四九年來港，任《香港時報》主筆，一九五二年與左舜生等人創辦《自由人》（三日刊），一九六二年創辦《自由報》（三日刊）。曾任香港中國筆會幹事及執行秘書、德明書院新聞系主任，並在華僑書院講授中國外交史。來港後著有《新世說》、《三十年動亂中國》、《詹詹錄》、《嘯岑文存》、《馬五短論》、《自由人語（一）》、《憂患餘生之自述》等書。一九八二年病逝於香港。

羅孚（一九二一——二〇一四）

本名羅承勳，另有筆名絲韋、柳蘇、辛文芷、吳令湄、文絲、石髮、史復、封建餘、程雪野、史林安等，資深報人。原籍廣西桂林，一九四一年投身新聞工作，任職於桂林《大公報》以及桂林和重慶的《大公晚報》，一九四七年與友人合辦《新生代》周刊。一九四八年加入中國共產黨，來港參加《大公報》復刊工作，先後編過「大公園」副刊及《文藝》周刊等。一九五〇年參與《新晚報》創刊工作，並負責要聞與副刊編輯，最後升任總編輯，直至一九八二年。六〇年代亦曾編輯香港《文匯報》「文藝」周刊以及《海光文藝》月刊。一九九七年移居美國。年輕時代開始寫作，以散文為主，結集作品計有《風雷集》、《西窗小品》、《繁花集》、《南斗文星高：香港作家剪影》、《燕山詩話》等。

陸離（一九三八——）

本名陸慶珍，另有筆名小慶、小離、文好、陸鑾、綠離、施也可、房素娃、方斯華、范淑雅、沙茲堡等。生於廣東高要，在香港長大，畢業於新亞書院中文系，副修哲學與外文，熱愛電影與藝術，在報刊發表雜文、劇評及影評。一九五八至一九七二年任《中國學生周報》編輯，六〇及七〇年代參與創辦《香港影畫》、《文林月刊》、純一出版社，一九七六年參與創辦一九七七年第一屆香港國際電影節，一九八一年任《香港時報》文藝版編輯一年，二〇一〇至二〇一二年在香港《蘋果日報》撰寫「圖靈集」專欄。文章從未結集出版，僅有部分作品收入《五個訪問》、《七好文集》、《香港作家雜文選》。

崑　南（一九三五—）

原名岑崑南，另有筆名葉冬、卜念貞、沙內沙。祖籍廣東恩平，生於香港，華仁書院畢業，小說家、詩人、報刊編輯。五〇年代初開始寫作，作品見於《中國學生周報》、《人人文學》、《香港時報》、《快報》等報刊，並與文友合辦文藝雜誌《詩朵》、《新思潮》、《好望角》，又於六〇、七〇年代創辦綜合性雜誌《香港青年周報》與《新週刊》。近年參與《詩潮》、《文化現場》、《小說風》等刊物的創辦與編輯工作，並設立文學網站《香港本土文學大笪地》及電子詩刊《詩＋＋》。主要文學作品為《地的門》、《慾季》、《戲鯨的風流》、《天堂舞哉足下》、《詩大調》、《旺角記憶條》、*Killing the Angel* 等。

徐柏雄（一九四〇—）

詩人，活躍於五〇及六〇年代的青年文壇。一九五〇年中期參加月華詩社和苑風文學研究社，在《中國學生周報》、《青年樂園》、《月華詩刊》、《小說文藝》、《蕉風》等刊物發表新詩、散文、評論。

戴　天（一九三五—二〇二一）

本名戴成義，另有筆名南來雁、余之雲、陳雪落、鍾道觀、宋船歸、何鎮、田戈等。原籍廣東大埔，生於毛里裘斯，並在當地接受中小學教育。一九五七年入讀國立台灣大學外國語文學系，曾任《現代文學》編輯委員並發表詩作。一九六三至一九六四年間在香港中學教書，為《中國學生周報》撰寫「教師手記」專欄及影評。一九六七年與文友創辦《盤古》，同年參加美國愛荷華大學之國際寫作計劃，任駐校詩人。返港後擔任今日世界出版社總編輯，與友人創立文化・生活出版社。一九六九年與古蒼梧合辦「詩作坊」，開民間教研新詩先河。一九七九年參與創辦《八方文藝叢刊》，一九八三年擔任《讀者文摘》高級顧問，一九九二至二〇〇一年擔任《信報財經月刊》總編輯，後定居加拿大，於二〇二一年去世。著有散文集《無名集》、《渡渡這種鳥》、《矮人看戲》、《人鳥哲學》、《群鬼跳牆》、《囉哩哩囉》，以及詩集《岣嶁山論辯》、《石頭的研究》、《骨的呻吟》。

吳羊璧（一九二九—）

本名吳筠生，又名吳宣，另有筆名雙翼、呂殷、章玉、魯嘉、林泥、意妮、史賓、唐斐、新潮居士等，中國作家協會會員。生於廣東澄海，在汕頭長大，一九四八年畢業於廣東省立嶺東高級商業職業學校。一九四八年來港，在南北行工作，開始寫作。一九四九年至一九八九年任《文匯報》副刊編輯，一九九〇至一九九五年出任《壹週刊》文稿編輯。六〇年代與友人創辦《伴侶》半月刊及《文藝伴侶》月刊。七〇年代與友人創辦《書譜》雙月刊並任主編。著述甚豐，包括小說、散文、評論、兒童故事、書法藝術、青少年讀物等，已出版的散文集有《一秒・一年・一生》、《水滴篇》、《從人到鴨》、《茶座文談》等。

古蒼梧（一九四五—）

原名古兆申，另有筆名藍山居、顧耳、傅一石等。原籍廣東茂名，四歲隨家人來港，一九六七年畢業於香港中文大學中文系，一九六九年於同校取得文學碩士學位，一九七〇年應邀赴美參加愛荷華大學之國際寫作計劃，一九八一至一九八二年留學法國，在巴黎索邦大學修讀法國現代文學及哲學課程。六〇年代中期開始發表文學創作、評論與譯作，先後擔任《盤古》、《文學與美術》、《文美月刊》、《八方文藝叢刊》等刊物的執行編輯，近年積極投入崑曲的推廣與研究。著有《銅蓮》、《古蒼梧詩選》、《一木一石》、《備忘錄》、《書想戲夢》、《祖父的大宅》、《星斗欄干》等。

金　庸（一九二四—二〇一八）

本名查良鏞，曾用筆名有林歡、姚馥蘭、姚嘉衣等，著名二十世紀武俠小說家、報人。原籍浙江海寧，曾在重慶中央政治學校外交系、上海東吳法學院就讀，後來在杭州《東南日報》、上海《大公報》任職。一九四八年，《大公報》在香港復刊，被派來港。一九五二年，《新晚報》創刊，一度出任副刊編輯，並撰寫影評和電影劇本。一九五五年開始創作武俠小說，一九五七年進入長城電影公司任編劇。一九五九年創辦《明報》，出任總編輯兼社長，撰寫社論及繼續發表武俠小說。一九六六年創辦《明報月刊》，一九六七年在香港創辦《明報周刊》，並在馬來西亞與新加坡創辦《新明日報》。一九七二年封筆，一九八五年獲委任為香港特別行政區《基本法》起草委員會委員，一九九四年退休。二〇〇五至二〇一〇年赴英國劍橋大學攻讀歷史，取得碩士及博士學位。其文藝成就及文化貢獻備受肯定，一九八一年獲英國頒授大英帝國官佐勳章（OBE），二〇〇〇年獲香港特區政府頒發最高榮譽大紫荊勳章。

宋　淇（一九一九—一九九六）

筆名林以亮，另有筆名松悌芬（Stephen Soong）、歐陽竟、筑磊、余懷、楊晉等，人稱「翻譯先生」。原籍浙江吳興，一九四〇年畢業於燕京大學西語系。畢業後參與話劇活動，著有舞台劇本《皆大歡喜》，並寫詩及從事翻譯。一九四八年來港，先後在美國新聞處、電懋影業公司、邵氏影業公司任職，曾編寫電影劇本《南北和》，並主編《文林》月刊。一九六八至一九八四年，在香港中文大學任職，創辦翻譯研究中心及《譯叢》雜誌，一九七六至一九八〇年任香港翻譯學會主席。編著有《美國詩選》、《美國文學批評選》、《美國現代七大小說家》、《前言與後語》、《林以亮論翻譯》、《〈紅樓夢〉西遊記——細評〈紅樓夢〉新英譯》、《林以亮詩話》、《昨日今日》、《文學與翻譯》、《更上一層樓》等。

徐　速（一九二四——一九八一）

本名徐斌，字直平，原籍江蘇宿遷，畢業於中央陸軍軍官學校。一九五〇年來港，在自由出版社任編輯，並發表《星星之火》、《星星．月亮．太陽》等連載小說，後者由電懋公司拍成同名電影，獲台灣第一屆金馬獎最佳劇情片、最佳女主角、最佳編劇、最佳彩色攝影四個獎項。一九五一年與友人創辦高原出版社，一九五二至一九五四年出任《人人文學》編委，一九五五年創辦文學雜誌《海瀾》，一九五六年創辦《少年旬刊》，一九六五年創辦《當代文藝》。一九六七至一九六八年，先後與黃思騁合作主持《當代文藝》主辦的三屆文藝函授班。一九六九至一九七一年，受聘於珠海書院，主講新文學史及創作研究。在小說與評論之外，尚著有《心窗集》、《一得集》、《百感集》、《啣杯集》等散文集。

黃思騁（一九一九——一九八四）

原籍浙江諸暨，一九四二年畢業於復旦大學經濟系，戰後在上海銀行界供職。一九五〇年來港，賣文為活，以短篇小說見稱。一九五二年創辦《人人文學》，一九六〇年南下馬來西亞吉隆坡，主編《蕉風》月刊。一九六一至一九六二年間，轉赴麻坡中華中學教書。六〇年代中期與徐速在香港合辦「文藝創作函授班」。一九七二年受聘於香港樹仁學院，講授文學課程。在港期間致力於小說創作，出版單行本凡十八種，包括《落月湖》、《獵虎者》等。一九八四年在香港病逝。

西　西（一九三七—）

張彥，祖籍廣東中山，生於上海。一九五〇年隨父母移居香港，畢業於葛量洪教育學院，任教官立小學，一九七八年退休。初中開始投稿，長期為報刊雜誌撰寫專欄。文學創作以小說為主，兼及新詩、散文、童話、電影劇本，此外還從事翻譯與發表電影評論。曾擔任《中國學生周報》「詩頁」編輯，與文友創辦《大拇指》及《素葉文學》，並出任編輯，八〇年代為台灣洪範書局主編四本八〇年代中國小說選集。著述極豐，文學成就備受肯定，多年來獲獎無數，包括馬來西亞第三屆花踪世界華文文學獎（二〇〇五年）、台灣全球華文文學星雲獎（貢獻獎，二〇一四年）、美國紐曼華語文學獎（詩歌獎，二〇一九年）、瑞典蟬文學獎（二〇一九年）等獎項。

包天笑（一八七六—一九七三）

原名包公毅，字朗生、朗孫，別署拈花，另有筆名釧影、愛嬌、微妙、曼妙、小生、春雲、吳門天笑生、包山、笑翁、我先百花十日生、清柱、迦葉等。原籍江蘇吳縣，晚清秀才，以小說聞名民國文壇，被譽為「通俗文學盟主」，也是知名報人與翻譯家。一九四八年來港定居，除在報章雜誌發表文章外，還出版《釧影樓回憶錄》、《釧影樓回憶錄續篇》等單行本。

綠騎士（一九四七—）

本名陳重馨，祖籍廣東台山，生於香港。一九六九年畢業於香港大學英文系，副修中國文學。因自小喜愛繪畫，一九七三年進入巴黎國立高等美術學院學習，並在羅浮學校修讀美術史。一九七七年定居巴黎，為法國兒童刊物出版社作插畫及美術設計。主要創作形式為小說、散文、詩歌、報導文學及兒童故事。散文結集為《綠騎士之歌》、《深山薄雪草》、《棉衣》、《石夢》、《壺底咖啡店》、《啞箏之醒》、《花都調色板》、《神秘旅程》等。

胡菊人（一九三三——）

本名胡秉文，另有筆名華谷月。原籍廣東順德，四〇年代末隨親戚來港謀生，當過校役和教堂雜役。一九五五年在友聯出版社任職，夜間到珠海書院英語系進修，畢業後參與《大學生活》、《中國學生周報》工作，歷任社長、督印人等職。一九六二年應美國國務院之邀赴美考察，返港後於大學中心（University Center）短暫工作，再轉入美國新聞處擔任《今日世界》叢書部編輯。一九六七至一九七九年受聘為《明報月刊》總編輯，一九八〇年轉任《中報》及《中報月刊》總編輯，一九八一年與友人合辦《百姓》半月刊，兼任總編輯。曾任香港作家協會主席、香港文化藝術工作者聯合會監事會主席、香港作家聯會理事等職。現定居加拿大。五〇年代開始寫作，以雜文、政論、文學評論為主，作品散見於《新生晚報》、《中國學生周報》、《明報》、《東方日報》等報刊。文章結集有《坐井集》、《旅遊閑筆》、《紅樓、水滸與小說藝術》、《文學的視野》、《小說技巧》。

任畢明（一九〇四——一九八一）

本名任亮，又名任大任，字畢明，另有筆名南一、南中一、南蠻、任不名、不名等。原籍廣東鶴山，一九二五年在廣西梧州創辦《民國日報》，北伐時任師部政治部主任，其後歷任廣東省政府建設廳編譯室主任、廣東省政府參議員、湖南省政府參議員、廣州市市立師範學校校長。一九二八年來港創辦《大眾日報》，一九三四年往穗主持《大眾報》，一九四九年再次來港，出任《工商日報》主筆，一九六二年擔任《中國評論》週刊社長兼督印人。居港期間，為多份報章副刊撰寫專欄，主要結集作品為《閑花集》及《閑花二集》。一九八一年在香港病逝。

易君左（一八九八—一九七二）

原名易家鉞，字君左，後以字行，號敬齋，筆名康匋父、右君、二郎神、意園、花蹊、空谷山人等。原籍湖南漢壽，畢業於北京大學，日本早稻田大學政治經濟學碩士，為知名作家與詩人。回國後，在上海中國公學任教，並在泰東書局編輯部工作。一九二六年參加北伐，第二次中日戰爭期間在重慶軍委會總政治部編審室、中央文化運動委員會任職。三〇至四〇年代，曾任湖南《國民日報》及《長沙晚報》社長、上海《和平日報》副社長、蘭州《和平日報》社長。一九四九年來港，歷任《中聲晚報》副刊主編、《星島周報》編輯委員、浸會學院教授。一九六七年赴台定居，一九七二年病逝於台北。居港期間著有《君左詩選》、《香港心影》、《南來香港八年詩》等作品。

何　達（一九一五—一九九四）

本名何孝達，筆名多達一百多個，包括陶融、陶最、洛美、淩源、夏尚早、林千峰、紫瑜、葉千山、小華、何聰、言茜子、高瀾、尚京、何思玫等。原籍福建閩侯，生於北京，三〇年代開始寫詩，為朱自清賞識，此後創作不輟，有「長跑詩人」之譽。一九四二年入讀西南聯合大學歷史系，一九四六年轉入清華大學社會學系，一九四九年來港，以寫作謀生。一九六七年為《伴侶》雜誌主持「詩頁」，一九七五年為香港中文大學校外課程部主講中國現代文學。一九七六年，應美國愛荷華大學邀請前往參加國際寫作計劃。一九七九年，前往北京參加中國文學藝術工作者第四次代表大會。一九九四年在香港逝世。結集散文有《國際作家風貌》、《興高采烈的人生》、《出發》、《書與橋》、《又綠集》等。

温健騮（一九四四——一九七六）

筆名默娘、石衣、馬清如、徐醒吾、林行雲、徐一雲等。生於廣東高鶴，一九四九年來港。一九六四年畢業於國立政治大學外交系，一九六八年參加美國愛荷華大學國際寫作計劃，一九七〇年以英文詩集《苦綠集》獲該大學之文學創作碩士學位。一九七四年返港，先後出任《今日世界》與《時代生活》編輯，並在香港大學中文系任教。一九七五年與文樓等人創辦《文學與美術》雙月刊。一九七六年病逝於香港，年僅三十二歲。結集作品有《象牙街》（英文）、《帝鄉》、《苦綠集》及《溫健騮卷》。

徐　訏（一九〇八——一九八〇）

本名徐傳琮，又名徐于，字伯訏，筆名有史大剛、東方既白、任子楚、迫迂、麗明、姜城北、余光沐等，知名現代作家、學者、編輯。原籍浙江慈溪，一九三一年畢業於北京大學哲學系，一九三六年赴法留學，一九五〇年年自滬來港。在香港創辦創墾出版社、《筆端》雜誌，歷任《星島周報》編輯委員、《新民報》副刊主編、珠海書院中文系講師、新亞書院中文系講師、浸會學院中文系主任。一九六〇年曾到新加坡南洋大學任教，一九六四年遠赴印度講學，一九八〇年病逝於香港。著作等身，包括各種文學創作、評論及編譯，居港時期主要作品有《盲戀》、《江湖行》、《時與光》、《悲慘的世紀》、《時間的去處》、《原野的呼聲》、《在文藝思想與文化政策中》、《個人的覺醒與民主自由》、《現代中國文學過眼錄》等。

蓬　草（一九四六——）

本名馮淑燕，祖籍廣東新會，香港出生。一九六五年畢業於柏立基教育學院英文系，從事教學、編輯及翻譯工作。一九七五年赴法留學，先後於巴黎新索邦大學及法國國立高等翻譯學院深造，現居巴黎，專事創作與翻譯。在小說之外，尚著有散文集《親愛的蘇珊娜》、《櫻桃時節》、《還山秋夢長》、《七色鳥》等。電影劇本《花城》及《傾城之戀》（張愛玲同名小說改編）已於八〇年代拍成電影。

黃炤桃（一九三八——）

筆名香山亞黃、照圖、趙陶、黃耀華等。祖籍廣東中山，生於澳門，自修成才。一九五三年開始投稿，發表於澳門《海角日報》，其後沉迷寫作以及漫畫，作品散見《中國學生周報》、《今日世界》、《青年樂園》、《海光文藝》、《當代文藝》等期刊以及各大報章。結集散文有《四米厘》、《超四米厘》以及《秀才與筆》。

姚　克（一九〇五——一九九一）

本名姚成龍，又名姚志伊，字莘農。祖籍安徽歙縣，生於廈門，一九三一年畢業於蘇州東吳大學文學系，一九三八年至一九四〇年赴美耶魯大學進修戲劇。第二次中日戰爭前後，投身上海戲劇工作。一九四一年，劇作《清宮怨》在滬首度演出。一九四八年，自滬來港。一九五二年，出任中英學會中文戲劇組副主席。一九六一年至一九六七年，任教於香港中文大學聯合書院中文系，並曾任中文系系主任、文學院院長。一九六九年，應聘赴美大學任教。從五〇至六〇年代，在港演出的劇本包括《清宮怨》、《秦始皇帝》、《陋巷》、《西施》。除舞台劇外，還編寫《清宮秘史》、《一代妖姬》、《豪門孽債》等電影劇本，並著有《怎樣演出戲劇》、《清宮秘史：電影攝製本》、《坐忘集》等書。一九六八年應聘赴美大學任教，一九九一年病逝於美國。

曹聚仁（一九〇〇——一九七二）

字挺岫，號聽濤，筆名有丁秀、丁舟、陳思、檄生、阿挺、天龍、尾生、沁園、姬旦、袁大郎、土老兒、雲亭山人、趙天一、彭觀清、韓澤等。原籍浙江浦江，畢業於浙江省第一師範，為知名記者、報人、作家，曾在多家中國大學任教。一九五〇年來港，一九七二年病逝於澳門鏡湖醫院。在港期間著有《酒店》、《山水　思想　人物》、《北行小語》、《北行二語》、《北行三語》、《魯迅年譜》、《浮過了生命海》、《文壇五十年》等作品。

萬人傑（一九一七——一九八九）

本名陳子雋，另有筆名俊人。原籍廣東番禺，三〇年代隨父來港，先後任職《大光報》、《工商日報》、《華僑日報》、《星島晚報》、《中文星報》等報社，負責編務、撰寫社論以及政評。早期以筆名俊人在報章發表言情小說，出版成書逾二百三十種，多部作品還改編為電影。後來以筆名萬人傑在《星島晚報》撰寫政論專欄，並在一九六七年創辦政論周刊《萬人雜誌》，一九七五年再創辦《萬人日報》，一九八四年移居美國。一九八九年逝世於香港。由其小說改編之電影《畸人豔婦》（岳楓導演）與《永恒的愛》（丁善璽導演）分別獲得一九六一年亞洲影展最佳編輯獎以及一九七八年亞洲影展最佳劇情影片獎。著有雜文集《萬人傑語錄》、《大人物與小人物》、《左道旁門》、《牛馬集（第二集）》（與馬森亮合著）等。

梁羽生（一九二四——二〇〇九）

本名陳文統，另有筆名陳魯、馮瑜寧、梁慧如等，中國作家協會會員。祖籍廣西蒙山，一九四九年畢業於廣州嶺南大學經濟系，同年來港，在《大公報》任翻譯，翌年轉任副刊編輯。一九五一、五二年間兼任南方學院講師，一九六二年後任《大公報》撰述員，專事寫作。一九五四至一九八三年間，寫成武俠小說三十五部，先在港新報章刊登，然後再輯印成書。在武俠小說以外，還撰寫棋藝評論、文藝隨筆、文史小品、聯話等。一九八八年移居澳洲。結集散文作品包括《文藝雜談》、《中國歷史新話》、《古今漫話》、《筆不花》、《古今名聯談趣》、《名聯觀止》等。

杜　杜（一九四八——）

原名何國道，祖籍江蘇揚州，生於上海，一九七二年畢業於香港大學英國文學及比較文學系。從事教育工作多年，曾任《大拇指》與《素葉文學》編輯，業餘為報章撰寫隨筆、散文，現居美國。著有散文集《住家風景》、《瓶子集》、《另類食的藝術》、《非常飲食藝術》、《飲食與藝術別集》、《飲食魔幻錄》、《飲食調情》。

林琵琶（一九四四——）

原名龐志英，另有筆名舒鷹。原籍廣東佛山，五〇年代末移居香港。六〇年代以筆名舒鷹在《青年樂園》發表各種體裁的文學創作，後來獲邀出任該刊義務編輯。一九六六年離任，以筆名林琵琶在《中國學生周報》以及《明報月刊》發表作品。後來出國修讀有關美術史的碩士課程，之後從事美術史研究。

何葆蘭（一九一〇—？）

筆名何心、友梅。原籍江蘇上海，畢業於上海持志大學政治經濟系，此後在上海從事中學教育以及報刊編輯工作。一九三〇年與作家丁嘉樹結婚，一九四九年舉家遷港。一九五六年至一九六二年間，隨同丈夫前往馬來西亞，出任中華中學及華聯中學教員。返港後埋首創作，香港時期結集散文作品有《南遊記》及《東西行》。一九八六年移居美國。

劉紹銘（一九三四—）

筆名二殘、劉放如。祖籍廣東惠陽，生於香港，幼失怙恃，自學成才，一九六〇年畢業於台灣大學外國語文學系，一九六六年獲得美國印第安納大學比較文學博士學位。曾任教新加坡大學、香港香港中文大學、美國夏威夷大學、美國威斯康辛大學、香港嶺南大學。十六歲開始寫作，作品發表於《新生晚報》、《香港時報》、《中國學生周報》、《大學雜誌》、《聯合報》、《中央晚報》。於雜文、小說、評論、學術文章之外，更從事翻譯工作，曾譯以撒·辛格、伯德納·馬拉末、索爾·貝婁、喬治·歐維爾等英美名家作品。著作等身，主要散文作品有《與良心的對白》、《吃馬鈴薯的日子》、《靈台書簡》、《風簷展書讀》、《遣愚衷》、《獨留香水向黃昏》、《絢爛無邊》等。

王敬義（一九三二—二〇〇八）

祖籍江蘇青浦，生於天津，另有筆名齊以正。一九四八年來港，畢業於台灣師範大學英語系，美國愛荷華大學文學碩士（英文創作）。五〇年代即在《自由中國》、《文學雜誌》上發表文章，七〇年代為美國新聞處今日世界社翻譯不少書籍。曾主編香港《純文學》月刊、《南北極》與

《財富》雜誌，長期主持香港文藝書屋。一九九六年退休，在香港、廣州、加拿大三地生活。二〇〇八年病歿於加拿大。文學創作以小說為主，著有散文集《掛滿獸皮的小屋》、《觀天錄》、《偶感錄》。

小　思（一九三九—）

原名盧瑋鑾，筆名有小思、明川、盧颿、荒唐生、金文泰、冷齋、賈逸、兔仔、莫恆、夏颸等。祖籍廣東番禺，生於香港。一九六四年畢業於香港中文大學中文系，一九七三年赴日本京都大學人文科學研究所研習，一九八一年獲香港大學中文系哲學碩士。曾任教中學，一九七九至二〇〇二年間任教香港中文大學中文系，課餘從事香港華文文學資料的搜集、整理與研究，並在退休前後協助創立香港中文大學香港文學研究中心，出任中心顧問。二〇一五年獲香港藝術發展局頒發香港藝術發展獎之終身成就獎。文學創作以散文為主，包括《路上談》、《承教小記》、《彤雲箋》、《香港文學散步》、《縴夫的腳步》等。

淮　遠（一九五二—）

原名關懷遠，祖籍廣東南海，香港出生，一九七六年畢業於香港樹仁學院新聞系，歷任多家電台、報章、雜誌編輯。高中時期曾於夜間到創建實驗學院進修，作品主要發表於《中國學生周報》、《當代文藝》、《蕉風》、《盤古》等文學期刊。詩作深獲詩人瘂弦賞識，但以散文知名，結集作品包括《鸚鵡韆鞦》、《懶鬼出門》、《賭城買糖》、《蝠女闖關》、《水槍扒手》、《獨行莫戴帽》。

蕭銅（一九二九—一九九五）

本名生鑑忠，又名沈健中，另有筆名金大力、花得當、趙旺、賈六、祥子等。原籍江蘇鎮江，成長於北京、南京、上海，中學畢業。一九四六年在開封一家銀行工作，一九四九年移居台北，在《華報》、《自立晚報》、《大華晚報》任影視版記者與編輯，並創作小說與劇本。一九六一年落戶香港，以寫作為生。除撰寫電影劇本、劇評與小說外，還著有雜文集多種，包括《無風樓隨筆》、《馬路集》、《上京記》、《雪，在回憶中》、《二次上京記》、《京華探訪錄》等。

也斯（一九四九—二〇一三）

本名梁秉鈞，原籍廣東新會，一歲前隨父母移居香港，在香港成長、受教育，為國際知名作家、跨媒體創作者、學者。一九七〇年畢業於浸會學院外文系，一九八四年獲美國加州大學聖地牙哥校區比較文學博士學位，二〇一二年獲瑞士蘇黎世大學文學院頒授名譽博士學位。一九八五至一九九七年，任教於香港大學英文及比較文學系。一九九七至二〇一三年，受聘為嶺南大學中文系比較文學講座教授、兼任人文及社會科學研究所所長、人文學科研究中心主任、《現代中文文學學報》總編輯。歷任加拿大多倫多約克大學訪問教授、德國海德堡大學訪問教授、日本東京大學訪問教授、瑞士蘇黎世大學訪問教授、駐德國柏林作家及駐法國尼斯沙可慈修道院作家。曾獲香港第一屆中文文學雙年獎之小說獎（一九九一年）、「藝盟」香港作家年獎（一九九二年）、香港第四屆中文文學雙年獎之新詩獎（一九九六年）、香港藝術發展獎之年度最佳藝術家獎（文學藝術，二〇一〇年）。二〇〇六年獲頒香港特別行政區榮譽勳章，二〇一二年獲選為香港書展年度作家。也斯著述等身，包括新詩、散文、小說、文學與文化評論。

黃俊東（一九三四—）

又名克亮，筆名余樂山等。祖籍廣東潮州，生於香港，畢業於聯合書院中文系。曾任《明報月刊》執行編輯、助理總編輯，也曾主編《波文月刊》及《益智半月刊》。多年來致力研究中國現代文學和撰寫書評，為香港資深書評家，著有《現代中國作家剪影》、《書話集》、《獵書小記》，現居澳洲。

三蘇（一九一八—一九八一）

本名高雄，又名高德雄或高德熊。另有筆名石狗公、經紀拉、小生姓高、史得、旦仃、許德等。祖籍浙江紹興，生於廣州，肄業於廣州中山大學，主修政治經濟。一九四四年來港，為報刊寫稿，並任《新生晚報》副刊編輯。創作小說類型多變，包括偵探小說、故事新編、艷情小說、日記體小說等，並以「三及第」文字撰寫深具香港特色的怪論知名。曾為電台廣播劇《十八樓C座》編劇。

《香港文學大系一九五〇—一九六九》編輯委員會鳴謝
以下人士及單位，資助本計劃之研究及編纂經費：

李律仁先生

・

香港藝術發展局

・

香港教育大學　中國文學文化研究中心

香港藝術發展局
Hong Kong Arts Development Council 資助

香港藝術發展局全力支持藝術表達自由，
本計劃內容並不反映本局意見。

香港教育大學
The Education University of Hong Kong

中國文學文化研究中心